U0450203

小孩

到死之前我们都是需要发育的孩子，从未长大，也从未停止生长

湖南文艺出版社
CHINAN LITERATURE AND ART PUBLISHING HOUSE
博集天卷
CS-BOOKY

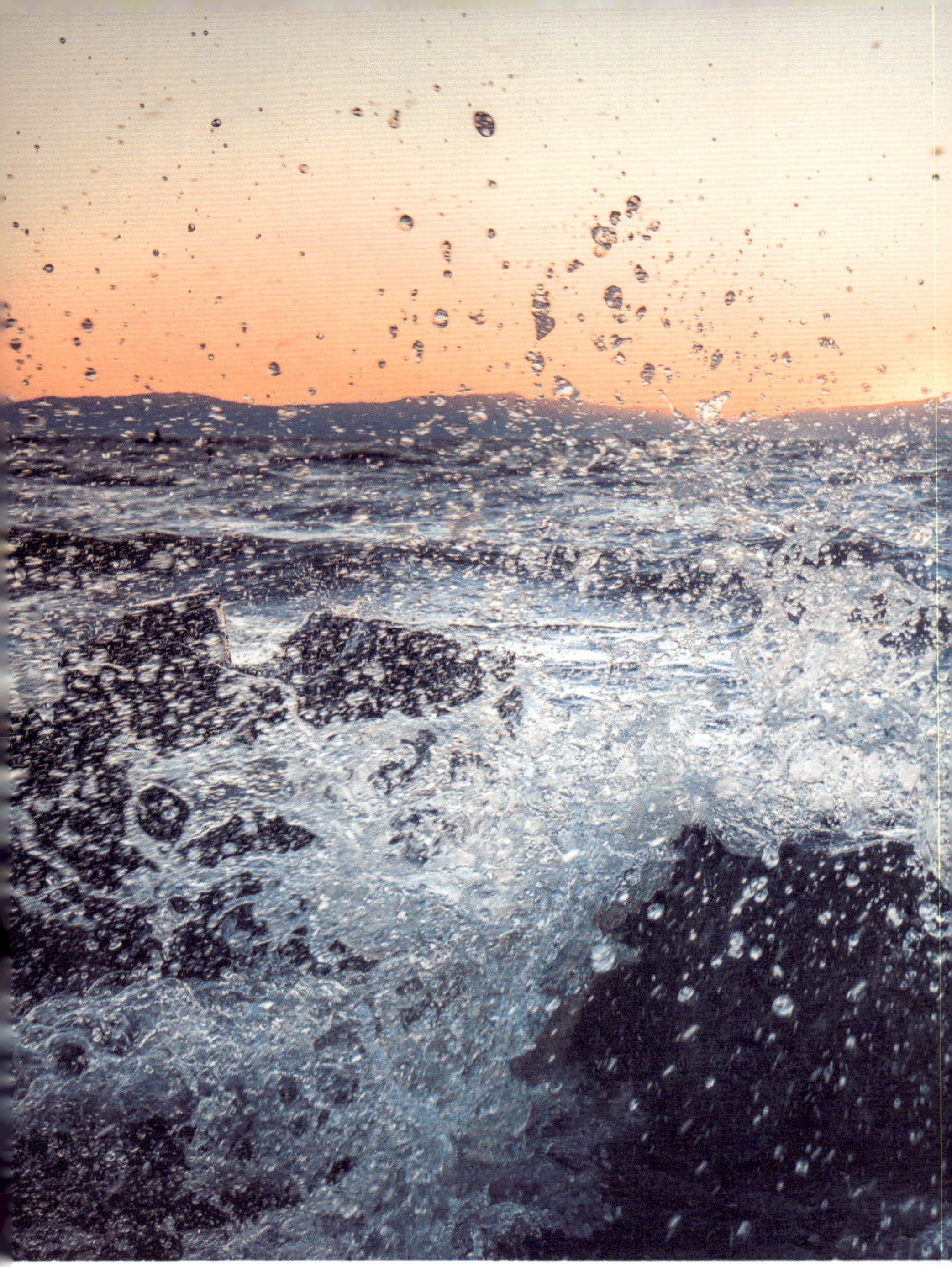

contents

目录

002　送你一棵树

送你一棵树。
就是因为遥远才要送啊。
就是因为陌生才不送不行。
趁着瘴气未起，趁着戾气未生，趁着尚未固化尚未封闭，
趁着尚有尚可平视的眼睛。

050 兄弟

有人问,你写过那么多的故事,为什么不好好写写大松?他的谈吐那么销魂,他的经历那么动人,他的心态那么变态,他的为人那么富有争议……他不也是你的结义兄弟吗?你为什么总是不写?

偏不爱写!揍死我啊!……我有苦衷,一言难尽那种。

大松的故事,『罄竹难书』。

大松↘

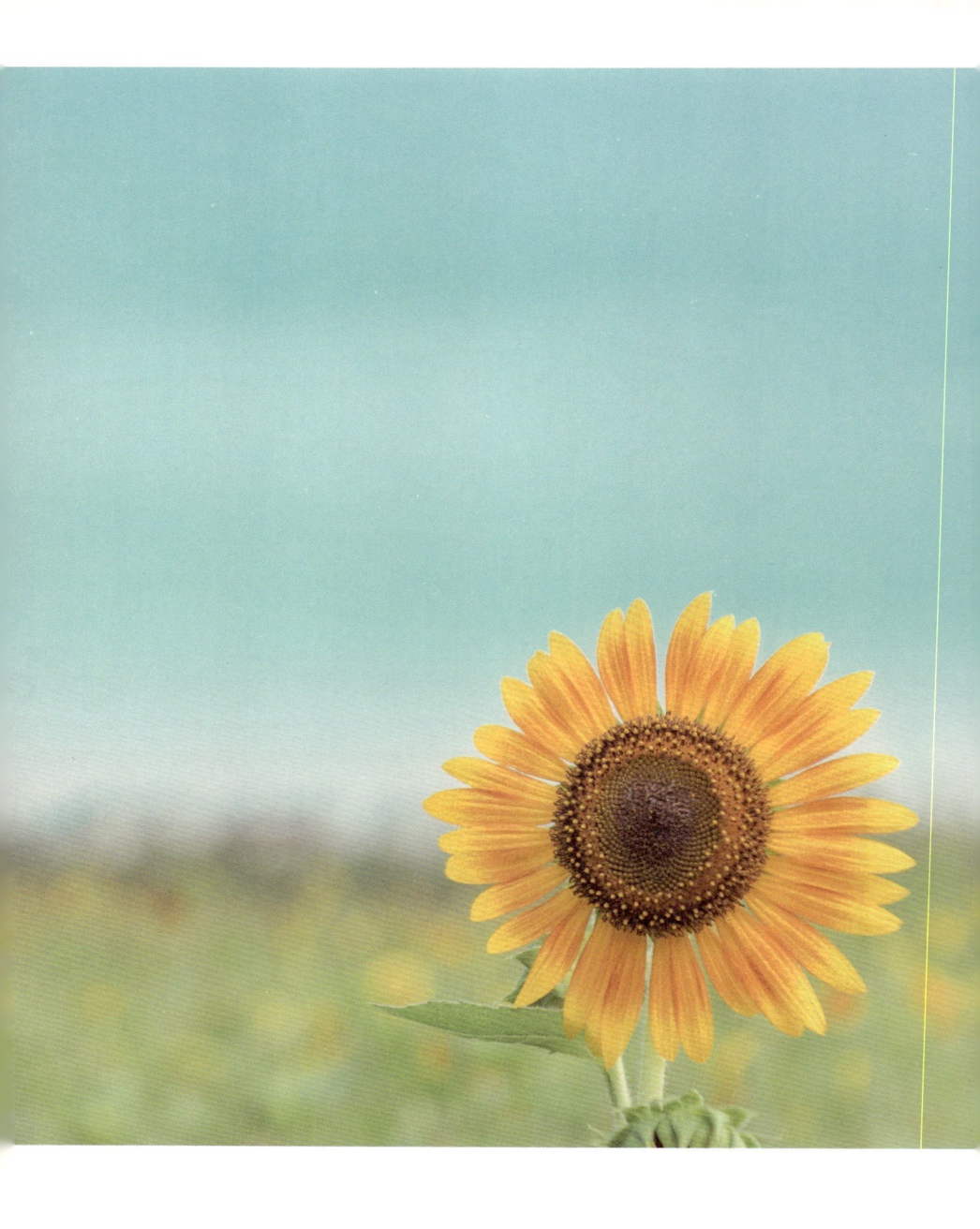

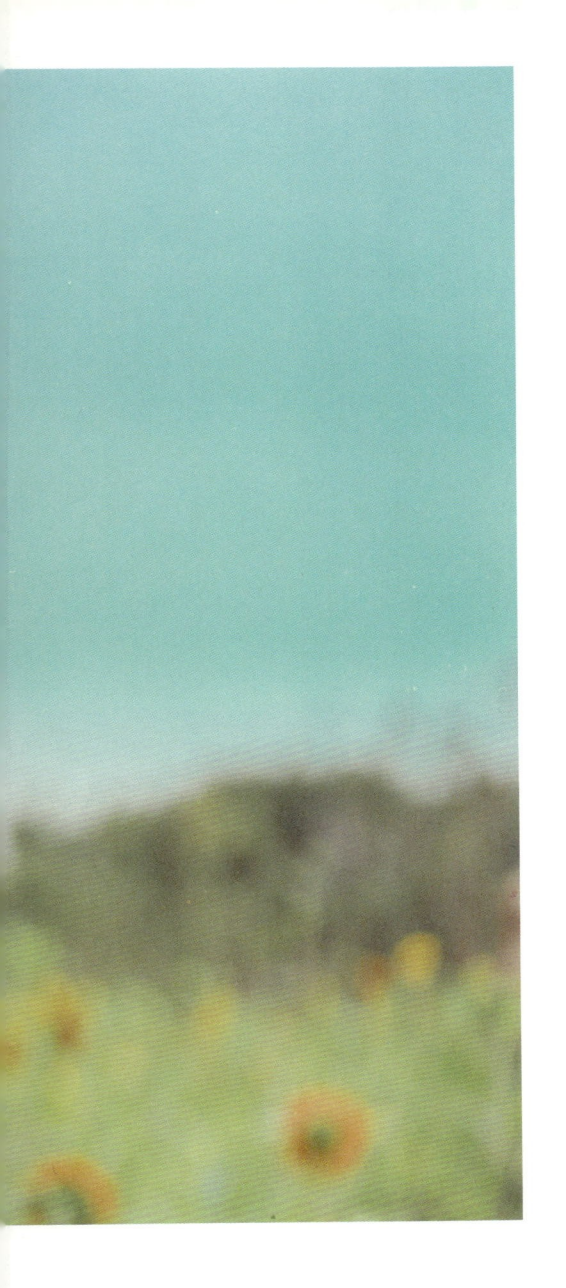

082　天津往事

十几年的光阴过去,大半个地球走完,故事层层叠叠累积覆盖,心里清空又装满……我已忘记了你的长相,怎么也想不起你的容颜。
可是天津,那里至今存续着我对你的一点思念。
不多,不增不减,自始至终只那么一点点。

圣谚 ←

104　台北儿子

圣谚早就被阿宏撑出了家门。
阿宏早就把圣谚一块钱给卖了。
阿宏说，圣谚不是他儿子了！以前是，现在和以后都不是了。
他禁止圣谚喊他爸爸，逼着圣谚喊他弟弟。

他对圣谚说：哥哥你记住，接下来不许管我，不论发生什么，都是我的事情，和你没什么关系！
他对自己的亲生儿子大吼：你已经没爸了，只有个必须要迁就的弟弟！

154　客家姑娘

人到中年，铁石心肠，塑料肝胆。
怯于深情，乏于热血，懒得深交，懒得再像年轻时那样去任性结缘。
非厌世，不过是这半生人海中远行，见惯了海市蜃楼，渐知人生底色是悲凉然。

这场青春趋近尾声，尾声前认识的她。
不是知心知己，也非蓝颜红颜，不过就是一个朋友，无关男女无问东西，
静坐时无语，飞驰时有伴，相互守望过一个又一个他乡午夜。

250 道歉感谢信

他应该一直都不知道他的雪中送炭曾发挥过多大的能量，在我心力无以为继的时刻。

细想想，从认识他起，又岂止帮衬了我这一回。
……令我今朝愈发愧对。

280 凡人列传

那些所谓的理想抱负成功成就之外,是另有一条阶梯的吧。
那些所谓的散发扁舟深谷幽兰之外,是另有一条渡船的吧。
…………
那些不一样的凡人,世俗而透亮,干净而简单。
不在乎先天不足、不介意己痴己贪,不落痕迹,也不在乎落不落痕迹。
人海中泯然于众,走得自自然然。

同样的逆旅单行道,同样的行囊荷在肩,他们却总是越走越轻松,以及心安。

376 妹妹

于小屋而言,我只是跑第一棒的人,快到交棒的时间,快了快了没剩几年。

届时我"净身出门",大冰二字会从小屋的招牌上换掉,每一块。
离去前,我会请大家公推出合适的人选,不论哪个分舵,谁接棒就改成谁的小屋,一并接过所有的一切,领着大家一如既往,抱团取暖。
交棒和接棒,以此类推,不论再过多少年多少代……
只有这样,我们的小屋才不会变,才能薪火相传。

是为小屋不死——我平生最大的野心或奢望,抱负和期盼。

435　说书人

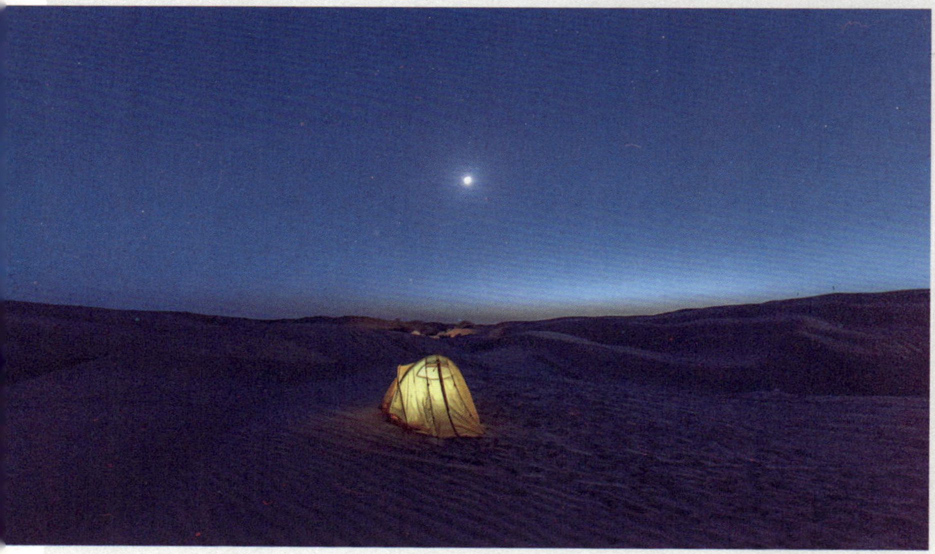

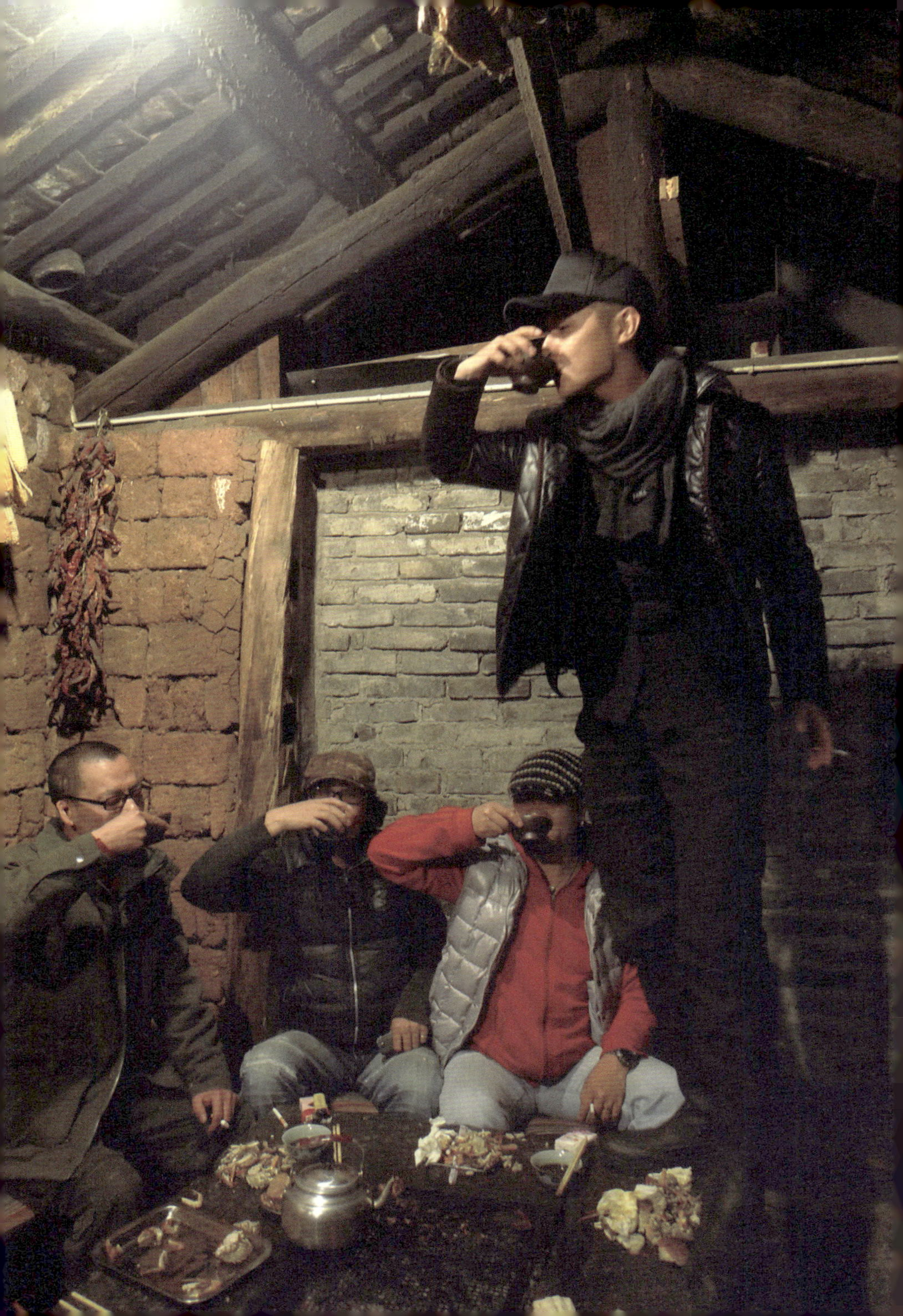

送你一棵树

送你一棵树。

就是因为遥远才要送啊。

就是因为陌生才不送不行。

趁着瘴气未起,趁着戾气未生,趁着尚未固化尚未封闭,趁着尚有尚可平视的眼睛。

你去过高山坡地的老茶园没，云遮雾锁的那种。
几百年的山体变迁，碎石滚滚，压住老茶树根。
有些茶树被压死了，有些茶树几乎匍地而生，有些虬结扭曲变形，有些含屈抱辱钻出石缝。

很多别的树种三十年左右就参天。
但这些古茶树二三十年下来枝条不过手臂长，不过小拇指粗。

我不想泛泛地告诉你这样的茶树所产的茶叶反而更好喝。
也不想和你探讨为了长出这些叶子那些树有过多么励志的半生。
我只想和你说说那个你没去过的高山坡地老茶园。
大石遍地，云遮雾锁的那种。

就是因为遥远才要说啊。
就是因为陌生才不说不行。
趁着瘴气未起，趁着戾气未生，趁着尚未固化尚未封闭，趁着尚有尚可平视的眼睛。

（一）

我有一个小兄弟叫瓶罐，拉祜族，云南临沧人，故籍双江拉祜族佤族布朗族傣族自治县。拉祜——烤老虎肉吃的意思。

那个民族的男人悍，善狩猎，普遍个子不高，适宜自由穿行在亚热带雨林，迅猛而灵敏。

瓶罐说，苦聪（拉祜族）和卡佤（佤族）一样，都是直接从刀耕火种的原始社会进入的现代文明，因此，早些年苦聪被蔑称为老黑。

瓶罐小的时候，时常有人跑到他家门口喊：快去把你们家那个老黑带回去。
但凡这个时候他就大人一样地叹气，知道爷爷又醉了，东倒西歪在村里兜圈子，挥舞着那个半米多长的烟杆，嘴里吆喝着旁人听不懂的语言。

他说的应该是拉祜语，除了喝醉时说，祭祀时也会说，但瓶罐已完全听不懂了。

全球每年有上千个小语种在消失，主因是传承上的后继无人。
瓶罐或也会成为这种命运的当事人之一，身为迁徙后的第三代，他这辈人早已融入了临沧汉族乡间的生活，无法再用母语去和父辈诉说与倾听。

爷爷常醉酒的原因不难理解，一个异族人立本生根在他乡，那些艰辛与寂寞无法与人言，只能在酒后一遍一遍地自言自语，用祖先的语言说给自己听。
偶尔他也会说给瓶罐听，靠在门前的杏树下醉醺醺地摇晃，一串串陌生的音节……说着说着戛然而止，长长的烟斗静止在嘴边，一暗一明。

再开口时，已改了汉话，问瓶罐饭吃饱了没，肚子饥不饥。

印象里，家里一直很穷。
瓶罐出生时，家里只有一口铁锅，10斤大米。
那时姐姐已经出生，为了养活一家四张嘴，父亲当了民工，扛着奇重无比的水泥电线杆，跟着基建队走村串寨翻山越岭，微薄的薪水。

父亲经常一去几十天，母亲一人持家种菜种地。
地离家远，她背上背着瓶罐，肩头挑着扁担，一头挑着姐姐一头挑着农具，蹒跚而行。
20岁的年纪，全部的世界不过是这个家和这块地，有孩子的陪伴，她不觉得累，田间地头有泥巴，有鱼，那是瓶罐和姐姐所有的玩具。

姐姐渐渐长大，换瓶罐坐进扁担筐里，瓶罐也渐渐长大，上小学时只剩母亲一人劳作在田里。有时她想孩子了，会提前收工，挑着菜筐等在学校门口，眼巴巴地等着放学钟声。
母亲每次都很委屈，瓶罐和姐姐疯狂地逃走，都不愿意再坐进筐里。

很多事情上母亲都很委屈。
当年她和外公决裂，毅然嫁给了父亲，理由是：他不喝酒，脾气很好。
父亲后来常酩酊大醉，母亲头疼，却也怪他不得，那么沉的水泥电线杆子，年复一年扛下来肩也损腰也损，他累，望不到头的疲惫，酒能稍解这种疲惫。

人活世上，谁不想温饱体面，底层的草芥小民不梦想富贵，能过得稍微好一点已是最大的奢望，父母后来尝试着做过一点小本生意，想头疼脑热时买得起药，想给孩子们的将来攒点学费。蝇头小利的生意往往最耗人，有一次他们回家很晚，发现瓶罐和姐姐扒在窗户上哭，脸是花的，嗓子是哑的，饿哭的。

母亲扔了货担蹲在地上，捂住了脸。

她从此放弃了那个小生意，她再也没有出过远门。

父亲继续去扛电线杆，继续几十天不见人。很多年里，每天放学回家等着他们的只有母亲，厨房里总是有热腾腾的饭菜，放下书本就能吃，吃完了该玩玩该写作业写作业。

村子里有许多失学的同龄人，皆因贫困，另有一些同学一放学就要干活，走去十几里外的深山把自家的牛羊赶回。瓶罐家境虽也不好，母亲却从未要求他们分担过任何家务，她只叮嘱要好好上学，这样将来才能有个好出路。

可这个好出路到底是条什么路？

瓶罐问过母亲，每次问起，每次她停下手中的活计，小小地失一会儿神。她答不上来，那是她知识范畴之外的事情。

作业写完了吗？她问瓶罐。

要不要再吃点东西，肚子饥不饥。

（二）

瓶罐家住城郊的小村，左近有个巨大的垃圾堆，那是他的宝地。
自小不曾有过什么玩具，每一毛钱的用途母亲都计划得缜密，他从没向母亲开口要过，他有他的垃圾堆。

全世界的宝藏都等着他去挖掘，糖果包装纸、铁质饼干盒、塑料小药瓶、只剩两个轮子的小汽车……曾经捡到过两个残疾的变形金刚，他的至宝，一个断了臂，一个没脑袋，整整半年的时间他穿山甲一样在垃圾山上打洞，渴望着找到脑袋。
想不明白为什么会被扔掉，明明还可以玩，那么好玩。

玩具应该来自不远处的那个城市，他见到过的，逢年过节时母亲会带他去玩，只逛街看热闹，什么也不买。
有些花花绿绿的橱窗他闭着眼跑过去，屏住了呼吸不去看，怕看了会舍不得走开，母亲会难过的。母亲难过的时候什么也不说，手会揣在裤兜里很久，攥着那沓薄薄的钱，半天也拔不出来。

不能乱花钱的，水泥电线杆子那么沉，父亲扛上一天也挣不来几个钱。
没什么的，这些玩具这些新奇的小玩意儿不过是完整一点，不过是干净一点，这里有的垃圾山里都有，使劲翻翻就能翻出来，一样好玩。

他在那座属于他的山上挖呀挖，小学四年级时挖到了真正的好东西，三盘磁带,依旧是坏的,外贴的歌曲目录已被人为地撕掉,磁条被剪断。
这么刻意的破坏,会隐藏着怎样的秘密呢,孩子总会迷恋神秘,他兴致勃勃地磨刀,把捡来的水果刀尖磨掉去拧开那些螺丝,又用捡来的透明胶带把磁条接好。
家里有台小录音机,也有两盘磁带,四大天王和周华健,一家人听了好几年舍不得买新磁带,现在好了,终于有了新的声音。

新的磁带让母亲皱起了眉,说:
这些人挨打了吗,歌不好好地唱,总是这么吼这么叫,可真让人心烦。
瓶罐却很振奋,抱着录音机听起来没完,从没听过这样的音乐,也不知道是谁唱的,拳头一样,刀子一样,痛快极了。
听得久了,他听会了那三盘磁带里所有的歌,没事就跟着哼:

……不必过分多说,自己清楚,你我到底想要做些什么。
不必在乎许多,更不必难过,终究有一天你会明白我!

不到十岁的年纪,莫名其妙就热泪盈眶了,他冲上垃圾山远眺,一颗心扑腾扑腾,根根头发都竖了起来。
不知不觉地张开了嘴:今宵杯中,映着明月……
有人喊他,冲他招手,是晚归的父亲,疲惫地看着他,手里拎着酒瓶子。
回家吧,父亲说,别在这儿唱戏……回家吃饭去。

问遍了身旁所有人,没人知道那三盘磁带里是什么明星,村里最有见识的人也摇头,说电视上没见过,说,要不,你垃圾堆上再翻翻……

翻了，每天放学后都去翻，一边唱歌一边翻，三盘磁带他已经背得烂熟，包括那些一知半解的歌词，虽然大部分歌词只知读音。

皇天不负翻垃圾的人，一天黄昏，他终于又翻出四盘磁带。
肯定是同一个人扔的，和上次的一样，磁条被扯出来纠结成一团，歌曲目录被指甲抠得干干净净。是有多恨这些歌？有几段磁条被大力拉成一根细线，无法复原。

他捏着剪刀，心疼得满屋子蹦，犹豫再三痛下决心去把细线部分剪掉，残余的部分粘起来。如此修复过后的磁带能逼死强迫症，有的歌被剪掉一半，有的剪得只剩下两三句，有的两首歌混为一首，硬性切换时听得人咯噔一下血倒流。
幸好还剩下几首歌可以完整听，依旧不知歌者和歌名，每盘磁带的演唱者都不同，他却觉得其间隐约有种共同的属性，属于同一个遥远星球。

他时常想象丢掉这些磁带的会是什么样的人，这么特别的歌，说扔就扔？
这么多磁带，很多钱啊，说扔就扔？
下次扔的时候不要把目录贴纸抠得那么干净了行不行……

却是没了下次，瓶罐在那个垃圾堆上一直翻到六年级，无数次地失望，再没和磁带相遇。
几年后他终于知道了那些歌者的名字，黑豹、唐朝、指南针……
那时他已经会了一点吉他，但已没有了精力和体力去追寻那些名字。

人和人不同，不同的起点左右着不同的际遇人生，亘古以来这世间罕有平等。

有些人幸运，成年之后才遭遇和看清，而有些人遭遇时尚是孩童。

当时瓶罐初中快毕业，一次课间，姐姐从高中部走过来，很认真地问他：你还想上学吗？

他奇怪极了：当然上啊，怎么会不上？我没犯什么错啊……

姐姐眼泪汪汪地看了他一会儿：……那你可要好好学习。

她说：家里出了点事情，爸爸欠了七八万的外债，咱们家可能以后十年也翻不了身了……现在只能供得起一个人继续上学，妈妈刚才因为学费，在家里哭呢。

她哭出声儿来：既然你要上，我就不上了吧，没关系的，我是姐姐。

很多年后，瓶罐说，每次回想起那一幕，耳畔总会有首歌在回旋，是那堆磁带里的歌，歌里人直着嗓子唱着：这个冬天雪还不下，站在路上眼睛不眨……

唱得人心尖酸酸的。

当年的瓶罐伸出手，帮姐姐把眼泪擦了一擦。

姐姐小时候常这样帮他擦脸呢，那时候母亲顶着烈日在田里劳作，姐姐和他在田边玩泥巴，那时候她老拽着他的袖子，担心他仰到水田里去了。

而今他已经长到和姐姐一样高了。

上课铃声响起,姐姐急起来,推他,快去上课呀,别站着了。
他不动,看着她笑着。
姐姐,他说,我刚才骗你的呢,其实我不想上学了。

(三)

小时候妈妈说,好好上学,将来才能有个好出路。
将来就快来了,可这个好出路到底是条什么路呢?

那条路留给姐姐吧。
姐姐没有别的路,姐姐是女孩子。
当然不嫌弃这个贫寒的家,可生在这样的家里,一个女孩子如果不上学,她就只能回家种地、去工厂当女工,或者去饭店当服务员,然后嫁给一个厨师或是工友,生一堆孩子,一辈子就么过去了。

姐姐一定要考上大学啊,我会挣钱供你的。
咱们两个,有一个能找到那条好出路就足够了。
姐姐不要哭啊,妈妈也不要哭,你们再哭的话,我就扛不动肩头这柄铁锤了。
…………

瓶罐初三辍学,因尚未发育成熟,个子矮小,找不到工作,无人录用。
他唯一的选择是去采石场当民工。

采石场在离家不远处,父亲也在那里打工,那是个靠力气换饭吃的地方,对劳动力没有太多限制和要求,没人在乎他的身高体重,只要他能抡动锤头。
先把大石头敲开,再用手推车从山崖运到马路边,然后一个个敲打成核桃大小,敲满一拖拉机20元,壮年人一天能敲一车多,瓶罐力气小,两天才能敲一车。

小铁锤震手大铁锤震胳膊,一天的机械运动下来,吃晚饭时他抬不起手腕捏不住筷子,好不容易夹起一块洋芋,半边身子都在哆嗦,豆大的汗珠子往碗里落。
妈妈放下筷子,捂住了脸,父亲仰头干掉一盅白酒,又倒满,递到他面前。
父亲说:喝吧,能好受点……
他问:能吗?
父亲沉默了一会儿,杯子拿走了,默默地喝酒吃饭,什么也不再说。

累或辛苦却是其次,难过的是遇见同学。
他扛着大铁锤走在上工路上,骑着自行车的同学有说有笑飞驰而来,里面不乏曾心仪的女同学,每当这时他用草帽遮住脸,慌慌张张往树后躲,一直等到人影都望不见了才回到原路,扛着锤子长久地望着。
他们应该已经忘了他了,他原本就是最不起眼的那个……
父亲有时候会骂人,远远地站着吼他:去干活挣钱还磨磨蹭蹭的,铁锤扛不动就拿来给我!

采石场也有同学，小学同学，大家待他都很亲热，只不过说说笑笑中总有人会冷不丁冒出一句：当时你考上了重点中学，大家都很羡慕你，现在还不是回来和我们一起敲石头了。
说话的人是笑着的，他只好也笑，假装无所谓那些鞋里碎石子儿般的幸灾乐祸。

那些磁带他还在听，听得次数太多，透明胶粘住的地方断了又重接，不知多少个夜晚他听着歌入睡，梦里爬上垃圾山，却什么也看不到，好大的雾气哦。

起初瓶罐一个月能赚300元，半年下来锤子抡得圆，石头也抬得动了，手掌磨成了脚后跟，勉强达到了一天一车。个子却没再长高，过早的重体力劳动影响了他的骨骼发育，从那时到现在，他一直是初三时候的个子。

瓶罐每个月能赚700块钱的时候，采石场关闭了。
采石场离城市太近，政府要保护环境，禁止开采了，他和父亲双双失业。

因未满18岁，没有学历没有关系没有任何技能，且性格内向话不多，瓶罐找不到任何工作。
卖衣服的地方只招女工，饭店服务员也只招女工，卖手机的店铺要求能说会道有工作经验，小区的保安要求一米七以上……
看来没办法再帮姐姐攒钱，只能回家种地了。

母亲却不肯让他种地，说太辛苦了。
会比采石场还辛苦？他不信，母亲急得不知如何是好，她不会组织语言，只会一个劲儿地说：你不知道的，真的太辛苦了。

母亲下了很大的决心扔下了农活，她买来锅碗瓢盆，在家里做起了快餐。
离家几里外是一所师范专科学校，母子俩从此摆起了饭摊。

扁担悠悠，两头筐里都是饭菜，换作瓶罐挑挑子了，这副扁担母亲曾经挑着，他坐在筐里面。
母亲如今跟在后面，她开始变老了，走得慢，经常掉队掉几十米远，瓶罐停下来等她，问为什么不喊住他，母亲说不舍得喊呢，看着看着就忘了喊……
她开心极了：我的小娃娃总算长大了，走得可真快……

母亲的饭菜可口，价格便宜，快餐摊运营了不短的一段时间。
好景不长，忽然开始清理学校周边的小摊小贩，瓶罐和母亲被清理的那天，还有一大半的盒饭没卖完。
没卖掉的盒饭家里人自己解决，没来得及吃完，终有好多份发霉变坏，母亲为此偷偷哭过，整宿难眠，心疼了很长一段时间。

或许她哭的不仅是盒饭，还有瓶罐。
身为一个母亲，她无能为力了，从那时起她头发开始花白，老得很快。

（四）

要好的朋友有两个，其中一个叫建敏。
摆摊卖快餐时认识的，那个人，瓶罐命中注定要结缘。

那天下午整条街都听到了电吉他的声音，这旋律再熟悉不过，和瓶罐以前捡到的那几盒磁带里的一模一样！他在初中时曾扒过那曲子的，用音乐老师那把锈了弦的老木吉他。
瓶罐管不住双腿奔跑起来，看见一个帅气的男孩抱着黑色的电吉他坐在录像室门前，摇头晃脑地沉醉在自己的世界里。

足足10分钟的时间，那男孩没发现瓶罐几乎贴身站在他面前。
他睁开眼后严肃地打量了一会儿瓶罐，忽然笑着把吉他递过来：你会不会？来，玩一下！
瓶罐不敢伸手去接，他愈发起劲地把吉他撑过来：没事儿，一起玩。
瓶罐双手捧过那把电吉他，磕磕绊绊弹了一首《花房姑娘》，那男孩蹦起来大喊大叫：我的天，你弹得可真烂！
他用膀子撞瓶罐，冲着瓶罐的耳朵喊：可是太好了，你也喜欢摇滚乐！

还来不及和他细聊，学校放学了，学生潮水般涌出来，瓶罐跑回去帮母亲卖快餐，屁股后面跟着那个男孩。他斜挎着吉他酷酷地买了一盒快餐，坐在路边的石头上边吃边和瓶罐聊天。
路过的学生羡慕地看看瓶罐，敬仰地看着那个叫建敏的男孩。

后来才知道建敏小有名气，常在学校的剧场里演出，许多人以能和他认识为荣，可他傲，看谁都俗，都不入眼。

瓶罐一直很奇怪建敏为什么愿意和他交朋友，建敏父母都在银行里工作，家庭环境优越，家里还开了电脑公司、录像厅、影碟店、长途电话室……半条街都是他们家的买卖。
对瓶罐这样连个饭店服务员都应聘不上的人来说，建敏简直富贵得不敢想象，金光灿灿得高不可攀。

年轻时的友谊总来得猝不及防，金光灿灿的建敏开始教瓶罐弹琴，成宿成宿地和他聊音乐。那时快餐摊已被清理取缔，瓶罐在家吃白饭，建敏天天一起床就跑来瓶罐家，吉他、音箱、效果器，一样样地搬过来，排练厅一般。
他给瓶罐打开了一个世界，大部分时候瓶罐像是在听天书，那么多陌生的词，那么多陌生的外国乐队名，那么多陌生的旋律，却又听得人那么心潮澎湃。

建敏给他听邦·乔维，听蝎子听枪花听穷街，狂躁的金属乐差点把屋顶掀翻，院子里的鸡惊慌失措，扑啦啦飞上屋檐。建敏敞开窗户，说这些声音应该响彻全世界，又扭头和瓶罐说要和他组乐队，将来二人并肩去征服世界。

可相比起征服世界，瓶罐那时更渴望有份工作，求恳的话是开不了口的，日复一日他眼巴巴地等着建敏主动提起，毕竟半条街都是建敏家的，给一份工作应该不难吧,录像厅、电话室、影碟店……

等来等去,没等来建敏开口,这人仿佛看不到瓶罐家徒四壁的模样,或者说看到了也没在乎,对于这个世界他好像什么都不在意,眼里心里只有摇滚乐。

建敏是个很奇怪的人,有时天聊到一半忽然就闭嘴不说话,有时候猛地就高兴起来。有一次他留宿,睡前吃糖豆一样往嘴里塞白色小药片,药瓶子他不让瓶罐看,只说不吃睡不着觉,好多年了……
过了一会儿他高高兴兴地用肩膀撞瓶罐,像分享一个了不起的秘密:我有神经病呀!
他说:所以我吃药片。

他说:可是当我弹琴的时候我是没有任何病的,他们完全不明白这一点!

犹豫再三,瓶罐开口问他:那,你觉得你的出路会是什么?是音乐吗?靠这个吃饭?
没人回答他,建敏已沉沉地睡去,蜷缩得像个婴孩。

也好,他没听到,他这样的孩子怎么会担心出路,他们家有钱……
莫名就悲愤了起来,悲愤之后是沮丧,你要是真把我当朋友,为什么不能像个朋友一样帮帮我?随便给我份什么工作都行,别再让我在家吃白饭。

瓶罐在家吃了一年多白饭,除了和建敏玩音乐没有别的事可干,每天母亲从地里回来之前他都会提前关掉音箱，不想让母亲难过，不想让自己难堪。

可算熬到18岁有了身份证，他终于找到了一份工作，在一家书店当了小店员。

朝九晚五的生活占去了大部分时间，他没有太多时间去找建敏玩，偶尔路过录像厅，总会看见建敏独自埋头练琴，铜锈染绿了左手指尖。

除了瓶罐，建敏没有别的玩伴，他有时候会跑来书店找瓶罐，带着新歌，手舞足蹈地跟瓶罐分享和讲解。书店规定员工上班时不能聊天，违规者要么罚款警告要么砸饭碗，建敏一如既往地对很多东西视而不见，扯着嗓门和瓶罐聊音乐，瓶罐没少挨同事白眼。

敷衍过他几次，让他先回去，下班后会去找他。

起初管用，后来专门跑来质问：你昨天怎么没来排练？

同事们都在，经理也在，瓶罐慌慌张张把他请出门去：求求你，别砸了我的饭碗。

他愣了一会儿，笑了一下，转身离开，边走边哈哈大笑。

瓶罐！他头也不回地喊：

……可我只有你这一个朋友啊瓶罐！

难道我的朋友就很多吗？！

火气一下子压不住了，瓶罐冲着他的背影喊：你到底懂不懂啊！我也要吃饭！

（五）

建敏不再出现，瓶罐保住了工作，一年后因表现突出，被调往昆明总公司。
临行前他去找过建敏，找不到，或者说躲着不见，于是很久没见。
昆明的工资每月六七百元，除去房租和吃饭，每个月只能攒下一百多，每过半年才回一次家，为了省钱。

为家里分忧是无望了，能做到的只是不再吃白饭，他睡不着的时候会想妈妈，想姐姐，越想越睡不着，想起了建敏常吃的安眠药小白片。
也不知道建敏怎么样了⋯⋯
应该能找到新的朋友去组乐队吧，应该已经忘了这个俗气的只想着挣钱吃饭的瓶罐。

2005年春节，瓶罐从昆明回家过年。
年三十，年夜饭前，姐姐指着电视叫起来：瓶罐，这不是你的朋友建敏吗？
电视里建敏抱着一把蓝色木吉他坐在灯光下唱着歌：

我情愿化作一片淡淡的云，让快乐与我们永不分离⋯⋯

节目主持人在画外音里说：⋯⋯本台记者获悉，这是一场别开生面的春节联欢晚会，病人演唱了自己的原创歌曲⋯⋯

病人？大过年的住院？

他撒腿就跑，大年夜没月亮，黑漆漆的街上鬼影子都不见，建敏家大门紧锁，无人在家，没人能告诉他建敏生的是什么病，在哪个医院哪个病房。

回去的路上他气得胃疼，生病了也不告诉一声，看来是真把我这个朋友给忘了。

却是没忘。

正月初三，建敏倚在门框上问瓶罐：怎么样兄弟，你吃上饭了吗？过得好不好？

鼻尖上全是虚汗，他的气色十分不好，说是刚从医院里出来。瓶罐问他是什么病，他不耐烦地挥挥手：不想说了，说了你也不会明白什么是抑郁症，你和他们一样，就当我是神经病就好……

确实不明白，2005年的瓶罐不知道什么是抑郁症，他对建敏说，那你就多喝开水，按时打点滴吃药，别放在心上……

建敏不说话，闷头坐了一会儿就走了，临走前问：瓶罐，我以后想你了可以去看看你吗？

他用肩膀撞了撞瓶罐：说话呀，别傻乎乎的……

他说：我可只有你这一个朋友。

建敏后来来过昆明，2006年。

当时图书公司在每所大学都开了一个书店，瓶罐被分配去其中一个店当店长。

说是店长，工资没怎么涨，全体员工就他光杆司令一条。店址位于学校的地下室，终年不见阳光，按照规定，每天日出时进去，下班出来时已是夜里11点，他却爱极了那个地方。

书店生意不好，几乎无人光顾，起初无聊得发疯，后来被逼无奈开始看书度日，一天一本书地看下来，他看上了瘾，很快近视了，厚厚的眼镜卡在了脸上，像个真正刻苦的大学生一样。
……如果当年不辍学，如今应该也大二了。

瓶罐读书时习惯放歌，办公电脑调到微小的音量，依旧是摇滚乐，从小听到大的声响。他日复一日坐在那个地下室里听歌读书，文史、社科、学术，什么书都读得进去，不知不觉攒出了研究生才有的阅读量。
他试着读大学专业教材，啥专业的都读，接到建敏电话那天，他刚啃完一本教辅材料。

建敏拎着一把吉他站在十字路口冲他笑。
瓶罐，他说，我不是专程来看你的，家里人给我预约了一个心理医生，我是来看病的。

在昆明看心理医生期间，建敏每天都会坐很久的公交车来找瓶罐。
他当时已用不同的音乐风格写了几十首歌，抱着吉他一首一首地唱给瓶罐听，每一首的间隙都会把创作背景讲了又讲，听得瓶罐惭愧内疚又感动……
几年前跟他学的那些和弦，基本快忘干净了，但怎么好意思去打断他呢，只好皱着眉头，故作思索后胡言乱语几句不着边的评语。

好在书店里没别人，再也不用担心被辞退或罚款，时光仿佛倒流回了几年前，两个好朋友，一个说，一个听。

人长大了一点，很多话说出口也就没那么难。瓶罐告诉建敏，家里至今还欠着一屁股债，他的想法是在书店熬点资历，争取升职加薪，希望未来能给家人减轻一点负担。

他对建敏说：我只是爱听歌……其实没什么音乐天分，我只有眼下这么个出路了，你会不会觉得我俗气？

没有什么犹豫，建敏立马说会。

他悲哀地看着瓶罐。瓶罐啊瓶罐，他说，不管有没有天分，你都应该搏一搏的，咱们俩都应该好好准备，然后……一起去考云南艺术学院！将来做个职业音乐人，咱们组个乐队去征服世界！

他说：瓶罐，你可一定要听我的啊，这才是咱们的出路，咱们可是命中注定要认识的人啊瓶罐。

建敏，怎么可能听你的呢……

你会和姐姐哭着推让上学的机会吗？

你求过城管不要把扁担没收吗？你的母亲40岁出头就愁白了头发累弯了腰吗？

你当过民工抡过大锤吗？你怎么可能知道虎口震出血口子的滋味？

建敏，我和你不一样，你随随便便可以丢弃的，我从小需要从垃圾堆上捡回。

建敏，我甚至不敢随便生病，我太害怕失业了，不要再说什么艺术学院了，我只有初中学历。

…………

建敏没再来过书店，他没打招呼，离开了昆明。
那么昂贵的心理医生医疗费，也不知道他痊愈了没。

建敏走后，瓶罐继续读书，但不再听歌，地下室里安安静静的永远不见阳光。
一屋子的书都快看完了，秋去冬来，又是一岁。

（六）

2007年春节，又见了建敏一回。
瓶罐回家过年，刚踏进家门没一会儿，建敏就到了，听说他最近时常来打听消息，问瓶罐啥时候回。
他说：瓶罐，没事，我就是想看看你。

那天又是大年三十，一个接一个的电话喊他回家，他坚决不回，说想和瓶罐在一块儿，年夜饭也和瓶罐一起吃了。
那时不知何故，他把电吉他和音箱全卖掉了，随身只带了一把蓝色的木吉他。
他说：唱会儿歌吧瓶罐，很久没唱了。

他不唱歌的时候精神恍惚，一拿起吉他，十足的精神。

他唱了几首新歌，说：瓶罐，别人都不喜欢这些歌，可你要记住这些歌呀。

他们又一起唱了几首老歌，最后一首是蝎子乐队的 *Wind of Change*[1]：

Take me to the magic of the moment，On a glory night……

从小他们就熟稔这首歌，瓶罐吹口哨，他弹琴。

歌唱完已是半夜，建敏走时留下了琴。
他说：瓶罐，送给你了，以后工作累了的时候，就弹一弹。

……那首 *Wind of Change* 是他们初次认识时的歌。
那时瓶罐和母亲摆摊卖盒饭，循着电吉他的声音跑过半条街，屏住呼吸听，睁大眼睛看。
那天建敏把吉他递过来：没事儿，一起玩。
他冲瓶罐大喊大叫：我的天，你弹得可真烂！
他用膀子撞瓶罐，冲着瓶罐的耳朵喊：可是太好了，你也喜欢摇滚乐！

……当年成为朋友后，建敏曾问过瓶罐，是怎么接触到的摇滚乐。
瓶罐羞涩了半天，翻箱倒柜找出那几盘磁带，献宝一样捧到他面前。

---

[1] 歌名即《变幻之风》，歌词大意为：带我到那神奇的一刻，在一个荣耀之夜。

他的表情变得很奇怪，抱住瓶罐狂笑，疯了一般。
会有这么巧的事！
看来我们命中注定要当朋友啊！
他抱着瓶罐大声喊：这是我扔掉的磁带！

2007年的那个除夕，告别瓶罐后，建敏没有回家。
年初六时，在一个山坡上找到了他，表情不是很痛苦，靠着山坡，朝着太阳升起的方向。
身边撒着几粒没吃完的安眠药药片。

建敏的骨灰后来撒在南汀河的源头，瓶罐去看过他，带着那把蓝色的吉他。

（七）

2010年时，我认识了一个普通得丢进人堆就找不到的男孩。
个子矮小，厚厚的镜片，他说他叫瓶罐。

那时除了大冰的小屋，我和大松还合伙开有一家叫五一公社的酒吧，这男孩来应聘，背着一把蓝色的吉他，拎着一捆书，神情局促极了。
店长梁博问他应聘的原因，他的回答是——想替他自己，和他的朋友，一起找条好出路。

我走过去问他：说说看，什么才是好出路？
他低头想了半天，很诚实地告诉我他不知道。
他眼巴巴地看着我，说就是因为不知道，才想要试试去找那条路。
我没再追问他，这明显是个老实巴交的孩子，不知为何有种预感，如果再问下去的话，他会掉眼泪的。

我们留下了瓶罐当服务员，那时酒吧管吃住，瓶罐每月的收入基本全寄回家，总听他说快了，就快还清家里的债务，没听他再提起那所谓的出路。
印象里他很节俭也很勤快，寡言少语踏踏实实，但一拿起琴就变身，整条街都在唱民谣，唯独他是重摇滚，确实不怎么受欢迎，听众频频皱眉，他的技术不怎么成熟。

我那时不怎么去五一公社，基本待在大冰的小屋，偶尔朋友来了会去坐坐，比如张智，比如俊德兄老吴。张智总是带着冬不拉来，酒酣时不用人劝就会演奏，有一次智智唱：

我从来都不认识你
就像我从来都不认识我自己
所以我不停地走，所以我不停地找啊
太阳升起来又落下去
爱人来了她又走了
所以我不停地走，所以我不停地找啊……

不经意间一回头，瓶罐端着一盘啤酒站在不远处，满面泪痕，呆若木鸡，镜片模糊。

五一公社很快倒闭转让，人员全部遣散，大松继续去开他的鼓店，店长梁博去当了自由摄影师，后来帮我的书拍了许多插图。
我云游半年后才回来，再见到瓶罐时，他在大松的鼓店打工，相比他的演唱，他的鼓技好得太多，短短半年不见，已是个出色的鼓手。

大松那时收瓶罐当徒弟，一高一矮两个人经常对坐着敲鼓，手指翻飞眼花缭乱，一个肥硕而严肃，一个瘦小而严肃，大松不停他也不停，俩人经常一敲半下午。
大松私下里很感动，他对我说：带了这么多徒弟，再没有谁比瓶罐练鼓更刻苦……
他说：这小子简直有双铁砂掌，咋敲也不受伤，力道大得像是在砸石头抡锤子……

我带瓶罐回小屋喝酒，问他：怎么样，觉得找到出路了吗？
他冲我笑，操着浓重的临沧口音说大松对他很好，他就快要还清家里的债务了……

我勉励他继续努力，人嘛，只要咬紧牙关一口气不泄，终会有出头之日。
他点头，说书上也是这么说的，然后发了一会儿呆，双肘撑在膝盖上，垂着头。

踌躇半晌,他给我讲了一个故事,一个关于他朋友的故事。

(八)

不是建敏,是阿江。
听瓶罐说,那曾是他认识的牙关咬得最紧的人。

阿江长相酷似当时当红的明星景冈山,英武帅气一脸正气,他大瓶罐三岁,两家是邻居,一样的初中辍学,一样贫寒的家境。
村里很多人都感慨,这个孩子如果生在大城市就好了,说不定能上电视当演员当明星。

阿江常在河边练武,雨季河水汹涌湍急,人们沿用大禹治水时的方法,打上碗口粗的河桩,再将竹编的箩筐塞满卵石,以防止农田被冲毁。

两米多高的河桩,阿江可一跃而下,身手之矫健,令人震惊。
他之前出过车祸,汽车翻下山崖,捡回了一条命,医生在病历上写着:右腿和左手粉碎性骨折,左手手筋断裂。由于失血过多,造成右腿部分肌肉坏死,康复后不能自如行走。
很难想象一个伤残至此的人可以复原得这么好,惊人的决心和毅力。
他舞起双节棍来腾挪转移,骨折过的腿可以回旋踢。

瓶罐和母亲摆摊卖快餐时,阿江在旁边那所学校当保安,几乎每天早上他都会喊瓶罐一起去跑步,说这样说不定瓶罐就能长高一点,就可以推荐瓶罐和他一样去当保安。

他还教瓶罐练武,房梁上悬着一个沙袋,里面全是玉米,阿江说:等到有一天他把这些玉米都打碎的时候,他就上路去完成他的梦想。

他的梦想是一路徒步去拉萨……去那里当保安!

瓶罐当时对阿江崇拜坏了,他简直是同龄人里最有见识最有思想的人,简直比建敏还有思想,而且有份这么好的工作,而且这么志存高远。

没等玉米打成玉米粉,阿江再度遭遇车祸。

他骑摩托车送女朋友回家,返程时撞了树,树撞倒了,人伤得比上次要严重,全身不同程度受伤,左腿大动脉破裂,右手骨折。

他打破了之前被抢救6小时的纪录,这次抢救了12个小时,瓶罐跑去医院看他时,他被包扎成了个木乃伊,由于左腿大动脉破裂,淤血无法排出,医生在他小腿上开了四个口子。

医生说:命算是救回来了,但左腿肌肉全部坏死,后半生看来只能在轮椅上度过了。

医生说:这孩子也太能作了,新伤加旧伤,双腿双脚没有一个是好的。

阿江在医院住了很长时间,出院后一度生活不能自理,只能在床上做一些简单的锻炼。他不听人劝,每次都把强度做到最大,女朋友心疼他,坐在旁边抹眼泪,小声地哭着。

瓶罐去看他,他说:瓶罐,对不起,我没办法帮你当保安了……我的工作也丢了。
他说：千万别安慰我，我自己搞的我认了，但我肯定还会站起来的！

阿江后来果然站了起来，天知道他是怎么做到的。
那时瓶罐已在昆明书店上班，阿江带着女朋友住在附近的小宾馆，他准备在临沧开家小服装店，这次是来昆明进货的。
瓶罐兴冲冲找到了他的房间，没等开口打招呼，先被骇住了。

阿江正在洗漱，只穿着平角内裤，整条左腿皮包骨头一点肌肉都看不到，像一件破了又缝好的旧皮衣，皱皱巴巴地裹在锄头把子上……干尸一样。
阿江淡淡地说：没想到我的腿会是这样吧。
他一边穿长裤一边说：一定不要和别人说……

穿好裤子，阿江拿出练功的小沙袋绑在小腿上。
这不是为了锻炼，他说：腿上没有肉，风一吹，裤子会贴在骨头上，别人会发现。

瓶罐带他们去服装批发中心，步行，阿江不肯打车，一路上瓶罐忍不住去看阿江的腿，他走得很慢，每走一步都故作镇定，咬肌一直是紧着的。
瓶罐，你看什么！他冷笑，我这不是好好的嘛，和你没什么两样吧。

走到一个十字路口，见到路边有几个乞讨的人，有的断手断脚，有的沉睡不知死活。
阿江忽然愤怒起来，加快脚步跟跄走过。

瓶罐！他边走边说，有的人喜欢把自己的弱点放大，暴露给别人，去获得同情，而有的人死也不会让别人知道自己的弱点是什么！

一旁的女朋友忽然哭了起来，边走边呜咽着。
阿江走得越发快了起来，铁青着脸，跟跟跄跄的。

半年后阿江的服装店倒闭，本钱赔得一干二净。
一度不见了阿江的踪影，传言里生意失败后他去了西藏，一个人徒步。
传言里阿江成了个人渣，他太不知好歹，几次动手去打那个无怨无悔照顾了他那么久的女朋友，人家最终和他分手。
这样忘恩负义的人让他自生自灭去吧，瓶罐你没必要再和他联系。

于是许久许久没有再联系，再见到阿江时他已微微佝偻，面上多了暮气，裤管空空荡荡，那个小沙袋他已经不再戴了。
那个玉米沙袋还挂在房间里，落满了灰尘，两人对坐着抽烟，两个从小一起长大的朋友。

阿江说，他沿着214国道走到了香格里拉，体能耗干，遭遇了严重的高原反应，大病，没再接着往前走，后来随便找了个工作，当学徒工。
瓶罐，他苦笑，我不是厌，是真的走不动了。

二人沉默了一会儿，瓶罐终于问他，为什么会和那么好的女朋友分手。
阿江一言不发，良久才开口：
所有人都咒骂我，但是有些话我不能对他们说……也不能和她说。

我女朋友她对我真的太好了，我也太爱她，既然爱她，就不能让她后半辈子跟着我吃苦，不能保护她反而拖累她，这对她不公平。

瓶罐问：好好和她说不行吗？你怎么能打她？
眼泪在打转，阿江定定地看着瓶罐，低声道：不打她，她怎么会愿意走。

（九）

再见到阿江，是在建敏死后不久。
听说阿江住进了康复医院，患的是躁狂症。
那家医院建敏也住过的，还在那里唱过歌，那里居然住过瓶罐最好的两个朋友。

瓶罐没什么钱，只买得起一只烤鸡、两瓶冰可乐，他拎着东西去看阿江。
医生说，这里除了病人的家人，极少有朋友来探望的，你是今年第一个。

见面后没有什么客套，阿江冷冷地看他一眼，伸手抢过一瓶可乐，哆嗦着拧开，一口气喝了半瓶，他说他已经好久没有喝过冰冻的饮料了。
后来才知道，康复医院没有超市，家属给病人带来的东西由医生统一保管，每天按时按量发放。每天发放时没有阿江的，他已被遗弃了。

说话间，旁边一个中年病人突然拼命地用头撞墙，瞬间鲜血四溅，瓶罐起身准备去阻拦，阿江一把拉住了他手腕。
我给你一个忠告！他的手指关节捏得嘎巴嘎巴响：

不要对人太好，他死他活他的命，和你有什么关系！

……曾经的他不是这样的，那时候他天天早起去喊瓶罐跑步，说这样瓶罐会长高，就可以帮瓶罐找到保安的工作，这样瓶罐就不用天天愁眉苦脸的了。
曾经他躺在病床上歉意地说：对不起，瓶罐，我帮不了你了……
如今他直勾勾地看着人，眼白里通红的血丝，像只野兽一样。

有个病人痴笑着，三番五次地过来要可乐喝，瓶罐刚把手放到瓶子上，阿江一把夺过来：不要给他！
他吼：这是我的！

本来还想和他说说话，告诉他建敏死了，最好的朋友死了。
他知道建敏这个人，他曾经鼓励瓶罐好好跟着建敏学吉他，告诉瓶罐，这说不定将来会是一条出路呢。他说将来他去拉萨当保安，瓶罐可以去当歌手，他们可以把沙袋扛过去，这样可以每天继续一起练武了。
他现在已经什么都不在意了。

探望时间很快结束，阿江问瓶罐，还会再来吗？
他看着瓶罐，说：我知道你不会再来了，和他们一样……
他直勾勾地看着瓶罐，喃喃地问他：为什么是你来呢？为什么不是她呢……

离开前，他问瓶罐身上还有多少钱，不管有多少都给他买成可乐，这样他可以随时喝。
语气是命令式的,细想想,却是从不求人的阿江从小到大第一次求他。

瓶罐去医院外的小超市买了半箱可乐。
那天泪水打湿镜片,什么路也看不清,他抱着可乐站在大太阳底下,独自哭着。
他最好的朋友死了,他另一个最好的朋友想喝可乐,他身上没钱,只买得起半箱可乐。

几个月后阿江也死了。
可乐剩下了两瓶,阿江没舍得喝完的。

(十)

2010年,瓶罐应聘时说,想给自己和自己的朋友,找条出路。
细算算,建敏和阿江死时,瓶罐刚20岁出头。

无从得知这么年轻他承受的是怎样的打击,以及他是怎样下定的决心。也无从得知他在说这话前已经找过了多少个地方,碰了多少次壁。
只知他确实是在找路。
像个没有火烛的夜行人,摸索在暗夜里。

当年大冰的小屋里藏书不少,概不外借,唯独对瓶罐例外。他和那时混丽江的大部分年轻人不同,勤勤恳恳练鼓,认认真真读书自学,不是来混日子的。
可他反而比那些混日子的人迷茫多了。

有时候我夸他借的书越来越深,他老老实实地回答,自己也不知道读了有什么用,但应该读了就比不读强吧,他不敢让自己闲着。
他说每当他认真读书和认真练鼓时,心里就会好受一些,就仿佛有个希望和盼头在前面等着……可他依旧不知那出路到底是什么样子的。

该和他说些什么呢?
告诉他算了吧,回去吧,回家去?
告诉他醒醒吧,接受现实接受平凡?
扎破别人的气球是王八蛋才会干的事,那些教人认命的话,王八蛋才会说。
起点低,就没有站上赛道的权利?
原生土壤贫瘠,就注定困在贫瘠里?
身旁像瓶罐那样的穷孩子不少,他的经历不算唯一,除了一句瓶罐你加油,别的我什么也不能和他BB。

2013年后我基本不怎么再去丽江,迁居了大理,和瓶罐的交集越来越少。
印象里好像是帮过一次小忙,忘了是什么缘由,大松让我帮瓶罐开一份什么带公章的音乐工作证明,他说他没有公司开不了,而瓶罐又确实已经工作了好几年了,拜托我务必必破个例。
大松对每个徒弟都很好,类似这种帮徒弟的破例事,他没少找我务必……

忽然想起来还有一件小事,也是类似的务必。
有段时间大松很积极地帮人推销茶叶,好像是瓶罐家里人种的,他满世界刷脸找销路,对我说瓶罐一大家子都过得紧巴,好不容易搞了点副业,不支持一下真的说不过去。
大松如果能把这精神头放在自己的生意上就好了,一天天的,净帮别人做嫁衣。
茶是好茶,我没二话,买了很多斤……吃了很久的茶叶蛋。

可是对于瓶罐,我有过一点小小的失望。
那时大松鼓店倒闭,我回去帮他搬家,没见瓶罐的踪影。

话说一个徒弟也没来。
大松死要面子,说是他才不希望来呢,说徒弟们都忙,都各有各的事情……
那天他抱着一只手鼓坐在门槛上,努力表现出一副豁达的样子,说没关系,鼓店倒了就倒了吧,毕竟大家在这里还留下过很多美好的回忆。

别人不来也就不来吧,瓶罐不来,着实有点凉人心。
我记得鼓店最兴旺的时候,曾有半熟不熟的客人在这里装大尾巴鹰,指着瓶罐开口骂:小四眼,怎么光敲鼓不干活,让你老板一个人忙前忙后的,真他妈没规矩!
大松大喝一声:呔!

是的没错,他喊的是呔……特别复古的只有《隋唐演义》和《西游记》里才会用的开场语。

那天他把客人撵了出去,站在门口掐着腰:这里没有老板,他们都是我的姐妹兄弟!
他说他和他兄弟们的这家店欢迎朋友,但谢绝上帝,如果居高临下不懂尊重人就请出去,他不做这种人的生意。
忘了瓶罐当时的反应了,自然应该是很感动,以及感激。
被撵走的那种人后来黑了大松很多年,满世界说大松装×。

大松的鼓店倒闭那天,我想起了瓶罐,但没和大松提,不想戳他的心。
他自己也没提,哪个徒弟他也没提,最近的那个徒弟新开的鼓店就在附近,雇了个穿着民族服饰的妙龄少女,抱着非洲手鼓敲着架子鼓节奏,接受着各路游客的闪光灯,大喇叭里放着后来烂大街的神曲嘀嗒嘀嗒嘀嗒嘀嗒……

瓶罐可能像其他徒弟一样,早已审时度势离大松而去了吧。
应该也已经开了自己的手鼓店了吧,开始趁着雨后春笋般的鼓店大潮,咔咔挣钱做生意。
也好,也算是找到了一条安身立命的途径。
只是不知,那是不是他想要的那个好出路,他自己是否满意。

其实我当时有什么资格对瓶罐失望呢?
过得好一点有错吗?阶级固化,上行通道封闭,他那样的穷孩子一直打工一直迷茫一直找不到出路到最后滚回家去锄大地了他就仗义?
他其实已经很仗义了,我一直记得他最初的那句话——
他不仅是在给自己找出路,还有他两个已经死去的年轻的兄弟。

…………
鼓店倒闭后,很久没再见瓶罐,我几乎快忘记了这个人。
不可能铭记住那么多的过客,非薄凉,我的大脑没那么多的内存。

那时我已是个写书的人,书出版后需要搞搞读书会,我去了很多的地方,从上海到广州,从北京到南京。那时候除了书店也会进进高校,南京的同学很热心,开场前专门安排了热场乐队,说会送我一个小惊喜。

第一首歌唱完我在后台就坐不住了,琴声歌声也就罢了,这鼓声也太熟悉!
这浮点,这切分,这空拍的位置,这双跳这三连音,没错了,这独特的打法货无二家,肯定是大松这个狗东西!

却不是大松,敲鼓的那个人在表演结束后抱着手鼓跑到我面前。
他喊我冰哥,憨厚地笑着。
我诧异坏了……
瓶罐!你怎么在这里?!

瓶罐白了一些,镜片也厚了一些,斯斯文文的,穿着格子衬衫。
他说他学古典吉他、学作曲,组了自己的校园乐队……

他说他这几年在南京艺术学院上学,是南艺的学生。

(十一)

自然是有奇遇。
不然一个一穷二白的初中肄业生怎能上得了中国六大艺术学院之首的南艺。
就算上得了,又怎么可能读得起。

说是奇迹,不离冥冥。冥冥之中的命运之神铁血无情,却又恪守着他独特的公平。
这个奇迹之所以发生在瓶罐身上,自有其道理。

瓶罐的命运转折在古城的一个旅游淡季。
那时鼓店没什么客人,包括大松在内的所有人都度假去放了羊,店里只剩他自己,他没有玩心,也无处可去,人多人少无所谓,一如既往地自修自习。

扭转瓶罐命运的是个神秘的老者。
他施施然而来,对瓶罐说的第一句话是:不错,你是个挺特别的年轻人……

老者儒雅清癯,布衣布履,掩不住的书卷气,开口是不松不垮的淡淡京音。

他告诉瓶罐,自己在小河对岸品茗,被瓶罐刻苦习鼓的模样吸引,后又见他手不释卷,一整天下来练鼓和读书往复交替,竟不见片刻的懈怠,也不见他和左近店铺里的人一样无聊惝闲,吹牛打屁。
更不见他玩手机。

老者观察了瓶罐不止一天,越看越心生欢喜,他对瓶罐说业精于勤,人贵在自律,又问瓶罐的母校是哪所大学,那里的学风一定极佳,培养出来的学生这么勤于自我教育……
瓶罐老老实实地告诉他:我初中肄业,没完成九年义务教育。

老者不动声色,静静地看着瓶罐酒瓶底一样厚的眼镜,他随手翻阅瓶罐身旁的书籍,抽出其中几本问:……读得懂吗?
瓶罐说:第一遍读有点吃力,第二遍就好一些了,后来把几本交叉着读,越读越能读进去。
老者点点头,起身,离去前淡淡地致歉,说自己问的那句话,有些失礼。

老者后来又来过两次,路过的样子,问过瓶罐几个问题,闲谈式的语气。他问了瓶罐的收入,问了一些瓶罐的过去,瓶罐和姐姐当年关于退学的对话让他略有动容,说了一声可惜。

说也奇怪,那些藏在心里的往事轻轻松松就道出来了。老者礼貌而平淡,身上却有种莫名的亲和力,瓶罐和他聊天没什么压力,于是试着把自己读书时困惑和不解的地方求教于他,他不吝赐教,学问之深之博,甚为骇人。

猜他必是大方之家，老者不掩饰也不多提，只说自己是学人一枚，去国已久，此番因思故土而归，计划把年轻时去过的地方都走一走，没料到这一站遇到了瓶罐，一个和他一路上遇见的年轻人都不同的年轻人。

老者看着瓶罐，正色道：既然遇见了，不如咱们结个缘。
他问：你想上学吗？
瓶罐笑：当然想了，想了多少年了，但上不了哦，您看我这情况我这条件……
老者打断他，淡淡地说：
好，既然想，那就去上吧。

……奇迹发生时，瓶罐是蒙的。
什么？说要送我去上大学？还是南京艺术学院？帮我搞定入学？
他心说这别是个骗子吧！

老骗子说：半个月后你就可以入学，但你要考虑清楚，没有学籍，没有学位证也没有毕业证——你只是去上学。
瓶罐一颗心怦怦跳，不是骗子……那就是真的？！
也就是说幻想了多少年的重返课堂终于可以变成现实了？
也就是说，建敏曾心心念念的艺术学院，我可以去上了？

真的又能怎样呢……
他哆嗦着嘴唇谢了老者，又拒绝了老者，话一出口浑身的汗都涌出来了，一并涌来的还有漫天的委屈和无力。

有那么一刹那的时间他想把鼓砸了把书撕了，他忽然发现自己是没有出路的，哪怕路就横在眼前他也是没有资格去踏上的。
明明触手可及的希望却不能伸手去接，他觉得他快死了。

好，可以上大学，但四年的大学学费，去哪里借？
那个数字一定比家里欠的债还要多，因为那笔债，他辍了学去抡大锤十五六岁满世界找工作；因为那笔债，母亲累出了一身的病父亲至今还在当民工……为了自己的出路，把家里人逼死吗？
一家人苦了这么多年好不容易快还清，怎么？再欠一次吗？比上次还多？

可老者说：孩子，全部学费杂费我会帮你支付。
他说：这笔钱不需要还，你不欠我什么，你毕业后也不需要帮我做什么工作，以后你想干什么就去干什么，你会找到你自己的路的。

他说：我只是想帮助你。
他指指鼓，又指指书，说：瓶罐，你是个值得去帮助的孩子。
他起身，正色道：我只是代替老天来帮你。

（十二）

我曾去过南京艺术学院，在那里我遇见了久违的瓶罐，那天他和他的乐队做了出色的演出。
建敏曾经的梦想，瓶罐帮他实现了，他们演奏了建敏的歌。

瓶罐那天感谢了我，谢谢我曾借书给他看。
还谢谢我曾帮他出具过一份音乐工作证明，那是他入学唯一必须要提供的文件。

瓶罐说，他还特别感谢大松，大松得知他要上学的消息后高兴疯了，差点跳河。
那时候我才知道大松一直偷偷给瓶罐打生活费，鼓店倒闭后还在打。瓶罐说他饿不着，大松说那就吃得再好一点吧，上学费脑子，要多吃南京的鸭子！
大松还满世界帮瓶罐家卖茶叶，让他少一点后顾之忧，可以安心学音乐。

瓶罐说鼓店倒闭时大松不让他回去，说敢耽误上课就翻脸，但他把最好的手鼓给瓶罐留下了，就是刚才演出时敲的那一个。
……就是鼓店倒闭那天，大松坐在门槛上抱着的那一个。

问及那个侠义老者，瓶罐说每学期的学费从没晚汇过一天，却再没见过他。
事了拂身去，老者不肯再见瓶罐，不肯听谢。
他甚至不去勉励瓶罐好好读书什么的，帮了就是帮了，光风霁月。

不敢扰了侠者清净，本文隐去老者之名讳，能说的只有，那是个真正的大家，真正的师者。
我从瓶罐处录得老者诗作一首，应是其游历故土时所作。
或可窥其风骨，解其悲悯，知格局之大。

《七律·西塞怀古》
秋风萧瑟星光寒，一路踌躇过贺兰。
大冢墉墉西夏客，沙棘汹汹房骑天。
冷月空悬荒城上，残垣孤伫古道边。
是非兴衰谁写史，沙鸣水啸自难全。

瓶罐是个重情谊的人，老者不许他感恩，他却是决心要报恩的。
他告诉我，他想好了，但凡他也有能力的时候，他也会这样去帮人的。
我说：你看，这不是找到出路了吗？

那天他摘下眼镜，微笑着擦去眼泪。
他说：
要是当年有人也这样帮帮建敏就好了……
要是也这样帮帮阿江就好了……

（十三）

从瓶罐毕业到现在，又是好几年过去了。
出乎意料，他还在敲鼓还在唱歌，却并未以音乐为业。
他放弃了那条来之不易的出路，带着一肚皮的作曲知识，回临沧老家种地去了。

不是没有替他可惜过，既然都走出来了，何必又回去？
可瓶罐说，当找到了那条好出路之后，反而不再执着于出路二字。

他说他想回家，回到家人们的身边，回到朋友们死去的地方，守着他们陪着他们照看着他们，不再在意什么出路。

太在意出路了，反而会没有了出路。

具体来说瓶罐是种茶，从临沧市里开车70多公里处有个邦东乡，路无百米直，崎岖难行，极难抵达。瓶罐的茶地在那里，一个叫曼岗的小村子。

大松去过那里，说坐车坐得屁股疼，累惨了。

但他每年都去，每次去之前都兴致勃勃地喊我同行，每次回来都给我分一点古树普洱茶。

入口柔，一线喉，涩感极低花蜜香明显，茶汤细柔，喉韵悠悠。

当真是好茶，骗人我是狗，但每次大松分我的都不多，铁皮盒子小小只，也就他妈够喝一星期的……

倒也不怪他抠，他的茶树他的茶，他宝贝着呢。

那棵古茶树4米多高，500多岁，瓶罐送他的。

听大松说，瓶罐这几年发展得不错，还是一如既往地勤勤恳恳，劳作得辛苦，可但凡有空，依旧练琴练鼓和读书。

他说瓶罐种了很多茶树，让不少人有了工作和收入。

大松和我描述了茶园里丝缕不绝的云雾，告诉我高山云雾出好茶。

又告诉我那坡地上遍布大大小小的花岗岩碎石，几百年的山体变迁，有些茶树的根部被石块压住，有些茶树匍地而生，从石缝中钻出……崎岖烂石上，得此一寸芽。

大松热爱感慨，他道：雾气里看茶树看得久了，就像是在看烟火人间一般，直的直来曲的曲，各有各的不易，各有各的长势……都在雾里头。

我说行了，知道你借物喻人，别喻得那么生硬行不行？
大松笑，说：瓶罐一直等你去呢，念着你对他好过，也想送你一棵茶树。
当然会去，去看看瓶罐，去看看那些顺势而为的虬曲，去浸一浸雾水，去品一品何谓茶之上者生烂石。

我说，我替瓶罐的茶起个名字吧。
今适南田，或耘或耔，不如就叫：南耘。
大松说行了行了，起名就起名，别起得那么励志行不行？
哎我去，一个耘字而已，除草而已培土而已，和励志有半毛钱关系？
《归去来兮辞》里不是说过的嘛：
怀良辰以孤往，或植杖而耘耔……
一条路径而已。

《归去来兮辞》里还说：聊乘化以归尽，乐夫天命复奚疑。
雾气里，碎石下，夹缝中。
细想想，却也没有比这更好的出路。

▶ ▷ 小屋大理分舵・西凉幡子《晚歌》

▶ ▷ 小屋厦门分舵・吴奉旸《沈敬仰》

▶ ▷ 小屋济南分舵·楚狐《安心调》

▶ ▷ 小屋丽江分舵·白玛列珠《姐姐今夜我在德令哈》

兄弟

有人问,你写过那么多的故事,

为什么不好好写写大松?

他的谈吐那么销魂,他的经历那么动人,

他的心态那么变态,他的为人那么富有争议……

他不也是你的结义兄弟吗?

你为什么总是不写?

偏不爱写!揍死我啊!

……我有苦衷,一言难尽那种。

大松的故事,"罄竹难书"。

很久之前写过的一段歌词：

我希望，年迈时住在一个小农场。
有马有狗，养鹰，种兰花。
到时候，老朋友相濡以沫住在一起。
读书种地，酿酒，喝普洱茶。

我们齐心合力盖房子，每个窗户都是不同颜色的。
如果谁的屋顶漏雨，我们就一起去修补它。

我们敲起手鼓咚咚哒，唱歌跳舞在每个午夜啊。
如果谁死了，我们就弹起吉他欢送他。
…………

很好，时间到了，终于可以把这首歌背后的故事，写下来了。

（一）

一干老友都很奇怪，你写过那么多的故事，为什么不好好写写大松？
你写了茶者成子写了大神铁成写了浪子路平写了铁血老兵，为什么从没认真写写大松？
他的谈吐那么销魂，他的经历那么动人，他的心态那么变态，他的为人那么富有争议……
他不也是你的结义兄弟吗？
你为什么总是不写？

偏不爱写！揍死我啊！
……我有苦衷，一言难尽那种。
大松的故事，"罄竹难书"。

大松兰州人，光头胖子，浓眉小眼大厚嘴唇，爱穿宽袍大袖，乍一看像个妖僧。
按理说西北人最靠谱，他是例外，教科书式的不着调，我认识他多少年就被他硌硬了多少年，无数次地急血攻心想把他打哭。

上次被他气疯是一星期前，他大早上6点把我吵醒，非要传照片给我看，说是他打算养的猪，黑的花的各种猪。
当我没睡醒的时候我的思维能力也没睡醒，我表示我不明白他为什么要养猪。
他饱含深情地告诉我：这样才有家园的气息……

按照他的表述，这个家园不仅要有猪圈，还要有鸡窝，还应该散养几只大鹅看家护院。大鹅好啊大鹅好，他说，有贼来了照着下三路就鸹……
我说你打住，什么家园啊我的松？

搞了半天才听明白——他刚从北京东四环搬走，在京郊农村长租了个小破院子计划长住,那院子里的几间小瓦房他刚修葺完毕,其中一间带火炕的是给我留的。
这样将来我老了后可以去投奔他,大家一起组团养老,一起喂鸡啊喂猪。

他说他特意把那间小瓦房的门槛卸了,这样将来方便我的轮椅进出。

当我没睡醒的时候我的道德尺度也没睡醒,对于他勾画的美好未来我没有一丝感动:
凭什么我就必须坐轮椅?!
咱俩不定谁比谁先偏瘫先脑梗!

知道他是好心,操心我晚景凄凉老无所依,无儿无女无人问津,书也卖不动了没了收入……身为结义兄弟,他决定陪我共度余生。
但大家都才40岁左右,就那么确定我必将成为个老光棍子?有必要这么早就去未雨绸缪吗我的松?
还轮椅?还养猪?
这么早就开养,猪都不会愿意你信不信!

他不信,坚持说早点养可以早点培养感情……
他说,说不定会把猪训练得很出色,说不定能骑,说不定可以套上缰绳拉着我的轮椅去看小老太太们跳广场舞。

我脑补了一下那幅骑猪画面,默默挂断了电话。真的,与其那样,不如让我去安乐死……

我知道他不是在开玩笑,他只是经常会脑子不太好使。

快20年了,他总是这样想一出是一出,满腔晕了吧唧的热血,动不动就上头,动不动就晕乎。

那种晕很持久,只要不叫醒他,他就会一直晕下去那种。

有一年冬天,我带着一个叫大梦的高位截瘫的读者朋友去北极,邀大松做伴同行,他一听到北极二字就晕乎,答应得很爽快,上蹿下跳的,兴奋得像个开水壶。

身为一个鼓手他不忘本,说要背上手鼓去授课,争取让那位特殊的读者在这次旅行中多掌握一门谋生技能,然后他俩一起敲鼓给企鹅听……

我挠墙,企鹅?你确定?

他说是哦,最好是帝企鹅,帝企鹅多有灵性……

他的回答宛如智障,充满着对北极的美好向往,充满着对企鹅的无比真诚。

我向来的做人原则是发自己的光就好,别去吹灭别人的灯。

所以我没拦他,任他带,不去打击他那一片好心。

反正一路上我们体体面面地背着包,他吭哧吭哧扛着个快一米高的鼓。

那只手鼓后来发挥的最大作用是翻过来当了灶架。

我们顶着北极圈午夜的寒风,蹲在游轮边的雪岸上,给那个叫大梦的读者煮了一锅面条,西红柿鸡蛋卤……

大松后来把那只鼓送给了大梦,还在鼓面上画了漫画留念,说画的是帆船一艘,寓意美好的祝福。

可我怎么看怎么觉得是一只小企鹅坐在锅里头。

关于热血上头,另有公案一桩。
有一年秋天大松看电视,地理节目,热泪盈眶地爱上了天空之镜,非说是他灵魂的归处。
玻利维亚在地球另一面,太远去不了,他拖着我自驾去了茶卡盐湖。
上千公里的路说去就去了,真羡慕他有我这样的兄弟,我就没有。

时逢全民出动的长假,便秘一样地堵,期待中的水天一色并未得见,举目处密密麻麻的人头,我差点被挤进盐水池子里去,他一把把我捞上来,深情地远眺了一会儿后他告诉我……
他这会儿认为张掖的丹霞山才是他灵魂的归宿。

他一脸严肃地告诉我:相信我,绝对没错。
……没事,你说哪儿就是哪儿,你说是阴曹地府都行。
……谁让我上辈子缺德,这辈子因果报应有了你这样的朋友。

去张掖要翻祁连山,祁连山上他热血上头,晕晕乎乎地玩儿了一把好心。
当时夜色将临,路边有人拦车求助,说他们的越野车陷进旁边的湿地草甸子里去了,没等我开口盘问完那老兄放着大路不走去轧草甸子干吗,大松一个甩尾,也扎进了那草甸子里头。

我问他这是要做甚?

他豪情万丈地回了我一句：江湖救急，有人需要帮助。
我吼他：可咱们这辆小破吉普没绞盘啊！
他嘎地一脚刹车，我差点被安全带勒死，他说对啊咱们没绞盘怎么拖车……自己也会陷进去！
又说：相信我，绝对……大约好像没问题。

具体救援过程参见我2016年10月6号的微博。
关于此次救援我写了一篇小学生作文，叫《记有意义的一天》，此不赘述。

（二）

若干年来，我和大松同行过不知多少次，祁连山的事情发生过不止一次。
若干年来，每当他鼻孔放大，一脸严肃地看着我说：相信我，绝对没问题……
我立马心口疼，屡试不爽啊，接下来的问题绝对大了去了，即将步入莫测的人生。

有一年夏天我们结伴在泰北旅行，租了一辆右舵车去拜县，车开了俩小时我才发觉没有导航也没有地图，他的回答是几年前曾经走过这条路。
在他鼻孔放大的同时，我和他同时说出了那句话：相信我，绝对没问题。
说完后我自觉放平座椅，开始脱鞋换睡裤。

后排的小明不解，问这是做甚？

我苦笑，睡吧，不睡的话会抓狂，我用命担保接下来你将经历永生难忘的漫漫长路。

小明不屑，嫌我不信任自己兄弟，认为不管大松怎么开，晚饭前总能抵达……

我一觉醒来时已是黎明，车正穿行在野林小路中，耳畔哗啦哗啦的树叶子声，后排咯吱咯吱的咬牙声。

大松友好地向我道了早安，告诉我其实人生就是一场迷途，每个迷路的人都在找寻自己的出口……又告诉我很快就能到拜县了，就快找到出口了，他确定只需要再翻过两三个山头。

曙光中我看了看他那放大的鼻孔，又看看窗外的原始丛林……

枯枝败叶剐蹭着车身，不时有鸟屎落在风挡玻璃上头……

没事，翻呗，你翻你的，我接着再睡个回笼觉，午饭时把我叫醒就行。

我劝慰小明：你大松哥再怎么说也是好心，如果我猜得没错，昨天晚上他一定是和你达成了共识，想带你去小小感受一下丛林夜景，结果再也没摸回大路对不？

我安抚小明：你大松哥再怎么说也是条小生命，你的心情我理解……但咱就不打他了吧，打哭了他也没啥用。

大松扭头插话道：大冰，听到你这么懂我，我很感动。

他表示他一定会深刻检讨认真反省,并承诺绝不再犯。

我跟小明说:这些话你就不要相信了……你就当是个屁,闻闻就行。

每次都是这样!每次都会认真地致歉,诚恳地承认是他的错,转过头来继续诚恳地重蹈覆辙,诚诚恳恳地不长记性。

令人悲愤的是,往往越是这样的人越不羁放纵爱搞事情,主观上还认为自己是好心。

这么多年来,因为他这种不着调的好心,我追着打过他三次。

客观点说,打死他也没什么用。

第三次是几年前去医院探病。

时逢舌头乐队重组,吴俊德老兄勤于排练,走路时恍惚了一下不小心摔进沟里摔肿了重要部位。大松买了两个大号哈密瓜拖我去探病,出了医院大门我追着他踢:

明知道人家摔肿的是那里,你还送这个!刚才还非要当场切开给人家吃……你是不是想搞事情!

他倒是蛮委屈,很严肃地解释说自己是好心,想以形补形。

打你个以形补形!

第二次是十来年前在北京莫斯科餐厅。

那日一碗红菜汤喝美了他,这家伙为了表达对大厨的认可,拍着肚皮当鼓,深情地来了一首《喀秋莎》,用的还是美声。

那天的客人少,只两桌,诧异之余都跑来找他合影,以为他是餐厅的驻店歌手。

你见过一边合影一边唱歌的没？

我见过，尴尬死我了，给我个带拉链儿的地洞，这个人我不熟。

餐厅服务员后来过来制止：先生先生停一停，我们这儿一会儿有专门的歌舞演出……

大松这个二货说：那太好了，我很擅长帮人和声。

一个小时后我追着他满停车场打：你不会看人脸色的吗！唱了一首又一首！

他边跑边委屈，说他真的以为是邀请。

第一次追着打他是因为老木。

大松的儿子叫老木，那也是我儿子，从小看着长大。

老木小时候常来云南过暑假，带着厚厚的暑假作业，暑假才刚开始，大松硬逼着人家开始写作业，自己却跑去教人敲鼓了。我见不得小家伙大好的光阴被桎梏，唰唰唰帮他写了大半本，孩子爱死我了，差点也喊我爹，坚定地认为我比他亲爹亲多了。

转过天来看见大松帮助儿子成长——追着老木满街打，边跑边谴责：

孙梓毅！你看看你那一笔烂字，屎壳郎子爬查出来的吗！是人写的吗！

又骂：你字烂成这样，将来怎么当个对社会有用的人！

大松后来被我追着满街打。

那本暑假作业厚厚的，老木递给我的，卷起来就是个棒子，挺顺手。

一直到老木上了小学四年级我才没再帮他写暑假作业，写不了了，太难了。
四年级之前大松屡屡满街打孩子，理由总是字烂，我反杀他时永远用暑假作业卷儿，他永远一头雾水，一边逃窜一边严肃地回头看……
话说按他的智力水平，估计一直到现在也没想明白真实缘由。
话说按照他的评判标准，他自己也未必是个对社会有用的人！

老木目前18岁，牛高马大一米八五，现在在绵阳师范学院上大一，读的是环境美术设计专业，2018级，这孩子谨言慎行谋定而后动，远比他亲爹成熟。
……希望他能成为一个对社会有用的人。

（三）

许多人眼中，大松是个无用之人，玩心太重，干不成什么大事情。
那些人完全不懂他——
他岂止是玩心重，他简直就是和事业二字有仇。

最明显的例子是关于手鼓。

说也好笑，明明是非洲手鼓，全世界销量最高的地方却是中国云南，若干年里这种乐器北伐西征嗒嗒咚咚，而今泛滥成灾，几乎渗透了中国每一个景区和古城。
罕有人知道"始作俑者"是大松。

当年若不是他开了滇西北第一家手鼓店，不遗余力地推广非洲手鼓且义务授徒来者不拒，后来大半个中国的各种古城一定会比现在安静……

论鼓技他在滇西北当真不做第二人想，被称作鼓王，手指翻飞时可动人魄可止儿啼。
可论起用人识人做生意，他晕得太厉害，双商皆低，极其不成熟。
他那时好心泛滥，来者不拒，二十平方米的小店而已，徒弟前后收了几十个，乱七八糟什么人都有。学费是不收的，工资倒是发，不仅将鼓技倾囊相授，里面的不少人他还管吃住，还给人家买衣服，还帮人还债，还帮人交上大学的学费。

当时店铺租金尚低，若能趁机扩张，实现财务自由不过是几年内的事情，若能抓住风口融资开店跑马占地盘，如今新三板上市也不是没有可能。
他却并没有精力开连锁店，也没有兴趣和资本对接，别人和他聊鼓店投资，他和人家聊手鼓技巧和打法节奏，好几个天使被他聊得哭笑不得，生生聊走。

精力和兴趣都放在和那帮徒弟敲鼓上了，教学的过程于他而言好玩得要命。那时候他瘾头大得很，吃喝拉撒都在店里，天天店门前一坐呼啦啦一大片，排练得惊天动地，吓得客人们哆哆嗦嗦不敢进。
好好的一个生意，硬被他玩儿成了义演基地和免费培训中心。

几年下来鼓没卖出过几个，竞争对手倒培养出不少，那些徒弟出师后纷纷自立门户，最近的店离他不过三十米。换成一般人谁都会急，他不是一般人，屁颠颠跑去指点装修，帮人搞开业礼。开了店的徒弟不再喊他松哥，大都直呼其名，言下之意已然肩膀齐。
我提醒过他：听音辨心，当心教会了徒弟饿死了师父……
他鼻孔放大，饱含深情地说都是跟着他玩儿的小兄弟儿，说不至于，没问题。

滇西北手鼓生意最火爆的那一年，全丽江上百家鼓店，那一年大松的鼓店倒闭。
被他徒弟和徒弟的徒弟们挤对死的，他倾囊相授的东西太多，包括进货渠道。
关门大吉那天一个徒弟也没来，我借了辆三轮车去帮他清仓，站在一片狼藉中不胜唏嘘。
我叹息：傻了吧。
他坐在门槛上冲我乐，抱着一只手鼓，脸埋在上面羞涩地摩擦着。

我戳戳他：难受吧？
他说嗯。
我说：那你哭啊。
他努力酝酿了一会儿，未果。

我说：觉着自己活该吧。
他不看我，瓮声瓮气地感慨：啊，毕竟还是留下了美好的回忆……

他一厢情愿的美好，别人却未必苟同，江湖险恶人心莫测，失败者沦为八卦笑柄，黑他黑得最惨的几乎都是他曾经教过的小兄弟，大都看他不起，对他的总结就俩字：2×。

他自己倒是不以为意。
什么卧薪尝胆，什么东山再起，什么忘恩负义，他全都不琢磨，一如既往地玩儿去了。
破产后他加入了旅行者乐队当鼓手，跟着张智和吴俊德还有文烽满世界演出，同时也加入了呼格吉勒图的乐队，巡演过欧洲也巡演过美洲，玩儿得很开心。
说是加入，不过是帮忙而已，乐队清贫，他并不能分到什么钱，几年下来车马费倒贴了不少，靠的是有一搭没一搭地卖卖手鼓库存。
送出去的比卖出去的多，他像个孩子一样，很慷慨地和其他小朋友分享他的玩具。

关于手鼓，想过帮他一把，可他并不领情。
我那时微博上已有了百万关注者，给他的建议是开个手鼓网店，可以借用我的字号我的名义，只要价格合理，销量应该不会低，虽不足富贵，但足以保障他的生活质量不降低。
他拒绝的理由是——
此举会给我招黑，让人以为我靠衍生品圈钱。

我说：那我帮你直接在微博上打打广告行不行。
他依旧是拒绝，道：你可千万别瞎打广告，读者会看低你的，你能有今天不容易……

合着我袖手旁观什么都不用做是吧?

那你要我这个兄弟还有什么用?

他比我还要奇怪:当兄弟就必须要互相做点什么吗?

他问:当兄弟就当兄弟,干吗非要有什么用?

又鼻孔放大,义正词严地说:我冻不着饿不着过得挺好的啊,你干吗老瞎操心?

他的连环三问搅乱了我的逻辑,貌似他说得好像也有那么一点道理……

算了不管了,随他去,他高兴就好,他乐意。

身为一个天蝎座,几年后,我把他的原话一字不少地奉还。

还是与手鼓有关,他那时背着一只手鼓自告奋勇地请缨,积极踊跃地参与到百城百校免费音乐会中来,跟着小屋的年轻歌手们一场又一场地义务演出,走河南过山东,漂洋过海去大连……

十冬腊月的天气,他完成了整整50场演出,据说渤海上吹了风,重感冒得不行,依旧坚持把手鼓打得咚咚咚。

他那条线路的最后一场演出在北京,我掐着时间和他视频。

我问:累不累啊我的松?

他说不累不累,他玩儿得很高兴,又说不用谢,大家是兄弟,这都是他应该做的,他很高兴能起到一点作用……

我告诉他我并没有谢他的意思。

我说：奇怪了……当兄弟就必须要互相做点什么吗？

信号不好，屏幕上他瞠目结舌的表情卡住了好一会儿，只听见用力擤鼻涕的声音。

我慢慢地复述他的原话：当兄弟就当兄弟，干吗非要有什么用？

他不说话，嘿嘿笑，用力地擤鼻涕。

我说行了，下楼吧，咱们兄弟出门玩儿去……

我挣脱出他的拥抱，问他：怎么样，感动吧？

他说嗯嗯。

我说：那你哭啊。

我说：接下来我带你去玩儿个医院半日游，可好玩儿了呢，具体项目是扎针打吊瓶。

（四）

细数一下，我身旁心态好的人里，大松排第一。

那是一种变态的好，一年到头活得兴致勃勃的，高兴了就敲鼓唱歌，遇到美景也唱，遇到美女也唱，遇到美食还唱，撒大条时撒开心了也唱。

32岁左右我一度落魄，那两年每次回滇西北都是借宿他家中。

那是段难忘的时光,每天清晨都在他的呼麦声中醒来,一并传来的还有黄金的味道……

哨音呼麦说明排泄得很顺畅,低音呼麦说明还在酝酿,即将成功。

有时候他来了劲,明明不便秘,呼麦声十几分钟不停,我被尿憋得死去活来,噜噜地挠门。

开门啊你个尿,别别别别搞事情……

我住他家那会儿,他老来我房间屙屎,以及洗澡,理由是喜欢这个房间的浴缸。

后来才发现他喜欢的不是浴缸,是浴缸里的小黄鸭子,橡皮的那种,一捏就叫,贼头贼脑地漂在泡沫中。

我欠,目睹过一次他泡澡的场景,除了橡皮鸭子还有塑料小海疼[1]。

几十岁的人了,玩儿泡泡依旧那么起劲儿,一边吹泡泡一边捏鸭子,一边唱门前大桥下,那场景严肃而正式,甚为惊悚……

更为惊悚的是,他睡觉时是需要搂着铁皮小火车的,掀开被子,里面各种玩具!

也不嫌硌得慌,十分令人硌硬。

也不只是床上,他的玩具潜伏在家中每一个角落。

娱乐圈再乱,也没有他家乱。鞋柜上面有滑板,沙发缝里有乐高和弹弓,玩偶和面具堆满了茶几,毛绒公仔组团盘踞在书架中,冰箱上面有个摇头驴,人一开门它就蹦……

---

[1] 即小海豚。

品类之丰富，花色之多样，任何孩子只要进了他家都会疯。

有天早上我醒来，发现怀里多了个魔卡少女樱小抱毯，一定是他半夜偷偷摸进我房间搞的事情，几个意思？怕我尿床还是怕我孤独？

我当年认真和这个巨婴探讨过关于玩具的问题，他的回答倒也诚恳，说可能是自己从小没有过玩具，童年是在煤渣堆上度过的，家里只有母子二人相依为命，他捡回的煤核是重要的收入来源，捡来捡去就长大了，没顾得上玩儿……
他说：其实现在玩儿也来得及……
他两眼放光地告诉我，他的玩具别人不能碰，但欢迎我玩儿，和他一起玩儿。
又掐指算，高高兴兴地说咱们起码还能再玩儿上20年。

我脑补了一下他60岁时泡澡玩儿小鸭子睡觉搂小火车的场景。
略觉眩晕，有点想干呕有点离心。

他的心情貌似一直都很好，顺境逆境，热爱全世界。
很年轻的时候他就历经过逆境了，那时他18岁，在夜店当鼓手，曾因讨薪，被黑社会在茫茫玉门戈壁里追杀，追他的人后来断水断粮哭着撤退，他却优哉游哉地走出了戈壁。
哼着歌，嚼着沙葱，捏着沿途采来的小野花。
听说他后来还给追他的人发短信，分享了一首他在戈壁里写的小诗。
那首诗饱含深情地歌颂了肉苁蓉。

他还歌颂过袜子。

20多岁北漂时,为了生计他卖过袜子,地摊儿摆在人民大学门口。十冬腊月鼻涕成冰,行人顶着严寒把他围了个里三层外三层,他抱着吉他卖袜子,引吭高歌:

公司倒闭了,老板上吊了,好袜子我就便宜卖了。
两块钱一双,真的很便宜,买了能够给中小企业做贡献……

这首歌他从北京唱到云南,一直高高兴兴地唱到40多岁。
他送过我一麻袋袜子,花花绿绿的,都是他当年袜子生意失败后的库存,男款女式的都有,我一直穿到今天也没穿完。
很多参加过我签售会的读者应该有印象,两只脚上的袜子颜色总是不同……

我一直记得2006年深秋的那个早上,我启程徒步滇藏线,他赶来送行,大石桥头扳倒了我,把我靴子强扒了下来。
我背包在身,海龟一样地仰天扑腾,他认认真真帮我套上一双新袜子,说是毛巾底儿的,适宜远行。没等我翻壳,他又在我手上也套上了袜子,说是大码的,可以当御寒手套用……

没和他翻脸,知道是一片真心。
我很感激他没有把超大码的袜子套在我头上当保暖帽。
那时候大家都穷,除了袜子他也没别的什么东西可以赠送。

我背着包走出去几十米了,听见他在背后打着拍子唱:送战友,踏征程……

我叹气,转身吼他:咱们要好几个月见不着面呢!你唱得哀伤一点行不行!

他说好好好,让我耐心等一等。

他酝酿了半天,未果,歌声喜气依旧,令我极度怀疑我们之间其实是塑料兄弟情。

都说朋友之间不能合伙做生意,可偏偏朋友之间特爱合伙做生意。

后来我们这对塑料兄弟的经济都稍有好转,于是三七开,一起搞了一家前途无量的酒吧,那家酒吧叫五一公社,整条五一街最大的院落,从开业大吉到关门大吉历时6个多月……也是厉害到不行。

和很多合伙做生意的朋友一样,店铺转让金拿到后我们大打出手,为了一个钱字,从街头干到街尾。

稍有不一样的是,不是嫌分得少而是嫌分得多……

大松脑子不好使,忘记了投资比例是我三他七,坚持和我对半分钱,一副天经地义的嘴脸,说他说了算,他是哥。

哥你妹啊,凭什么!我自然是不干,我不干他也不干,掐着厚厚一沓子人民币追着我攥,边攥还边吆喝,让熟人赶紧绊倒我,把我摁着。

路两旁的熟人看得一愣一愣的,搞不清是什么神剧在上演。

我走投无路,躲回大冰的小屋里面,他隔着门缝往里塞钱,门缝太窄,一次只能塞一张，小半个下午的时间我咯吱咯吱地咬着牙，看着钞票一张一张飘进来……

太硌硬人了，够够的了！
一张一张飘进来。

（五）

这么多年，硌硬人的事儿他可真没少干。

一同去罗马时他一路把手塞进我衣兜里面，说是这样小偷就会知难而退，我的钱包比较安全。
一同去布拉格的时候，他趁我出门抽烟让服务生把我的五分熟嫩牛排回炉成了全熟，说不带血的吃了不拉肚子，我的肠胃比较安全。
他有照顾人的癖好，老爱把我当个小朋友。

几乎每个元旦我们都会在一起跨年，有一年是在东北松花湖，大家结伴去滑雪。
不知道他是不是对东北有什么误解，棉靴棉袍狐皮帽子，穿成座山雕就来了，绺子上的一般。我当时从广东飞来，穿的毛料薄大衣修身款，很有台型，戴了一顶鸭舌帽，很帅。可他一见面就替我感到寒冷，坚持认为我衣衫单薄会冻毙在吉林，坚持要把他的长毛黑狐皮土匪帽子让给我戴。

穿着英伦大衣戴长毛土匪帽子？还是人造毛，手一摸刺啦啦的静电。

玩儿我呢？！太羞耻了，我打死也不戴，他轴劲上来，想方设法让我戴，路上走着呢，脑袋忽然一凉又一热，我头上变了天，他拿着我的帽子咔咔跑，远远地指着我脑袋上的土匪帽子喊：相信我，这个暖和！
隔着那么老远，我都能看清他说这话时鼻孔是放大的！
他的距离在雪球攻击弹道之外，我改用石头，当真急眼。
急眼了他也不怵，一而再，再而三地搞偷袭，和我换帽子戴。

他那时不知用了什么手段，居然策反了小明，一起说土匪帽子契合我的气质，我戴非常好看。
小明是武汉人，我不可能和她翻脸，这是基本的求生知识，因为你永远别想通过吵架战胜一个武汉女孩。
但我也不可能就此屈服就此放弃了自己的基本审美，冷静地思考后我决定不出房门了，去他奶奶的滑雪，不滑了！
不出门就不用被逼着戴土匪帽子，就不会丢脸。

我把自己关在房间里整一天，看电视吃春饼，谁劝也不出来，效果卓越，傍晚时大松终于良心不安，颠颠跑来敲房门，我说滚，他说他来道歉。

他这个歉道得明显不诚恳！拉着小明给他站台！
当着小明的面儿，他给我出了道选择题，说如果实在不爱戴土匪帽，那就把秋裤穿上吧，这样也能起到保暖作用，不然冻出关节炎来老了以后可怎么办……
他把土匪帽子放在右边，又把那条秋裤抖开铺在左边，然后告诉我他这次来东北套了两层秋裤，外面这条可以匀给我穿。

那秋裤是紫红色的，中间开口的那种，复古而实用，尚且带着体温……
我勃然大怒，但小明站在他那边，踹了我一脚后就说了一个字：选！

……其实长毛土匪帽子真的挺保暖。
我后来戴上了瘾，一到冬天就戴，那顶土匪帽子被我戴到了南极又戴到了北极，跟着我把地球走了一大圈，因为有那顶帽子的存在，在狂风暴雪的地方，伤风感冒总与我无缘。
……总之，我很庆幸当年没选秋裤。

这么多年下来，我早已习惯了大松的硌硬。

其实从一开始他就挺硌硬人的。
那时我们都还年轻，一个流浪歌手，一个流浪鼓手，滇西北陌路相逢，借住在忠义市场旁同一家客栈同一个房间，每天结伴卖唱在街头，躲城管防警察，挣了钱一起买米买肉，偶尔生一堆篝火，喝点小酒。

他对人不设防，什么都和我说，关于曾经的美术老师生涯，关于离婚后的净身出户，关于乐队和手鼓，关于北漂和袜子……他说我听着，边听边在火里烧洋芋，烤地瓜。
我说：你说得差不多了吧，是不是轮到我也说说我自己了……
他说不着急不着急，他还没说完呢。
他捧着烤好的地瓜说：真的，和你聊天太有意思了！

屁，这叫聊天？光听你一个人唠啵唠了。

一穷二白的岁数容易交朋友,无关贫穷或富有,无关或高或低的社会属性,一个月的朝夕相处说长不短,分别时却都酸了鼻子红了眼睛。

那时我们都觉得对方比自己穷,临行前我悄悄替他结清了房费又预付了房费,上了火车后无意中一翻包,多了一只鼓鼓囊囊的袜子,里面50的10块的都有,还有钢镚儿,应该是他那段时间所有的收入。
袜子下面是另一只袜子,里面裹着几个茶叶蛋。
剥好了的那种,特别有母爱。

没等我把电话打过去骂街,他先打过来了:我的天,干吗给我交房租?!他在电话那头哽咽:你我何日再相逢?此刻我有些惆怅,心中充满了对你的思念之情……

能不能别随便用书面语?能不能!
硌硬死我了,我说你赶紧挂了吧挂了吧!

……你如果再不挂的话我跳火车回去找你你信不信。

(六)

见了硌硬得不行,不见思念得不行,莫名其妙就当了这么多年的兄弟,砣不离秤。
多年来我们这个组合一度被冠名为:没头脑和不高兴。

唐薇告诉我，我的没头脑兄弟大松经常思念我。
他经常没头没脑地提起我，提起我们天南海北的那些囧途和折腾，有时候甜蜜叹息，有时候嘿嘿乐个不停。

唐薇是大松再婚的老婆，素日里喊我小叔子，她刚嫁给大松那会儿很纳闷，大松你怎么天天老惦记着找大冰玩儿，干脆你们兄弟俩过去得了。
唐薇说，大松的回答是：
大冰脑子不太好使，挺一根筋的，我得看着点他，不然他会作死的……

对于他的这个回答，唐薇和我均无语凝噎。
他还有资格说别人脑子不好使？他的自信是从哪儿来的？
实至名归的没头脑啊，不服不行。

他是没头脑，我是不高兴。
我脾气不好火气大，反正谁敢当我面儿损大松我冲谁不高兴。
我太知道有多少人不喜欢他了，甚至厌恶，甚至痛恨。
他一定犯过许多错一定还会犯许多错，他的确幼稚荒唐常犯错烦人硌硬人爱搞事情……
但我说可以，别人说不行，一个字也不行。

下辈子打死我也不想再认识他了，他太硌硬。
可这辈子他是我自己给自己选的家人，没有血缘关系的家人。
贬我可以，贬他不行，他是我兄弟，他哪怕得罪了全世界我也不会离他而去。

他哪怕打家劫舍杀人放火被通缉了,他也是我兄弟。
我知道我三观不正。
大家当兄弟,没来世,有今生,改不了也不想改了,三观就是这么不正。

脑子不太好使呢我的松,挺一根筋的,我得护着他点,不然他被人搞死了,我找谁去共度余生?

…………
前几天大松凌晨将我吵醒,和我探讨了猪。
其实探讨的不是猪,是未雨绸缪的余生。
他说他在京郊农村长租了个小破院,刚修葺完毕,其中一间带火炕的小瓦房是给我留的,将来我老了后可以去找他,大家一起组团养老,一起喂鸡啊喂猪。

离老还远着呢吧,发什么神经?
现在就开始养猪,你愿意,猪愿意吗?
他说:早点养可以早点培养感情……
他说:说不定会把猪训练得很出色,说不定能骑,说不定可以套上缰绳拉着你的轮椅去看小老太太们跳广场舞。

他说他特意把那间小瓦房的门槛卸了,这样将来方便我的轮椅进出。

我坐在清晨6点的曙光里,默默地听着他发神经。
眼前慢慢浮现出一幅画面——

一胖一瘦两个老头，一个脑梗偏瘫，一个老年痴呆症。
一个气鼓鼓地坐在轮椅上，一个乐呵呵地骑着猪走在前头。

一甲子的时光并未将他们改变。
一个依旧没头脑，一个依旧不高兴。

（七）

为什么写下这篇文章呢。
可能是大松那个变态的余生养老计划让我有所触动。
可能是因为想起了一点往事，一点9年前的事情。

9年前的一天，他打来电话，号啕得像个小孩。
他说：咱们都好好的，谁也别提前死了行不行……
头一次见他痛哭，我吓坏了，他在电话那头边号边说，抽泣得像个小孩。

那时我们半年没见了，我说我想他了，他二话不说驱车纵贯中国，跋山涉水专程回云南看我。
途经邵怀高速时，他目击了特大车祸。

他从不是个袖手旁观的人，他是第一个停车的人，高速公路上急刹车，穿过扭曲的护栏，跌跌撞撞摸下山沟。
黑烟滚滚，大巴车侧翻，满地的残肢碎肉，有些人卡在车里，有些人被甩了出来，死去的，马上就要死去的，呻吟着的，撕心裂肺地哭喊着的……

是人间地狱了，触目惊心的惨。

最近的那个罹难者就躺在离他不远处，只剩半边脸。

眼泪一下子就涌出来了，双手双腿都在痉挛，就这么死了？人怎么这么容易就死了？

他后来告诉我他也不知道为什么会那么害怕，此生从未有过的一种害怕，说不清道不明的黑压压的，压得人喘不过气来。

他不是个胆大的人，可那天报完警之后他没有选择离开。

他痉挛着双手扒开尸体开始救人，谁知道下一秒这车会不会爆炸，必须把还活着的人先救到安全地带。

他把人从车窗里拖出来，一个又一个地把人扛到路边。

一两百米的距离，45度的斜坡，扛不动的就拽，背不动的就拖，陆续有人停了车跑下来一起抬人，他的车打着双闪停在路边呢，停了第一辆就会有第二辆停下来。

救护车抵达时他正趴在血泊里，攥紧一个老阿姨的手，不停地喊她，让她坚持睁着眼。

他让她喊出家人的名字喊朋友的名字，喊所有重要的人的名字，每一个都要喊！

……那个老阿姨大腿掉了，不能睡的，睡着了会再也醒不过来。

他喊：醒醒啊！不能啊！你看还有那么多人在等着你啊！

没什么用，那个老阿姨终究还是睡去了，慢慢闭上了眼。

2010年10月4号，我的兄弟大松在邵怀高速靠近邵阳段遭遇了一场惨烈的车祸。

他停车救人，前前后后忙了整3个小时的时间。

大部队赶来时，他半边身子已被血浸透，筋疲力尽满脸泪痕，差点儿也被当成伤员。

最后一个伤员被抬上救护车后，他没和人打招呼，神情恍惚，独自默默离开。

手上的血未干，湿漉漉地握着方向盘。

他一边痛哭一边开车，打开了雨刷器想把前路看得清楚一点，忘记了是晴天。

剧烈的抽泣让他无法继续前行，他把车停进最近的休息区，把电话给我拨了过来。

那天他边哭边喊：咱们都好好的，谁也别提前死了行不行……

他喊：怎么办，我现在太想你了。

他泣不成声地冲我喊：

你可一定要好好活着啊，你要是忽然死了我可怎么办。

（八）

这么多年过去了，只见他哭过那一回，伤心得像个小孩。

那日微寒，雨过人民路，云起苍山，1500多公里外他哭，我听着，不去打断。

我知他不会哭给任何人看,除了在我面前。

是啊,大松,我现在也想你了。
越写越想念,你这个不靠谱不着调想一出是一出的硌硬人的王八蛋。
9年前你就开始谋划了是吧,而今终于搞了一个养老小破院。
省省吧,我才不稀罕去住呢。
你给我等着,要住咱就住在一个四季如春的小农场里面,你别瞎折腾了,让我来,我比你年轻我还能拼我还能干我去给咱兄弟们挣钱。

大松大松。
咱们一起年轻过,咱们还要一起变老呢。
咱们谁也别提前死了,你要是忽然死了,我可怎么办。

▶ ▷ 小屋成都分舵·四月《哭唧唧》

▶ ▷ 靳松《小农场》

▶ ▷ 茶者成子《兄弟》

▶ ▷ 小屋丽江分舵·老三《谢谢你走了很远的路来陪着我》

天津往事

十几年的光阴过去,大半个地球走完,故事层层叠叠累积覆盖,心里清空又装满……我已忘记了你的长相,怎么也想不起你的容颜。

可是天津,那里至今存续着我对你的一点思念。

不多,不增不减,自始至终只那么一点点。

年轻时代的喜欢,要么轻易认为是爱,要么轻易不肯承认是爱。
该记的记不住,该忘的忘不了。
该走的没走出去,该留的没留下来。

(一)

太久之前的事情了。
那时我还年轻,什么遗憾都敢拥有,什么羁绊也不想拥有。

那个年代还没有动车和高铁,从济南府到天津卫山高水远,绿皮火车需要咣当上大半天。软卧票不舍得买,硬卧票总是补不到,硬座的友邻要么把德州扒鸡啃得死得其所,要么鼾声若泣睡得死去活来。
于是我习惯买站票,乡野飞驰在车窗外,车厢和车厢连接处可以抽烟。

那时我每个月都会去天津,有时是从济南启程,有时是从拉萨出发,中转成都借道北京。
寒来暑往,近两年的时间里不停颠沛奔波,从那时到现在,对天津,我有一种特殊的情感。

那一年我是个不知名的小主持人,在天津台客座主持了两档节目,栏目组待我很好,钱不多但按时结,每次都安排我住在五大道的一个小旅馆,小小的马桶小小的床,雪白的枕巾雪白的床单,窗外是平静的街。

我记得那时的五大道人烟稀疏，异域风情的小洋楼灯火阑珊，游人罕至本地人也不怎么来，零零星星几家餐厅几个小酒吧，也不知靠什么赚钱。

住处旁边的那家叫科斯特，很古老的一个酒吧，落雨的夜里地面微潮，桌椅霉味淡淡，好似穿越去了另一个世纪的某座荒村野店。录制节目收工晚，累过头了也就睡不着，常去科斯特喝上两瓶，听着嘈杂的音乐，盯着杯中细白的泡沫发发呆。

每次都是独坐，我却独爱那种独自微醺的感觉。

偶尔手机会轻响两声送来一点孤单，绿色屏幕寂寥寥地映亮一小块桌面。那时还没有微信，短信就是短信，不卖装修不推荐楼盘不介绍贷款，人们习惯把最重要的短信存进手机卡里，上限是30条，犹豫掂酌，精挑细选。我也存满过手机卡，来自不同的人不同的地点，其中一条是天津号码，135神州行号段。

那是一个没有智能手机的年代，3G也尚遥远，一切App都没诞生，最先进的手机游戏是贪吃蛇和俄罗斯方块。手机放下了就是放下了，不再去看，人可以慢慢地啜饮，小口地吞咽，专心去感受气泡和酒精在体内一点一点地漫延。

再没那样专心喝过酒了，不在乎有谁陪伴有没有陪伴，那时候年轻，喝酒就是喝酒，心下罕有杂念。

那条135的短信存了也就存了，并不会搁进酒里面。

太多记忆都模糊了，但记得有一夜鹅毛大雪，举目皆白，微醺的我上街踩脚印，咯吱咯吱地走啊走，全世界都睡了只醒着我一个，一整条大理道踩完，笔直笔直的一串，一点都不歪。
就很得意，就笑了出来，高兴极了，想打个电话扯扯淡，想拽她和我一起雪地里走啊走的，边走边随意聊聊天。
聊什么都行，聊星座都行，聊工作都行聊台本都行，什么都不聊都行……

那个135的号码拨了又摁断，手机摁亮又摁灭。
不能打扰她的好梦，已是凌晨4点。
睡吧睡吧加油睡，多安静的世界，我往回走了，咯吱咯吱的，多安静的雪。

我喜欢那时的天津，那里至今存续着我的思念。
桀骜莽撞的年月里，那座城和那个人曾赠予我小小的轻缓，曾温柔地将我的脚步牵绊。
关于天津的一切，我一直一直都还惦念。

十几年的光阴过去，大半个地球走完，故事层层叠叠累积覆盖，心里清空又装满……我已忘记了你的长相，怎么也想不起你的容颜。
可是天津，那里至今存续着我对你的一点思念。
不多，不增不减，自始至终只那么一点点。

（二）

干干净净素面朝天，光洁的皮肤，苹果般新鲜。

那时我总把她喊作苹果,她回一句:怎么?又笑着说:嗯……
我努力地回忆,却怎么也记不起她的发式她的衣着,只记得她总是乖乖地坐着,动作轻缓,眉眼弯弯。
她是个再普通不过的天津姑娘,不出众也不惊艳的邻家女孩。

录像之前需要对台本,小小的办公室里大家或站或坐,她待在最边上,负责的是最小的一个版块。她的稿子总是最认真的,娟秀的钢笔字批注其间,需要提示的重点嘴上说说就行,其实大可不必这么麻烦……
都说字如其人,她的字一笔一画,一处涂改都没有,规整得像份范本作业。

稿子递过来,也像极了交作业,细微的忐忑藏匿在笑意后面,她佯装整理耳畔发丝,微微的脸红微微的期待,一闪而过的羞赧。
形容不好那一瞬间的动人,像初春第一滴落下的雨点吧嗒掉在手背上,抬头再找时却没有了,良久也不再下,只留下那凉飕飕的一点。

当年读着那些稿子,想象着她前一夜伏案书写的画面。老式台灯昏黄,夜风撩动棉布窗帘,她从小到大的作业应该都是在那张书桌上完成,成绩优良,听话懂事,小学初中高中大学按部就班,波澜不惊的少女时代。

那些稿子我留了几张,留了许多年,说不好是想留住些什么,或许只是一滴雨点。

那时年轻,我喜欢插科打诨,爱逗人,唯独对她不想造次,除了把她喊成苹果,别的什么玩笑也开不出来。说不清,好像草丛中的一株小白花,路过时看见了,不自觉地绕开几步,担心自己步履匆匆,会一不小心踩歪。

她和我话也不多,除了必要的工作交流别无他言,我记得她喜欢双手撑住凳子,微倾着身体并拢着脚尖,温润的面颊不时泛红,一层柔光蒙在上面。
周遭的声响都很遥远,我埋头看稿子,听着她。
隔着一米半的距离坐着,她的呼吸声却清晰可辨。

好像有种默契,总是没逾越那一米半的距离,于是记住的都是轮廓,没有特写。
大部分时间,距离远不止一米半,镁光灯亮起,我在台中央站着,她在台下站着。那个年代节目录制的时间长、片比高,两三个小时录完一个版块算是快的,她总提前一个版块站在那里等着,像个立在操场上开全校大会的高中生,老老实实的,可怜极了。

偶尔换景的间隙,我示意她找把椅子坐一坐,她左右看看小小地慌乱一下,摇摇头笑笑,换个姿势接着站着。
远远望去罚站似的,这姑娘傻乎乎的……可怜极了。

在她之前,我已知的所有编导都是风风火火的,她乖成这样,真不像是干这行的。
再没见过比她脾气更好的编导,有段时间她负责一个儿童版块,需要安抚住各种胡打皮闹的熊孩子。她和我年龄相仿,那时候都还只是个勉强长大的孩子,她却比同龄人耐心得多,面对孩子时总是细声细语的柔和,抱着膝盖蹲在他们面前。

受她的影响,我台上采访小孩时也开始蹲下来,蹲下来后才发现,那些孩子对一个陌生大人天然的抵触总会因为这种自自然然的平视而减少变淡。

兜里装餐巾纸的习惯也是那时养成的,也是从她那里学来的。

天津话里把鼻涕唤作鼻登,印象里她手里常捏着餐巾纸,帮小孩子擤鼻登。说也奇怪,再调皮的孩子在她面前总能安静下来,贴着她靠着她,橡皮泥一般黏在她身边。

她应该是很喜欢孩子,天性里的那种喜欢,温柔得像个小妈妈,应该连她自己都忘了自己只是个半大小姐姐。

她负责的版块不太受重视,录制时间往往较晚,见过她把困乏的孩子抱在怀里,坐在台侧的角落,轻轻摇晃着。我驻足在那幅恬静的画面外,看着她全神贯注地低着头,难以言说地温柔,睫毛扑闪。

……隔着好几米的距离,却清清楚楚地听见她低声呢喃着的歌谣,轻轻缓缓。

很多年过去,这始终是让我很费解的事情,再嘈杂的环境里总能听到她。仿佛一个特殊的调频,拥有着唯一的波段。

(三)

天津姑娘的普通话里总带着几缕特殊的尾音,她也带。

外地人提到天津话总先联想到传统相声，殊不知九河下梢的女生轻轻启唇，自有一番别样的悦耳动听。

她素日里说话的音调总是柔柔轻轻，见面时每每开口，每每一滴雨水吧嗒落在我手背。

离开天津的日子里偶尔会接到一个工作电话，手机里她的声音愈发好听，沟通的都是关于节目的事情，每次通话都不会超过一分钟，雨水滴滴答答落个不停。

忘记谁说过的了，越是平凡的女孩越拥有动人的声音，如此说来，造物者既促狭又挺公平。

"您这是干嘛呀……"

很多年来，这句话这个声音我记忆犹新。

那时她快哭出来了吧，我站在她侧旁两三米处，听着那微微颤抖的声音，看着那柔和的侧颜，心头一软。

当时不是现在，那个年代尚且追捧童星，不少家长迫切望子成龙，以孩子能上电视为荣。若只是感受感受倒也无妨，偶尔让孩子来玩个新鲜也行，怕就怕那些五六岁的孩子被生逼成了小大人，心智的发育偏离了轨道，因摄像机而畸形，乃至边缘型人格早发雏形。

那天有个孩子失控，印象里好像后来是个有点小名气的电视童星，一到镜头前就无比聪慧乖巧的那种。不知何种诱因，化妆间里他歇斯底里地号啕，任谁说都不听。家长的安抚方式只是一味地哄，承诺只要答应上台录完节目就买这个买那个，哄了半天不见成效，孩子油盐不进，已然哭蒙。

她蹲到那孩子面前，试着搂住他，一遍遍轻声安抚他：
没事没事，宝贝儿，咱不录了，一会儿就回家……

家长立马不干了，误解了她的好心，只道不想让自家孩子上电视了，于是迁怒于孩子不长脸不争气欠收拾，这一类家长往往有着很特殊的才艺——骂别人不敢，骂自家孩子的技艺却炉火纯青，并推推搡搡的大有和自家孩子单挑一下的决心和勇气。

她吓坏了，煞白着脸搂紧孩子避开那扇来的巴掌，孩子在怀里扑腾，哭得愈发凶猛，有那么一会儿的工夫她手足无措两面躲闪，蹲不下去站不起来，甚为尴尬。
没等我走上前呵止，她猛吸了一口气，抬起胳膊指向那个大人。

"您这是干嘛呀……"
嘛字是四声，声音是颤的，快要哭出来的那种颤，只比平日里大了一点点。
后来想想，这应该是她能说出口的最重的话了，她应该从小就没学会说粗口。

不知为何，心里忽然就软了一下，就特别想去抱抱她，就觉得她好可怜啊怎么这么招人疼。

真奇怪啊,她长得并不动人哦她那么普通,可怎么就这么招人疼?

当天收工后我在科斯特坐了很久,独自喝着啤酒抽着烟,心里软乎乎的,没着没落的,她的话音缠绕在耳畔挥之不去,杜比环绕立体声一样。
手机一直是翻扣着的,不去动,忍住了不去动,不知不觉就坐到了打烊的时间,心里一直没着没落的,晕晕乎乎的那种失重。

……好几年之后,大约是2010年,听说科斯特关了,改卖西餐。
再后来遇到来自天津的年轻朋友,大都一脸茫然,不知有那么一家店的存在。
他们问,为什么你老是追问呢?和那里有什么恩怨?

并没有,什么都没有,和天津也没有,和她也没有。
有的不过是一点点惦念,每每忆起,每每几滴雨点凉飕飕地落在手背。
时至今日,我再努力地思索也已无法追忆起她的长相她的模样,只剩一堆模糊的像素。
只是她的声音依旧清晰地回旋在耳畔,仿佛就在昨天。

(四)

一起吃过七次饭,两次是食堂,四次是集体盒饭,一次是路边快餐店。
一米之内的距离只有过那一次,在那家小小的知名包子快餐连锁店。

记不清是出的什么外景了,只记得一整天都没吃东西,一堆人饥肠辘辘地走进店里面，三脚架搁在脚边，摄像机横在眼前，桌椅是连体的，窄窄的座位窄窄的桌面。
她坐在我对面，握筷子的姿势很好玩，像握笔一样，握得很靠前。

饭点还没到，我们一行人是最早的客人，饿急了的时候难免狼吞虎咽，难得的是她吃得好秀气，斯斯文文的，眼观鼻鼻观心的那种认真，应是从小养出来的好习惯。

我面前的那两盒包子全部吃完时，她那盒刚刚吃了一小半，那副细嚼慢咽的样子很好玩儿。我托着腮笑了一会儿，她抬头看看我，犹豫了片刻，放下筷子，很可怜地，慢慢把自己的包子推过来……
我说我不是这个意思……
她说哦哦，开始往后拖包子，拖了10厘米停顿了一下，又给推了过来，她说：没事，你吃。

她的包子后来我吃了，我吃包子时她托着下巴看窗外，脸上红红的，微微地发了会儿呆。
"你饭量倍儿大……"
她只和我说了这么一句傻乎乎的话，言罢继续看着窗外，眉眼弯弯。

白色的桌面70厘米宽，只有过那一次短于一米的相处，我应该放肆地盯着她看了很久。
可为何她的模样总是记不起来了呢，只记得一只细嫩的小手托着下巴，屏气凝神眼望窗外。

晚高峰刚刚开始,车流尚能涌动,川流不息的红的黄的尾灯。
来来往往的归人,叮当作响的自行车铃,疲惫或欣慰,放学或下班,柴米油盐衣食住行……再没有哪座城市能像天津那般富蕴人间烟火气,自然而熨帖,市井而可亲,置身其中时不觉是异乡,亦忘了自己是过客,是旅人。
如果能真正拥有一点属于这里的牵绊,我想我会驻足。
如果那时选择留下,我想我会毫无违和感地融入这座城。

却又哪儿来那么多如果,关于知事关于遇人关于择城,关于天津。
曾因动心稍动念,念头而已,轻飘飘地掠过,缓缓没入窗外暮色,也就看不清踪影。
…………
那正是我半生中最不安分的岁月,口袋里揣满票根,行囊永远背在肩头,脚底和血液里都有风,无知无畏地驿马四方南北西东,什么遗憾都敢拥有,什么羁绊也不想拥有。
那时真的太年轻。

那顿饭好像吃了很久,同事们散去后只剩下我们一桌,我不说走,她也不说,只是静坐,什么对话也没有。
一前一后地走出店门,不远不近的一米半。公交车上她踮起了脚,隔着别人的肩膀,手冲我摆了又摆。

那天夜里下了好大的雪,我从科斯特出来,咯吱咯吱地走啊走,全世界都睡了只醒着我一个,一整条大理道踩完,笔直笔直的一串,一点都不歪。

忽然就笑了出来，高兴极了，想打个电话扯扯淡，想拽她和我一起雪地里走啊走的，边走边随意聊聊天。

聊什么都行，聊星座都行，聊工作都行聊台本都行，什么都不聊都行……

那个135的号码拨了又摁断，手机摁亮又摁灭。

别去打扰她的好梦，已是凌晨4点。

睡吧睡吧加油睡，多安静的世界，我往回走了，咯吱咯吱的，多安静的雪。

……肯定不能去打扰她哦，人家是个好小孩。

喂，喜欢你啊，跟我走吧！

不能说的，我这种吊儿郎当的野人怎么配得上她，不会合适的，别耽误了人家，人家是好小孩。

还需要说什么呢？都他妈这么多年过去了。

十几年过去，鬓边髯边已微微见白，可关于天津的一切，我一直一直都还惦念。

睦南道、马场道、民园西里、小白楼……以及那场干干净净的雪。

那是我年轻时错过的城。

在那里我曾喜欢过一个普普通通的女孩。

（五）

存过一条135的短信：您还回来吗
没有句号也没有问号，只收到过她这一条短信，记得是发自夜里11点03分。

那天的录像刚刚结束，她应该是刚刚知晓了我不再续约的消息，她的提问我无法回答，关于离去的理由当时也无人明白，时至今日也很难明白吧——担心忍不住会打破那一米半的距离……听起来真像是在扯淡。

我坐在科斯特的角落里，放下手机，扣在桌面。
就这么着吧，趁还来得及摁下停止键，不会合适的，别耽误了人家，人家是好小孩。
那条135的短信存了也就存了，权当是个纪念，并不会搁进酒里面。

却并不是故事的结束。
按约定还需完成最后一次节目录制，那是和她的最后一次见面。
并未料到她会来接站，天津北站外的台阶上她抱着肩膀看着我，慌慌张张地说她今天反正没什么事儿，所以来接个站。

我问她怎么还擦口红了？话一出口便后悔，我说：……还挺好看。
她马上说不好看，声音微颤，窘得马上要哭出来一般。
她就那么窘迫地立在那里，慌慌张张地说：我太普通了，一点都不好看。

车开得飞快，窗外熟悉的街景匆匆掠过，她坐在后排不声不响，呼吸声都听不到，如同不存在一般。
我问她：苹果，你一直都没离开过天津吗？
良久，她轻声回答说家在这儿，从小就长在这儿，没想过离开。
又过了一会儿，她喃喃道：天津多好哦，为嘛要离开呢……

我应该回头看看她的，说不定那时回头了也就记住了，不会影影绰绰似此刻这般。
如果那时回头了，也许一切都会不同了吧，也许此后所有的人生都会改变。

她最后留给我的记忆模糊而遥远。
只记得她如往常一样，一动不动地看着我，静静站在摇臂摄像机的左边，从开场到结束一直那么站着，轻轻抱住自己的肩……
隔着十几米的距离望去，一层柔光罩在上面。
隔着十几年的时光望去，一层柔光罩在上面。

她最初留给我的记忆亦是如此。
那年我路过天津，抱着试试看的态度去天津台见工，等待的间隙小寐在办公室的角落，醒来时肩头多了一件外套，款式忘记了，只记得有股好闻的皂角香。

已是午后了，斜阳铺洒在办公桌上，一米半之外，她伏案的侧影像个正在写作业的小女孩，干干净净的，罩在一层柔光里面。

那是我第一次看到她，看着看着，人就看傻了。

看不清她的模样，但觉得她真好看。

……那个年代还没动车和高铁，从济南到天津山高水远，绿皮火车需要咣当上大半天。

断断续续的两年里，有时是从济南启程，有时是从拉萨出发，中转成都借道北京，漫长的航线后是一路大巴，有时航空管制有时高速封闭，路上需要两天。

许多人不解为何那么低的薪资也能接受，如此这般地折腾，路费都不够吧，为的是什么？

什么都不为，什么也不求，就是想看看她。

只是想看看她。

（六）

年轻时代的喜欢，要么轻易认为是爱，要么轻易不肯承认是爱。

过去的都已过去，偶尔念起那些经年往事，我不敢妄谈遗憾，只有一点惦念。

不多，只有一点点。

许多年没去过天津，就像歌里唱的那样，多少次火车上路过这城市……我不敢说我曾经去过那里。

光阴流水般淌过，大半个地球走完，得到的偏失去，未盼的却在手，故事层层叠叠累积覆盖，心里清空又装满，我早已忘记了她的长相，怎么也想不起她的容颜。

关于她，关于天津，留下的只有那一点点惦念。

三十多岁时我告别了电视行业，此后卖文为生，依旧是驿马四方兜兜转转。

为了新书的签售我路过天津，没回五大道和天津台故地重游，每次只在机场和书店间两点一线。车路过和平时我会摇下车窗，看看那一条条已经变得陌生的街。

大家年龄相仿，她应该早已结婚生子，柴米油盐在这其中的某一条街。

……应该早就忘了我了吧。

……幸好没有耽误了她。

什么也没开始过，什么也没留下来，自始至终的一米半。

曾经在签售现场被问愣过，那个年轻的读者道：你写过那么多个城市的故事，嘛时候会写一个关于天津的呢？

曾经在接受采访时被问烦过，那个年轻的记者问：听说你很熟悉天津，你和天津的故事有一天会不会写出来？

一口气没憋住，我反问：我和天津有过什么故事，您说说看。

看来是第一次出采访，小记者对我的反问明显不知该如何应对，低头翻稿子,翻了半天什么也没翻出来。

应该是个刚入行的小孩,实习期还没结束的样子,由前辈同事陪着来的。那个同伴坐在一米半之外,呆呆地捧着一杯咖啡出神儿,除了见面时定定地看了我一眼,其余时间都不言不语地沉浸在自己的世界。

气氛尴尬极了,每个人都沉默着。
那天是我的不对,失态了,不该反问这样一个新人,我应该道歉。

我也不知为何会那样反常,一坐进那家咖啡店就开始焦虑,哪儿哪儿都不对,各种不自在。
我好像有个什么东西找不到了,丢的是什么却怎么也想不起来……
我好像忘记了某件极其重要的事情,可怎么用力想也想不起来。

恍恍惚惚间老觉得有双眼睛在看着我,看得我莫名焦虑莫名手足无措,我起身四顾,除了那个一直在出神的女同伴,屋里没有其他客人,并没有任何人在看我。

采访草草地结束,很对不起那个小孩,我的错。
出门时回首看了看,小记者沮丧地垂着头,她的同伴起身走了过去,正半搂着她在安慰着。她们没有看我,一个垂着头,一个背朝着我。
没有人在看我,可为什么总感觉正在被一双熟悉的眼睛静静看着呢。
一定有件什么重要的事情被我忘了,我有个很熟悉很熟悉的东西丢了,就丢在这附近,好像离我不远。

关上车门，摇下车窗，已近晚高峰的时间，红的黄的尾灯，来来往往的归人，或疲惫或欣慰，匆匆赶向各自的柴米油盐。再没有哪座城会富蕴如此的人间烟火气，置身其中时不觉是异乡，亦忘了是过客，言语无法描述的一种熨帖……

人慢慢平静下来，又忽然紧绷了起来。
我曾到过这条街的！我分明太熟悉这眼前的一切！
十几年前同样的一个黄昏，一个女孩和我就坐在刚才那个位置就坐在刚才的那家店。

那时那家店卖包子，那个普普通通的女孩可怜巴巴地放下筷子，把她的那份推到我面前。我不说走，她也不说，什么对话也没有只是静坐，细嫩的小手托着白皙的下巴，她红着脸望着窗外，眉眼弯弯。

太喜欢你了，在一起吧！——当初只差一点点就能说出这句话。
当初只差一点点就可以不再瞻前顾后不再自惭形秽不管不顾地从此为了你这个安安分分的好小孩留下来你知道吗？
只差了当时那么一点点，只剩了如今这么一点点。
那么少那么小，即将熄灭的烟蒂一般，都不确定还算不算是喜欢。

车已走远，早已驶离了那条街，某个红绿灯处的停顿让我摇晃了一下，那难以言说的一点点荡漾、溢出，忽然间爆开裂变！瞬间将整个人都塞满，厚得撕不破的浓得化不开的惦念。

可是苹果，你还记得我吗？

苹果苹果，我还记着你呢。

你过得好吗苹果？你知道我喜欢过你吗？

你知道我一直到今天也想不明白为什么当年会喜欢你这个普通得要死的女孩吗？

让我冒昧一次吧让我打扰你一次吧，再听一次你的声音，再见你最后一面。

让我用老朋友的身份去和你寒暄，在无聊的寒暄里悄悄结束这漫长的惦念，给那个算不上故事的故事画上一个句号。

自此和你和天津，做一个了断。

（七）

2017年初秋的那个黄昏，天津微凉，我翻出了那个135的号码。

十几年没有联系，以为会是忙音，手机却只响了一声便接通了。

短暂的沉默后，她的声音穿越十几年的光阴，再度响起在耳畔：

……你刚才并没有认出我，是吧？

她轻轻说：什么都不要说了好不好……

她说：没关系的，忘了就忘了吧。

▶ ▷ 小屋大理分舵·蠢子《不见你》

▶ ▷ 小屋西安分舵·李格《不可归》

▶ ▷ 小屋厦门分舵·谣牙子《算了》

台北儿子

圣谚早就被阿宏撵出了家门。

阿宏早就把圣谚一块钱给卖了。

阿宏说,圣谚不是他儿子了!以前是,现在和以后都不是了。

他禁止圣谚喊他爸爸,逼着圣谚喊他弟弟。

他对圣谚说:哥哥你记住,接下来不许管我,不论发生什么,都是我的事情,和你没什么关系!

他对自己的亲生儿子大吼:你已经没爸了,只有个必须要迁就的弟弟!

你真以为你爸爸是爸爸啊，其实他也是个孩子。
做好准备了没——去给你爸爸当爸爸。

你真以为你孩子是孩子啊，或许他也是你爸爸。
你怎么做他怎么学——学着给你当爸爸。

这篇文章是《台北爸爸》的姊妹篇，叫《台北儿子》。
讲的是一个爸爸在给自己的儿子当完爸爸后，是如何去给自己的爸爸当爸爸的。
从他开始给自己的爸爸当爸爸的那一刻起，他也就真正地成为一个儿子……

我建议你和你爸爸一起看看这篇文章。
看看个中是否也有你爸爸的影子，或者你自己将来的影子。
让你下好决心，决心给他当爸爸。
让他做好准备，准备给你当孩子。

（一）

先从500万人民币讲起。
陈圣谚同学拒绝了整整500万人民币，按他们那个省份的算法，2200多万新台币。

一并拒绝的，还有那个出道当明星的机遇。

缘起是我见他打工攒钱蛮辛苦，推荐他参加大陆的一档叫《非常完美》的综艺节目去赚点零用钱。他穿着他老爸阿宏的旧衬衣旧T恤，跻身于一堆花样男女中，在那个舞台上当了很久的嘉宾。
网上搜搜，应该还能找到视频。

令人吃惊的是，录节目的报酬所得圣谚全给了我，委托我捐赠到贫困山区助学去。
那时候他大学还没毕业，课余需打工攒钱买相机，那笔嘉宾报酬等于他打3年的工，他一分没留全捐了，不见丝毫惋惜。
他不惋惜我惋惜，圣谚啊，这是劳动所得，你自己留着天经地义。
他劝我说：数熟啊，钱酱紫花粗去，才有意义（自行揣摩，此不翻译）。
他喊我大冰数熟，温文尔雅的宝岛语。

……说实话，除了说话不会卷舌头，口音太软太偶像剧，这孩子当真没别的毛病。

心眼好，人也帅得没天理，圣谚帅得嘞，像木村拓哉和言承旭的合体，跳起街舞来浑身发光，看得女生们星星眼，我的天，那迷人的微笑那结实的手臂那看起来很好吃的腹肌……

按理说这样的男生极易被宠成渣，他却出人意料地老实上进，人也简单，单单纯纯的孩子气。

他老爸阿宏对他满意极了，经常和我分享他的事迹。

阿宏说，有漂亮得吓人的大蜜当街拦住圣谚要微信，圣谚的回答是：对不起啦阿姨，我不想我女朋友不高兴。
阿宏说，有著名的经纪公司跑来签圣谚，要送他去韩国当练习生，承诺两年后就能让他红成鹿哈尼，他想都没想就拒绝，说抱歉抱歉，他不感兴趣。
阿宏说，有电影剧组请圣谚演男一号，开价500万人民币，他拒绝的理由依旧是不感兴趣。
他说那会影响他的爱好，在他那个爱好面前，钱和红，都没有什么意义。

也就是说，为了那个爱好，他拒绝了2200多万新台币。
也就是说，在当下经济不景气的台湾，他很可能拒绝的是每年起码1个亿的收入，新台币。

圣谚在台湾大同大学读的是机械系。
他从小到大的爱好是——当修理工，去修机器。

所以2017年2月圣谚大学毕业后，如愿当上了修理工。
对于圣谚的选择……
他老爸阿宏很得意！

（二）

在我认识的爸爸里，阿宏鬼马第一。
……这句话总感觉哪里有点不对。
重新说一遍吧，在我认识的所有爸爸里，阿宏鬼马第一。

此君流氓少年出身，14岁就有了性经历，打哭过老师气疯过家人，混过角头当过兄弟，贩过枪支蹲过监狱……总之五毒俱全坏事做尽。
成年后痛定思痛，阿宏浪子回头，革面洗心。
他以己为鉴，处心积虑，最终反向培养出了一个优秀无比的儿子（详情参见《台北爸爸》，一个鬼马老爸用心良苦的育儿经历）。

可阿宏说，圣谚不是他儿子了！
以前是，现在和以后都不是了。
他说圣谚已大学毕业，是大人了，所以没有资格再当儿子，必须当大哥，而他是弟弟。
他说：做哥哥的嘛，不仅要管好自己，而且要照顾好、迁就好我这个小弟弟。
阿宏还当真说到做到，买了辆哈雷当了逍遥骑士，不再干涉圣谚的任何事情。
圣谚总是忍不住和他分享近况，他偶尔也发表一下意见，但姿态和语气完全是个弟弟。

圣谚应聘的是长荣航空,最初级的菜鸟修理工,刚进公司看什么都新鲜,每天回家都会乐陶陶地和阿宏描述那些不同型号的飞机。

……你知道飞机油箱在哪儿吗?

……你知道机翼的底板有多少颗螺丝吗?

……你知道飞机的引擎有多大吗?

阿宏老老实实地回答不知道,说:哇,哥哥你可真厉害……来,你接着臭屁。

圣谚老老实实地说菜鸟都是杂工,他还没有机会把飞机的零组件了解清晰。

阿宏就对圣谚说:唉,哥哥啊,我如果是你的话,每天分配工作时肯定第一个举手,别人怕苦怕累不举手的时候我也肯定举手,这样才有机会接触不同工种,摸到飞机的不同部位。

他说:你注意哦,我是在假设哦,我可没有在说你。

他说他对飞机可感兴趣了呢,说:来来来,哥哥,你接着臭屁。

几天之后圣谚幸福地回来了,带着满足的笑意。

他握着阿宏的手摇晃:你猜我今天被分配了什么工作!

他说:你绝对猜不到的,简直也太神奇!

阿宏说:嗯,看你的表情,我猜应该是被派去发射了一颗通信卫星……

自然不是发射卫星,圣谚那天被派去钻进了一架飞机的大便储存桶里。

飞机有两个大圆桶,工作人员需要在里面弯腰穿梭,各种接头都得拆卸清洁干净,然后涂布大量凡士林。

据圣谚的描述，有些残渣极难清理干净，为了完美完成重任，他脱去了手套仔细地抠……

阿宏眩晕，差点心梗死去，他挣脱圣谚的双手倒退三米，圣谚追上前去再次紧握住他的手：
许多老员工都没钻过排泄物集装桶呢，大家都说我是公司有史以来第一个自告奋勇的人。

……后来得知，当天分配此项工作时只他一个人举手，且举得很积极，他根本没听懂工作内容是什么，只不过阿宏曾告诉过他，没人举手你就举。
钻过大便桶的圣谚说太棒了，他今天又比别人多了解了一点飞机，他说他一定要把飞机的这个部位，向阿宏描述得详详细细……

同事们都惊讶圣谚吃了大亏还懵懂不自知，认为他脑子有问题，均不知他一贯如此，他是被阿宏忽悠着长大的，忽悠得完全没有七窍玲珑心，忽悠得纯良朴素简单干净。
有道是傻人有傻福，转过天来，发动机部门的总工程师找到圣谚，非要收他当徒弟。
圣谚钻完大便桶后就被锁定了，成为重点培训新进人员。
一堆菜鸟学员，只有他有了机会去学习维修飞机发动机。

总工程师后来很欣慰，真是收了个兢兢业业的好徒弟。
有一次他让所有技师集合，当着所有人的面雷霆震怒大发脾气，斥责的是一位资深员工,那人和圣谚同组保养发动机。

总工程师说:知道我为什么让圣谚跟你一组吗?那是因为我对你根本就不信任!你们保养的可是飞机的心脏,任何的马虎松懈都是在玩忽人命!

他骂:仗着是老资历就偷懒,把工作全丢给圣谚,欺负他老实是吧?有你这样做前辈的吗?你现在就去把工具缴回,去人事部找人事主管,明天不用来了!

他伸出手指挨个儿点人鼻子:所有人听好,如果你们谁再使唤圣谚做杂事,就给我试试!

所有人噤若寒蝉,唯独圣谚一脸茫然……

他回家跟阿宏讲:没觉得大家让我干的是杂事啊,大家对我都很好耶,宁可把自己搞得很闲,也要给我那么多机会去锻炼。

他问阿宏:那接下来我该怎么办?

阿宏说:有没有搞错啊,你才是哥哥啊,奇怪咧,干吗问我这个当弟弟的意见?

阿宏说:反正如果是我的话,没人安排我也会抢着干,偷偷干,越发霹雳无敌认真干……

师父偏心,徒弟争气,一来二去圣谚的维修水平突飞猛进,事情也就在这个时候发生了,他闯了一个足以下岗失业的大祸。

机场的牵引车是需通过考试才能驾驶的,有一天实在太忙时间也紧,为了不耽搁工作，师父让圣谚开着牵引车，带着一组人马，拉着一台发动机准备安装到机翼上去。

他是新人，又没有牵引车的驾照，车开到一半惊动了主管，圣谚师父总工程师的上级。

主管吓死了，责令现场任何人都不许惊动圣谚，担心这个毛头小子一不留神把发动机撞上工作脚架，那维修的代价可是谁也承担不起的。

真是胆大包天啊，一个新人就敢带队去安装发动机！凭什么这么信任他？必须重罚，连他师父一起！

主管在旁全程捂着胸口看着，直到这个新人娴熟而完美地安装好了发动机。

越大的领导越不会当面骂人，人家主管什么也没说，心力交瘁，默默地离去。

翌日上班，圣谚的证件失效，打不了卡也通不过门禁。

他完全意识不到发生了什么，跑去问管理人员是不是消磁，门禁管理告诉他：哦，你这张学员卡已经作废。

门禁管理员跟圣谚说：没错啦，你需要换卡才行……计算机上显示你不是学员，是实习工程师。

一切都发生在圣谚完全懵懂不知情的状态中。

据说，他是公司有史以来最短时间内晋级的新员工。

对于这次破天荒的晋升，圣谚有些伤感，他告诉阿宏，其实他很喜欢当一个普通的修理工，他真的还没有当够。

阿宏陪着他一起难受，安慰他说：哥哥，想要的偏失去，未盼的却在手，这就是人生。

阿宏说：哥哥，反正如果我是你的话，哪怕我当了正式工程师，也会在心态上把自己定位成一个普通的修理工，我才不会随便指挥别人去替我干活呢，谁和我抢活干都不行！

圣谚哥哥点头嗯嗯嗯，很是受用。
他并不知道自己已在阿宏弟弟的居心叵测中一江春水向东流，无法回头。

（三）

我第一次见到圣谚和他女朋友的合影时，一声叹息。
都长着一双太干净太纯粹太好被欺骗的眼睛……
他俩人绑在一块儿估计都战胜不了一个阿宏。

据说两人谈了那么久的恋爱从没吵过架，女生特别骄傲自己男朋友去当修理工。
圣谚应聘长荣航空修理工时，他女朋友也去应聘长荣的空乘，因当时大学毕业证还没发，虽录取了但无法成行，这女孩子后来跑去中华航空当了空乘。

据说之所以当空乘，是想着两人在一个行业里上班，方便以后结婚。

是的，结婚，俩人大学毕业一年后就订了婚，完全不去琢磨着再挑一挑选一选等一等。
订婚前圣谚通知了我这一喜讯，我惊吓之余问他是否征询过阿宏的意见，圣谚说：当然问过哦，但他说你自己的事情自己决定，记得给我发喜帖就行，我人不到礼也会到的……

圣谚早于2017年耶诞节前后就被阿宏撵出家门，这两年在外租房，没有和阿宏生活在同一个屋檐下，他常带彤彤去看阿宏，但每次阿宏都不让他们久待。

我搁了圣谚的电话立马打给阿宏，他在电话那头紧张坏了，说有点头疼。
阿宏那天的原话如下：
我还没有做公公的心理准备……
我很惶恐……
圣谚的女朋友姓啥我都不知道，只知叫彤彤……

他说：这女孩子笑起来两个酒窝，很阳光很稚嫩，但行为举止优雅得体，家教好得一塌糊涂，估计父母自身的教育程度不低，应该有个充满爱的家庭，经济条件绝对是在小康之上……
说真的我是打从心底特别喜欢这孩子，从她身上能看出她有多优秀的父母……

但我每次见她总是一副不像爸爸的调调,怎么办,我怎么当这个公公,没人教我啊?

圣谚要我去趟女方家拜访一下对方父母,我跟他说我不去,又不是我娶他家的女儿,关我屁事……

啊呀是真的害怕,害怕见彤彤的父母,我是个什么样的父亲我自己还不清楚?想想就害怕得不行!

很遗憾,我是个快40岁了还没结过婚的老光棍子,我帮不了阿宏。

电话里我祝了他自求多福,唯一给出的建议是——反正你都这熊样了,那干脆做自己就行!

他想了一下,说对,这是孩子一辈子的事,他决定不伪装不掩饰不整那些虚的,坦诚面对。

我很后悔给了阿宏这个建议。

我忘记了以他的出身背景,在这种非常情况下如果做自己,他会把普通的父母见面,搞成帮派谈判……

圣谚至少找了阿宏三次,请他去拜访彤彤的父母提亲,阿宏鸡贼地挑了个星期一,因为彤彤爸爸要上班,他只需要面对彤彤妈妈就行。

阿宏素日里在台北是机车大叔造型,那天也不例外,皮衣皮裤皮头盔,大哈雷轰鸣如牛,他轰着油门炸着街,嚼着槟榔叼着烟,一路开到彤彤家门口。

装备壮不了尿人胆,他见到彤彤妈妈后是大腿也抖手也抖,为了不露馅儿他没和人握手,咔嚓鞠了个90度的躬。
用力过猛,头盔甩飞了出去,差点终结了彤彤妈妈清白的人生……

果不其然,阿宏把提亲搞成了谈判。
落座后他张嘴提了一个条件——给我一块钱,我把圣谚给你,咱们双方成交。

对于彤彤妈妈的骇然,他解释道:
只要圣谚和彤彤真结婚了,基本上我是抱着没了这孩子的心态,送你们了!包括他将来的小孩!全部交给你们管。
不是我不要他,而是我不能影响了他们的生活与未来,你想哦,以后他们的下一代应该跟我处还是跟外公外婆处?他们只能有两个选择对象,不是我就是您。
论家庭氛围、教育、三观价值,您肯定比我强多了,不然不会教育出这么完美的女儿来,我相信他们的下一代多跟你们接触绝对比跟我正面,而我呢,我绞尽了脑汁才勉强当完了这个爸爸……
他坦诚地说:我并没有信心去当好一个模范爷爷。

他说:我已经当了这么多年的鬼马爸爸,我将来只想继续当个鬼马爷爷。
他真诚地伸出手来:所以,请一定给我一块钱。

…………
阿宏一块钱卖了圣谚,圣谚在订婚宴那天按照他的要求给他发了喜帖。

那天的订婚宴上女方没人相信他是男方父亲，他骑着哈雷来的，黑西服黑墨镜，漆黑的背头扎小辫，像个黑社会老大一般。

订婚仪式有儿媳给公公敬茶的程序，阿宏从怀中给彤彤掏了一个红包，姿势很像拔刀。
红包背面，他给彤彤写了几个注意事项，是他对彤彤的唯一期望。

注意事项如下：
A. 严禁生气，将来遇到真的很生气的事情，必须告诉公公。
B. 30岁之前严禁考虑买房，每年必须排定夫妻旅游计划（严禁带上公公）。
C. 不能/严禁欺负公公，要和圣谚一起，把公公当弟弟。
务必谨记遵守要求。

弟弟陈奕宏，字

圣谚和彤彤2018年9月15日订婚，11月26日登记领证。
蜜月旅行他们去了北京，十冬腊月的爬了长城。
至于婚礼仪式，他们计划安排在2019年9月，届时我会去台北观礼，阿宏说了，那天我和他一人一辆重型机车，嚣张跋扈地开在婚礼车队最前头。

说这话的时候，阿宏在大理，他来探望我。
我们把摩托车停在洱海边，立在大风里抽烟，飞舞的围巾飞舞的树叶，西伯利亚红嘴鸥在头顶翩翩。两年不见，阿宏老了许多，头发花白身形消瘦，面上已有明显的褶皱。

我问了他一个极其严峻的问题。

他明显地慌乱了一下,嘬着嘴不说话,看着手机屏保上圣谚和彤彤的合影,咬牙切齿直瞪眼……

我们慨叹了一会儿,互相拍了拍肩膀,默默地发动引擎,把路碾碎把风撕开。

前途当几许,未知止泊处,使劲开吧。

两年来这一度是他唯一的解压方式,总在午夜时分才有自由的时间,他发动机车开上阳明山,开到渔人码头的海礁边,独自嘶吼或发呆。

我劝说了很久他才肯来大理小住,两年来这是他第一次远行也是第一次休息。

他也应该歇歇了。

(四)

圣谚早于2017年耶诞节前后就被阿宏撵出家门。

圣谚这两年在外租房,没有和阿宏生活在同一个屋檐下,那时候他和彤彤还只是男女朋友,常带着彤彤去看阿宏,但每次阿宏都不让他们久待,十来分钟就撵走。

理由是不要圣谚接收到太多负面的能量,面前的这副重担,他阿宏可以独自去扛。

一块钱把圣谚给卖了也是因此故,让圣谚把他当弟弟也是因此故。
他已没有精力和心力去继续扮演一个鬼马爸爸,所有的时间所有的能量他都需要省着留着,去扛起那副担子——去当个儿子。

过去两年的时间,阿宏和父母住在一起,他硬接来的。
父亲重病在床快死了,他想让父亲活着。

那时阿宏已实现了自己的中年理想,漂去了太平洋,定居在了岛国帕劳,每日里椰林树影沙海水藻,日子过得逍遥。他自认为已完成了一个父亲的使命,从此可以一个人吃饱了全家不饿可以自己活着去了,潇洒掀开人生新篇章。
家人也已安顿好,父亲身体不好,需有人照料,早在几年前他就在私下里把父母托付给了弟弟,一并交接的还有他名下的房产。能给的他都给了,几乎全部身家,换回弟弟一句话:你放心出去吧,我一定把爸妈给照顾好。

有个规律,所有口头上的放心和一定,往往最终都会被打上问号。
一年多后阿宏回家省亲,回到老宅后才发现弟弟居然什么都没做,两个老人的状况之惨,凄惶得如街友一样。

父亲那时需定期被抬去做透析,人已经病得站不起来了。
老房子没有电梯,父亲回不了二楼卧室,一楼铺面里的躺椅变成了他的床,他吃不下东西不敢喝水。晚上母亲睡在二楼,父亲独自躺在一楼,他曾因口渴找水翻倒在冰凉的地面,一直到天亮才被搬回躺椅上。

阿宏看着只穿着纸尿裤的父亲，一年多没真正地洗过澡，只能靠湿布擦拭身子，他已臭了，早已没什么尊严可言。父亲怯懦得手都抬不动，欲言又止地看着阿宏，无助地咧了一下嘴，看不出是哭是笑。
基本已经死了一大半了，父亲靠最后一点元气强撑着。
母亲说：你爸爸估计过不了这个年了。

母亲那时候也在吃药，眼前的一切让她变得阴郁易怒，必须服用抗暴躁的药品才能有心力去把父亲接着照料。
她催促阿宏，走吧走吧，看完了就走吧。
语气里一丝抱怨都没有，也没有什么温度，只说阿宏还能来看看他们，已经比其他孩子强。

一堆孩子里，最浑蛋的就是阿宏，从小到大多少次为他伤心，全家人的脸一次次被他丢尽，想想也是心凉。从来就没对他有过什么指望，从小就听话懂事的孩子都不管我们了，更何况这个不听话的呢？
他能把自己的日子过好已经谢天谢地了。
他还能回来看看，已经比其他孩子强……

临走时阿宏俯身父亲躺椅前，握着他的手，瞪大眼睛看着他。
父亲虚弱地慌乱了一会儿，费力地启唇，用抱歉的语气喃喃道：时间快到了……
他可怜得像个即将被遗弃的小猫小狗，虚弱地，可怜巴巴地看着人，不敢哀怨也不敢求恳，手虽然被握着，却不敢反赠一丁点力气。

时间确实到了。

几乎是一瞬间做好的决定，没什么犹豫，阿宏心甘情愿地终结掉了那份等待了多年的自由。他从那天起再没回过帕劳，没再重返那个舒心惬意的下半生。

阿宏找圣谚谈话，罕见地下了命令——
咱家的房子要给爷爷住，因为有电梯，你尽快搬出去。
圣谚自然是听话，自然会有一点难舍难离，刚把想和阿宏一起照顾爷爷的想法说出口，就被阿宏撅了回去。

他掐着腰大声向圣谚宣布，你早就不是我儿子了，你是我大哥，你必须要迁就我这个弟弟！
他说：你弟弟我决定独自去照顾我爸，谁都不能插手谁都不能干预！
他说：你现在需要操心的事情是你妹妹韵如，你们都搬出去后，她必须交给你管。
他说：哥哥你记住，接下来不许管我，不论发生什么，不论多难多累，都是我的事情。一代事一代了，那是我爸，和你没什么关系！

他对自己的亲生儿子大吼：至于你爸……你已经没爸了，只有个必须要迁就的弟弟！

扯淡的斩钉截铁后，是变态的雷厉风行。
阿宏喊里咔嚓扔了一堆家具，但凡阻碍轮椅进出的东西，但凡有棱有角容易磕碰到人的东西。

他砸墙拆地，重新刷房子，改造起居室改造卫生间，一件又一件地置办新家具，电动病床电动轮椅，病人专用的高科技产品。

圣谚屡次下班后跑来帮忙，认为爷爷搬进来前帮忙不算违规，都被阿宏一膀子揉了出去。
阿宏扔给圣谚的逻辑是，你爷爷的儿子还活着呢懂吗！他儿子该做的事情轮不到孙子来参与。

他这个当儿子的那段时间花钱如流水，卡刷爆了就咔咔花积蓄。
他没多少老本，败起家来却不眨眼，完全不为自己的将来考虑……
他不考虑有人考虑，母亲怒了——阿宏你是不是有病！我们还能活几天，怎么凑合不行？谁让你管我们了？你凭什么把我孙子孙女撵出去？！
母亲说：搬什么搬啊，你以后不过了吗？你知道照顾好一个病人需要多大的开销吗？你上哪儿去搞那些费用！

阿宏只回了两句话：钱重要，还是你老公重要？
他质问母亲：你儿子重要，还是我爸爸重要？
父亲在一旁微弱地喊着，头抬起了一点又掉下去，贴近了才听得他在喊："……都怪我，拖累你们，我死了就什么事都没有了。

他哭不太动，眼泪在流，却没什么力气哭出声音。
他说他很快就可以死了，让大家都不要瞎忙，也不要着急……
母亲用拳头捶阿宏，从背后一下一下的……算我求你行不行，不要折腾了，不要让你爸爸死在你家里。

母亲说到做到，阿宏终于完成房屋改造那天，跑去接父母，那时候才知道父亲已经被母亲悄悄送进了看护中心。

父亲见到他后居然是笑着的，虚弱地笑着说这里很好，他太喜欢了，他不走了……

他以为能骗过阿宏，然后就可以不给阿宏添麻烦了，不会死在儿子的家里。

他忘了自己这个儿子从小什么坏事都干过，骗人的本领简直可以开班授徒。

阿宏把父亲接走时没有任何工作人员敢阻拦，我的天，这个人脸色铁青却面带笑意，正宗黑帮反派大佬才有的那种笑意，一看就知道惹不起。

（五）

进门先换的轮椅，父亲嗫嚅，说自己的这个旧的还能用。

阿宏马上说那就不换了，他用脚踢踢新轮椅，大声自言自语：唉，又没办法退货，放在这里还占地方，一会儿我就扔了去，可惜了这3万块钱新台币……

老年人大都过分节俭，最好的对付方法绝不是劝，越劝他们越不情愿接受，不如告诉他们反正已经浪费了，如果不用，那更浪费。

这个方法适用于大部分老人，包括快病死的。

反正几乎快病死的老父亲表现出了惊人的体力，几乎是自己爬上的新轮椅。

新轮椅果然好用，能调整倾斜角度，同时大腿支撑着不会造成人往下滑，阿宏将轮椅调至30度，推着父亲在屋里走来走去，嘴里不停地唉来唉去。

他每唉一次，父亲就不得不接受一件新的家具或新的器具。

他大声叹息：唉！这张床跟你在医院做透析的电动病床是一样的，两万多新台币买的，我猜你一定不喜欢，我明天就当二手货卖掉去，应该能卖个五千几。

父亲马上表示喜欢，说自己一看见这张床就困了，恨不得马上躺上去。

……干赔一万五这种事，父亲做鬼也是不会接受的。

阿宏却说不忙睡觉，他说床单都是新的，父亲如果直接躺上去，会像拓碑一样留下拓印，基本上等于一坨印泥。

已经一年没怎么好好洗过澡的父亲恐惧地看着阿宏……

怎么？让我现在洗澡？我全身无力怎么爬得进浴缸，爬进去了又怎么出来怎么擦干身体？摔倒了滑倒了怎么办？等你妈妈晚上到了以后再说行不行？

父亲一个字也没说，话都在眼神里，可阿宏果断说不行，他表示他无比心疼这套高支纱的名牌床品，所以父亲必须现在泡澡，他来帮忙洗！

听闻此语，瘦弱成那样的父亲明显地缩小了一点。儿子，真的吗？这个澡你来帮我洗？

阿宏说别哭，不许哭，你嘴一咧开脸会变大，会卡住领口褪不下这件卫生衣。

他三下五除二扒光了父亲，小心翼翼横抱着，扑通扔进浴缸里。

爸，他说，你放轻松一点行不行，喝几口水淹不死的，你年轻时可是海军陆战队的兵。

全身浸泡在热水中的父亲仿佛回了一丝魂，一年没泡过澡了，眉毛都快舒服到发际线上去，他居然开口说出了完整的句子：

……你又不是不知道，我年轻时只不过是海军陆战队的伙房兵。

曾经的伙房大头兵在水里泡了30分钟，那长期没过水的皮肤角质层渐渐软化，从脚到腿到后背。

然后他差点被吓死。

他48岁的儿子噔噔噔跑走，举着一个刷锅用的钢丝球对他说：我来帮你搓搓背，你千万不要客气……

当然不可能用钢丝球，父亲还患有糖尿病，若有伤口极难愈合，阿宏另一只手藏着柔软的搓澡巾。搓澡的过程中父亲一直在笑，笑那个钢丝球，每过一会儿就笑一会儿，他没什么力气，笑声听起来像稍重一点的喘气。

应该是很久没笑了，老人终于捕捉住一点笑的理由，紧紧拽着，怎么也不舍得它飞去。

笑着笑着，搓下来一层层死皮老泥，阿宏前后换了三遍水，把他的龟头包皮都给翻开洗干净。借着那笑声，俩人都假装不害羞，好像不过是洗洗小胡萝卜去去泥。

一个半小时，终于洗好了澡，父亲脱了一层皮，他手边被放了一杯普洱茶，被要求舒舒服服地在浴缸里再泡一会儿，因为还有最后一道工序。

老人奇怪极了，应该很久没露出过这么好奇的眼神，他问阿宏：……你现在撒的是什么？

阿宏板着脸，一边往水里撒浴盐，一边说：奇怪咧，亏你还当过伙房兵……

他说这还用得着解释吗，出锅前，不得调味吗！

他让父亲伸出舌头去尝尝淡不淡，淡的话他可以再多撒一点。

一直到把父亲擦干净抱回床上，父亲都在呵呵呵呵地喘气一样地笑，刚刚进门的母亲惊了一跳，被忽然变精神了一点的父亲给吓着了。她迅速难过，以为是回光返照。

过了一会儿，她也跟着笑，问阿宏为什么要往父亲身上洒那么多古龙水。

阿宏说：这个是必须要洒的，这是基本的社交礼仪。

他正色说：因为陈先生洗完澡后很帅哦，所以我们决定出门去西门町把正妹哦。

他指着父亲严肃地说：我警告你哦陈先生，虽然你看起来比我帅，但不许和我抢，不然我会告诉那些正妹你是有老婆的。

陈先生几乎笑晕过去，终于耗干了体力沉沉睡去了，嘴一直咧着，满脸的皱纹都是舒展开的。

从那时候开始,阿宏一直称呼父亲为陈先生,让父亲和母亲喊他小陈。父亲每次开口前,都会忍不住先笑一笑。

很长一段时间里,每天起床,小陈都会先去找陈先生请安,对他说:陈先生,如果今天是你的最后一天……
陈先生已经被训练得很好了,会笑着回答:那就好好去度过,要笑。

越怕什么越不能躲,忌讳的东西说惯了嘴,渐渐也就一点都不可怖。
一个死字,也就稀里糊涂地变成了玩笑。

(六)

我记得那时候阿宏发过朋友圈:

老人最需要尊严,从小到大你老希望父母给你面子,可你是否在他们需要的时候,给予他们尊严呢?

那段时间他老发表这种反思式的,也不知道哪儿来那么多感触。

那条朋友圈的配图应该是他妈妈拍的,画面里是他和他的父亲,以及一个打火机,和一支烟。
……他正在给他的父亲点烟!
给重病在身的老人家抽烟?这几乎已经不算是胡闹了,简直是大逆不道!

对此，阿宏的理论和他一贯的为人一样疯狂——
父亲先前在做透析时被人传染了肺结核，进行过隔离治疗，元气大伤没了肺活量，连个普通的深呼吸也做不了，他需要锻炼肺活量。
不知根据哪一门哪一派的见鬼理论，阿宏竟然认为，抽烟会导致咳嗽，咳嗽会锻炼一点肺活量。

（严正警告：下述文字虽是真实事例，但属个例无普适性，吸烟有害健康，建议勿草率模仿。）

一开始母亲自然激烈反对，但阿宏一句话就说服了她：
你不是老说陈先生是快死的人了吗？那还担心这担心那的干吗？不如就让他抽吧，不然明天他走了，心里该多遗憾。
一旁的陈先生立马表示他一定会很遗憾。

陈先生只抽了一口烟就后悔了，肺部被刺激，咳得像鸭子叫唤，倒也算件稀罕事，他很久以来连咳嗽都咳嗽不出来。母亲和阿宏的眼睛都亮了起来，逼着他抽完了那根烟，说服他的理由就一句：不要留遗憾。
抽了若干天后，老头多年的烟瘾也被重新召唤，会舔着脸主动要烟抽了，大家发现老头不知怎的开始会深呼吸了，他每次咳嗽之前都会大口深呼吸一下，咳嗽的声音也从鸭子变成了大鹅或大雁。

本就是快死的人，死马当成活马医，阿宏给他的建议是不如别躺着了，试着靠着床头坐起来一点，这样也能咳嗽得痛快。
过去一年多，除了不得不上轮椅时，父亲基本都是躺着的，没有体力坐，会头晕目眩脑袋抽筋。现在为了咳嗽他坐了起来，呼吸得好像也更深一点了，但他心里总是怯怯的，总想躺着，总觉得自己只能躺着。

于是阿宏把他搞上了轮椅推到了客厅，给他点上一根烟，告诉他卧室里不能抽烟是小孩子都懂的事情，陈先生，你以后就只能在客厅里抽烟了。

陈先生起初很犹豫，怕坐久了会晕眩，但阿宏给他点上一根烟后跑了，半个小时后才回来，后来是1个小时，再后来是2个小时，最后阿宏不用跑了，陈先生已经能够在客厅里坐上4小时不嫌累，还会动用嗓门要烟抽。

声音起初小，后来渐渐洪亮：小陈，小陈……醒醒哦。

阿宏故意装睡，每次都等到他声音足够大时才把烟给他，控制着他的烟量。

（严正警告：上述文字虽是真实事例，但属个例无普适性，吸烟有害健康，建议勿草率模仿。）

父亲开始能自己上下轮椅的时候，阿宏把父亲的烟量惨无人道地剥削克扣。

那之前他发现父亲度过了久坐不累关，于是搞来一升装的牛奶桶，让父亲练习单手拎起，又练左手换右手。他说：别掉在地上洒了哦，牛奶很贵耶，地板也很贵耶……

父亲求他，小陈，那你换成水行不行……

他说当然行，但牛奶就要倒掉了，家里没有这么大的杯子去盛……

《台北儿子》主人公——阿宏

圣谚、彤彤婚纱照

这是《送你一棵树》中的瓶罐

大松在茶山

⊙雷风恒，大霾漫天，这条崎岖莫测的人间道，苦乐相继，无涯无边。
还能怎样，又能怎样。除了向前，只有向前。

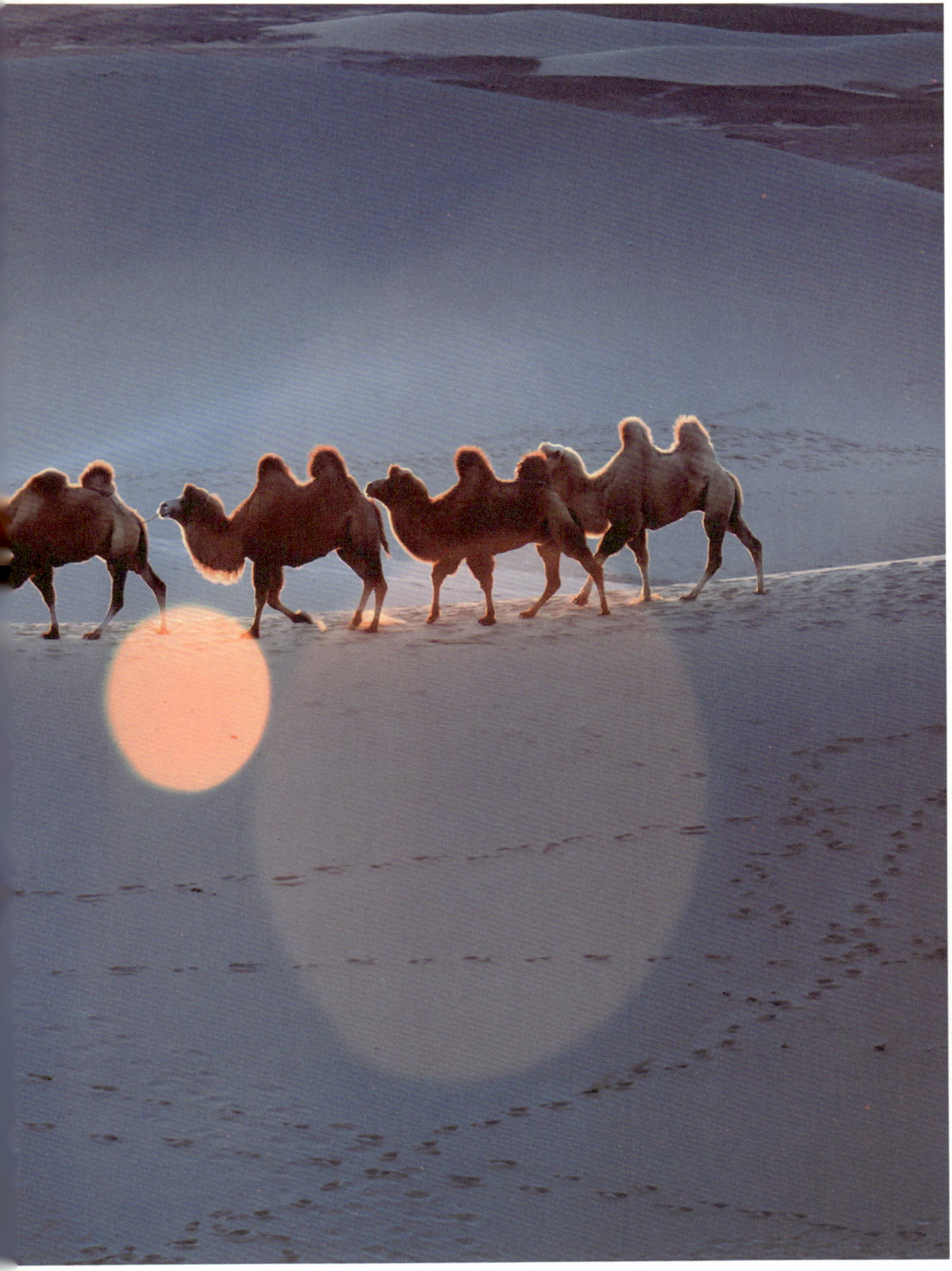

⊙走过的路越多，越喜欢宅着。
　见过的人越多，越喜欢孩子。

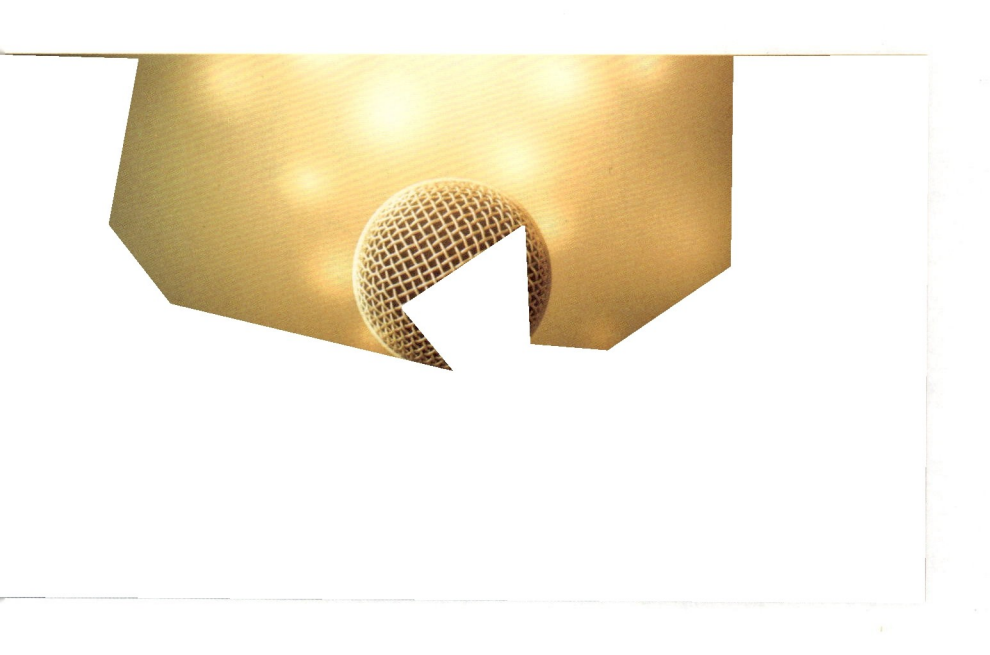

⊙贡觉松,若我来世复为人身,护持我,
让我远离心魔,让我永远做个像孩子一样的人吧。

⊙一代人有一代人的价值观，
　如果难以互相理解，那就尽量选择去互相谅解。
　如果难以互相谅解，那就尽量试着去互相了解。

父亲的手握得紧紧的，臂力和抓力的锻炼完成在不知不觉中。

阿宏后来常在客厅里喊：陈先生，抽烟时间到了。
然后站着不动，打火机拨弄出动静，火石的摩擦声噌噌噌。
陈先生咽着口水从卧室床上爬起来，挪到轮椅上，然后自己推着轮椅轱辘慢慢驶向客厅。

阿宏把烟点着，故意深深吸掉一大口，烟立马短了一截。
陈先生立马忧郁了，他一天也就那么几根烟的定量，多了阿宏不给他抽，再不快点抵达的话，只能抽个烟头。
心里着急，手上使劲，无意识间双脚着地，开始配合推着轮子的双手……

说来也是令人同情，腿部功能的锻炼和恢复，是为了不抽烟头。

阿宏得寸进尺，拿出了刑具……
其实是站立辅具，但在父亲眼中和刑具也没什么区别了，阿宏居然建议他站起来，说站着抽烟才香才好抽。
那时候他把烟悬在半空中，说自己绝对不会递到陈先生嘴边的，反正一根烟就这么短，想抽就请站起来抽。

永远不要低估了一个老烟民对香烟的无耻渴求……
10秒后陈先生软瘫回轮椅，一年多没站了他头晕得厉害，但小陈说得对，站着就是好抽……
很快，10秒钟变成了1分钟，又从1分钟变成了5分钟，越站越久。

此时，阿宏终于暴露出了他的"狼子野心"，他说——
陈先生，请试试单脚支撑！

单脚支撑成功后，紧接着弯腰挺身，极为变态的训练过程。
那天父亲在客厅站着抽完烟，忽然宣布他要架着辅具自己走回房间，他还真走回去了，用了15分钟的时间。
于是，第二天当他骄傲地决定再来一次时，阿宏掏出了一大把钱，全是千元大钞。
阿宏把钱一张张撒在过道上，陈先生，咱们说话算数，捡得到都是你的，有能耐你就捡。
他说：但咱们丑话说在前面，如果有人贪心，累得摔倒了，那不仅得不到一分钱，还要扣发一根烟……

这个捡钱游戏没进行多少次就停止了。
陈先生的积极性之高，成效之卓越，差点让小陈破产。

（七）

阿宏的房子只有两个房间，一个给父亲住，一个给母亲住。从他们搬进来那天起阿宏就再没睡过床，他睡在客厅沙发上，夜里一有动静就起身探视。
他也是快50岁的人了，天天睡沙发腰酸背痛，落下了失眠的毛病，于是玩手机……
父亲的呼噜声轻轻传来，真好，都能打呼噜了。

也好，他靠在沙发上捏着手机，这样反而更方便保持清醒，照顾老人。

照顾和复健一个重病老人，怎么可能只靠肢体锻炼，还需要合理的医疗，当然，最重要的是心情，以及吃什么，怎么吃。
父亲虚不受补，且一辈子茹素，吃不了任何肉和鱼，搬来之前他已经有了厌食症，搬来后虽因心情大好开始吃点东西，但肢体锻炼一度停滞，因少了蛋白质摄入，肌耐力无法提升。鸡蛋和牛奶他也吃不了，病得太久了，怕腥。

可是除了鸡蛋和牛奶他也接受不了别的荤腥，于是阿宏开动脑筋，研究出了一大堆世界真奇妙式的食物。
鸡蛋加牛奶打散后煎炒……
鸡蛋加牛奶加切碎的青菜炒熟……
马铃薯加牛奶煮……
牛奶加西蓝花加鸡蛋煮……
所有的研发结果都打成泥，他一口一口地喂给父亲吃，像是在喂一个婴儿吃辅食。

父亲后来吃出了一身奶香味儿，肌耐力一天天地增强，但打出来的每一个嗝都像是最新鲜的鸡屎……他终于吃怕了鸡蛋，闻到牛奶味就惶恐。

已见成效的事情岂可半途而废，就此中断了奶制品摄入那可不行，阿宏辗转半宿，转天买来了一大堆牛奶冰激凌。

（严正警告，下述事例虽是真实发生，但属个例无普适性，建议勿草率模仿。）

父亲起初很抗拒，没听说过有哪个老人大口吃冰激凌，多凉啊，吃了会头疼，而且我还有糖尿病……

抗拒自然无效，阿宏有阿宏的办法，在拖人下水教人学坏这方面他是专家。

他先把胰岛素摆了出来，又把买冰激凌的单据放在一边。他说：陈先生你看，你有医保，胰岛素不用花钱，而这个冰激凌嘛……现在已经化得有点软。

父亲看了一眼价格，立马张嘴让阿宏喂他，他心疼坏了，这个叫哈根达斯的牌子是哪一国的，怎么贵得这么变态，这哪儿是吃冰激凌，简直就是直接在吃钱。

阿宏一边喂他一边补刀，建议他自暴自弃一点，反正也时日无多了，反正连烟都抽了，不如干脆豁出去，把冰激凌也吃个痛快。

一盒冰激凌吃完，他算了一下，告诉父亲：恭喜您，刚才您等于喝了一大杯纯牛奶。

他问父亲冰得头疼吗？父亲说嗯嗯嗯，说但是冰得好爽啊，口感也真香滑，生平第一次敞开了吃这么好吃的东西，他还想再吃一点……

他羞涩地向阿宏表示：你说得对，我都是快死的人了，没必要心疼钱。

这是个好兆头，此老头开始嘴馋，馋得胜过心疼钱，多么有生命力的一种馋!

从此父亲饭后必须吃一盒哈根达斯,每天每天。

他对冰激凌的热爱几乎超过了抽烟,他对冰激凌的热爱甚至把他的病友们都挨个儿感染。

每星期一三五,父亲都需要去医院做透析,医生与护士开始觉得奇怪,明明是个死了快一半的瘪老头子,怎么忽然能坐能走了?体重和情绪都和过去大不一样!

透析需将全身血液抽出,经机械设备循环,筛出水分毒素后再注回体内,每次约4小时,一般做透析治疗的患者通常会在第二年就罹患抑郁症,然后是躁郁症……

而这个老头居然有说有笑的,身上还奶香奶香的?

医生打死也不信冰激凌的疗效,拦着父亲让他别误导病友。

拦不住,这老头,仗着现在有力气自己推轮椅了,仗着自己有嗓门和人说话聊天了,挨个儿劝病友们没事都吃点冰激凌,表情神秘而得意,欠揍极了……

最主要的拦不住的原因是老头的儿子,我的天,一看就知道不好惹,这家伙扎着马尾巴戴着大墨镜,像个保镖一样像个杀手一般,那架势摆明了就一句话——谁敢动我爸爸,我敢砸医院。

后来很多一起做透析治疗的老头老太太也开始吃冰激凌。

有的身体好转,见了面各种感谢,有的捂着脑袋捂着牙,冲着阿宏和父亲翻白眼。

好转了的，大都是儿女给买的冰激凌，儿女给喂的。
翻白眼的大都是自己买的，大都儿女不在身边。

或许重要的不是冰激凌或烟。
他们应该不知道，自父亲搬进家里的那天起，阿宏就停止了一切工作和社交，全部的身心集中于一处，昼夜不离父亲身边。

久病床前无孝子，这个道理阿宏应该明白。
他应该很明白——职责和情感相比，后者更理所应当，但前者的持久性能更保险一点。
所以他才会从一开始就把父亲喊成陈先生吧，为了真正地尽职尽责，硬生生把自己塞进一个护工的角色中，而不只是一个儿子。

（八）

一个人，不论已经有过多少成就名望，积累了多少社会经验，只要决定亲自长期照顾一个病人，那太多东西必须从头学，在摸索中学。

阿宏起初闹了不少乌龙，例如好心在父亲的纸尿片上洒过香水，结果造成父亲的屁股红肿如猴臀一般，并且便后愈发地臭，那臭味前调是兰花后调是檀香，臭得别出心裁，特别不简单。
成就感也有，父亲后来的排泄量越来越多，父子俩都因此而充满自豪，啧啧赏鉴，不舍得马上处理掉。

自从父亲能自行下床移至轮椅后,阿宏就把便盆椅放在床边,父亲上完后帮他清理干净。79岁的老年人,每次大解都算是一场剧烈运动,难免造成一点狼藉,阿宏清理时不免沾到手上一些,他不嫌弃。几十年前父亲也曾这样待过他的,给他换洗尿布给他洗屁股,如今他干得心甘情愿。

阿宏后来说过一段话,给他一个情况相同的熟人。
他说:……咱们都已经是中年人了,都有自己的孩子,你想想看,你能给自己的孩子在婴儿时期把屎把尿,为什么当你的手沾上了父母拉的屎尿时会产生恶心甚至恐惧呢?
你无法忍受、排斥,因为他们是成人是老人,还是你当下当他们是陌生人?

换个角度,你花钱把老人送去看护中心,不也是有看护工干这事吗,但差异是看护工是在工作,有回报,而你不肯干这工作也没有工资可拿,你觉得自己付出是没有回报是吗?
你就真的那么缺回报吗?
你真的需要你的父母在这种时候给你回报吗?

他说:再换个角度,你把父母送去看护中心,你认为你花了钱了,父母得到照顾了,你做得够意思了,可你知不知道他们在那里每天必须面对的尊严挫折?
他说:咱们都不是大富大贵的人,那些高端的看护中心轮不到咱们,而台北的一般看护工,大部分是绝不会让自己在换纸尿片的过程中沾到屎的,不是他们技术有多高,而是他们只会不耐烦地命令你父母的双腿张得更开，老人的尊严本来就已经剩得不多，那种情况下几乎全没了你懂吗？

你觉得没了尊严的人，会有信心去康复吗？

……你见过他们是怎么帮老人洗澡的吗？能坐着洗澡的老人常眼睛进肥皂水或鼻子呛肥皂水，至于不能坐的老人，基本跟洗尸体没两样！

水再凉再烫他们是不会真正关心的，他们都戴着隔离手套，你能明白一个老病人被戴着手套的手搓洗冲刷的感觉吗？你见过那表情吗？整个人都是木呆呆的，哪儿还能有什么求生意志，羞耻感都找不到了，自己都不再把自己当人看了！

他说：你父母都不是人了，那你还算个人吗？

自始至终，不论多么鬼马搞笑处心积虑，阿宏始终维护着父亲的尊严，把已经丢了的找回来，把重新萌生的夯实了。他知道只有找回尊严，父亲才能真正有勇气去活。

他打破禁忌和父亲谈论生死，诱导父亲先坦然面对，再有尊严地面对。

他喊父亲陈先生的其中一个原因，是想告诉父亲：爸爸，你是体面的。

但有过一次，阿宏主动把那体面和尊严摔到了地上，凶恶极了。

那时，随着体能的渐渐增加，父亲请求过独立走去上卫生间，以为会得到鼓励和赞许，结果换来一句断然的"不行"。

床的位置到卫生间3米不到，但在阿宏看来，完全不借助辅具的这3米是冒险，会摔倒，站不稳，但父亲跃跃欲试，他不仅找回了体力，更找回了太多自信。人总是如此,一旦自信难免自我放大,不论是不是老人或病人。

终于有一天卧室里咕咚一声,阿宏连滚带爬地冲进去,父亲躺在地上,离洗手间还有1米。
阿宏把他抱起来,人无大碍,只是不敢看阿宏,阿宏没法骂他,他毕竟是父亲。

父亲第三次摔倒时,阿宏拦住了母亲,不让任何人进到卧室去。
等了一个小时他才走进去,先把辅具砸烂,再蹲下,盯着父亲,不去扶他。
那时阿宏没喊他陈先生,喊的是爸爸。

爸爸,他说,我一个小时不进来,不是报复。
他说:爸爸,或许你会认为我的行为不对,但你的行为对吗?明明由我在控制着锻炼的节奏,为什么不肯信任我?你不为自己着想也得为照顾你的我想想吧,如果你摔骨折摔死了,我还活不活?

他说:你知道为什么久病床前会无孝子吗?大半的原因是孩子累了烦了坚持不了了,小部分的原因难道不是老人太作吗?

他说:爸爸我不会对你不耐烦的,我已经快50岁了不是小孩子了,可你要明白你已经79岁了,已经老回一个小孩子了,所以你这个小孩现在必须听我这个大人的话。

他说：按我说的做，别再作了，好吗？

阿宏那天把父亲扶起来安顿好后，宣布了处罚决定。
鉴于陈先生这个不懂事的小朋友犯的错，为了让他真正长个教训永不再犯，罚他三天不能抽烟，一星期不能吃冰激凌。

阿宏后来跟我阐述过他和父亲的关系——
当他卸下父亲的担子，你就要担负起父亲的责任去把他当个孩子，而不是继续再把自己当个孩子。

（九）

父亲真的变成了个小孩。
接到家后的第四个月，父亲发现自己在阿宏的照顾下死不了了，能吃能坐能拉。
于是他开始阿谀奉承，逮着空就冲阿宏微笑，没话找话和阿宏说，赞美、讨好或夸。
他那时的心里，应该比先前等死时还要害怕。
他像个害怕被遗弃的孩子一样小心翼翼地赔着笑，害怕有一天阿宏忽然不想照顾他了。

父亲每月有3000元新台币的老人津贴，他时不时就表示要给阿宏，让阿宏给摩托车加油。阿宏当然不要，父亲每次都仔细打量阿宏脸色。

他还常跟阿宏提起他投的那个丧葬保险,说一定会登记在阿宏名下,这样他死了以后阿宏可以有100万新台币办丧事,就不用让阿宏花自己的钱了。

边说,边打量着阿宏的脸色,反复强调,那可是整整100万哦……

阿宏故意问他,土葬还是火葬?

父亲说怎么省钱怎么葬吧。他唠唠叨叨说了很多,都是关于怎么在葬礼上省钱的。阿宏就冷笑,道:陈先生,你相信你死后我真的会照办吗?

阿宏说:既然省钱,那我就只花60块钱好了。

他说:我把你的骨灰用塑料袋一装,买张60块钱的渡轮票,从淡水坐到渔人码头,往大海里一撒……哎呀好开心呀,我还可以剩个999940呢!

他和父亲一起笑,问父亲:怎么样,气不气?

父亲嘿嘿笑着,说气死了。

阿宏说这就对了嘛,所以说,你死之前至少要花掉我100万你才回本嘛,不然多亏呀。

父亲想了一会儿,表示阿宏说得对,他决定马上再吃一个哈根达斯。

他不知道阿宏那时在他身上花的钱早已超过了100万新台币。

如果算上停掉的事业推掉的工作机会,10个100万估计都不止了。

从父母搬进家里的那天起,阿宏就没再工作过,花的全是积蓄。

老人爱操心,如果让他们知道了真实情况一定会负疚,一定不利于父亲的康复。于是，阿宏每个月从积蓄里取出不小的一笔钱交给母亲，说是自己的收入。

他说：你以为我每天拿着手机在玩吗？其实我是在移动办公，你看我不停地打字，其实那是在和我的同事们交流工作。
他说：唉，真是累，我挣钱这么容易，结果你们花钱这么艰难，你们跟上我挣钱的速度行不行？
于是两个老人幡然醒悟，渐渐不再抠抠搜搜。
他们并不知道，快两年来儿子的积蓄只出不进，已经只剩最后一笔，即将捉襟见肘。

……关于钱，父亲说过梦话的，声音不小，躺在客厅里的阿宏恰好能听清。
内容很杂，说妈妈多不容易，一辈子跟着他省吃俭用，以前苦哦……理解理解她。

也不仅是钱，他说过好几次梦话，有关于对阿宏的感激，有关于自己艰难的生平，父亲总在凌晨三四点钟开始这种独白，总感觉不像是在说梦话，而是专门说给阿宏听。
也对，梦话怎么可能说得这么清。
阿宏静静地躺着，一动不动，让老头借着这个理由自由地去说吧，他说得这么痛快，可能以为阿宏已经睡着了，又可能希望阿宏是醒着的，认真地听。

有天半夜,父亲没说梦话,偷偷在哭,阿宏躺在客厅听了很久。

他终于忍不住起身走过去拍拍父亲。父亲是醒着的,满脸泪痕,父亲说:小陈……我现在不喊你小陈行不行?

他说:儿子,我一年前搬进来的。

他说:儿子,我现在竟然还活着……

阿宏沉默了很久,沉默了很久的阿宏故作悲伤地叹了一口气,说:

陈先生,你真是个狡猾的老头……

他说:完了,看来陈先生你要赢了,看来我赚不到你那100万的丧葬费用了。

父子俩人对着看了一会儿,又哭又笑地看着,怕吵醒母亲,努力小小声,头抵着头。

父亲多活了不止一年。

第二年同样的时间,他依旧活着,依旧吃冰激凌,只不过香烟换成了雪茄,因为儿子说过要跟上儿子挣钱的速度才行。

那是圣谚订婚前,圣谚破坏了规矩跑来看爷爷,阿宏没把他推出去,任凭祖孙俩聊天。

父亲那时已大好,面色红润四肢有力,可以声音洪亮地问阿宏要雪茄抽,圣谚说爷爷加油啊,再过半年参加我的婚礼。

父亲叼着雪茄,嘴唇抖动了半天,用力点了点头。

阿宏知道，他其实想说的是：真没想到，我竟然活到了我孙子订婚的这个时候。

父亲在阿宏家住了两年整。
来的时候奄奄一息，如今几乎已经是个看不出有什么病的老头。
2019年年初的时候他下了楼，自己摇着轮椅在台北的街头嗖嗖嗖，阿宏小跑着才能跟上他，他扭头笑话阿宏缺乏锻炼，身体不行。

也就在那个时候，阿宏给我打来了电话。
他说他身上的钱正好还够买一张机票，他说他终于可以出发了。

两年来，第一次真正休息。

（十）

我喊阿宏来找我，喊了很多次。
他一直不肯。
我让他找别人去替代他照顾父亲，让他离开台湾一段时间去休息调整，不然真的会垮的。
他不肯，一天都不肯，只说那是他父亲。

他说那句话时像个匹马单枪的斥候，血将流干筋疲力尽，依旧摇晃着身体，擎槊孤行。

我记得，两年前他下定决心要把父亲救活时，和我联系过，和我探讨什么东西最解压。

我记得他那时说过一句话——当你要承受压力前，总要首先想好解压的方式才行。

他那时胸有成竹语气轻松，让我夸他睿智，懂未雨绸缪，所以，此战必胜。

我相信他必胜，只是未曾料到，会是如此这般地惨胜……

阿宏的那辆哈雷48是两年前买的，他不算什么有钱人，那应是他此生花给自己的最大的一笔钱。那笔钱花得太值，太多的阴郁在哈雷那独有的马蹄音中被瓦解，若没有这辆摩托驮他，他早垮了。

终究还是为了父亲。

父亲只知儿子嘻嘻哈哈地给自己洗澡，拿出钢丝球说要给自己搓澡，往水里撒浴盐说是加调料，逗得自己呵呵笑……并不知道儿子在反复确认自己真的熟睡后，独自下楼，发动摩托冲上阳明山，于无人处涕泗横流。

几个小时前他强忍住心疼给父亲搓澡，老皮一块块脱下来，肋骨一条一条。这是父亲啊，这个凄惨成这样的老头是我父亲啊，他心疼得十指冰凉眼前发黑，有把刀子在心里乱搅。

却是忍住了，鬼马搞笑，强撑着扮小丑。

可与后来的种种煎熬相比，最初的这份心疼却显得没那么难熬。

病人总带有一种说不清的负能量,若想用笑意去对抗,需不停地往外掏,第一个月他就被掏空了,半夜躺在沙发上脑子空空荡荡。他决定演也要演好,接下来的两年都是在表演,演戏最累人,那种心累,无以言表。

累极了的时候他会悄悄起身,扒在门缝上10分钟、20分钟地数父亲的呼吸。好,是深睡了,可以偷偷离开一两个小时,不会有人知道。
于是他骑着摩托冲进夜未央天未白的漆黑一片中,不停地换挡加速。
不论骑出去多远,天亮前总会回来,回来后第一时间扒到门缝上数父亲的呼吸……好,没什么意外,还在睡着。

照顾父亲的过程中最大的痛苦是神经永远紧绷,随时准备着意外发生,除了偶尔的摩托狂飙,他昼夜守在家里,眼睛不看耳朵听,父亲的一举一动他都知道。
他那时手机上网查阅了海量资料,关于心理学关于保健医学关于各种急救知识。他拟出了一套别出心裁的锻炼方式,处心积虑地引父亲上钩,却又搞得像开玩笑一样。他并不懂如何复健一个老人,哪怕是自己的父亲,他只知一切都不能离开那个原则——必须让陈先生心情好。

每次和父亲开那些关于死亡的玩笑时他心头都在哆嗦,父亲很快把死亡当成了玩笑,他却心里淤积成了沼泽,失眠的毛病因此而落下,他开始偷偷吃安眠药。
一段时间后安眠药不再起作用,他苦熬着每个夜晚,越是平安无事的寂静夜,越担心父亲忽然死了、凉了,明早起不了床。

父亲的身体略有起色，他却越来越慌，面上是看不出来的，他掩饰得好，但只有他自己知道他有多害怕这种起色会忽然停滞，抛物线会忽然下降。

从那时起，他开始在父亲熟睡后每晚逃跑，骑着摩托车能逃多远逃多远。他骑去过海边，坐在山岬上发呆，看着凌晨前的太平洋，又在天亮前疯了一样地往回赶，快点快点再快点，仿佛只要晚回去一分钟，父亲就死了。

他也曾骑去过圣谚和韵如的出租房。
远远地就把车停了下来，步行过去。
是两个乖孩子，有家不能回，一句抱怨没有，在外租房……

他知道圣谚向来听话，从小信赖他，他说什么就是什么，傻乎乎的。
他也知道傻乎乎的圣谚一定不明白为何他执拗地不让圣谚掺和这场苦熬。
……不能掺和的，圣谚，真的是场苦熬。
我费了这么多年的劲才把你养成这样，你的人生才刚刚正式开始，一丁点负面的东西都不要沾染，一丁点沉重的包袱都不要背上。

……不能掺和的，圣谚，我已经1块钱把你给卖了！
你已经有了那么好的爱人那么好的未来，好好过你们自己的人生去吧，不要受任何影响任何干扰，上一代人的担子让上一代人挑！

他那时在圣谚的楼下站了很久，盯着那扇窗，忽然眼泪就流了出来。
可是如果我现在垮了的话该怎么办？这副担子，还不是需要你来帮我挑……
还不是会把你的未来给干扰和影响……

那一刻他浑身无力，边哭边转身离开，腿是软的，怎么也迈不上摩托车，他蹲在寂静无人的台北小街，靠在摩托车边，浑身的力气都随着眼泪流走了。

他给我打电话，醉酒一样语无伦次，错乱颠倒。
他说他宁可没生过圣谚，说他太没用了，不配有圣谚这么好的儿子。
他说他不想看到圣谚结婚生子了，他必须早早地死掉，他一定要早早地死掉，一定不会在老了以后拖累圣谚，不让圣谚变得像他现在这样。

他素来鬼马乐天，也向来桀骜刚强，认识他这么多年，那次他罕见地异样。
我吼他，让他赶紧找别人去替代他照顾父亲，让他赶紧离开台湾一段时间去调整休养，不然真的会垮的！
我说：哪怕你只休息一个星期也好！

他不说话，粗重地喘息，艰难的吞咽音，良久之后方才开口，说他要回去了，天快亮了，父亲就快起床。

我说：宏哥，你离开一星期吧天不会塌的！你再考虑考虑！
他说没什么可考虑的了……
他说：那是父亲哦。

（十一）

受阿宏所托，于此感谢一些人。
所有曾在他微博下留言的人，所有曾给他发过私信的人。

数年前我曾写过一篇《台北爸爸》的文章，主角是可爱的圣谚和鬼马的阿宏，许多人阅后感动于他这个台北爸爸独特的育儿理念，找到了阿宏的微博，感慨或倾诉——谢谢所有那些曾跑去找阿宏倾诉的人。

过去两年，你们当中大部分人都得到过阿宏的回复对不对？
你们一定知道，那些倾诉是有回音的。宏爸真的是个不错的树洞，每一条回复他都有理有据真心实意，帮很多人打开了心结，帮很多人挺过了阴霾。

可你们一定不知道的是，那时的他已开始服用抗抑郁与肌肉松弛的药，正走在崩溃的边缘，只差最后几步了。

你以为仅仅是阿宏帮了即将崩溃的你吗？
错了，你也帮了即将倒下的他。
那个因为他的合理分析而没放弃学业的人，那个因为他的劝导劝解而答应回家的人，那个因为他的苦口婆心而没放弃生命的人……太多太多人了，其实是你们帮了他。

你们信任他,把困惑求教于他,把压力诉说给他,你们知道这一份份的信任蕴含着多么大的能量?

隔着万水千山,隔着一整个台湾海峡,它让一个快50岁的男人坐在失眠的午夜里慢慢发现自己是有用的,是强大的,是被这么多人信任着的。

他发现他背后有人,很多很多人,他不是孤单着的。

他挨条回复你们,和你们同喜同悲,把你们当圣谚和韵如一样去对待,尽量用他的鬼马方式去帮你们排忧解难——因为你们重新撑起了他。

他告诉我说,你们撑起了他,就等于帮他撑起了他的父亲,他谢谢你们了。

他说,如果有机会的话,希望我帮他组织一下。

他说虽然他现在没剩什么钱,但能来多少来多少,他想代表他终于活了下来的父亲,请大家吃顿便饭。

OK,那就敬请关注我和他的微博。

说不定啥时候就会发布开饭时间。

(十二)

说这话的时候,阿宏在大理,两年来第一次度假。

我们把摩托车停在洱海旁,立在大风里抽烟,飞舞的围巾飞舞的树叶,西伯利亚红嘴鸥在头顶翩翩。

他老了许多,头发花白身形消瘦,面上已有明显的褶皱,细算算,离知天命的年纪只剩半年。

他说这个短暂的假期结束后,他会回到父亲身边,继续以小陈的身份陪着父亲,彩衣娱亲,鬼马依旧,直到父亲能从轮椅上真正站起来满街溜达的那一天。
然后他会去赚钱,为了父亲而赚钱,让父亲余生的每一天都丰裕而体面。
他说他目前最头痛的是采用怎样的手段才能让这个80岁的老家伙戒掉冰激凌戒掉烟……

阿宏掏出手机,给我看照片,说圣谚的婚礼定在2019年9月,问我届时会不会出现。
他说如果我去的话,那天我和他一人一辆重型机车,嚣张跋扈地开在婚礼车队最前面。

当然会去喽,去看看圣谚看看彤彤看看韵如,再去给陈老先生及老太太请个安。
然后推起轮椅撒丫子就跑,陪老头子去吃吃冰激凌抽根烟。

我忽然想起了一个极其严峻的问题:
我的天!圣谚今年结婚的话,说不定,说不定明年后年,你就要当上那个那个……
他明显慌乱了一下,噘着嘴不说话,看着手机屏保上圣谚和彤彤的合影,咬牙切齿直瞪眼。

我深表同情，于是拍了拍他的肩：
认命吧宏哥，我写了《台北爸爸》，写了《台北儿子》……
我完全不介意再写一篇霹雳无敌真豪情的——《台北爷爷》。

▶ ▷ 小屋济南分舵·磊子《孤星》

▶ ▷ 小屋济南分舵·楚狐《十里桃林》

客家姑娘

人到中年，铁石心肠，塑料肝胆。

怯于深情，乏于热血，懒得深交，懒得再像年轻时那样去任性结缘。

非厌世，不过是这半生人海中远行，见惯了海市蜃楼，渐知人生底色是悲凉然。

这场青春趋近尾声，尾声前认识的她。

不是知心知己，也非蓝颜红颜，不过就是一个朋友，无关男女无问东西，静坐时无语，飞驰时有伴，相互守望过一个又一个他乡午夜。

误落尘网中，一去四十年。

像一辆没有GPS的破皮卡车，满载因果，跌跌撞撞兜兜转转。

……边求边舍，边丢边捡，结怨结缘，跋嶂涉川。

雷风恒，大霾漫天，是条崎岖莫测的人间道呢，苦乐相继，无涯无边。

人届不惑年，小学员变成老司机，方知是逆旅，方知是苦旅，方知远光应慎开，刹车需轻点，越是坦途越危险。

一并明了的，还有这条单行道的荒辽，嗯，罕有休息区，少有加油站。

还能怎样，又能怎样。

除了向前，只有向前。

之死靡它虎山行，这一路上我路过许多人，路过许多故事。

我把它们记叙下来，或可慰风尘，或可娱长夜，或可成为小小的路标指示牌，零零散散立于塌方处，立于路尽处，立于无星的暗夜。

譬如这一篇。

这篇文章会有很多人看。

但某种意义上讲，你是唯一的读者。

请理解——此番开笔皆是为你，故而，此时此刻我有诸多感慨。

太多太多的感慨。

这篇文章写给十几年后的你看。

掐指算来，最快也要十几年后你方能读懂这些文字……真是漫长哦，那么多个日日夜夜。

若那时的你读懂了，记得来找我。
一读懂了就来找我，再难找也要找到我，我有一个漫长的故事要对你说。
届时你不解也好，不屑也罢，叛逆也好，敷衍也罢……反正我说，你听着。
届时，不论你这辆新车的马力有多么强劲，轮毂有多么闪亮，心气有多么高昂，多么意气风发跃跃欲试摩拳擦掌迫不及待……
孩子，都请耐心听完我这辆老车啰啰唆唆的诉说。

孩子，正式上路前，由我来为你上这最后一课。

（一）

话说我最喜欢的交通工具就是皮卡车。
准确地说，是皮卡车的后斗。
确切地说，是一辆巨大的遍体鳞伤的气喘如牛的橘红色越野皮卡车的硬邦邦的后斗。

车在清迈，邓丽君《小城故事》里的那座小城。
无数个黄昏和午夜，我被扔进那辆皮卡车的后斗，自觉地摘掉帽子解开领扣，展开双臂闭上眼睛，悲壮地，把蓝牙音箱开到最大声。

放的自然是那首《小城故事》。

自然是会跟着唱的,帮我和声的,总是那条小黑狗。

按照惯例,它每次都会被搁在我身边,哀怨地看看我,从耳朵尖到尾巴尖都在颤抖。我悲壮地看看它,轻轻地揽过它,用力地点点头。

唱吧唱吧,唱了就不怕了……

不怕不可能,车开得那叫一个暴虐,冲出枪林弹雨封锁线式的那种亡命!

那车敢跳远能腾空,时而在崎岖的山路上大颠勺,屁股一凉,一人一狗惊慌失措地拥抱在半空,如一袋面粉一袋土豆……

落地时上牙磕下齿,尾巴骨磕铁皮后斗,咯噔噔噔噔噔噔!

山路只是序曲,上了公路那才真叫一个胆战心惊。

这车的前世说不定是苏57,今生不泯那颗霸天虎的心,直线加速如炮弹,安上俩翅膀就能起飞的那种……

我死死地抓住车框,狗死死咬住我衣袖,它的耳朵吹成背头,我的长发吹成旌旗,啪啪作响,猎猎风中。

尝试过自拍留念,手刚抬起来,Biu的一声,好的,飞出去了,心里真酸楚,妈的新手机。

尝试过打字发微博,单手,红灯处一个急刹车……不多说了。

努力了好几年,一直到2018年3月2号凌晨4点10分,我才在那辆皮卡车的后斗里成功地发出了一条微博:

到了一定的岁数，许多东西业已定型，那些狗脾气驴性格熊毛病，改不了不想改也懒得改了。越来越懒得去迁就，也越来越懒得搭理不相干，越来越懒得去解释，也越来越懒得去和人扯淡。当个好人太累了，我还是继续较真地坏下去吧。
就这样吧，这样挺好，这样舒坦。

不怎么发感悟微博，我又不是营销号，写金句是我最不擅长的。
不过是个说书人罢了，喜欢描述，喜欢当体验者，向来不乐意动不动就去玩儿总结，都是第一次当人，装什么活明白了的呢，谁又有资格去教化谁呢？
只不过是当肾上腺素大量分泌时，人反而是打开的，适合掏出一些郁结在心里的东西，抖开，展平，在兰纳的风中洗涤揉搓。
我喜欢这种被短暂风干的感觉，于是一次次地坐进这辆疯狂的皮卡车。

哦，这条微博是有配图的，谢谢我的活体手机支架杨过。

和我拥抱在一起的狗叫杨过。
泰国流浪狗，只有三条腿，少一只左腿。
当年它一岁不到，躺在血泊中哀嚎，残肢碎肉拖在身旁，苍蝇嗡嗡地飞着。碾过它的重型摩托车早已绝尘而去，路人围过来救它，谁伸手谁挨咬，谁都不敢靠近它。
它正歇斯底里中，剧痛加应激，恐惧全世界。

有扇门吱呀推开，有个人静静走出来，平静地蹲在它面前看了它一会儿，平静地伸出双手把它抱了起来。

狗牙刀片一样乱舞着,撕破了那人的手背,又一条两条地将小臂划开,它挣扎得像一团火,每一声嚎叫都是扭曲变形的尖厉。

路人掩口惊呼,不疼的吗?快放下吧!太危险了!

那人没喊没叫,只是平静地停下脚步,低头看着怀里的它说:……呆底[1]。

它自然是无法乖的,于是那人便重复地说,边说边走,紧紧地抱着它。有一小块皮拖住它的残肢,随着那人的脚步晃动着,血污了衣衫,滴滴答答落下来,分不清是谁的。那人把它抱进院子,抱上车,抱去医好,收留了它,给它起名叫杨过。

迄今为止,杨过已被收留4年。

杨过过得挺不错,顿顿有牛奶,餐餐有养多乐,有一堆自己专属的玩具,还有一个舒适的被窝。它被好好地爱了4年后,皮光水滑香喷喷,身上已找不到丝毫流浪狗的影子。

这是条厉害的狗,4年下来,听得懂双语。

它是泰国狗,听得懂泰语是正常的,你如果对它说:冬掰。它颠颠儿地就往前蹿。

但你如果接着用中文喊:回来。它一个甩尾急刹车,稳稳就能接受指令拐弯回来。

我住他们家那会儿,它偷听过我打电话来着。

---

[1] 泰语:你乖一点。

我电话里和乌鲁木齐的朋友请教羊肉那仁的做法，开的免提，一扭头，它歪着头盯着我傻乐，口水滴滴答答。
攒劲！中文真好，居然都能听得懂新疆普通话了。

说也奇怪，明明只有三条腿，可杨过嬉戏时奔跑时比一般四条腿的狗子矫健多了。这家伙闹得很，一刻不得闲，追猫撵鸟扑虫子，一天到晚玩儿得呼哧呼哧的。
话说它只有三条腿，爬高摸低时是咋保持平衡的？
很多次它屁颠屁颠地路过我身旁，我悄悄伸腿去绊它……
没有一次成功的，除了鞋上又多了几个大牙印子，一无所获。

话说，杨过的心理复健工作搞得当真不错，自信心很足，交了不少白富美女朋友，有时候它和它那些女朋友青天白日的搞那些羞羞的事情时，我会躲在一旁暗中观察……
嗯，原来如此……
嗯，竟然还可以这样解锁……
总之狗子这种生物很棒，它尤其棒，全程开挂的那种，完全看不出因肢残而带来的丝毫自卑或畏缩。

它也有消停的时候。
收留它的人有时会静坐，那人坐在落地窗外，脚浸在泳池中，两根指头夹住一根烟，安安静静的，一坐就是一整个黄昏。黄昏时也不开灯，不知哪个国度的音乐像雾气一样涌动，从客厅溢到泳池，溢满水面，没入落日余晖中。

一切都是暖黄色的，缓缓流淌的泰北黄昏。

这时候它会走过来，轻轻地走，悄悄地趴下，下巴放在那人膝盖上，舒坦地长出一口气，闭上眼睛。少顷，眼睛睁开，它伸长脖子去舔舔那人的胳膊，还有手。
当年的咬伤早已痊愈不见痕迹，它却每天都会舔，位置它记着呢，舔完之后把脸贴在上面，依旧闭上眼睛。

我远远地坐在客厅角落里望着他们，真像一幅画，小虫儿飞呀飞，他们依偎着，一动不动。
…………
这样的时光总是温情而隽永。
以及短暂！

是的，短暂。晚8点的钟声准时敲响，从厨房的墙壁上一锤子一锤子砸进耳膜！
一天一次的，我一个哆嗦，汗毛奓起，肾上腺素咔咔分泌如条件反射。
好吧，又来了！
又该吃晚饭了……

同样惊恐的还有杨过，8点的钟声一响，它虎躯一震立马卧姿变立正，耳朵支棱棱，目光隐忍而悲愤。它哀怨地扭头看我一眼，我忧伤地冲它点点头：
是的，又该出门去吃那天杀的晚饭了。

抱着一线希望，我试探着问：英雄，咱们今天就在家里随便做点饭吃一吃行不行？

我补充：我洗菜、我炒、我刷碗……不出门行不行？

那位英雄不回头，不看我也不看杨过，慢慢地摇摇头。

好吧，那……那咱走路去吃饭行不行，就近找个猪脚饭吃一吃就行。

依旧是不回头，如往常一样，那位英雄用平静的语调告诉我，今天的晚饭计划是去某个遥远的犄角旮旯，开车去……

杨过的中文听力当真好，开车一词刚说完，此狗一个侧滚翻连滚带爬地钻进茶几底下。

按照老规矩，我负责费尽心力和真情把杨过搞出来，拖出门去。

按照老规矩，我和杨过负责坐进那辆皮卡车的后斗，感受一天一次的F1。

我说：……其实，今天我可能不太喜欢坐后面。

我得到的回答只有一句：不，你喜欢。

好吧，那我就喜欢吧，好在还有杨过陪我。

如此说来我的这位朋友还算体贴：怕后斗里的我孤单，派爱犬陪我。

……或者说，怕爱犬寂寞，安排我去盘它？

朋友不少，能这样安排我的朋友不多。

车技好的朋友很多，能把破皮卡车当飞机开的朋友我只认识一个。

细想想，时常是冰，偶尔是火，永远沉默寡言，却总能载着我亡命狂飙进无数个午夜的人,好像也只有这么一个。

不是飞车硬汉,不是越野好汉,不是文身壮汉,不是赤膊大汉。
她叫采。
客家妹子,广东女孩。

(二)

采单薄,细胳膊细腿儿细腰,高龄少女了,依旧保持着高一女生的身材。
她小小的一只,背影可怜巴巴的,在巨大的皮卡车旁一站,没有后视镜高。
个子小眼睛却大,扑闪扑闪的很好看,翁美玲那种好看,广东女仔的那种好看。
怎么说呢,就是那种第一眼看到她,就立马想去救她的好看,不管她是否有危险。

可但凡和她待上10分钟,你就打死都不会再想着去救她。
你甚至会产生一种错觉——假如末日灾难天塌地陷,能开着车撞开断壁残垣冲来接你的,很可能是这个身高只有一米五几的客家女孩,她会冷静地先帮你正骨包扎,再面无表情地把你拎起来扛上肩,刚把你扛出来楼就塌了……反正可靠得一塌糊涂。
这是一种很诡异的感觉,特别莫名其妙,不知为何她就是能给人一种这样的安全感。

所以采就是采，周遭没人喊她采儿，或小采。
儿化音太柔，小字太弱，都不适合她，像她这种气场沉静而独特的人，铿锵的单音节喊起来才最熨帖。

采，我下午6点的航班到清迈。
采，你不用太早去机场，今天可能要排很久的队落地签。
这些年我常去清迈，去写书，去放空，去吃我最爱的怕泵[1]，最开心最难过时都会去，去卸卸盔甲，去小住上半个月，去看看我的老朋友采。
每次一出机场11号门，总能看见那辆巨大的皮卡车盘踞在路边，来了很久了吧，这里不允许超过5分钟的停车，一定又是盘桓了好多圈。
年复一年她总是守时的，从不迟到，只懂提前。

不用打什么招呼，也不会有什么寒暄，她不下车，只摇下玻璃冲我点点头，递给我一个打火机，又把杨过递过来，再把头朝后斗的方向歪一歪。
先把行李和杨过扔进去，再把自己扔进去，抓紧点上一根烟嘬两口，一会儿车发动了可就再也点不着了，她的起步速度可不是闹着玩儿……
话说就算在那种加速度中能点着烟，代价要么是燎焦胡子要么是烧着脸……

反正我几乎无缘坐进车厢，采的车厢永远满满当当，塞满换洗的被套枕套床笠床单。
她乍一看像是要去长康路夜市摆地摊的，再一看像是干洗店收件的，反正

---

[1] 泰语：空心菜。

怎么看也看不出是个开酒店的老板。

那时她已在清迈扎下根来，开有自己的酒店。
酒店不算太大，60多个房间，院子也不大，够踢场足球赛。此间一年四季住满了世界各地各种花色的老外，大都慕名而来，大都不知老板也是个老外，是个没有任何背景的中国女孩。

这确实蛮让人奇怪——黄金地段黄金建筑，几百年的雕梁画栋，几百年的兰纳木楼，直接当个小型建筑博物馆都够格了，一个看起来普普通通的女孩儿竟有实力一口气把这么大体量的酒店开起来？且一开许多年。
拿店时竞争者一定不少，开店后觊觎者应该很多，异国他乡的，生意做得这么让人眼红，还真讲不好是福是祸。话说，这些年下来，她既没被浇筑进水泥丢入公海，也没被塞巴进麻袋扔进湄公河，甚至没遇到过一次敲诈勒索，也是奇怪。

按理说和气生财，她却是基本不笑的，黑桃A什么脸她什么脸，不论在谁面前都一样，好听点说是一种礼貌的面无表情，客观点说……死了不埋。
这话我没和她说过，我不能也不敢，人各其道，因处世太难，她的表情就是她的盾牌她的金钟罩铁布衫，每个人都有权用自己的方式保护自己，哪怕只是一张扑克牌脸。
喜怒哀乐不挂相，我不犯人人也别犯我，说也奇怪，在这种脸色前你总不敢轻易造次，不由自主地礼貌起来。

采奇怪的地方还有很多，比如明明店里有专车，却非天天自己开车送洗被套床单。

例如明明员工不少，她却总不让自己清闲着，客房的活儿也做，门童的活儿也做，搬完箱子擦地板送完行李开夜床……员工歇的时候她不歇，这女仔面无表情地跑东蹿西，貌似不知道累字该怎么写。

她是怎么想的？又不是不发工资，这些活何必替员工去干？

我有时候端着一杯啤酒坐在院子里面，和杨过一起盯着她看，真是个奇怪的妇女，静如休克动若癫痫……

有时候忍不住喊她：英雄，你不疲吗？你不乏吗？你都忙了一上午了不打算停下来喘口气吃块点心喝瓶红牛提提精神吗？

她抱着摞成山的被套小跑而过，她无视我，我只看得见山下那两只翻飞的拖鞋。

……算了不操心了，瞅那精神头，她基本可以算红牛本人了。

啥活儿她都干，前台的活儿她也干，开房退房话不多，却哪国语言都能说，西语法语不稀奇，印度式英语她也能说，中东客人来了她也能应对着。

她泰语说得也好，能说能写那种，泰国人坚信她也是泰国人的那种，电脑和手机都是泰文的，密密麻麻一堆小花卷。我曾发行过《乖，摸摸头》的泰文版，赠了她一册当厕所读物，几天后发现她在书上画了许多横线，标注了许多小花卷儿，都是她认为翻译得不雅不达的地方，都有她重译的泰文批注其间。

并未见到她白天有空读书，猜她是床头加班熬夜赶工出来的。
情谊心领，虽然看不懂，但我不可能不感动，可已经出版了的书籍，又不能打回去重新排版，一天天的已经够忙的了，何苦浪费心力在这个上面？大可不必如此认真的，她也太较真了。我依稀记得采好像毕业于深圳大学师范学院，幸亏她没去干本行，光冲这份较真这份执着，果断蜡炬成灰泪始干，得是个多么鞠躬尽瘁的班主任。

后来得知，她的泰文关是当年不吃不喝5个月里攻克下来的，据说那是段艰难的岁月，能否过了语言关，关乎生计和去留，意味着一个入场的资格。
那一批闯清迈的人里最终留下的不多，成事的没几个，女孩子只她一个。

自然不能以成败论英雄，太市侩了的说，采值得称道的也并非那点所谓的事业。小有所成的人最易原地踏步，心说够用就行了，她却户枢不蠹，站稳脚跟后的这些年一直未曾中断自学，苟日新，日日新，几年后她达到了可以直接用泰文起草法律文件的水平，至于帮我的书做批注，当真是小菜一碟了。
她的英文好到变态，同声传译的水平，也是如此这般年复一年生生自学出来的。

我自负勤奋，扛造耐磨，6年来笔耕砚田，100万次握手履约。
但段位上却是输给采的。
我老觉得，她的那份干劲，并非常规意义上的发愤图强，而是天生天养，

顺理成章在骨子里的。唯心点说,好像是一种血里流淌着的、基因里伏藏着的东西:

勤奋于她而言是一种胎里带来的习性——只管去自勤,并不去在意天道是否酬勤的那种勤。

如此说来,她还真是个客家人。

人的精力总是有限,餐饮住宿属勤行,费心耗力,难得她一个女孩在那番烦琐之外又开辟出另一片天地,她那时还开着一家古董家具店,经理是个叫Alex的俄罗斯人,对她恭敬得很,一口一个老板。

说是店,实则比个仓库还丰富,从中南到中东,各种老桌老椅老床榻从地擦到天。物件老了自带灵冥,我哪儿也不敢坐啥也不敢碰,谁知道那漂亮死了的雕花老木床上往生过多少古人,附了多少幽魂,万一看我顺眼跟我回家了怎么办,大家语言又不通……

怕归怕,我还是挺乐意去采的古董店,只要进了那个门儿她的话就会稍多,表情也会稍悦,不再那么扑克牌脸。每当这种时候我就会欣慰于她还是可挽救的好青年,人嘛,在真正喜欢的东西面前总会难掩底色。

我们慢慢地溜达在甬道里,我一件件指着问她,她一件件报出产地、年份、材质、工艺,还有价格,手是伸出去的,五指纤纤,一边抚摸一边絮絮,好像信息都附着在那些老木器表面,一触即得。

每一次我都会努力遏制住自己,不让那些讶异去打破她这难得的话多——

满屋子几百件老东西，每一件她都能说出个四五六来，太吓人了，这是什么脑子，每一件都熟悉得像是她亲生的似的。

东西都是她一件件收回来的，一个个在脑子里编档造册，又是一奇，她哪儿来那么多精力去忙活这些呢？
采只说：也没什么，多记记也就记住了。
她说记忆力不是多么靠得住的东西，需每过一段时间就专门腾出时间来记一遍，也不用太多遍，只需记上个七八遭，也就再也忘不了。
七八遭……她是不是嫌生命太漫长？

但她这话我信，有例为证，有画家朋友的寓所在宁曼路，初识时去做客，她伸手摸摸那张古朴的案几，不动声色地报出了各种信息，包括何年何月何日被卖出去的……
气氛一度很尴尬，面无表情的她目不斜视，像极了一个要来追回被拐卖儿童的亲生母亲。
人家摸不清路数，并不知于她而言，这几乎已经算是在抒情。
朋友人好，差一点把那破桌子还给她。

相识很多年后的一天，我忽然捕捉到了采作风奇特的某些客观原因。

那是个月黑风高的特别适合闹鬼的夜，小巷子路灯昏黄，我们倒车时卡住了一根钢索，钢索本是用来固定老式水泥电线杆，现被死死卡进了后车轮和后挡泥板中间，水泥杆子已拽歪，跃跃欲试颤颤巍巍，抬眼望去，貌似只需再加一分力便能成功把驾驶室砸扁，绷断的电线顺便会让整车人顺利升仙。

总之下一秒钟是灾难。

时穷节乃见,我跳车也不忘抱杨过,手机掉在了后斗里都没顾得上去捡。

我喊:采,手刹!下车!

回头一看,她已像个大蘑菇一样蹲到了车后面,歪着脑袋往车底下看。

言语无法形容人可以被气成什么熊样,反正我用力闭了一下眼,血哗哗往脑子里蹿,扔了狗扑上去把采揪……

后来发生了一些很奇妙的事情。

首先她用女子防身术沉默而有效地挣脱了我,然后跑回车上取出了本子和笔,继而蹲回那个旮旯开始了她的绘图工作,整个过程中只对我说了两个字:打灯。

她的沉稳让人很有安全感,以及,在那种情况下令人很想打她。

在打她和打灯之间我犹豫了一会儿,做出了一个明智的选择。

话说身为一名20世纪90年代中期的美术生,我的数学水平很抱歉地停留在初中,大体能猜测出她在本子上画的是某种几何,但对她列出的那些公式表示完全不懂……

一直到她把皮卡车解救出来,我也没琢磨明白她到底是在计算些什么,以及,她怎么就能把角度计算得那么准确,一把就把车给整出来了呢?并且电线杆子不仅没倒反而弹回了原样。

所以说数学真伟大!

或许不仅是数学……那晚她靠在皮卡车旁点上一根烟,面无表情地说:
我毕业于深圳大学,2004级,物理系的。

(三)

我不想把采喊作理工女,虽然很酷,虽然这个词并非贬义。
每个人都是复杂多元的综合体,为什么非要把一个人固定于某一个标签,并依此单一标签解读她这条小生命呢?

延展开说,单一标签最无聊,刻板印象最傻×。
指着某个剖面就敢概括整体,揪住一个标签就敢大字报写起,扣上顶帽子就想打倒在地。
一边撂狠话下断言放冷箭玩刀笔,一边还认为自己代表真理。
道德审判也好,道德绑架也罢,人血馒头也好,地域黑也罢……皆由此始。
低级的分别心,乖张的戾气,坏了世道人心,篡了文化基因。

世人却是不在乎的,大都认为:有什么大不了的,我就是说说而已……
好,说吧,一边管中窥豹,一边过嘴瘾,一边把生命价值的平等给摒弃。
也不知道从何时起管住自己的嘴成了中华民族罕见的美德了,一并罕见的还有平视的眼睛。

……行文中借题发挥太易得罪编辑,删这删那的伤肝动气,算了不多废话了,接着把采写下去。

旁人眼中，采严谨而无趣，都很奇怪我这么活蹦乱跳的人怎么就能和她成为朋友，我自己有时也觉得好玩，居然还能和这样的人处到一起去？

她话太少了，一闭就是一整天，难得开口也不过三两个短语，你永远无法揣测出她的悲喜。往好了说是不聒噪，清净，杜绝了无效的人际沟通，朋友间默默的陪伴不会造成压力。

但客观点说，大老远的跑过来，我是来度假的还是来清修？

我拿这话撑她，她并没有什么反应，远远地坐在泳池边抽烟，脚泡在水里，杨过贴在她腿上，一组凝固的背影。

过了一会儿，她缓缓扬起一只手，皮卡车的钥匙亮晶晶，晃啊晃地捏在指头里。

于是我就缩回我的沙发里继续打字写书稿再不敢多言语。

例外也是有的，看影片的时候。

我有时候歇歇脑子，智能电视里调出电影拉她一起看，喜剧片她不笑，科幻片她不惊奇，抱着肩膀半躺在沙发里，像个靠垫一样无声无息。一两个小时过去，我以为她睡着了，回头一看，她抱着小肩膀瞪着大眼睛，一脸监考老师的那种认真。

其实我想说，看《唐人街探案》这一类片子时真的不用这么严肃认真……

有时候也看悲剧，或灾难片，看到中途她会起身，窸窸窣窣地走动一会儿，再坐下时脸上多了一副墨镜，没等我说什么，她像交警那样伸直胳膊冲我立了一下掌心，示意我闭嘴。

……一般是墨镜戴了多久，她就哭了多久，有时会一直戴到影片结尾。

在家里看电影还戴墨镜基本属于变态，但这种掩耳盗铃的方式我表示完全理解，以她的性格，怎么可能哭给人看，肯在我面前戴上墨镜已是不当外人的表现……

我奇怪的是，她是怎么控制呼吸的？

明明整个脸都湿了眼泪顺着下巴滴答滴，呼吸却正常而均匀，听不出鼻塞或哽咽。

我给她当过墨镜，不过不是在她哭的时候。

有段时间我们常去塔佩门广场纳凉，温热的碎石子上一坐就是半个晚上，那里常有艺人耍棍玩火弹琴敲手碟吹迪吉里杜管，有男有女，都是年轻人，来自世界各地。

街头艺人辛苦，并不能赚太多银两，清迈的游客大半是国人，给钱的很少，非吝啬。国人大都害羞，应该是不习惯走出人墙上前去进行此类打赏，大都围着看一会儿也就走开了。

每到这种时候，采就会问我渴不渴。

不管我渴不渴，她都会起身拍拍土，慢慢地去往塔佩门里7-11的方向。

惯例是带回两瓶果汁，以及一卷零钱，钱自自然然地塞进我手里，示意我去往那些艺人的面前放。有一次，整个杂耍组合都停下来向我说谢谢，那次钱没卷好，一放下就舒展开了，露出了被20泰铢包裹着的千元大钞。

那个玩火棍的日本小伙子躬鞠得呼呼带风，我转身去看采，她跑了，噌的一声像兔子一样，过了好一会儿才给我发信息告诉我集合地点是马路对面的麦当劳。

有一天我们常坐的位子被人占了，是个流浪画家，香港姑娘。

我们在那姑娘的摊位旁蹲了很久，成了不错的朋友，她的抽象图案白描画得不是一般地好，人也爱笑。姑娘说她外号叫5+2，最近五年的人生目标是一路卖画去欧洲，去看一看爱丁堡艺术节，目前刚走到泰国。这看来是个艰难的目标，我们坐了一晚上也没见5+2卖出一张画。

后来的事就不用多说了，按照惯例，我渴了，采买水去了，第二天来，我又渴了。

反正我一直渴了好几个周末，采家里挂满了5+2的画。

大半年后的一天，我在拉萨宇拓路的某一个商场里被拦住，拦住我的人不顾社会影响扑上来对我热情拥抱，她说她是5+2啊！说她目前已顺利走到了西藏。

那姑娘张罗着要买水给我喝，说记得我比较容易渴……

她问：对了，你那个朋友怎么样？就是酷酷的总面无表情的那个……

我能说啥，我回答说：挺好挺好，还是那熊样……

采挺好的，对我也挺好。

我的每一个朋友对我都挺好，她的好不太一样。

小明问过我：你大半个地球都有朋友，为什么不高兴的时候总跑去清迈麻烦采呢？

我说不好，我只知道采什么都不会问，什么都不会说，没有安慰没有鼓励没有任何啰唆，她只会开着她那辆破皮卡车，载着我一圈又一圈地狂飙在深夜。

我在那辆车上想明白过许多事情，许许多多的愤懑和压力都卸去在风里了。

有时候她会在某个路边爵士吧停下来，买半打啤酒扔给我，然后自己靠着车门听音乐、抽烟。
有时候她会把我送到某个湖边，笔记本递给我，小船儿欸乃，湖心有她提前订好的船屋，里面有电源插座，有吃的，让我独自活上半星期是够的。
有时候车在山林里开很久，路都没了，后斗里落满了刮掉的树叶，远远地露出一小片朦胧的灯火，零零散散的帐篷围绕出一个不为人知的音乐节。她把毯子铺在地上，和我并排坐，一曲接一曲地听那些来自世界各地的音乐。
凌晨的露水打醒了我，喷嚏一个接一个，她早躲回车里睡觉去了，并没有管我。

什么也没说，什么也不用说，她能给我的，都是我需要的。

我已经在变老了，这样的朋友，我曾经拥有过很多。
所以我需要经常去看看她，人世间的面见一面少一面，那就能留一点是一点，说不定哪天连她也都走散了。
我对小明说：到那时才叫孤单呢……想想也是难过。

小明问：那你又能为采做什么呢？
是哦，采，我又能为你做些什么呢？

铠甲再厚,里面也是嫩肉,我一直都知道采是只螃蟹,或者蜗牛。
不论壳多硬,她的内在定是柔韧及柔软的,不然不会收留杨过,不然不会以那样的姿势日日在泳池边静坐,不然她不会耐得住这异国他乡辛苦而孤独的生活。
每个人拥抱生命的姿势都各不相同,我从未认为她是厌世的。

采开车载我去过双龙寺,月圆之夜去的。
漫长的山路盘旋完,漫长的台阶爬完,静静地跪在塔前。我坐在一旁看她跪诵着祷词,平静地呢喃,五分钟、十分钟、二十分钟……祈福了那么久的时间,回向的应该不止三五个人吧,应该大都远在天边。
异乡的风撩动衣衫,白月光落满她单薄的肩,我一直都知道她是有故事的,那些不愿话与人知的过去,那些无法与人言说的岁月,都静静伏藏在这张不动声色的面孔后面。

出于某个原因,那夜的素贴山上双龙寺前,我和她有过一个约定。
为了那个约定,我今朝动笔把这个客家女孩写给你看。
既然是写给你看的,当然要从她还是个小村姑时写起,那时她住在中国广东省梅州市五华县岐岭镇王化村,家徒四壁,生而多艰……

孩子,给我点耐心。
故事从此刻才真正开始,此前的16000余字,不过是铺垫。
她可是你的生死之交哦,关于她的那些琐事和平淡,我希望你能一字一句地读完。

（四）

梅州，旧称嘉应州，五代十国时为避战乱故，采的先人们自河洛迤逦南迁至此。

长久的迁徙赋予了这群人独特的执拗与坚忍，习性与口音。和其他被称作客家的族群一样，安时劝学进仕，乱时土客械斗，或贫瘠的山地间围屋自全，或筚路蓝缕移民开埠，背井离乡漂洋过海。

客是一个奇怪的字，你无法找到它的近义词。

客家人是一个特殊的族群，整部华夏史，再没有哪个族群会有他们那样长期而连绵的迁徙宿命。

客家人的历史是一部移民史，最初的南迁始于秦，南宋时形成了稳定的民系族群。两千多年以降，时至今日有1亿多客家人，其中1800多万遍布全球。

有华人的地方就有客家人。

窃以为，汉民族八大民系，最独特的当数客家人：

存留了中原雅言的是他们，保留着汉人悍性的是他们；

保守信命尚意气的是他们，崇文重道爱勤奋的也是他们；

扭紧眉毛做赢人的是他们，客九州家天下的还是他们。

…………

采1985年生人，祖屋是个老围屋，叫四向楼，听说已历时百年，在那里死去和出生过许多人。

依照某些传统,采是女孩,名字录不到族谱上面。

她的出生并未给家族带来什么喜悦,已经养不起她了,前面还有三个姐姐。

30多年前的客州山间和中国许多地方一样,某些所谓的传统依旧在流传,借着八字不吉的由头,她刚出生就被决定送人,像只小猫小狗那样,只要有人要就可以拿走。

邻镇来取人,带走的却是三姐,人家看不上她,觉得她一只手就能捧住,太弱了,养不活。

送不出去就留着吧,没什么关爱也没什么照料,凑合着养着,她倒是凑合活下来了,像墙缝里一茎不起眼的细草,叶也青黄,根也浅浅。

旁人眼中的她也是草,有她没她都一样,无足轻重的女孩。

采最早的记忆是一段灰色的画面,有三四岁吧,场景是隔壁镇的市集,很累,路走了很远。

那时她记住了人生的第一个念头:妈妈为什么要带我来这么远的地方逛街?

孩子有孩子的敏锐,危险来临时每一只幼兽都会有它的直觉。她记得自己用力牵着妈妈的衣角,手攥得疼,脚也疼,心跳得喘不过气来。

……然后忽然就走散了,妈妈不见了。

手里是空的,四周全是腿,她逆着人流跌跌撞撞地走,冬日的风吹得她东倒西歪,眼泪杀得鼻翼生疼,怎么流也流不完。

妈妈怎么找也找不到，怎么等也等不来。

所以采人生最初的记忆是绝望，尖刀般的绝望划破混沌，在大脑里划出最初的画面。

人一生中最痛苦的经历，均非成年后的打击挫折，失意失恋。

每个人最彻底的伤心，都早已在孩童时体验过了，那些撕心裂肺的被遗弃感，超越了恐惧的极限。

孩子不比大人，孩子没有余地，孩子的世界就那么大，一疼就是一整个世界。

……天黑集市散，人渐渐走光，剩她一个人戳在路边。有个远房亲戚路过，不敢确认哭肿了眼睛的她是不是她，几度踌躇后把她领了回来。

妈妈在家，一个人先回的家，回来很久了，没有什么拥抱落泪，什么都没有，妈妈给她洗了洗脸，让她去睡了。

很多年之后，采说不论那段记忆是否有谬误，她其实都不记恨了。

她说那时候家里几乎是垮的，妈妈难，难到不论做任何决定都无法去责备，也不忍心去揭穿。

家境一度很好的，在采出生之前。

父母那时都是小学老师，都教全科，都一笔好字擅长篆书，是当时村里最有文化的人。

父亲是那时村里唯一穿皮鞋的人，上课时穿白衬衫，扣子扣到最上面一颗。

客家人尊师崇文，父亲在乡间饱受敬重，方圆七八个自然村家家户户有学生，逢年过节络绎登门。

不巧的是，那是一个无法描述的时代，旧的荒谬总会撞上新的荒唐，混合搅拌。
像无数人一样，知书达理的父母并未逃脱那个生儿子的古老魔咒。咒之所以为咒，岂遂人愿，连着三个都是女孩，生到第四个的采时，终于避不开计生处罚，双双被开除公职。

一个受人尊敬的教师沦为打散工的无业闲人，父亲必是抑郁的，客家人要脸面。
但在那样的年代那样的乡野，谁又有能力去开导他呢？方圆数里他本就是最有文化的白衬衫。崩塌几乎发生在一瞬间，父亲从此自暴自弃，牌九麻将六合彩，从采出生一直赌到采大学毕业。
弟弟的出生也未能拯救父亲，他早已放弃了自己，以及所有的家人。

好多年里父亲过年不回家，催债的从年二十五闹到大年初五，屋顶被掀过，家具被搬过，被威胁过切手指、割耳朵。
妈妈捧着头无声无息，采搂着弟弟在门槛上坐着，不能哭的，一哭他们就更来劲了，最安全的方法只有沉默，沉默得像个凳子桌子，沉默得不像个活的。
她早早地习惯了面无表情，也习惯了静坐。

她在父亲面前亦是面无表情的，父亲基本缺席了她的成长，他们的父女关系很模糊，清晰的记忆是父亲叼着烟打麻将，烟雾缭绕，一双布满血丝的眼。她在那张桌子旁站了很久，吸了很久的二手烟，没有任何人搭理她，父亲也没有，她自己也忘了妈妈喊她来找父亲干什么。
印象里他好像从未和她有过完整的交谈。

所有关于父亲的认知都来源于妈妈，惯例是漫长的抱怨。妈妈没有倾诉对象，苦水都倒给了采，倒完后妈妈睡去，留下七八岁的采独自瞪着眼，一动不动地平躺着，失眠在一个又一个午夜。她那时没有什么理想，妈妈在睡觉前不和她倒苦水是她最大的渴望。

有一个夏夜，她热醒来，听到剁肉的声音，是父亲在打妈妈，胶鞋底子抽脸。
两个人都是沉默的，默默地用力地打，默默地蜷曲着挨打。一定又是因为钱，钱不论藏在哪儿父亲都能搜出来，搜不出来意味着家里没钱，但他不信，只道藏得更严。
父亲摔门走了，采走过去，静静地看着妈妈，不带任何情绪地说：离婚吧。
妈妈茫然地看着她，良久道：离了也是我养你们四个，不离也是我养你们四个。
妈妈说：不离吧，离了名声不好。
妈妈说：可能等你们长大了就好了。

会好吗？谁信呢？要不死了吧，我陪你一起。
这话采没有说出口，采看了她很久，像个大人一样沉默地陪着她坐着。

小学四年级的时候,父亲消失了,有传言说躲债去了深圳,在某个民工村的菜市场卖菜。有天放学回家,采发现妈妈不见了,没打招呼就走了,很多天后才传回消息,说也去了深圳,会尽量想办法寄钱回来。

自此她成了个留守儿童,自己挑水自己喂鸡,自己做饭。
家里还有些米,菜园子里有豆角、苦瓜、空心菜,一个星期吃一次肉,一个月吃一次鱼……除了上学就是干活,这样的日子她过了整两年,没人参加她的家长会,下雨了没人送伞。

姐姐们早些年就已离家,两年里陪着她的只有弟弟,弟弟也上学了,缴学费、办入学都由她一手操办,她去参加弟弟的家长会,全教室最袖珍的家长。
弟弟也是个沉默的孩子,无悲无喜,木木呆呆,吃完饭就读书,成绩极好,但没有姐姐好,采的成绩全年级第一。好成绩背后的原因倒也简单,家里电视早被搬走了,他们没有任何娱乐,放学回家,做饭吃饭,读书写作业,他们半本课外读物都没有,唯一能翻的书只有教材,两个人翻啊翻,无声地度过一个又一个夜晚。

弟弟毕竟小,有时候会合上书哭一会儿,说想妈妈了。采搂住他,给他擦眼泪,一下又一下地轻拍他的背,轻轻地摇晃他。

那时有种不好的风气,管你成绩好坏,只要父母在外打工,学校里便会有传言,说干的是不良行业。成人总是低估了未成年人的恶,并不知那种黑暗有多么无情决绝,欺辱每天都会发生,有时是背后的阴阳怪气,说她是

183

小姐的女儿，将来定也是个小姐。
有时是不加掩饰的霸凌，来自女生的拳脚往往比男生的更为激烈。

我无从获悉那些霸凌的具体细节，或许像一贯的那样，年幼的她沉默地坐在地上，沉默得像个凳子桌子，沉默得不像个活的。是的，她早早地习惯了面无表情，也习惯了静坐。
这一切仅是因为她是只落单的幼鸟没人护着？
欺负她这样的小东西不用考虑后果不用担心报复是吗？

就那么任人欺凌吗？或许也是有过反抗的吧。
哪怕比同龄人矮小瘦弱，哪怕背后没有父母撑着，应该也是要去反抗的吧。
……我无从获悉具体细节，采没说，采只告诉我，有一次她敞着撕破的校服带着满脸的伤痕在田埂上走着，鞋只有一只，袜子也没了。她走着走着不自觉地就跑起来了，双臂展开，眼睛是闭着的，越跑越快像是要飞起来一般，呼呼的风从耳畔掠过，清清凉凉的。
她说：心里面空空的，清清凉凉的，也就不想哭了。

还有过一次清清凉凉。
五年级暑假，采去深圳，一个人坐了10个小时的长途汽车。
那是她第一次坐车，没人送没人陪，票是自己买的。车窗有条缝，风起初清凉，吹得人困困的，醒来后脸都麻了。路还很远，她望着窗外开始了漫长的幻想，幻想这辆车开往无限的远方，幻想自己被拐走，去到一个全新的世界。

那会是一个怎样的世界？

随便那是一个什么样的世界吧……

很多年后她看《千与千寻》，把千寻和无脸男坐车那一段反复重播，没错了，是小时候的感觉。当年她站起身来，摇摇晃晃地走过整个车厢，在司机身旁呆呆地站着。天已黑了，前方是无尽的暗夜，人家侧首问她：小姑娘，怎么了？

她说：能开得再快一点吗……

那时候的她应该不知道，若干年后的自己会握紧方向盘，飞驰在一个又一个异乡午夜。

（五）

父母住在城中城，几平方米大的简易房，灶台挨着床，她打地铺，脑袋顶着煤气罐。

怎么可能有空调，电压甚至带不动风扇，半夜被热醒，对着水龙头咕嘟咕嘟几口凉水也就算解暑了。无处冲凉，全身都是黏的，好在广东人不起痱子，痒得厉害了她就挠一挠，挠着挠着皮儿就破了。

六七点需要起床，妈妈三四点进菜，她六七点去帮妈妈摆菜铺摊。

菜也帮忙卖，她不需要计算器，数学好，心算速度秒杀整个菜市场。有客人逗她，故意要个二两三、三两半，她平静地报出价钱，不笑也不恼。

采说，有过一次温情，让她记了很多年。

那天歇摊，父母忽然决定带她去世界之窗玩儿，父亲骑着自行车，妈妈坐后面，她坐前面。整个人都是僵的，她从未以这种方式被怀抱过，一动不动地挺直在大梁上，不敢往后靠，从头到脚地不自在。有些东西她从未奢望过，也无法习惯。

世界之窗门口有许多小孩，往里走的蹦跳雀跃，往外走的意犹未尽，拉着自己爸妈的手，金字塔埃菲尔铁塔不停地说啊说。

他们一家人并没有进到世界之窗里面，买不起门票，只是去外面广场玩儿。那里有个超级大的喷泉，阳光下水珠飞舞，晶莹了半边天，那是她有生以来从未见过的奇幻。

父母坐在一旁，期待她欢呼雀跃得像其他孩子那般。

但她没有，只是垂着手站着，安静地，呆呆地抬头看。

返程的路上她睡着了，一个颠簸惊醒了她，猛然发觉自己靠着的是父亲的胸膛。她颤抖起来，一动不敢动地靠着，听他们在讨论她学习很好，很能干，听他们啧啧感叹：这个孩子，怎么那么捞道道立[1]。

她细细品味着心里那股酸甜四溢的感觉，再慢慢包裹好藏起来……

原来被你们夸赞的滋味是这样的，不要再夸了吧，不要了，我已经睡着了，不能哭出来。

从此以后她愈发捞道道立，立了一整个初中，成绩一直很好，眉宇间也愈

---

[1] 客家话：冷静老成。

发稳重，虽还是个孩子，但已隐隐让妈妈生畏，渐渐终止了那个爱向她倒苦水的习惯。

她没再坐上过那辆自行车的前面，其实不想再坐了，有那么一次已经够了，习惯了寡淡，也就习惯不了那别样的酸甜。

如她所愿，再没有过那种酸甜。

高中就读于五华县水寨中学，依旧是尖子生，不爱说话的人自有其独特的凛然，虽眉清目秀，却没人找她早恋。她读了很多书，交了几个笔友，写了很多信，慢慢开了一些眼界，独自静坐时愈发爱幻想，那些和当下眼前截然不同的遥远世界。

旁人不知她的心绪，只道她是怪人，爱发呆。

和别人不同，她的七情六欲从小被自我压抑，叛逆期来得比别人晚。

她逃跑的那天，离高考正好100天，那一年"非典"。

在当年那是个轰动全校的突发事件，没人知道她逃跑的原因，她自己也不清楚，就是想跑，远远地跑到随便什么地方去看一看。她需要透透气，有些东西淤塞在她心里脑里每一个毛孔里已整整18年。

当时她坐的是绿皮火车，和一个同龄女生笔友去见另一个女生笔友，本想给人一个惊喜，自己先收获了一份惊吓，她们一下车就被困在了桂林火车站。

饿是其次的，无处容身的问题横在眼前，手机自然是不趁，两个人身上也都没钱，那天下大雨，她们找不到一个可以熬过第一夜的屋檐。

同伴开始掉泪，后悔冒失跑来，她反倒是冷静，领着那女孩穿过哗哗的大雨一路打听去了最近的派出所，第一句问的是：请问，你们是为人民服务的吗？
第二句是：我们是面临危险的人民，我们能不能在大厅睡上一晚？

民警反复确认了她不是来报案，继而各种问她要身份证学生证，但只得到一个重复的回答：不给。她的语气沉稳而自然，不带一丝火气或抗拒，人家又好气又好笑，最终拿她没办法，给她们量了体温，又拿来了毯子和枕头。
那天值班的民警人好，还给了她们泡面。

面她倒是吃，饿得狠了汤都喝完，叉子都舔了又舔，然后找来拖把扫帚忙活着打扫全屋的卫生，人家拦住她说真没必要，她指着警服说那帮你们洗衣服行不行，她说她会洗得很干净。
一切都被拒绝后她开始掉眼泪：
可是我吃了你的泡面啊⋯⋯那我该怎么办？
人家猝不及防，不知道该拿她怎么办，最后安慰她说：就当我们是为人民服务吧。

以上基本算那次桂林之行全部的故事。"非典"期间街上没人，她们找到笔友后百无聊赖地游荡了几天，什么美好的回忆也没留下，然后就回去了，人生第一次旅行宣告终结。

下火车时有过一丝渴望，等着在车站挨打，但没有，到了学校也没有，妈妈没有回来，深圳那边忙，爸爸又躲债去了，她一人打理菜摊走不开。

回来就被隔离了，被塞进学校的废弃画室隔离了两个星期，每天能固定见到的人只有学习委员。学习委员边哭边送饭，担心被传染非典，壮志未酬地死在高考前。

废弃的画室里有幅大地图，被隔离的那两个星期采天天看，一看就是大半天。

她揣摩着那些遥远而新奇的地名，把彼此之间的距离用手指丈量计算。地图上的广东小得像刚剪下来的指甲片，几毫米之外就是广西桂林，几十个毫米之外呢？几百个毫米之外呢……

整整两个星期，她背下了一整张世界地图，闭上眼也能纤毫毕现，一个个地名串联起了无数的想象。她筋疲力尽地颠沛在那些想象中，生生死死了不知多少遍，仿佛历经了一场完整的环球冒险。

若干年之后回忆往事，采说，后来多年浪荡地球的生涯，起点应始于那间废弃的画室里面。

每一个人年轻时都曾渴望远方，她那时的渴望比谁都强烈。

按照她当年的成绩南大复旦任选，她没怎么考虑，觉得太近，从画室里的那两个星期起，她就开始畅想每一个遥远的省份，最后决定考去新疆石河子大学，211里最遥远。

这个志愿她最终没填，最后一刻改的。

这个客家女孩最终填写的志愿没出岭南。

没人硬性要求她，父母完全没有和她谈论过志愿，他们那时自顾不暇，并没有精力放在这上面……自己奔个生生性性的未来去吧，没必要一家人都留在这条抛锚的破船上，生下来起就没指望能留住，自始至终自生自灭，走就走吧，权当是当年的那次送人推迟了18年。

她一直知道自己是不重要的，也早已习惯。
只是，在填志愿的最后一刻，她看见内心里静静坐着的那个小孩，那个奔跑在田埂上伤痕累累的小孩，那个独自坐了10个小时的车去深圳看爸爸妈妈的小孩。
那个缺爱的，少爱的，一直沉默不语，一直在等爱的小孩。

18岁那年，采填写的高考志愿是深圳大学。
这样可以离爸爸妈妈近一点。

（六）

采就读于深圳大学，师范学院2004级，物理系。
不是热爱物理，热爱的是思维训练，于她而言这是自我教育的开端。

采入学时引起了不小的轰动，学长们含泪奔走相告：我们终于也有系花了！
整个物理系总共20个女生，也难怪他们感慨。

20个女生里有人买过采的菜,高考结束后的那个暑假她在菜市场度过,挣学费。这个信息无损于她的魅力,她那时18岁。18岁的女生总是自带开挂程序的,不知不觉间就升级换代。反正她短短一个假期出落得新鲜而水灵,像早市上最动人的那把芥蓝菜。

反正整个系的男生都开始爱吃菜,那个年代理工科男生的情感表达充满学术气息,没人送花或楼下弹吉他,只是明争暗斗地抢着给她辅导功课,还背着她帮她写作业。
情书他们是不乐意写的,可能觉得不科学,只写作业。
老师那时纳闷:采你过来,署你名字的作业交上来四份,哪份是你写的?
她看也不看,淡淡地回答:字最好的那份。

她的字和她的人一样,规规整整地坐在那里,自有一番凛然的气度不可亵玩焉,全系的男生前赴后继了四年,终无人能把她攻克,全都读不明白。
偶有勇者拿出实验室精神大胆求索,壁咚硬来,在她平静的注视下也通通败下阵来。
她的沉默功夫早已炉火纯青,不悲不喜不怒不嗔,面无表情地只是看,看得男生一脑门儿的汗,从讪讪到怯怯。

那四年她穿的是最普通的衣衫,不施粉黛,第二个学期起就没再问家里拿过钱。
她做物理和英语家教,一个月收入近2000块,交了学费充了饭卡尚有盈余。父亲来找她拿过两次钱,她站在文山湖旁把一捧散碎的票币递过去,背过身去看那荒芜一片的杜鹃山。

她记得是有过一次温情的,那时她上小学五年级,父亲骑自行车带她去世界之窗看喷泉,返程时她困了,靠在父亲的胸膛上睡了很久的时间……
再转身时父亲已走了,匆匆的,赴牌局或还赌债,没工夫问她是怎么挣来的钱。

人生在世,无法选择的东西太多,出生就定好了的原生家庭,终其一生也洗不褪的灰白底色。
苗禾菱,因土瘠,盐碱太重了,难活,但一个好的苗圃或可织补许多先天不足,让那些营养不良的重新抽穗发芽、舒枝展叶。
某种意义上讲,幸得这四年大学生活,采原本貌似定调的人生之路被方向性地转折。
所以,有必要表一表她的母校,深圳大学。

很多人只道深圳大学历史短名气小,不是985也不是211,瞧不上。
倒也怪不得他们,毕竟个中太多人求的不是学,而只是求个出身,上的也并不是大学,而是大学那块牌匾,沾了那宝气便沾沾自喜与有荣焉,继而以科班自居,像条领到个血统证书的名汪一般。

话说,全中国2500多所大学,当时的深圳大学是其中一个特殊的存在。
说它是最特殊的也不为过,当时的它特殊就特殊在简直太像一个大学……

当年深大的开放性领风气之先，对创新性和多元能力的培育在这里是受绝对鼓励的，鼓励不是随便说说，学校嘉奖个中佼佼者，并不鼓励学子当应声虫或书呆子。

除却教研，素日里的校园活动也丰富，实验艺术、先锋戏剧、各类展览、各种名家讲座，听完马化腾的听梁文道的，体育馆里常有演唱会，陈奕迅来过王菲也来过……例子太多，无法一一列举，简而述之，开放这两个字在这里脚踏实地地被执行，各种包容、尝试和探索。

总之，常识里应有的模样它都有了，是一所可以被称为大学的大学。

采的眼界在她的大学里一天天打开，学专业也学如何解读世界，深大开放且多元的校园氛围是极好的土壤，她伸出她的根脉不停触碰，细胞不停地分裂，生长的速度像雨后的牛肝菌一样快。

这个年纪的人总是奇迹的宿主，自由采撷着全世界，上天貌似也总是偏心年轻人，胆子越大的越受青睐，你伸手了他就为你劈开红海。

采那时加入了地下独立电影社团，进入了心理学爱好者社团，当了编辑进了校刊。

校刊名曰《深大青年》，影响力颇大，并不仅限于校园。

因表现突出，大三时她当上了主编。

就在短短三年前，她还不过是一个只有两个笔友的乡下小孩，如今她的刊物月发刊量破4000份，从开选题会到组织采访，从编辑排版到印刷出刊，已俨然是一个职业媒体人。

那时她主导的这份校刊无甚官样文章，多的是文谏，为校内保安和清洁工讨过公平，为了学生的利益推动过校园政策改革。深大大气，不引以为忤逆，这样的刊物不仅未受打压限制反而鼓励发展。一来二去，校刊越办越好，博得了不少的社会关注，最初的社交圈就这样建立了起来。那时的南方报系里也有了她许多朋友，许多人都在观察着她的成长，期待着这个总是一脸波澜不惊的小姑娘的加入。

她缄默依旧，开会时、采访时话少却总一语中的，那股子独特的静气自带威仪，透不出冷热，看不出情绪，客观得像条牛顿定律。很多人都说她有朝一日会是个不错的记者，理性冷静而充满逻辑，以及拼命。

从小被逼出来的勤快延续至今，她那时的生活满当，骑着一辆小自行车嗖嗖来嗖嗖去，上课、做家教、开社团会、做采访、打理刊物，抽空还要去菜市场帮妈妈卖菜。有走读的同学在菜摊前认出她，她并没什么不好意思，该卖芥蓝卖芥蓝，该找零就找零。

大四那年她在校外创办了一份叫《异端》的电子杂志，所采所编全是敏感的社会选题，少了深大那层铁布衫，《异端》并未存活多久，她却渐渐变成一个小小的异端，所思所想，开始与众人异。

深大的就业率向来傲视群雄，身为校内知名社团负责人，不是没有企业看中她的综合能力而递来橄榄枝，她却一个个回拒，再好的待遇许诺也没动心。

她没去考教师资格证没去考公务员编制也没考研，毕业论文最早写完，小自行车一骑，去了《深圳×报》排队面试，开始了实习。

实习期没有工资，能不能转正未知，转正后有没有编制难说，她却干得比谁都拼命。

她那时甚至没和相熟的任何媒体朋友打打招呼找找关系，去谋个起点更高一点的媒体，旁人不知她在想什么，都道她不懂借力，没有善巧方便地去做这道题。

她已是个大人了，少年时不曾开口求人，如今愈发不会，父母面前都从没开过一次口，更何况向别人。深大给了她蜕变，赋予了她翅羽，却无法改变她内心那个孑立的小孩，从小到大那个孩子都没学会去开口请求，老早就习惯了靠自己。

她不怕零起点，本来就什么都没有，大不了从头做起。

（七）

采那时的理想是当个真正的记者，为此故，投入了身心。
奈何明珠暗投，没有背景没有关系的她并未得遇一个合适的起飞基地。

校园和社会两重天，在这里真正写稿和采访的时间不到百分之十，大部分时间都在围着各种所谓的领导转，有饭局她就会被叫上，而且一定被安排坐在领导身边，像道名菜一样，领导先请。

也不知为何，老男人的饭局上，总有人饶有兴趣地想把这样的年轻女孩灌醉。

她本是不会喝酒的，但她自幼喝着比酒还冲头的东西，倒是不怵端杯。8岁就干活持家，10岁她就有了二头肌，幸亏她这个乡下出身的客家妹子身体好，撑得住，堪堪能保持清醒不被灌醉。

她不醉，侧旁的人就愈发来劲，油腻的中年人一手端杯，一手桌下放上她的大腿：小姑娘大有前途哈，年轻有为……

话中话她不接茬，也不去抚落那只腥腨的爪子，只是直视着那张泛着红烧鲍鱼光泽的肥脸，不笑不怒面无表情，就那么一直看着，一直看到对方不尴不尬，乃至讪讪收敛。

有些事情勉强能忍，有些却无法去忍。

那是2008年，某一说名字全国人民都如雷贯耳的著名奶企被爆出质量问题，奶源大有问题，和其他几个大型奶企一并与三聚氰胺这四个字沾了边。

此事后来导致全国媒体哗声一片，有良知的媒体及媒体人均站了出来，而在热议之前，事情刚刚发端之时，她一个小实习生敏锐地捕捉到了这一选题，迅速做足了这方面的功课，拟好了初步稿件。

方案刚报上去，有个任务就交代了下来——你们几个新人放下手里的活，先凑本书吧，一个企业的自传，主旨是做好正面宣传。

这个企业就是那个企业，尝到了暴风雨初来的滋味，危机公关。

她没犹豫,当场发言:不去采访和揭露,反而洗刷丑闻?这种事适合我们干吗?

自然没人给她一个合理的解释,她唯一得到的回答是:哦,你爱干不干。

会议很快就散了,留她一人静立桌前,有同一茬的新人探出脑袋冲她欲言又止,终还是走开。人各有志,算了,随她的便。

那天她独自站了很久,一直看着窗外,呆呆的,像儿时站在世界之窗门外看着那高耸的喷泉……有些东西母校没教她,有些东西母校却实实在在地教到了她心里面。她慢慢坐下,拿出纸笔,辞职信写得很简短。

却是没人收她的辞职信,试用期没结束,她在这里尚且什么都不算。

她离开那天,距离她结束试用期不剩几天。

尚未开始的职业前程就此结束,学校也回不去了,一并回不去的还有家里面。

4年前为了离父母近一点来到深圳上学,内心企盼的东西却并未如愿,父亲发觉她能够养活自己后数次跑来找她要钱,妈妈每次见面都各种督促她嫁给个有钱人,张罗了不知多少次菜摊前的相亲——妈妈还不是为了你好吗?还不是希望你有个好归宿早点持家过得好一点?哪个客家女人不顾家?怎么就你这么特立独行?

电影里的辞职,惯例是要抱着一个纸箱,她东西少,不够装满一个塑料袋,向来节俭的她那天破例打了一辆车,没说目的地,只说往前开。

司机说:小姐,再开就上高速了哦。

她坐在副驾驶的位置，塑料袋放在脚边，摇下一点车窗，放进一阵清清凉凉来。

……曾经有个挨了打的小孩，张开双臂闭上眼睛，奔跑在田埂间，被撕破的衣衫在风里飘，她跑啊跑，跑起来了，也就不想哭了。
夜色从四周升起，灯火星星点点亮起在路旁的楼宇，她对那个司机说：
麻烦您了，请开得再快一点……

2008年，辞职后的第4天，我的朋友采去了灾区陇南。
那时她已没了临时采访证，实习记者都不算，却写下了上万字的纪实稿件。
除此之外，3个月的时间里，反反复复的余震中，这个客家女孩用自己有限的组织协调能力，帮助了一个小学校搬迁。

（八）

饭否。
最早的"微博"。
中国社交网络鼻祖。
它当爷时，别的还是孙子。
11年前采在饭否上发布了不知多少条前方纪实。

当时采一行5人，都结识于饭否，于西安会合，采购物资后驱车穿越了整个秦岭山脉，抵达了陇南的武都，交接完物资后，走了两天抵达文县，路毁的地方就下车徒步……

2009年饭否发生变故，数年登录不了，经久不用账号遗失，许多文字和图片已无法寻回，采当年留存了部分日记文字，现摘抄部分干货如下：

……根据北京志愿者们提供的信息，我们5个人锁定了三个寨子，分头去探查情况。在当地了解路况后，才知道为什么这几个寨子会被放弃。
它们都位于海拔最高处，寨子本身没有受到地震侵害，但是进出寨子的路完全被切断。过去几个月的救援重心都是在房屋受损、人员伤亡严重的村落，它们渐渐被遗忘了。

……就这样，我们徒步了两天，终于抵达堡子乡苗头寨。
寨子海拔1900多米。寨子里平时就只有100多户人家，土坯屋散落在坡地上，被玉米地包围着。地震让一些屋子受到部分毁坏，牲畜的棚屋倒塌了，大部分房子还可以勉强使用，但是仍然有一定的坍塌风险，农作物被损坏了很多。

寨子里以老人、妇女和留守儿童居多，总共70多口人，堡子乡政府在这个寨子里设立了教学点，收的是6岁到10岁的孩子，学前班到三年级。在路顺畅的时候寨子离堡子乡徒步也要3个小时，所以这18个孩子还不到寄宿年龄，只能在寨子里上学。
教学点一共就一个老师，老师的家在另一个乡，那里地震损毁严重，他已经回家救灾，不能再回来上课。

村民和孩子们在寨子里靠着自己储藏的玉米、土豆、鸡蛋等，勉强维持着生活。他们行动不便，不敢轻易出山，也不知道什么时候有老师回来给孩子们上课，也不知道下山的路什么时候可以修好。

……校舍是一栋简单的小平房，屋顶已经有一些损坏，门窗都用不了了，秋天的风唰唰地刮进来。地震后就没有再使用过，荒废在那里。午后孩子们还会聚集在小小的操场上玩耍，我们来了以后就被小孩们围绕着，他们眨巴着眼睛看着我们。

有孩子问：你们是新来的老师吗？

我问他们是想要上学吗，他们都点头了，我眼泪一下子就流了出来，心里面软得很的那种疼。不记得上一次哭是什么时候了，应该是很多年之前。我其实和他们一样，我本来就是中国最底层、最贫困山区的曾经的一名留守儿童。

……收集了情况后，我们想办法回到堡子乡政府。政府人员说，本来地震前就打算撤掉苗头寨教学点，因为长期找不到稳定的老师，撤掉教学点后，可以集中资源让孩子们都聚集在乡里上学的，给年纪小的寄宿孩子请生活老师照料，但地震发生以后，这个计划就搁置了。

现在的难处是，没有人力去把孩子们迁出；而且，迁到乡里集中救援处也找不到临时的老师安排这些孩子。

我们提了我们考察后的想法：

孩子们不可能长期不上学，不可能长期困在寨子里，寨里有余震的风险，有些房子随时可能会倒塌，一直没有专业救援人士进入，路也不知道什么时候才能修好。

孩子们需要心理建设，需要回归课堂，我们5个人可以分批把孩子们带出来，然后在乡里搭两个大帐篷，弄一个临时课堂。我们五个人轮流当老师，至少可以维持3到5个月，直到政府部门安置好新的教室、找到新的老师。

我们反复保证，一定会留守到新老师新教室都到位的那一天。

……经过反反复复的交流，以及想方设法筹集了资金和教学物资，乡政府终于放心让我们执行。具体的执行方案还要再细细斟酌，每一步每一个环节都要考虑进去，返程时对地形应再做一次详细的记录，每一个潜在的有危险的地方都要停下来记录好和琢磨清楚怎样处理应对。

……我们把孩子们分了3批，下迁的过程花了3天。

村民找来了几匹马和驴子，负责运输东西，我们给每个孩子都搞来了登山的鞋，在下迁之前教会了孩子们使用徒步的技巧和工具。孩子们都还小，走一个小时就需要休息一次，补充能量。有些路段必须背起来跑过去才安全，可惜我个子太小了，背不了孩子太长时间，孩子的脚会拖在地上，好在一次也没有摔倒。

……就这样，3天里，我们一会儿走野山路，一会儿走回没有损坏的老路，一会儿爬山头，一会儿下坡。不时地遇到碎石翻滚，或湿滑难行的路面，无数次的惊险和我们擦肩而过，一路上都在提心吊胆，3天比3年都要长。这3天里时时刻刻都在害怕孩子出危险，一个都不能死，他们都应该好好地长大，不管现在怎样，无论如何只有想办法长大了才行。

3天里我没有别的念头，累得要死的时候也只是这一个，只有想办法长大了才行。孩子，长大了就好了，真的。

……一个孩子也没少，所有孩子都毫发无伤地安全抵达了海拔800米的乡里，我的一颗心也落下来了，我们几个抱在一起哭了一会儿。我什么东西也吃不下，累得也睡不着，孩子在我旁边睡着呢，抱着我的腿。他们长大了以后会记得我吗？我希望他们忘了我也忘掉这段记忆，好好地长大。

……我已经在陇南不知不觉待了一个月。脸已经晒得黑乎乎的，也能听懂不少文县方言。二十几年没有吃过辣椒的我，已经爱上白豆腐蘸辣子，饭浇上辣椒酱也很好吃。

真正的陇南生活才刚刚开始，我们面临着一切从零开始的教学，我想我应该多用一些更容易理解的词语来上课，声音也可以再大一些……

采的老师生涯只有3个月，却是称职的，篇幅所限，教学工作此不赘述，可惜10年后饭否已覆，许多当时的心路已失散如云烟。

不知10年后采教过的那些孩子可都还记得采，那个眼睛大大的小老师，总是一张严肃脸。

如果说深圳转折了采,让她有机会正常地发芽,那么陇南再次转折了她,让她长出了不一样的叶片。从那一年起,她开始用自己的方式关心并拥抱这个世界,蒲公英般漂泊过一个个天涯和乡野,去追寻那些独特的价值和意义。

陇南是她的起点。

她像无数客家族人那样,自此离家500里,开始了她这半生的徙迁。

…………

十年前,因赈灾故,我在饭否上关注了一个特殊的账号,是个瘦小的女孩。

我看完了她所有的灾区日志后,搜索了和她相关的有限网络信息,其中一张像素模糊的照片让我久久地默坐在电脑前。

照片里是寸草不生的陇南的山,飞石在滚,挟带一路土烟,几个人影各自背着一个小孩,在断成三四截的小路上艰难跋涉,攀缘在死神的指缝间。

其中一个身影是个单薄瘦弱的女孩,有着清秀的侧颜。

那时我并不知她是个来自广东的客家妹子。

亦不知她后来会成为我谊切苔岑的朋友。

所谓莫逆,无关男女无问东西,不过是静坐时无语,飞驰时有伴,相互守望在一个又一个他乡午夜。

（九）

陇南之后，采继续向西。
起先跟着一家来自秦岭的养蜂人逐芳而行，而后独行。

不是穷游不是旅行，她开始的是一场长达半年的独立田野调查，自己给自己立的选题。
她像个真正的调查记者一样，用文字和图片记录着普通人的故事，靠着微薄的稿酬，她穿越了一整个甘肃、宁夏和新疆……
西北五省走完，又走了西南三省，那时虽无平台栽培，她却已具备了写特稿的能力，对这个社会和时代，也有了自己独立的体验和认知。

之后的一年，她去了西藏工作，在西藏旅游协会当秘书，算个重要枢纽，一个人的办公室，协调着50多个旅游机构。大学时历练的社团经验在此时派上了大用场，没人敢小看这个沉静稳重的广东女生，都知道她不好糊弄。
我的朋友拉萨老潘心有余悸地回忆说，那时候的采……简直可以说是铁骨铮铮。

那份工作薪酬丰厚，她攒够了一笔足以支撑未来数年基本生活开支的银两，走的时候令很多人都非常高兴。

采并未选择重返广东，2010年她参与了NGO[1]公益项目，去做了专业的义工。

先在云南玉溪接受了4个月的正规NGO培训，然后去到云南红河州元阳县做艾滋病家庭孤儿救助项目。那时她虽是项目负责人，手底下根本没几个兵，什么都要自己干，我当时路过元阳去探望她，旁听了她的一节科普课，结结实实害了一场羞……

她倒是一点都不害羞，话说其实也没什么可害羞的，不就是教人怎么使用安全套嘛，科普卫生知识的事儿有什么可害羞的，倒是我思想太落后……我记得她站在台上面色如常地讲解示范，拿了根香蕉假装丁丁。一节课下来后，我很久很久都对这种水果有种说不清的肃然起敬，谁让我吃它我把谁打哭。

红河州之后是重庆，采去重庆万州做了乡村扶贫项目，任发展指导员，因其能力突出能服众，村民都很拥戴她，村长都听她的。

再之后，她去了柬埔寨，参加了洪水救灾工作，做了联络员。

…………

曾经她的理想是当记者，当个观察者和信息对称者，陇南时她变成了亲身参与者，此后更直接地介入某些人的命运，用一个义务服务者的方式去做探寻。

没有孰高孰低，在实现生命价值这一点上，或是殊途同归吧。

---

[1] 即非政府组织。

一系列的考核通过，一系列的项目完成，2011年时她争取到了一个工作机会——去非洲。

心之所想，心之所向，她那时已是一个成熟的国际义工了，深入到人类痛苦的地方去服务是她分内的工作，不限于种群，不拘泥于国别，都是人就对了。

说是工作，却需自费参与，慈善组织能给予她的补助不过一个月200美元，常人看来这点银两委实杯水车薪，好在她从小就没富裕过，习惯了节俭和穷。

穷倒是其次，那个项目稍有不慎便会搭上性命，客死他乡的那种。

她在非洲参与的第一个项目位于赞比亚，项目名：预防热带疾病及艾滋病。

当时刚果战乱，她去的恩多拉紧邻刚果，抢劫强奸的潜在危险极大。她独自出门办事时被跟踪尾随过，没等走到人少处她先转过身来，当街立着，静静地把那俩鬼鬼祟祟者看着。

路人们停下来看看她，又跟着她的目光看去，看来看去，倒是把那俩货看跑了。

他们一定不知道这个女生曾用这种眼神把多少强行壁咚者都给看跑了……

工作重心是疾病预防，当地疾病横行，最可怕的并不是艾滋。

当地人怕疟疾多过怕艾滋病，艾滋潜伏期长，而疟疾发病40小时左右得不到救治人也就挂了，很长一段历史里当地人把它当绝症。

那一批义工十几个队员，每人都死里逃生过，说也奇怪，唯独她这个中国女孩没事。

古时岭南瘴疟多，客家人先祖一代代地迁徙，不知多少人遗骨瘴江边，生物总是会随着环境的不同而进化演变，反正进化到她这一代，蚊子特别不待见她，都懒得叮她，可能觉得她不好吃，没放盐太清淡。

话说非洲的蚊子口味太挑，不爱广东菜却不拒绝泡菜。

她的韩国队员差一点挂了，那时只他们两个人，驻留某个偏远的村落出差。当时半夜，那个壮欧巴喊冷，满头冷汗，体温却很高，腹泻也出现了，典型的疟疾症状。

一米八几的大个子一下子就软了，不是提前做了各种预防吗思密达？怎么还是赶上了？这荒郊野外的可如何是好？

当时唯一的交通工具是自行车，一米五几的小个子采没有废话，把自行车头绑上手电筒，驮着病号去最近的镇子救命。

路灯是不可能有的，月亮照亮的全是荒草，放眼看去哪儿哪儿都一样，迷路会导致耽搁治疗，她载着他，靠着直觉死命地蹬腿。轮胎气不足，这辈子没这么用力过，一个小时后她累得干呕起来，从大腿根泛起来的恶心，好在镇子到了，没耽搁救人。

镇子上却没有找到医生，那天星期天，能救命的人都不知去哪儿浪了，凌晨三点的非洲小镇，除了狗叫没别的动静。她在镇上来回跑，在一户门口有摩托车的人家门前停下来，用力砸门。门一开什么也不慌，先递过去200美元，她那个月所有的补贴。

两个多小时后,她把韩国队员送去了靠近恩多拉的一个小医院,3个人挤一辆摩托车来的,她坐在最后面当挡板,防止病人掉下去,一路上不停地摸索着喂水。

疟疾病人会腹泻,她没有任何嫌弃,也不做任何反应,摩托车也一路都没停。

……很小的时候,她就习惯当一个姐姐了,那时她是个留守儿童,和弟弟相依为命,弟弟哭的时候搂住他,轻轻拍他的背。

在非洲时,她也被喊过姐姐。

那个时期因人手不足,她独自前往部落里开展工作,授课、发放物资都需她独立完成,按惯例,住宿是在当地对接人家里。

四五十年了,太多人来做慈善,惯坏了一些人,导致了一些习以为常,越来越淡薄的感恩。

她倒是不在乎什么感恩,记者的习惯未泯,她对那些现象和心理更感兴趣:

一种观念是认为西方人打着文明的旗号来掠夺资源,这的确是客观存在的事情,不少西方慈善组织在那里后来变得很有钱,一方面做慈善,一方面通过了解当地情况,开展他们的生意,让当地人搞不懂你们这些已经很有钱了的西方人到底是来帮忙还是来挣钱。

另一种观念是,不管你们是哪里来的,都是外来者,并不知道我们要什么。你们认为这是好的但并不适用于我们,所以别拿你们那套来影响我们。

有个当地对接人的心理明显有了此类变化，不愿留她寄宿，把她丢在一个废弃的土房子前，留下一辆自行车，扬长而去。临走时只敷衍说明天来接她去工作，关于怎么吃饭只字不提。

人家没提，她自然也不会说，很多事早就习惯了，若为这种事生气，她早在小学四年级就该气死了。

往好点说是房子，难听点说是个大点的鸡窝，里面没电没水，草倒是很有几棵。

破木门锁不了，看来夜里需要用石头顶住，别说人了，稍微大点的一条野狗就能撞开。

换句话说，不论人或者野兽，有大把的时间来弄死她都没人知道。

就算被野狗啃死，也不能饿着。

她骑车去就近的人家，用随身的巧克力和发带换了一些土豆和玉米粉，几块炭和松脂，以及借了一口锅。

稀树草原落日如轮，赤红却不耀眼，她用几块石头垒起了锅，一边生火一边打量着这个遥远的世界。一切都是红的，手也是红的，锅铲也是红的，炊烟袅袅，也是红红的一抹。

采后来描述过那个美丽的黄昏，她说她蹲在非洲草原上，心里浮现的却是十几年前的老家。十几年前，也是每天这样的夜晚，比这高级不了多少的土灶台，她弯腰烧火，弟弟在身后呆呆地坐着，偶尔会用客家话小声喊饿。

弟弟数手指头，问：阿姐，还有多少天才到星期天，星期天就又可以吃肉了是吧。

阿姐阿姐，你还好吗？
弟弟和她联系过，和小时候一样，两个人的话都不多，淡淡地说点家常，聊聊妈妈不卖菜了，干不动了回老家了，父亲上年纪后收敛了，搞了个工程队当包工头去了……阿姐你不用寄钱回来了，我现在工作了也能挣钱了。
从没互相说过想念，一声阿姐，已是全部。

电话那头，弟弟轻轻说：家里人都不知道你是在干什么……
他小声问：阿姐，你还好吗？

采后来在那个部落的生活没有想象中那么凄惨，或许是她敢住那个闹过鬼的破土屋的缘故，很多居民都蛮服气她。熟了以后部落里的孩子跑来，找她去踢没气的足球，请她主持场面，说她看起来很适合当裁判。
那些小孩起初喊她白人，这倒也不奇怪，非洲许多地区都把黄种人也当作白人，需要解释很久才能搞明白。
后来那些小孩都喊她姐姐，她教了那帮小孩客家话：阿佳（阿姐）。

在非洲的那几年，从赞比亚到肯尼亚再到坦桑尼亚，许多人都喊她阿姐。
这个小阿姐那时长发齐腰，黑直长，从5岁到35岁的女人看到她眼睛都是发亮的。非洲本地人流行接发，因为她们的头发很难长长，长了就打结，做梦都想有东亚人那样的头发。

阿姐采有时候会在路边坐下，和她们说：别跟着了，先排队吧。
她说：好了，摸吧。

那应该是很硬核的一幅画面。
遥远的非洲天空下，一个面无表情的中国女孩取掉头绳散开长发，抱着肩膀在地上坐着。
一群人围着她，盘她的脑袋。

（十）

那时采吃玉米面团，吃土豆白菜，因为营养不够吃过一个时期的晒干的虫子，高蛋白。
因工作的缘故，班图语会了一些，因为同事来自各国，也掌握了不少各国语言。娱乐活动是几乎没有的，每晚蜡烛一点，幽静的时光恰好适宜她自学。
她本就是学霸，读书于她而言自来就是一种消遣。
所谓悟道不留痕，她并不知当时的消遣会在若干年后化作生存技能，助她摇旗立柜开了店。

义工的工作并不清闲，项目一个接一个永远做不完，采的足迹从稀树草原延展到灌木草原。
驻村了就骑自行车，远程差旅就自驾，非洲草原自驾要准备至少三个导航仪、多块充电宝、两大桶汽油、厚毛毯，以及备用轮胎。
她曾遇到一群放牛的人，她喊住他们：

尊敬的lozi[1]人,你们是不是要走去安哥拉?请带上我。

他们走在沙地上,风餐露宿,灌木丛中找果子吃,睡觉时拿出一块布将自己裹严实,露出一双眼睛去看繁星满天。梦中她看见自己重回西藏,穿行在古格的黄色土林,硕大的月亮从东方升腾起来,大批的刺客到来。

她在坦桑尼亚的桑吉遇到过一头长颈鹿。
那晚火堆已灭,月光下庞大的身影在树梢上晃动。那鹿很专心地认真吃着树叶,眼睛瞥她一下,完全不以为意。吃完一侧挪挪屁股,转向另一侧又继续嚼巴。
繁星下的草原安静,只有风和这咫尺之遥的吧唧嘴声。
她安静地躺着看它,看了许久,越看越心安,困意袭来,恬然入梦。

有过一个星空下的浴缸,专属于她的奢侈回忆。
有一个星期,她去monze小镇协助一个二手衣物项目的评估。二手衣物来自世界各国无数社区里设置的黄色回收桶,整理、消毒后运到非洲国家。她的工作是项目运转情况评估及工作人员评估,按惯例,分配借宿在当地工作人员家,叫Anne。

Anne家是个胖墩墩的土蘑菇,茅草屋顶,院子就是草原。她是个年轻的单身妈妈,有3个女儿,从5岁到10岁不等,都躲在身后怯生生盯着

---

[1] 非洲某民族。

采看。

Anne和她们介绍了采是做什么的，叮嘱她们说：这个中国来的Jasmine姐姐是个好人，不要怕她，要给她爱。

她们蛮听妈妈的话，很快就适应了这个不怎么会笑的异族人，饭前祷告时还念了采的名字。班图语很优美，唱歌一样，Anne说：孩子们在欢迎你来，祈祷你能喜欢她们。

还有，她笑着说：她们还祈祷你能允许她们帮你编头发。

Anne很热情，见采舟车劳顿灰头土脸，建议她睡前沐浴一下。

她取出一方新布，拎起一桶凉水，把采引到百米外的一棵树下，说你脱吧，脱呀脱呀。

见采踌躇，Anne笑着先走了，临走时说不用担心有人偷窥，邻居们都住得好远的，这片草原很安全的。

四周寂静一片，采叉着腰站了很久，到底没把扣子解开，一直到约莫着Anne一家人都睡了方慢慢踱回去。

却是没睡的，都在等她，见她回来了开始做晚祷，那个叫Duola的小女儿睡眼惺忪地念着班图语，完毕后爬过来，轻轻在采额头吻了一下。

每个孩子都爬过来吻她，乖乖的，睡眼惺忪的。

Anne说：她们就是我活着的意义，有她们在，我每天都是有力气的……

她说：Jasmine，孩子是天使呢……等你有孩子了你就知道了。

第二天收工晚，踩着夜色回来，远远地看见三个天使等在屋外。
她们围着采害羞地笑，两个大孩子小心地牵住她的手，小点的那个用脑袋抵住她后背，轻轻推着她。她们把她推到昨夜那棵树下，一个鲜艳的三角帐篷立在那儿。

帐篷是用她们的花被子拼起的，树枝撑着，里面一个大大的塑料水盆，水满满当当的。
Anne拍着手笑，她喊采：你看啊，孩子们转过身把眼睛捂起来了，你可以放心脱衣服了。

三个小女孩坚持要给采放哨，手牵着手，害羞地站成一排，怎么也不肯走开。
她们在帐篷外轻轻地唱起歌，漫天繁星下动听的班图民歌在草原上飘荡，采抱着膝盖坐在水里，不知不觉也就听痴了。
心里也清清凉凉，脸上也清清凉凉。

很多年后，采定居泰北，依旧保留着一个习惯——
她常在黄昏时坐到泳池边，双腿浸在清凉的水里，一坐就是半晌，耳边轻轻播放的永远是那个遥远国度的音乐。

一生中最年轻美丽的那几年，她是个国际义工，游走在那片古老大陆的稀树草原。
寂寥而充实，孤独而热烈。
在那里，她曾爱与被爱。

（十一）

怎么可能全是美好，总会有些坎坷和艰难。
在非洲时，采曾经被扣押过，正儿八经地当了一遭准囚犯。

时逢一个项目终结，她和队员们坐长途大巴穿越边境去坦桑尼亚继续工作。
40多个人挤在一辆大巴车上一路摇摇晃晃，那车的年庚耐人寻味，貌似生于伟大的70年代，非常rock[1]，一启动就pogo[2]，说熄火就熄火，说歇歇就歇歇。

在这样的车上长途旅行，除了睡觉没别的事可做，永远不要试图知道自己到了哪里，窗外除了草原就是沙漠，看到了人群就是城镇了。

当然也有例外，一群人拦住了他们的车，不一会儿，车内灯全部被打开，身穿制服的警察鱼贯而入，简单地扫视后直奔他们这些外国人的座位，让他们掏出护照。
护照他们并不认真看，不做任何解释，只是勒令下车。
各国队员里采的语言最好，刚开口辩解了两句，警棍就戳住了她的腰，速度和力度都很大，幸亏不是一把刀。

---

[1] 即摇滚。
[2] 即原地纵跳。

人抱着头在车下站了一排，大包小包也全被丢了出来，他们被勒令去往不远处一组小平房，没走几步引擎一声闷响，车摇摇摆摆的，被指挥着滚蛋了。

先是手机被收走了，接着被塞进了一间不到十平方米的小屋，算是牢房。里面已经有人蜷曲躺着，是个欧美面孔的小伙子，自我介绍说叫Joel，来自美国，是个背包客。

Joel被关的原因是警察怀疑他的护照作假，硬说他和某个全球通缉犯长得很像。他根本没有办法自证清白，他们不让人对外联系。

Joel说：Calm down, let me tell you why[1].

据他说这里已是边境上了，还有50公里就到真正的海关。这个区域两边国家都不怎么管，平时在这里入关的人也特别少，一天也来不了几辆车，遇到"白人"他们就像是捡到宝了。

他说他也搞不清这些警察是属于什么部门的，甚至不知道是不是真正的警察，只知道他们不勒索个底儿掉是不会放人的。

Joel说，千万别琢磨跑，谁也跑不过子弹的。

通过小牢房的小窗户采看了看周遭。放眼看过去，方圆几里芒草丛生，除了这组小平房，只能看见一个附带便利店的简陋加油站。太阳炙烤着大地，暖烘烘的风扫过，四下里尘土飞扬。

---

[1] 冷静点，让我告诉你为什么。

屋小人多，大家只能蹲着，整整一天没人搭理他们，有人扔了几瓶矿泉水进来，以防他们渴死。第二天他们被带进一间办公室，一个貌似头头儿的警察坐在桌子后面，微笑着宣布：

第一，无法证明你们的志愿者签证是否真实。

第二，即便签证是真实的，也马上就要到期了，没有看到你们入境坦桑尼亚的新签证。

采代表大家解释：新的签证纸已经批下来了，我们项目工作人员会在海关那里等着给我们交接，请你还给我们手机，我们可以打电话证明这一切。

手机不肯还，解释人家不予采纳，一脸你就继续编吧的表情，说了等于白说。

那头头儿说：其实我们可以有个简单的方法来解决这些麻烦……

采打断他问：你们是移民局警察吗？签证的问题能不能让我们到了海关和移民局警察解释。

他回答得很干脆，不用管我们是哪个部门的，我们就是在分摊海关工作量，来提前检查你们的。

采请他们出示证件，人家和颜悦色地回答：小姐，请闭嘴吧。

嘴一闭又是一天，他们被赶回小牢房。好在队员们都是长期做义工的人，见惯了困难习惯了忍受，心理素质和心态优于常人，无人责怪采方才的刚硬。

那个美国Joel倒是可以走了，正在收拾东西，他被迫承认了身上有两千美元，讨价还价后可以给自己留下300，不管他是不是国际通缉犯，一会儿一手交钱一手放行。

Joel临走时说，这帮孙子只是要钱而已，不要急着愤怒和发泄情绪，也不要硬扛着，扛久了很可能不只是在这里浪费时间……

时间一个小时一个小时地过去，情况越发糟糕，还有不到30个小时签证就要到期，必须在那之前赶到海关，不然有理也变没理了。

他们全部现金加起来只有400美元，一群穷义工而已，包里均没有什么值钱的首饰、电子产品、护肤品。电脑最值钱，自然是不能给的，这是未来工作和对外交流的必需品。

最终的下策是美元全给他们，外加两台相机和那几部被扣了的手机——如果人家肯要那几部破手机的话。

话说别的可就再也没有什么值钱的东西了。

方案拟定，他们敲门喊警卫，请求见政府。门很快就开了，人家一副司空见惯的表情，估计是见惯了被囚禁者的屁。那个头头儿和颜悦色地坐在桌子后面：

其实不管你们是什么身份都没关系，在我这里都一样。

他说：我早就说过，其实我们可以有个简单的方法来解决这些麻烦……

在最终的屈服之前，采忽然也想起了一个简单的方法。

她当时并不确定这个方法管不管用，但好像比对方说的那种简单还要简单。

在给手机充电的那十几分钟里，那个头头儿一直饶有兴趣地看着她：小姐,你想展示给我看的会是什么?请允许我再提醒你一遍,不管你们是什么身份,在我这里都会受到一样的对待。

采从手机里翻出的是一封邮件。
是中国大使馆一个官员发给她的正式函件,双语的那种,大意是感谢她为赞比亚人民的付出,赞扬她为中国人争了光长了脸,鼓励她继续做好志愿者工作。

那个头头儿和颜悦色地看了她一会儿,起身喊了其他几个手下去了门外。
十分钟后他推门进来,亲切地说:这位中国小姐,可以走了。
他说加油站里正好有辆路过的皮卡车,他已经拦下了,可以载她。

采倒是坐下了,说不急不急,她不赶时间。
她面无表情地说,她是和其他国家的队员一起来的,但凡大家有一个人走不了,她也就不走了吧。

对方干笑了好一会儿,最后说:要不……我再去帮你们多拦几辆车。

(十二)

义工采的非洲故事有许多,真遗憾篇幅所限,无法呈现太多。

其实我一直替采遗憾。
遗憾她当年没接受那个赞比西河以西的庄园。

就是她差点被卖给那个非洲酋长那次，那排密集的枪声响完后的那个时间。

……你看，标题党多可恨，所以应该少看点公众号朋友圈。
不开玩笑了咱好好讲故事，关于那个酋长，关于那个庄园。

事实上采当时真以为自己快被卖了，那是一个叫芒古城的地方，她去那片处女地开展工作，一下车就被20多个黑人给围住了，表情都很惊讶的样子，嘴里嘟囔着什么，手伸进她的背包里想要掏东西出来，还有人摸完她的头发又探出手指头把她的脸戳了戳。

这些人的相貌和她寻常见到的黑人有别，民族服饰特别夸张，鼻头特别宽阔，鼻孔特别外翻，皮肤特别黑，非亚光的那种，是烤漆的那种黑。
看来这些人都对采如此不黑的肤色表示了极大的感慨，估计是在可怜她丑，嫁人之路会坎坷。

当地的对接人是个思维和语言都很跳跃的大哥，他建议采不用怕，这群人是友好的。
对接人说，三年前来过一个美国女孩，以后就再没白人来了，那个美国女孩比较不礼貌，被打跑了。

对接人还说，因为采是有史以来第一个来到这里的中国女孩，所以按规矩应该把采献给酋长。对接人建议采一会儿见到酋长时礼貌一点，不然被打跑了可就没办法在这里工作了。

采一时未能跟上人家的思维。
没能搞懂自己被卖了的同时该如何开展工作。

此地长期在闹独立，这些赞比亚的少数民族拥有自己的酋长，且势力强大，酋长家就在赞比西河的西边，接壤安哥拉，是西部5万多人的大当家。
酋长是个高大健硕的大爷，里三层外三层的花布裹着，完全不需要穿裤子的样子，脖子上的珠串很多，看起来很沉，很有钱的样子。

酋长应该是个很低调的人，居所只比其他普通人家大两三倍而已，看来这里的房地产还没起步，连酋长住的也还是经济适用房。他的宫殿是个蘑菇帐篷，很多臀部巨大的女性挤在里面簇拥着他，他坐在一把土浇筑的大椅子上，威严得像头狮子一样瞪着她看，房子里挂满了枪。
采心说，好，要当压寨夫人了。

她认为在击毙敌首前应该先除了汉奸，琢磨着一会儿抢哪支枪比较好，又想起来自己并不懂怎么用枪，而且以她的身高臂长，好像一把也取不下来……
思量间但听酋长大笑，道：你能喝酒吗？请喝一杯我们自己酿的酒吧！
一杯混浊的液体端出来，那酋长操着一口音调奇特的英语道：孩子，我已经等了你好几天了。

根据酋长老爹的表述，他是非常希望在自己的领地上接待一个中国人的。
首先，他好几年前就开始追成龙和李小龙的武打功夫片，很着迷；第二，两年前开始,一个叫中兴的中国公司定制了很多手机卖到非洲,很厉害地改变了很多人的生活。

他因此对中国和中国人充满了兴趣。

原来是个可爱的老爹,酋长老爹看采的眼神,分明就是在看女儿。

聊天中他数次求证采是否真的26岁,确定不是15岁?他感慨坏了,中国女孩看起来都这么小吗?这么小的女孩跑这么远的地方来多危险。

他说:不过既然你是我的客人了,那在这里就什么都不需要怕,需要开展什么工作也尽管去做,谁如果敢欺负你⋯⋯

他抬起手在脖子上示意了一下,慈祥极了。

说话间晚宴备好了,专门为采这个中国女孩而设。

天黑篝火起,恰逢当地一个小节日,人一群群地拥来,敲起手鼓跳起舞。

熊熊火堆前酋长大爷问采,在中国过节时都怎么庆祝啊,采说放烟火和爆竹。

爆竹太难翻译,两个人比画了很久。

两人并排站了一会儿,老爹问:你想家吗?

她出神地想了一会儿,并不确定自己是想还是不想,头也就没摇也没点。

两人沉默地站了一会儿,也不知酋长振臂高喊了些什么,所有的男人几乎都气势汹汹地跑了。少顷,一人举着一把枪跑回来,齐刷刷站到离采几米远的地方集体冲天鸣起了枪,且打个不停。

耳朵立马聋了，空气里一股尿素的味道，酋长再慈祥也是一个地区之王，是随时可以生杀予夺的人。只是，为了一个没得到回答的问题，至于这样浪费子弹吗？

她等着人家用枪突突了她，谁让她不懂礼貌不给面儿，没好好回答人家的提问没给出个答案。

看来不是用子弹……酋长的手搁在了她脖子上，轻轻地捏住她的后颈。没等她做出任何反应，那手上下反复动了动，很像在摸头，她从小没被摸过头，并不敢确定。

酋长说：怎么样，像爆竹吗？

他说：孩子，现在过节了，高不高兴？

采后来说，她那天失态了，埋着头跑开，躲进一片阴影里。
在那里没人能看到她流泪的样子，还有痛哭。

……采在芒古城盘桓了许久，受到的是格格一样的尊重，离开时去辞行，酋长坐在宝座上手指着河的两岸：你是第一个来我们部落的中国女孩，我要告诉我的人民，任何时候你想要再回来，你都是我们的客人……所以，你下次什么时候回来？

他起身，走到采面前，又变回了那个慈祥的老爹：
孩子，如果有一天你没有地方可以去了，请回来这里生活，我会给你一个庄园。

……我一直替采遗憾。

遗憾她当年没接受那个赞比西河以西的庄园。

当年的她拥抱着那个酋长,她异国的老爸,搂着人家的脖子贴着人家的胸膛,泪珠落成串,抽泣得像个真正的孩子一般。

她说她不想骗他,她说她不会再回来了,路太长了,她还要一个人走很远很远。

她说:你不要担心我啊,我早就已经习惯。

(十三)

30岁之前,采找到了自己的方式去独立生长。

边去服务世界边去体验世界,她成就了一个独特的自我。

义工的生涯教会了她许多,越去关注个体,越不再关注那些宏大叙事,她的脚一直是踩在地面上的,殊为难得。

越活越明白的人总会越来越真实地去面对自我,头脑和心识既已丰满,接下来该去丰满荷包了。采并不像许多自诩清高的人那样提到挣钱就摇头,非洲之后她去当了国际买手,第一桶金是在那个时候挣来的。

和后来的海淘代购不同,她买卖的并非衣服包包化妆品,AJ[1]或面膜,那时她往来中东和印度及各种海岛,做的是大宗古董家具的生意。

---

[1] 即Air Jordan的缩写,是一系列球鞋的名称。

古董水深，白手起家一切靠自学，她是个从来不畏惧学习的人，这行当倒也适合她去做。

拜深大所赐，早在求学时期她便对艺术品有了浓郁的兴趣，除却校内美育熏陶，校外的各色美术馆、艺术馆、画廊、艺术聚集区均广为涉猎，亦参与协办了不少活动。在学校杂志工作时，也名正言顺地采访过许多名家大师，见了不少字画摆件及古董家具。从那时起她就种了颗种子，多年下来车上马上读饱了相关的书，好比积肥于田待春时，那种子一发芽就蹿成了灌木。

冷静的人总是适合当杀手或当生意人，她起手就把生意做到了印度，说起来也是传奇，印度人出了名地难搞，却也没搞得赢她的冷静。
缘起是在非洲，她在安多拉结识了一个开食品超市的印度家庭，他们是锡克族人，男人头上缠绕白头巾，人人都戴银圈。离开非洲后，她按他们的指点去了他们的故乡，印度北部拉贾斯坦邦。

她去斋浦尔拜访印度最大的古董家具售卖家族。那个家族在收、卖、再造的市场上控制了印度全域的70%，甚至控制了去往中东国家、西亚国家所有的流通渠道。也是多亏了锡克族朋友指路，她走了条直线，直接去约谈那个家族。
……无出正常的世情，人家压根儿不理这个无名小卒。

其实换个方式讲的话更好理解，夸张点说：你也打算做电商哦，那我告诉你，你必须去中国，我老家杭州有个企业做电商特别厉害，叫阿里巴巴……

某些方面上印度人比国人更甚，例如看人下菜碟。坐在接待室的采一件首饰也没戴，布裙子布鞋子看起来很穷，说话也简单直接，这不卑不亢的姿态哪儿像是来求人的，赶紧给我走！他们起先直接轰了出去，后来架不住她天天来，勉强安排一些低级销售给她。
再后来被她的持久战搞蒙了，从来没见过这么一根筋的人，还是女人，家族的二把手Mr. Sunil决定出面会会这个不知天高地厚的中国丫头。

那个大腹便便年迈的Mr. Sunil问她：你的公司注册在哪里？
答曰：没有公司。
又问：那你有客户资源吗？
回答说：暂时没有商业型客户，初期也不打算做买卖差价，只以买手的身份挣取服务费就好。
问：那你怎么赚钱？
答：我并不着急马上挣钱，我有时间。
人家沉吟了一下：那你了解古董家具文化吗？
她直视着那人的眼睛：我可以跟你们学，我相信自己的学习能力。

她倒是诚实，并不去渲染自己已有基础，只说能学，人家自然是立马起身了：抱歉小姐，我不想帮你，我很忙。我每天都要和世界各地的dealer[1]见面，低于300万卢比的客户我都不见的，请不要浪费我的时间了，也请

---

[1] 即经销商。

不要再来了,我不是做慈善的。

她坐在那里不动,稳稳地道谢:好的,谢谢你今天肯见我。
她不管人已经走到了门口,自顾自地说话,开始主动进攻:
您信奉的是奎师那,那您现在的言行可太不像是信奉奎师那的人了,《薄伽梵歌》里不是说过的吗,要平等地看待泥巴、石头和金子,才是一个能把握自我的瑜伽行者……

Mr. Sunil重新坐了回来,问她怎么发现自己的信仰的,她抬手指一下他的领口,那串鸡翅木项链隐隐约约。
关于奎师那的话题他们聊了很久,包括毗湿奴的另外7个化身,聊到最后Mr. Sunil是惊讶的:你不是刚到印度吗?这些东西你是怎么了解的?怎么感觉比我还懂?

他并不知若干年来她唯一的娱乐是读书,早在大学时代就是深大图书馆最频繁的借阅者,从亚洲读到非洲,什么书她都能啃下去,对一个闲着没事就能自学一门语言的人来说,脑子里这点儿印度文化的储备还真算不上什么。
她只回答说:之前随便学的。

她说:请再考虑一下我的学习请求吧,如果我两个月内能在你这里卖出去150万卢比的货,请你接受与我的长期合作。
Mr. Sunil并没点头,按照印度人的习惯他使劲摇了头。

印度人表达Yes的方式是和全世界反着的,挺各色。

反正采当天就被带着去逛仓库,此后逛遍了那个家族在拉贾斯坦邦所有的库房。Mr. Sunil耐心地教她识货,向她传授历史,甚至讲了他的渠道,教会了她运输的航道,乃至细致到如何避开某些海关的勒索。

他们所到之处,许多人都对采虎视眈眈,羡慕嫉妒恨也没办法,她几乎可以算是Mr. Sunil的徒弟了,没人敢动她。

她甚至被免掉了150万卢布的门槛。

Mr. Sunil说:Jasmine,因为你是个很特殊的女孩。

他有些感慨,道:在印度,很少能见到你这么特殊的女孩。

她确实特殊,并且代表着一个新鲜而特殊的市场,之前没有中国人在做这个,都是欧美人和日本人,且都是男人没有女孩。

再特殊也是女孩,采那时在印度不只攻克一个货源,她去了许多邦域,夜里住旅店时用家具顶住门,玻璃杯子搁在窗边。

许多古董家具卖场在郊外,还有些在远离城市的贫民窟边,能来到这里的人都是男人,女性一个不见。做这个行业的都是老头子,嚼着槟榔,警惕地打量着这个乳臭未干的中国女孩。

在印度谈不了什么女性平权,那苍老的眼神明显不友好,你永远猜测不出下一秒钟他们会不会一凳子把你砸晕然后给卖了。

谁看她她就平静地看回去,她早已是此道高手,总能礼貌地把那些眼神逼退。

巨大的市场货物堆积如山，没有标价没有人看着，更没有服务人员跟着你一件一件告诉你多少钱。需要自己拿个本子写下编号，天热，东西多，看到吐了也看不完，看到中暑了也看不完。经常好几个买家鱼贯进去，一个接一个被扶出来，剩她独自溜达在里面，她倒真是好记性，记下的上百个编号总能对照起相应的家具。

次数多了，很多卖家都记住了这个奇怪的中国女孩，偶尔杯子递过来，cha（印度奶茶）也分她喝一点。

我那时找她喝过一次奶茶，在加尔各答的机场。

转机间隙短暂地会面，我发现了她的一点变化，那几年应该很辛苦，她学会了抽烟。

我记得那时候她一手夹着烟一手接电话，一口浓浓的咖喱味：

呀，呀，外累外累，嘎达。

一直到我坐上飞机了，才反应过来她说的应该是纯正的印度式英语：

Yes, Yes, very very good……

采那几年干得很嘎达，在结束买手生涯前，她经手选买运送的古董家具及工艺品数千件，货源版图由环印度洋延展至泛中东，供货给香港、台北、深圳、成都、江浙沪等地的若干会所、展馆、画廊、五星级酒店……

很可能你曾经见过，在某个大堂里面。

她一度成了那个行当里小小的传奇，神龙见首不见尾的神奇鹰眼。

传说里不仅夸她眼力好，她简直就是古董家具本人了，总是一张木头脸，像个桌子凳子一般。

许多人买过她的东西,有一遭去一个画家的寓所做客,她伸手摸摸那张古朴的案几,不动声色地报出了各种信息,包括何年何月何日被卖出去的……
气氛一度很尴尬,面无表情的她目不斜视,像极了一个要来追回被拐卖儿童的亲生母亲。
人家摸不清路数,并不知于她而言,这几乎已经算是在抒情。
朋友人好,差一点把那破桌子还给她。

她后来给自己挣出了一家实体店,店面600多平方米,仓库1000平方米。
短短几年前,她还蹲在非洲落日余晖下守着一口破锅吃玉米糊糊。
再往前推几年,她还是个不识时务的,刚丢了工作的小实习记者。
再往前推就远了,当年她逃学归来,被关在一间废弃的画室,学习委员哭着给她送饭,她站在一幅大地图前一天接一天地看啊看……
一个个地名串联起了无数的想象,18岁的她筋疲力尽地颠沛在那些想象中,生生死死了不知多少遍,仿佛历经了一场完整的环球冒险。

当年那个懵懂少女如今已三十而立,曾经的想象早化作来时路,铺陈在身后面。
别人没有的,她有了许多,别人有的,她依旧没有。
她已离家多年。

30岁那年这个客家女孩决定给自己安个家。
她去了一个温暖的城市,开了古董家具店,开了自己的酒店。
酒店不大,不过是开在一个每年都被评为全球宜居地的叫清迈的小城的白金地段。

不过也就占地6000多平方米,60多个房间。

不过是在当地4000多家酒店+民宿+客栈里,Booking[1]排名最前列。

(十四)

异国他乡的,一个普通的中国女孩没有任何背景也没有什么靠山,甚至也并没有那么多钱。

若没有奇遇,怎么可能开得起那么大的酒店。

奇遇是个老太太,坐轮椅的那种。

那时采路过那条街,正是3月底的大热天,在7-11便利店里买了水,想找个路边咖啡馆歇一歇。

莫名其妙就路过了一片栽成围墙的树荫,院门没有锁,也没有守门人,径直走进去,院子居中几排庙宇样静美的兰纳老房,好大的花园。

那个花园有种神奇的气场,一走进去人马上清爽起来,松鼠在树梢上跳来跳去,颜色鲜艳的大鸟从树上飞下来,草地嫩绿一看就想躺,像块舒服极了的大地毯。

草地上是有人的,一个打盹的老太太。

老太太睡得正香,蒲扇掉在地上,半边身子歪出了树荫,怕日光晒坏了

---

[1] 一个酒店预订App。

她，采把那轮椅推得靠里面了一点。院子里静悄悄的，只有树叶沙沙响，困意不知怎的悄然袭来，她打了个哈欠心说坐一会儿，一坐下就想歪一歪，眼皮一沉，睡了起来。

好黑甜的一觉，醒来时已近黄昏，睁眼就看见老太太冲她笑：小姑娘，我看了半天了，一只蚊子都不肯咬你呢。
老太太说：你不慌走，陪我聊聊天。
老太太示意采坐到她的脚边，和蔼地看着采的脸：大学毕业了吗？是来旅游吗？家人都去哪儿了？

……那个花园真的有种莫名的能量，莫名让人心安，就像面前这个老太太一般，不知怎的，有些话忽然就说了出来，关于生平采和她说了一些，儿时的留守，少时的游走，成年后的满世界寻觅，断断续续零零碎碎的……她本不善于这种言谈。
老太太一直耐心地听着，慈爱点头：咱们都一样呢，都没有家。

第二天采应邀再来，泰式的小点心摆了一小桌，一人一杯泰茶，一个坐轮椅，一个坐脚边。
这样的日子过了不知多少天，可以说是一种久违的感觉，也可说是一种从未有过的感觉，采习惯了坐在她脚边，偶尔也会趴一会儿她的膝盖。
这真的很难得，泰国人极度重礼仪，轻易不肢体接触。

两个人都很享受这种别样的温馨，也渐渐互相习惯了这一天一次的短暂陪伴。

有时候采带一些吃的来,自己做的客家菜,老太太很爱吃,说这个味道很熟悉,很小的时候吃过的。她告诉采,泰国人里不少人的祖辈都是客家人,她也不例外。

老太太和采说了很多。华人爱打拼,善置业,房子是祖辈传下来的产业,老太太是主人,她喜欢清迈,独自在这里生活。丈夫已去世多年,孩子们也很多年没回来过了,都有了各自的生活,都在异国。

或许房子卖掉后会回来分一点钱吧,老太太笑着说:你知道的,我们泰国的遗产税是很少的。

她告诉采,这处产业已经挂牌在卖,开价1.5亿泰铢。

她其实并不住在这院子里,只因即将和这承载过几代人回忆的老时光告别,才会每天来坐一坐看一看。她笑:真没想到,最后的这段时间,是你来和我做伴……

虫儿静静飞,树叶沙沙响,轮椅上的老人轻轻地说:……就像家人一样。

有一天午后,她问采:你不是计划在这里生活吗,考虑一下把这栋房子拿下来做点什么吧。

采当她开玩笑:别说一个多亿泰铢了,我可能一千万泰铢都拿不出来。

老太太自顾自地说话:不如做个酒店,人来人往的也热闹,这样你也不孤单……

她低头数手指:我应该还能活10年……

她说：孩子，不用花钱买，我把这里租给你好吗，只要我还活着，这里就是属于你的。

老人给出的那个数字之低，足以令所有的中介吐血。
她说翻新房子需要钱，装修酒店需要用钱，请人做工需要钱，坚持让采把钱花在该花的地方。
两人对峙了半天，采几度想跑掉，老人在轮椅上挺直身子拽住采，难过地喊：
听话一点好吗？孩子，你看，我都这么这么老了，还要那么多钱做什么用呢？

开酒店的那几年，采常去陪伴老太太，有时候树下喝茶吃点心，有时候一个打盹儿，一个跑前忙后地打理酒店。
别人是命令不动采的，只有老太太行，她冲采招招手：孩子，过来，停下来歇一歇。

2016年夏天我住过采的酒店。
真是段惨痛的回忆，当时清迈狂风暴雨连续多日，院子里被刮倒了很多树，紧接着大水袭来，整个片区都被淹，一堆人被困在酒店。所有住在一楼的客人都被安置到了二楼，靠着餐厅储存的食物度过了两天。

有慌没有乱，那时候见到了采过人的组织能力。她淡定得像个将军一样，话不多，句句扣题卡点儿，稳稳地控制着局面，一方面联系政府救援，一方面指挥她那些虾兵蟹将补漏排水处理紧急事端。我也被安排了任务，她丢给我一个皮已经泡松的手鼓，命令我去组织客人们自娱自乐，要求是不能有一个客人愁眉苦脸。

政府派来的救援官兵抵达时，雨也停了，我已经黔驴技穷到连儿歌都唱光了，听众们也烦得想弄死我了。唉，想想也是胆寒。

退潮后，柚木的坚韧显现出来，房子仍然可以正常使用，院子里除了树倒了几棵也旁无大碍，只不过草坪上多了许多小生物，有鱼有蛤蟆，还有它奶奶个腿儿的几只小螃蟹。

空气里有种捂巴的新鲜，我和采趴在窗户上抽烟，杨过立起来，努力地塞进来一个脑袋。

一根烟抽完，共患难的时光也告以终结，只因采说了一句丧心病狂的话：走，咱们取了车，出去兜一圈。

车停在高处倒是没泡水，她开得比素日里还要暴虐，一路开过了梅林，我骨头都散架了，杨过都吐了，她依旧没有停下来。

后来才知道她那时刚结束一段短暂的情感，异地恋，短得像一根烟，是男是女不知道，只知她罕见地也有些好感，分手的原因大体好像是对方认为她不懂怎么去谈恋爱。

据说30岁之前她的追求者不少，大都止于表白，迅速就厌了。

30岁之后，表白的人越来越少，她这时的气场已由内而外，那冷静到极致的眼神一扫，定定地把你一看，就好比一杯冰水哗的一声迎面泼过来。

自我保护得太好其实也挺没劲的，她未必有别人想象中那么难以攻坚，明明是蜗牛非要装成石头，没得谈恋爱，倒也是她活该。
话说，这样的女孩子凡人读不懂，一般人不敢去爱，但估计一旦爱上了，也就永远无法释怀。

我一直期待着有人真正热恋上我的朋友采，男女都行，敢大胆击碎她的外壳果断俘房她的内心的那种，可那样的英雄始终没有出现。
有时我会想，是不是她这样品种的女人不需要爱情，或者说，还未学会如何去爱。

……又或许，少时的情感缺失并未抚平。
缺的课太多了，许多其他的爱还来不及去爱。

（十五）

世事尽如抛物线，起起伏伏波浪前行，无出其外。
2017年时，我见证过采的一次惨败，血本无归的那种。
一直到今天我都难以接受，像她这样的女人，当年怎么会做出那么不设防的事情——给予他人无条件的信赖，直至被骗。
而这一切，以她的心识本可以理智地避免。

应该是摸准了她的罩门吧，穿过她淡漠平静的表面，看穿了内心深处的她素来缺爱，不过是个孤独的小孩。这样的小孩总会把自己包裹得很好，却永远无法抵挡关爱的袭来，只需给她一份貌似亲情的友好，她便会不自觉地卸下铠甲，把整个后背暴露在你面前。

细想想，却也不难理解。
最貌似坚强的人最软弱，最懂得保护自己的人最不堪一击。
最可怜的小孩才会把自己装作一点都不可怜。

和别的小孩不同，直至惨败时，采也没让人看出她的可怜。
对手是她的员工，是个俄罗斯人，叫Alex，至今还觍着脸活在清迈，出事前的那几年，他负责具体打理采的古董家具店。

Alex是采在泰国认识的第一个朋友，他当时还说着非常不流利的英语，一副憨厚天真的高加索脸。因比采早来清迈两年，初期对采颇为照顾，磕磕巴巴地分享给她在此地的生存技巧，还带她熟悉了整个清迈。他穷，那时候一起吃饭常是采埋单，他总不好意思多点菜，每次都会低着头说谢谢。他木木呆呆坐着时的感觉像极了远在老家的弟弟，时不常会表现出对采的一点依赖。

真正能征服一个人的总不是给予，而是依赖，每个人都需要被别人需要的感觉。
他扔给采的那份依赖好似破甲弹，瞬间撕开钢板钻开盾牌，不知不觉间，采又当回了姐姐。
她已很多年没有真正给人当过姐姐。

古董家具店开业前后的那段时间，Alex正面临着失业，生活窘迫到无法在物价低廉的清迈生存,即将滚回经济危机中的俄罗斯老家啃干面包。那时候他坐在采面前掉眼泪,说回了俄罗斯也很难找工作,父母也都已经失业。他说他即将走了,这些话找不到人说,只能和采说说。
弟弟的眼泪总会弄疼姐姐,采那时已进入了姐姐的角色,面上不动声色,心里陪他一起难过,心头一软,有些话也就自自然然地说出来了。

她当场给了这个俄罗斯人一份工作,不低的薪酬,重要的岗位,以及古董家具店10%的股份……一分钱没投资,不过是几滴眼泪一落,既有工资还有股份了?
采那时候是傻的,真把他当弟弟了。

但凡她那时肯把这些反常的决定和老朋友们说说也不至于养虎为患,可她什么都没说,多少年了,什么她都埋在心里自行决断,她素来就是这样的。

一个真正的姐姐也不过如此了,她什么都教他,毫无保留的那种,从古董知识的传授到进货渠道的对接,从各种文件的签署到公司的注册。私心里是有展望的,她认认真真地培养他,希望他过得好,计划着古董店将来一切上了轨道后就再开一家店,新店她会白送给他。
如此这般,这个白皮肤的弟弟的未来也就有保障了,也就不必回去俄罗斯挨饿。

拜采所赐,开古董家具店的那三年多,Alex成了清迈的中产阶级,一个饭都吃不上的人,现在有了房有了车。酒店的事务繁忙,古董店定期需要飞去海外淘货，采把守店的职责交给了Alex，以及具体的销售和回款，甚至还有签字权。
能给的权力她都给了，能给的信任她也都给了，却并不知道人家还想要更多。

有天晚上Alex忽然发来一封邮件，中心思想一句话：
我们需要重新考虑股份的分成，我要50%，和你平分。
一分钱没投资过，怎么能要50%？看来今天这个弟弟喝多了，毕竟是俄罗斯人，难免喝多。
她没多想，给他微信留了一句：We need to talk[1]。
他马上回复，是的，当然，我明天会给你看一份东西。
听口气不像是在开玩笑，想要加薪干吗不直接说？明天是要用辞职书来威胁？
她微微有点寒心，却也很快抹过去了，明天一切好说，毕竟从没亏待过他。

第二天Alex在她面前摆上了一份复印件。采，他说，你好好看看，我先走了。
文件很复杂，很多，通通指向一句话：古董家具店与采无关。

应该是从很久之前就开始了动作，从他获得了签字权时起。
经过一系列的操作，原先的公司被注销，新公司和老公司只差一个字母，

---

[1] 我们需要谈谈。

但股权登记表上没有采的名字，Alex是唯一的外国股东。
6个货柜的进货记录、价值近2000万泰铢的货物资产、店铺仓库的租赁归属、品牌、渠道和市场通通落入了这个俄罗斯人的囊中，他洗劫了他的异国姐姐，一根稻草也没留给她。

身为一个强盗，或许他认为自己是仁慈的，甚至是慷慨的，那个给采50%股份的提议他命令式地传达给她，好似恩赐，早已忘记了数年前他穷困潦倒时，是谁给了他饭碗。

采那天驱车去了店里，锁换了，打不开门，满屋子亲手淘来的老物件沉默不语，已与她毫不相关。头顶有小灯闪烁，不知何时安装了摄像头，采静静地站在那里，把那摄像头看着。

半夜又收到Alex的邮件，摊牌后的他语气生硬霸道，但字斟句酌，看得出是经律师起草的，邮件里警告采，不要去骚扰他的公司。他强调，那是他的，他有法律文件。
警方的答复是：我们只看文件，文件显示这个店是他租来做生意的地方，有权不让你进来。

一手投资、创立、经营的店铺自此与采无关，她再没能走进那道门。
吃准了她没有背景没有靠山，欺负得明目张胆，数年来的操劳奔波化作泡影，她白干了这么多年。
那50%的股份她没要，已经被弄脏了的东西，她不屑弯腰去捡。

等我知道这个消息时已事发半年,结结实实吓了一跳,气愤之余是另外一种气愤:

采,都这么久了,这么大的事怎么从没听你提起!这半年是怎么过来的?怎么什么都没说,什么都看不出来,都被欺负成这样了,依旧是一张看不出阴晴的脸,多年的心血就这么被明抢了?难道就这么算了?

采只说,她自己的事自己会解决,已经换了好几个律师,在打官司了。

再问,她就不肯说了。

那把背后捅来的刀子应该还插在她身上,谁也说不清插得有多深。

这种事击垮一个人太容易,很长一段时间过去,采却始终看不出悲喜,只是再也不会谈及任何和古董家具相关的话题,一句也不提。

身为朋友我能做的唯有不去马后炮,事后的提醒又有什么意义呢?那些暗伤留给她自己去织补吧,躲在她的壳后面。

……人家给你一点好,你就不管真的假的百倍以还,采啊采,你到底是多缺爱?

官司打了很久,截至目前依旧没有个结果,或许永远不会有个公平的解决。

每次去清迈,我都很想问问她事情是否有转机了,每次话到嘴边又咽下,算了,她不会接茬的。

我每次去清迈时,采惯例会来接我,车惯例停在机场门外静静地等我。

惯例,车会开得如风一般,撕扯开异乡的暗夜,一路颠沛,一路向前。

…………

有时候会想,对于采,我是怎样的一种感情。

未有过什么朋友以上、恋人未满,不过是两个经常对坐一天话都不会多说几句的朋友。

我来了,她会接我,我走了,她会送我,许久不见不会主动联系,见了也没什么欣喜和激动。

她开车,我坐后斗,吹着风唱着歌抱着狗,于是浮尘都悄然远去,湮灭在那座清新的小城。

从青年到中年,追完自我追自由,追完自由又该追什么呢?

除了短暂的相伴,我们彼此也给予不了对方别的什么了,偶尔陪伴,已是全部。

可是,采哦采,我还能为你再做点什么呢?

所以考虑再三我保留了上述这个章节,记叙采的一次惨败。

我不确定于她而言,这种旧事重提是否一种变相的残忍,我只明白,这篇文章既是写给你看的,你有义务去尽量了解她的全部。

或许未来的你,会乐意用你的力量去保护她。

从一开始我就说了:

某种意义上讲,你是这个故事唯一的读者,这篇文章写给十几年后的你看。掐指算来,最快也要十几年后你方能读懂这些文字……真是漫长哦,还需那么多个日日夜夜。

我还想告诉你的是，于你而言，上述4万字所有关于采的故事都是前奏。过去的事情都过去吧，采和你的故事，始于她34岁这一年。

（十六）

34岁这年，采有了个男友，是泰国人，画家，很有才华，很喜欢她。
采接受了他的追求，给他提出的唯一条件是：不谈婚论嫁。
她说像朋友那样相处就好，其他的深情或承诺，就不必了。

我邀采和她的男友来大理度假，人民路细雨霏霏，我们在九月的吧台前闲闲地坐着。雨小薇唠唠叨叨地拽着采说些女孩子的话，采惯例面无表情地静静听着。我拽上她男友出门抽烟，递给他一支兰州，两个人蹲在屋檐下，看着雨水滴滴答答。
他那天用翻译软件和我聊天：Jasmine真是个奇怪的女人哦……
我笑他，既然觉得奇怪，那你还会爱上她？
他也笑，有点小伤感，说爱得不好，于采而言自己可能只是个过客，不知该怎么去爱她，也不知她需要的到底是什么。
他说他不确定还能陪采走多久，可能不会有什么未来了。

他应该是希望得到一些分析或力量的，来抵御那些不确定。我却从不擅长这种情感陪护，也不知该如何去接话。许多年里我对采的过往所知有限，只知她是我为数不多的朋友中最沉默的那一个，是个不太一样的客家姑娘。
我能告诉他的只有一句话：尊重她的决定就好，你要知道，她向来是个孤独倔强的小孩。

相识一场朋友多年,这个小孩只和我有过一次长谈。
2018年春末,我再赴清迈,机场接到我后,她开车载我去了双龙寺,罕见地没有开快车。
漫长的山路盘旋完,漫长的台阶跋涉完,她静静地跪在塔前。异国他乡的风撩动衣衫,白月光落满她单薄的肩,前尘往事静静伏藏,她低诵祷词、平静地呢喃……

我从没料到她也是会诉说的。
那天并排坐在素贴山腰,她诉说了整整一夜。
漫长的诉说过程中她平静依旧,淡淡地叙述着儿时的积郁、少时的缺憾、成年后的孤身求索得失错漏兜兜转转……听不出她的任何情绪波动,仿佛是在说别人的事情一般。

这样巨细靡遗的人生总结,像是在交代后事又像是在留遗言,除了聆听我唯有聆听,些微难过,些微心酸。
我终于明白了她是怎样的一个小孩。

在那场诉说的尾声,采告诉我,她其实一直都有一份期待,很久之前就开始在期待了,从她还是一个没人在乎的小女孩时起,一直到今天。
她说她这些年做过一些事情,养活了自己,也见识了世界,终于算是一个独立女性了,但内心时常空落落的,总觉得自己依旧是那个奔跑在田埂上的孤独的小孩。

她说她想安放自己了，想生一个小孩，想回到生命的源头去陪着那个小孩长大，用心爱他，用爱去重新搭建自己与这个世界的关系，不再那么孤单。

清凉的山风徐徐掠过，她把手放在腹部，轻轻地摁着，说她终于可以安放自己了，终于有机会可以让一切从头再来，她说她愿意为此付出她的一切。
她说她两手空空什么也没有只有一条命，这个机会，她愿意拿命去换。

2018年春天，采怀孕，体检后的结果很不乐观。
她身体太弱，且属高龄产妇，如果生，将面临很大的生命危险。
有人劝她取舍，劝她慎重一点。
她说道理她都懂，她明白一个她那样的现代独立女性不应该为了生育而愚昧地冒险。
但她说：可他已经在了哦……

她说，她已经是他的妈妈了，不能不要他，无论有多难，他都应该好好地活下来。
她说哪怕只能爱他一次，只能爱他一分钟。
她愿意拿命去换。

（十七）

现在是2018年12月27日早上8点。

清迈小雨，雾轻霭淡，说是冬雨，几类春霖，清清凉凉润平生，正是一年中最好的时节。

我踏雪而来，从遥远的北国出发，飞过一个个寒冷的城池，飞越一整个东北亚的冬天，重返这座永青的小城。
不来不行，素贴山上双龙寺前定过约，发过心动过愿。

人到中年，铁石心肠，塑料肝胆。
怯于深情，乏于热血，懒得深交，懒得再像年轻时那样去任性结缘。
很多事情已不再像年轻时那般。
非厌世，不过是这半生人海中远行，见惯了海市蜃楼，渐知人生底色是悲凉然。

这场青春趋近尾声，尾声前认识的她，我是说，步入悲凉之前。
不是知心知己，也非蓝颜红颜，不过就是一个朋友，无关男女无问东西，静坐时无语，飞驰时有伴，相互守望过一个又一个他乡午夜。
不过就是一个朋友，可承约、可定诺、可托付身家性命的那种。
她是最后几个值得我这样去做的朋友，就像年轻时那般。

此刻我坐在清迈Bangkok医院3楼妇产科手术室门外的长廊里，伴着窗外的淅淅沥沥声，不停地打字，把一个故事话与你知。
故事里有个身影单薄的小女孩，素衣草履万里独行，34年来，满世界找爱。

孩子，她是你的阿妈。
是只个子小小的客家女孩。

我自晚春时节动笔写她，断断续续一路写进隆冬，再写到这个清凉的黄昏，一字一句的，掰开了揉碎了讲给你听写给你看。
孩子，谢谢你肯把这个冗长的故事读到这一章这一段。
你还需要知情的是，为了迎接你的到来，她关掉了酒店停掉了官司安排了诸般后事……
能做的她都做了，破釜沉舟，等你到来。

此时此刻，一门之隔的她正在通关，生死未卜关。
几个小时过去了，尚且没有医生拿着病危通知书跑出来找人签单。
有人说每一个妈妈和孩子都可以算是生死之交，我忆得此语，心下恻然。
…………
孩子，差不多就行了，快点出来吧，乖一点。

按照约定，我是你的义父，你受欺负了会果断飞来清迈帮你去砸别人家玻璃的那种。
按照另外一个约定，我会是你在中国的监护人，罩你罩到18岁那一天。
其实是一个约定两种可能性，我向你阿妈交换来的。
只因那夜素贴山上，她一句话说难过了我：如果到时候非要取舍，帮帮我，不用保大人。

她说那话时幼稚极了，但我能理解她的多虑，哪个即将当母亲的人不会忐忑，不会去思量那些最坏的打算。
你阿妈从未求过我什么，那是她第一次开口，身为朋友，我无法拒绝。

对于我的交换条件，她沉默了许久，一动不动，我把墨镜翻出来递过去，帮她戴上，遮住那些泪水，和她并排坐在清迈的晨光中。那时天边已发白，山林间有了钟声，我记得她轻轻地开口，说想家人了，想得厉害，想去看看他们，弟弟、姐姐、爸爸妈妈……

孩子，孩子。
再过一会儿你就要来到这个世界了，你会是女孩还是男生？
未来未知的岁月里，你会有怎样的际遇怎样的人生？
我到现在也没想好一会儿见面时应该和你说点啥。
是用普通话说声：欢迎光临。
还是用泰语说句：萨瓦迪卡普。
算了，就用客家话好了，反正客家话我也只会一句：细仔哩。

初次见面，也不知道送你点啥好，就把这篇文章当作你来到这个人世间的第一份礼物吧。
是的孩子，这个故事是写给你的。
某种意义上讲，你是她唯一的读者。

孩子孩子，很多年之后等你长大了，你会去如何解读这个故事？
个中有雨有风，有几缕血脉丝承。

有所谓的宿命，有对宿命的抗争。

有一个普普通通的客家姑娘的漂泊。
有你阿妈的半生。

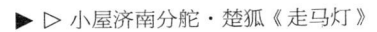

▶▷ 小屋西安分舵·一鸣《各半》

▶▷ 小屋大理分舵·西凉幡子《姐姐的摇篮曲》

▶▷ 小屋济南分舵·楚狐《走马灯》

道歉感谢信

他应该一直都不知道他的雪中送炭曾发挥过多大的能量,在我心力无以为继的时刻。

细想想,从认识他起,又岂止帮衬了我这一回。
……令我今朝愈发愧对。

你曾对不起的人,往往是曾对你好的人。
这是一封致歉信,也是一封迟到的感谢信。
那声谢谢和那份歉意,既然拖了这么多年都没开口,那必不能只是电话里说说而已。
就让它们落笔生根印刷成铅字,永远不会被删去或逃避。

(一)

我32岁时惨败,告别了电视荧屏和麦克风,开始卖文为生。
那时很难,人情冷暖一时尽。

江湖穷兄弟们不弃我,照旧亲厚待我,根本不在乎也从没在乎过我是显达是落魄。
但那些香车宝马的光鲜朋友皆离我而去,微信不回电话不接,遇见了只说忙,说回头联系,一回头也就再也没有了联系。

不怪他们,世情如此人性如此,丛林法则坚硬,谁活着是容易的呢,人们大都客客气气对一个失败者敬而远之,也算是种明哲的选择吧。
但也因此看清了自己——那些成功的朋友曾经愿意交往的,只是屏幕里那个主持人,不是我。

当年主流世界里还愿意帮衬我的人也有,不多,我都记着,记一辈子,其中有一个老大哥。

这篇文字是关于他的，我欠他一句对不起。

我想在这封道歉信的开始，先拱手为礼，对他说声谢谢。

谢谢他曾在那段黝黯的时光里，把一双有力的手伸给我。

他应该一直都不知道他的雪中送炭曾发挥过多大的能量，在我心力无以为继的时刻。

我曾用文字记叙过那段黝黯的时光——

被迫放下的话筒、遗恨倒闭的生意、背信的发小弃义的兄弟、复发的旧伤病、透支的银行账户，补丁百衲的内心……接踵而至的讥笑谩骂，再三逼人的是非变故，囊空如洗，炎凉荆棘。

许多人离我而去，留我孑立，独自戳在谷底。

我记得那时候已经没有闲钱打车，下了地铁需要走很久才能抵达指定会面地点。

一个编辑见完，顶着漫天的夜霾去见下一个，木着一张脸去听完那些客客气气的俯视和挑剔，那些以专业之名的刁难和断言。

他们通通会问我一个问题：您不是当电视主持人的吗？为什么写的不是关于主持人的自传？

他们翻着书稿，说：不过，就算写自传也够呛卖得动，恕我直言——您的主持圈知名度好像挺一般……

听闻我已暂停了主持人生涯，就算出书也邀不动什么同行名人站台，他们不动声色，看我的目光却愈发耐人寻味起来。
嗯，我知道我是新人，但不知道的是，在这个白纸黑字的行当里，我还不如一个新人。

新人新作冷题材，并没有出版社肯出版，一次又一次的无果会面。
…………

除了笑笑，只有笑笑。
浪费了您这么长时间，实在抱歉，就不请您吃消夜了，我现在没什么钱。
先走了，时间不早了，我还要赶末班地铁。

永远记得那段时光，那么多的凌晨。
那时没钱住酒店，寄宿在老友家中，白天出门碰壁，夜里回家改稿子，后来很多本书的底稿完成于那个时期，《乖，摸摸头》《阿弥陀佛么么哒》《好吗好的》……
除了写只有写，四周茫茫一片像在大雾里开车，看不见前路，也没有什么退路了，只剩键盘上噼里啪啦的打字声。

漫长的等待后，最终的绝望前，忽然柳暗花明。
终于有出版社肯在我身上冒一次险肯发合同给我，编辑开玩笑说：我可以签你,你写得不错,但你自己要争点气,别让我因为书卖不动而影响绩效考核。

没有什么犹豫,我承诺我可以玩命可以亡命,可以把合同里的20场宣讲会改成100场,可以不在乎首印册数不在乎版税条约,甚至可以接受文字删减……
只要这本书可以出版,只要我的这个孩子有机会诞生,不夭折。

她说:既然如此,别端着了,你毕竟当了那么多年主持人,名人一定认识很多,尽量去求求那些有名望的朋友,给你写几篇推荐吧,放在书里当序。
见我沉默不语,她拍拍我说:你不了解这个行当,你的写法太冷门,人又没什么知名度,如果没有名人背书,是很难卖动的。

那是个好编辑,帮我这个新人争取到了每本书接近3块5毛钱的版税收入,她唯一给我提出的条件只是求名人推荐,为了那本书能活着。

这辈子没求过人,从小到大从没有过。
如果肯求人的话,何至于被排挤被打压被迫告别舞台转而卖文为生?

最终还是求了,这份合同是那时唯一的希望,为了我的孩子能活着。
不想回忆那些求人的经历,时至今日想想也是心悸,此生再也不想经历第二次了,会死。

需求决定关系，对于一个无望东山再起的过气小主持人，那些曾经的明星熟人大多拒绝得礼貌而客气，也有说先把文稿发来看看的，石沉大海，没有回音。

我不敢有怨念和记恨，也不想去反思自己在所谓的圈中人脉为何如此松脆，归根到底，只是录像棚里镁光灯下的熟人。

那些公众人物的熟人我皆只联系一次，丢人丢一次就够了，残存的自尊心不允许我去催。

不帮天经地义，帮了是情分，不要脸地联系了几十位，最终肯帮我这个失败者背书的有5个人，念一辈子。

值得一提的是，联系这5个人时我皆是不抱什么希望的，他们皆是素日里互动不多的人，有的半年一年才联系一次，饭都没吃过几回。

这5人的帮助都不是求来的，有的只打了一分钟电话，有的只发了一条短信，有的没等我使用祈使句就主动请缨，隔着万水千山，护着我的自尊⋯⋯

32岁时我才恍然悟得，古人为何将某些友情形容为水。

赠予了我封底寄语的是影帝夏雨，他那时拍戏忙没时间写序，读完书稿后让杨枫哥转告我：加油啊小兄弟。正式作文的有四人——仁义的万晓利、侠义的陈岚，以及传说中的作业本。

还有他，那个老大哥。

四篇序文里，他写得最长最认真。

一点希望也没抱，差着年纪差着辈分，亦许久没见过面了。
我没料到那时如日中天的他，会愿意帮衬我这个众人眼里落魄且没有未来的人。

细想想，从认识他起，又岂止帮衬了我这一回。
……令我今朝愈发愧对。

（二）

如果只用一句话形容，他是个有士大夫气的人，也是个亲切的人。
第一次见面时他伸的是双手，直视着我，礼貌而亲切。
我按辈分喊他老师，他说别那么生分，接下来要并肩作战了，你喊我声老大哥就行。

那时他是节目组请来的镇场大咖主持人，我是个无足轻重的第二现场主持人。
说并肩是他抬举我，他那时应是多多少少知道一点我的境遇，但语气轻松自然，目光也是平视着的，丝毫不带高低之分。
那时我对他的了解不深，我把那一丝微微的感动敛起，只道他知世故，只是会做人。

那时我在台里已被排挤到了极为尴尬的位置，从十年的星期六黄金档节目现场主持人调任外景主持人，又调任第二现场主持人。
每期节目出镜5分钟，一度500块钱月薪。

2011年的500块钱月薪，12月的济南，我交不出家中的暖气费。
其实倒也是好事一桩，从那个冬天起我开始穿秋裤，秋裤是个好东西，夜里睡觉时脑袋再冷，不会冷到腿。

不可能去借钱的，从没借过，借了就垮了，会看不起自己，冷点而已，当然能撑下去。
没有什么积蓄，也懒得主持商演挣外快唱堂会，体制内的主持人是靠工资吃饭的人……我知道他们想逼我自己走人。

偏不走！如果是我这个首席主持人业务不行能力不够，500块钱我认。
如果是换届洗牌殃及池鱼，不见喜于新领导不懂跟风站队，我凭什么要当离开这里的人？
这个台是我家，我在这里长大，快车道的兄弟姐妹们都还在呢，离家出走只会称了后娘的心。
只要不夺走我的麦克风，500就500，我倒找给你500都行。

攒足了一口气，那段时间工作得愈发认真，比早前主持跨年晚会还认真，比当年录节目累到台上吐血时还要认真。把我贬成个第二现场主持人无所谓，把我的镜头大段剪掉无所谓，照样兴高采烈地面对摄像机的方向，照样背好通篇台本了解好每个嘉宾。
我本就是个发盒饭的小剧务出身，当完了美工当完了摄像当完了普通编导才当上的主持人，哪怕只剩一个镜头我也是个主持人。

可是除了你自己，真的没几个人再把你当主持人。

曾有人当面问我：你不是负责第二现场吗？干吗那么在意造型？

明白她的意思，那期节目嘉宾多，两个化妆间都满了，化妆师紧张，化妆位也紧张，唯一剩下的那个位置要留给现场主持人，我镜头只有几个，理论上是该长点眼色的。

我说没事，我可以等着。

那人马上说好，那你就等一等吧。

还没等那人完全离开视线，我的胳膊就被一只大手拽住了。

兄弟，他说，这都几点了还不化妆，赶紧进去。

我不知道他是否听到了先前的对话，对那人他一字不评，对我，他没有一句鼓励或安慰。

他乐呵呵地把我拽进屋，摁进椅子里——他专属的那个座，扭头对化妆师说：先给冰捯饬捯饬。

一切都发生得自自然然的，好像我本来就应该坐那个座位。

吹风机呜呜响，周遭嘈杂的人声。

我该说点什么的，我不知道该说些什么，暖风烘烤着头皮，我故作认真地低着头，一直一直地看着我的台本。

我不确定他是否听到了先前的对话，我只记得那天他对我说：

以后咱俩谁先来就谁先化妆，别老互相等着。

从那以后他总会稍微晚到一会儿，每次都是我刚化好妆的时候，掐好了时间一样，却又自自然然。

他总会在主现场自自然然地提起我，或隔空对话，或隔空互动。
为此导播不得不把镜头也切换给我，那些隔空互动往往发生在重要的串联处，后期剪辑师无法咔嚓的位置。我不确定他是不是在有意帮我，一切都太自然太不着痕迹了，论年纪论主持功力他都是前辈，他红遍全中国时我还是个孩子。

印象里有一期节目嘉宾来自台湾，是胶东人，访谈环节他对人家说：不如用家乡话来个自我介绍吧，我的搭档是你老乡，都是山东烟台的。
他隔空喊我的名字：怎么样搭档，姜老师的口音还正宗吗？
忘了那时在第二现场的我接的是什么话，翻的是什么花了，只记得大家全部哈哈大笑，眼泪都笑了出来。
可我不记得我先前向他提及自己的籍贯。
我也没想到他竟会用那个词定义我——搭档。

当很多人都不再把我当棵葱的时候，一个前辈大咖认为我是他的搭档。
他等于给了我一剂强心针，用加粗黑体字告诉我：是的，你是个主持人。

我不确定他是有意或无心。
当了十几年综艺节目主持人，我始终没有学会如何去和名人当朋友。
我没去谢他，怕他看轻了我以为我是在谄媚，我怕我一旦开口会忍不住向他倾诉自己的遭遇，然后会被他看轻。一定会，我们还没到那份儿上，我不能借着他给的一点颜色就自认为已经是朋友……
他是老师是名人是前辈，我已经31岁了，应该学会适应低谷应该做个学会闭嘴的大人。

人的记忆真的奇怪,重要的事情最易忘,记住的往往是些不重要的片段和场景。
清清楚楚地记得那时是六月,那期节目收工后我骑着我的小自行车回文化东路,路过文西一户侯时我买了胡萝卜包子,一边蹬车轮一边嚼着。

好几年过去了,包子的滋味清晰可忆,大口大口的,嘴里有风。
我记得那一刻我笃定地认为自己是会触底反弹的是能撑下去的,永不告别这个行当。
说不定,说不定将来也能成为像他一样的主持人。

他曾经不也是经历过被排挤打压乃至封杀雪藏吗?
他经历过的,我不是正经历着吗?
他现在的模样为什么不会是将来的我呢?

……停一停再写吧。
此刻有些难过,心里闷得很,皱巴巴的。
很久没主持过节目了,这两年太多的节目邀约过我,全都谢绝。
告别电视荧屏的理由当然不仅仅是那单一的被迫,其他原因也很多,但归根到底我是放弃了,成为不了他那样的主持人了。
时至今日我不看任何综艺节目,6年前我就输了。

这会儿心里五味杂陈的,难过的又岂止是那份职业呢。

从那时到后来,他一直各种帮我,如今我却对不起他。
对不起他当年喊我的那两个字:搭档。
对不起他曾经随口说出的那句话:别老互相等着。

(三)

我回来了,骑摩托去海边待了一会儿,现在接着写。
写写他这个人吧。

他是公认的名人,我当年却从没在他身上看见名人的架子。
不仅是对我,他对每个工作人员都客气,能喊出每一个人的名字,包括实习生。
他是老电视人,从最基础工种干起的,每个人的辛苦他都能体谅。

他和我见过的所有明星嘉宾都不一样,浑身上下没名牌,来的时候永远一身最普通的运动装,自己推着拉杆箱。他没有前呼后拥的助理助手,节目组人手忙的时候会自己动手熨西装,两素一荤的盒饭也吃得香。

多少次化妆间里吃盒饭,边吃边聊,他是个博学的人,总能从当期节目的某一个点引申开来旁征博引,百家讲坛一样。不是掉书袋,他对事物和现象的独立思辨总是出人意料,却总是以良知和悲悯为基调。

我年轻,有时拄着筷子忍不住提问,他解释得好不详细,转过天来赠书于我，嘱我应重点读哪几个篇章。没有过不耐烦，一次都没有，他不是好为人师，只是把我当个谈得来的小兄弟，把所知所感，知无不言地和我分享。

有时候需要等待很久才能登台，我们熟悉完台本后总会把椅子拉近，天南海北地聊。
山东人有聊天拍人大腿的习惯，有一次我聊嗨了，啪地在他大腿上来了一巴掌。
几秒钟之后我才反应过来，尴尬坏了，他却高兴坏了，也在我大腿上来了一巴掌。
有那么一瞬间我几乎认为我们是朋友了。
几乎认为我有资格和他平辈论交了。
一瞬间之后我想我想多了，没有别的，他只是人好。

大凡好人，常是老好人，了悟人情练达后的那种和气的笑。
他不是，他是爱憎分明直来直往的那种好。
有时候私下里聊起那些无法用文字记录的话题，他的士大夫气爆发得如圣斗士的小宇宙一样。他应该是悲愤过的人，不是为了己身的那种悲愤，不然不会激动成那样，又努力平静成这样。
有时候我听着听着，会自惭形秽起来，自己的这点不得志，是不是也太蝇营狗苟了。
……真想和他们这样的人当朋友。
心不硬骨头硬，洞悉百态，血却不凉。

工作中的爱憎分明他也有，却是极顾全大局的。

曾有过嚣张跋扈的嘉宾耍大牌，他举着麦克风笑着，不姑息不惯那熊毛病，三言两语的调侃中撑死对方，剪辑出来后的综艺效果反而更好，火药味反而拼不出来了。

他本不是综艺咖出身，但他们那一代主持人内功深，职业操守也强，负面情绪永不会带到舞台上。

录完节目后我跑去看他，他说兄弟你帮忙把门关上。

他说哼，气死我了，这家伙不是王八蛋吗……

我无比期待地等着听他骂人，他却抱着肩膀不说话了，过了一会儿后说好了，气消了。

唉，颇令人失望。

性情的中年人少，有时候我觉得他不像个中年人，像个老少年。

曾经录完节目后一起去喝过酒，他说喊上，把小兄弟们都喊上，人多热闹。

他口中的小兄弟们指的是工作人员，他说别光咱们去吃好的，要去一起去嘛。

这可能是他的一个习惯，爱念着身旁人，多年前他供职CCTV，有一帮小兄弟跟在他身旁，他离开后多年那些情感历久弥新，老同事们都认他，但凡他开口，宁可得罪领导也会帮忙。

挺让人羡慕的，人走茶不凉。

……不是因为想致歉，才口不择言乱夸奖，行文至此一万字，未曾有谬赞一行。

一年多的时间里,除了录像期间,我和他没有别的交集,可这个世界上有种人就是这样,潜移默化地让你想成为他那样……不是那样的名气名望能力素养,具体是什么,我说不好。
我那时只知,若这个主流世界能容我,我挺想活成他那样。
不仅仅是当一个他那样的主持人,更是活人活成他那样。

印象里,职业习惯所致,他的语调偏激昂,那也是他的标识,全中国人民都知道。
但聊及家人时他的语调却总会软和下来,家庭生活的和美是最难掩饰的东西,我记得他习惯把妻子称为夫人,曾以老大哥的口吻给我一句赠言:将来结婚,一定要找个好女人,你整个人都会不一样。
我记得他讲这话时的表情,那是习惯了天伦之乐的人才有的眉宇舒展,很温软。

挺想认识认识那位大嫂,想看看究竟是多么好,他喊过我的,兄弟,路过北京记得联系我,来家坐坐。这话他说过很多次,每次录完像去机场前都会说,最后一次说的时候是最后一次节目录像。

不是他的,是我的最后一次,但当时的我并不知道。

如果知道就好了,还可以礼貌地和他告个别。
虽然不知道该用什么样的语气什么样的表情,以及该说些什么。

（四）

我找了个纸箱子盛走了我的东西，像电影里经常演的那样。

很多老同事先一步离去谋生了，剩下的几个尚在岗的送我，都不说话，有掉眼泪的。

他们陪我最后去了一次1200平方米的演播大厅，去再看看那个存留过我们青春的地方。

没能再进去，没有出入证了。

我抱着纸箱子走了，一路不肯回头，尽量走得矫健，装得挺拔。

走到经十路和历山路交叉口时，有老观众认出我来，拿出手机找我合影，我合了，还是笑着的。从那以后我能不合影就不合影，找出各种理由不去和人合影……饶命好吗，理解理解我行不行。

那天合完影后，终于忍不住回头看了一会儿，雾霾天，广电大厦影影绰绰的。

知足吧，不要去恨，这里曾经赋予过你掌声和荣耀你忘了吗？你是个忘恩负义的白眼狼吗？

从弱冠到而立，这里给了你温饱给了你体面，曾经一给就是那么多年啊……

走吧，就当是你长大了，必须要离开这个家。

哈哈我跟你说哈，我现在一边打字一边在想一个问题——如果我说我现在愿意拿我剩余的健康我剩余的好运去换回那支曾经的话筒，会有人信吗？

不要信了吧，走了就是走了。
生如逆旅单行道，哪有岁月可回头，走了就是走了。

我当年离开济南后，没回南方当散人，不能回去，回去了就安逸了，就再也拔不动任何刀。
我背着一台笔记本去了北京，为省钱故，寄宿在朋友家。
他曾经说：兄弟，路过北京记得联系我，来家坐坐。
开玩笑，我怎么可能去坐坐，空着手去吗？出租车都快打不起了好吗。

连告别都没和人家告别，缺了那么大的礼数后，拎着两斤苹果觍着脸跑去叙旧吗？
叙什么叙，人家人好而已，你当你在人家心里有多重要？
本就没什么深交，以后也没了机会去深交，就这样吧，留点自尊吧。

按照世俗的界定，我知道我败了，那我就不要在他面前留下一个失败者的模样。
按他的为人，是一定会张罗着帮我寻找其他平台继续当主持人。
我不能让他帮，不想，我已经走了。

不要帮忙也不要慰藉，更不要可怜，一定不要，最好是忘了。

就这么悄悄的,就挺好的。

(五)

从那时到今天,再没见过面,6年整了。

最初他打过电话,我没想到他会主动给我打电话,他说:怎么样兄弟,好着吗?在哪儿呢?
我说好着呢好着呢,忙了这么多年终于可以完整休息了,在度假呢。
他笑,说:你小子,潇洒……好了没事了,挂了。

那时候我们的直线距离应该不远,我刚刚又被一个编辑拒绝,在大望路地铁站A口站着。
我饿得心慌,我需要以最快的速度回到五棵松,去赶紧吃完饭赶紧写东西,这样就不心慌了。
我知道他打这个电话的意思,我真的谢谢他。
我谢谢当时每一个给我打过这种电话的人。
可除了一句好着呢,我又能对你们说什么?

那是我的至暗时刻,所有的厄运都在那一年组团,离开济南时我以为已经是谷底了,没想到更有深渊在谷底之下,各种跌落,向更深处下坠,人是不停弹落着的。那时我纳闷极了,这啥时候是个头?这么折腾我有意思吗?
我不想回忆了行吗?我也不想再来一次了。

那时候，写作是我唯一可以规避失重感的方法。

岂止心血，肝胆都献祭在那键盘上了。

没人说我写得好，我自己也不知道写得好不好，只知道写着写着，人会进入到一种奇妙的次元中。那种感觉说不清，像浓雾里晨跑，每一口呼吸都艰难而清冽，沉重的双膝轻盈的心脏，永无终点的跑道……

不是一个人在跑，怀中有一个孩子，我的核我的瓤都给她了，我的孩子。

此刻面前这台笔记本就是当年那台笔记本，一直没有换过，我的孩子都在这里出生长大，一并没有换的是每本书的封面样式，每本都是一个小孩子。

曾经我不眠不休地写啊写啊，不在乎时间也不要停，就让我在这寂静中一直跑下去吧，只要我还在跑，我的孩子就有可能出生，活着。

力竭之前，终于有人告诉你，好了，快到了。

那份图书出版合同摆在我面前，编辑说：我可以签你，你写得不错，但你自己要争点气，别让我因为书卖不动而影响绩效考核。

她说：尽量去求求那些有名望的朋友，给你写几篇推荐吧，放在书里当序。

见我沉默不语，她拍拍我说：你不了解这个行当，你的写法太冷门，人又没什么知名度，如果没有名人背书，是很难卖动的。

这辈子没求过人,从小到大从没有过。

最终还是求了,我想我终究不算个他妈的多么有钢的人,山穷水尽时都没开过口,反而在一个游泳圈漂来时开了,我是不怕输不怕死的啊,我怎么那时候反而怕了呢?

仅仅是为了我的孩子能活着?

不会有任何人明白那种痛苦,每一条求人短信每一个求人电话背后。

努力让语气和措辞随意,那些祈使句出口时整个后脑勺都是裂开的,一次次的。

那时有穷朋友路过北京看我,吼过我的,这么遭罪就不要再打了,我们这帮朋友里难道就没有文笔好的,难道就找不出能写的人吗?

我苦笑,事情当然应该是这样子的,如果事情真的可以是这样子的就好了……

朋友说,咱撤吧,咱们回去吧,别再去做什么成功梦了,你并不是只有这一个世界啊。

朋友说,你撤回去接着开酒吧去当画家去干什么不行啊有我们这帮朋友在你会饿死吗?

当然可以回去,但不能是撤回去,更不是逃……让我再试试吧。

只是你要明白,我所做的一切,并不是为了什么成功啊……

联系他之前,我刚被另一个前辈同行拒绝,客客气气地。

联系他时我已不抱什么希望，只想着快点把话说完，通讯录上的这一组也就完成了。

他应该在忙，语气却不见敷衍，我记得他高兴地说：
可以啊兄弟，要出书了？我就知道你能成的！
他说：快把书稿发来让我好好看看，我尽快帮你写了！

他嘴里的那个能成的兄弟站在楼顶天台上，倚着冰凉的空调外机，心里扑簌簌地酸了一下。

就这么爽快地答应了？搞得我一点心理准备都没有。
这么轻易就把字号名望拿给我用了？
你怎么和别人就这么不一样啊你？
短短几天后收到了他的文字，我读到某一段时，抖得像打摆子一样。
摘抄如下：

像我这样的个体户主持人虽然到处游荡四下接活儿，却并非每到一处每接一档节目都会收获真正的朋友，更多的只是同行同事同僚，节目结束就各走各路了。
大冰是我在××卫视担任《××××》节目主持人一年半时间里的搭档，也是我做这个节目最重要的收获之一：一个朋友。
之所以觉得他是个朋友，是因为台前幕后和他的交谈。
读书，就是和作者交谈。我相信看完书的朋友，会和我当初一样，在和大冰对话、听他讲完那些故事之后，把他当作自己的朋友……

他又提到了那个词：搭档。
他说我是他的收获，一个朋友。

而他的这个朋友走的时候连句道别的话都没和他说；
而他的这个朋友明明就在北京却一次也没去看过他；
而他的这个朋友今天怕自己的书出不了出了也卖不动想利用他的名气来给自己贴金呢！

算他妈什么朋友啊！

（六）

我的第一本书中，一篇序文也没放，全部去掉。
谢谢编辑的理解，最终允许那些序文不放进书里，折中处理后用于图书网站当图书推荐，以及封底的一句推荐语。
也就是说，那篇文章他白给我写了。

编辑也可惜过，正式下厂印刷前让我再琢磨琢磨，那几篇序文现在加进版面还来得及，我告诉她我想得很清楚了，如果只有靠这样贴金才能卖得动，那这本书有什么资格活着？
如果因此而输了，那就输了吧。

她人好，接受了冒险，接受了我的话，但没听明白我的下一句话。
我说：我想给自己留点脸，不想再丢了。

可能除了我自己,也没人能听得懂了……

我一直不知该怎么和他解释,序没用上,他白给我写了。
我没给他寄书,而他竟然在那本书上市的时候专门发了微博,让大家都来支持我。
我不知道他路过机场书店高铁书店时会不会遇见,当他发现书中并没有他那篇文字时,他会怎么说。
我没有给他打电话,怕听到他对我的失望,他理应对我失望的,从我给他打那个求贴金的电话时他就理应对我失望了,我更怕听到他一点失望都没有的坦然平和,怕听到他说没关系的咱们是朋友啊……
光是想想就受不了了,乱麻团一样地难过,别把我当朋友了好吗对不起了大哥。

关于那本书。
多年后我再版了最初的那本叫《他们最幸福》的书,把每篇故事的删节复原,并酌情增补重写,然后恢复了最初想赋予她的那个名字,是为2018年的《你坏》。
《你坏》第一个月卖了100万册,这时的我已不愁找不到出版社。
而当年最初的那本书虽销量不高,却也不算太低,半年破了10万册,编辑说对一个新作者来说,已经很难得。
当年她说,你说得对,如果只有靠贴金才能卖得动,那这本书有什么资格活着?

难道一点都没贴吗？不印在书里就不算贴了吗？

这10万册的销量一定有他那篇文字的原因！没印在书里但用在了图书网站上，应该有不少人是因为看了那篇推荐，出于对他的认可，才关注了当时寂寂无闻的我。

从当初的10万到后来的100万，真的完全只靠我自己单打独斗拼出来的吗？

我不仅欠他一声对不起，我还欠他一声谢谢。

半个2013年，我曾一次次地打开文档，读他写给我的文字：

……哪怕我们自己甘心安居金丝笼中，但是当我们看到那些自由的鸟儿在阳光下尽情起舞冲向蓝天时，也要为它们羽翼的光辉而欢呼。

我喜欢这段文字，我明白他的比拟，我知他是用心写的，我曾想过不如加印时放进书里吧，现在放的话应该不算贴金了吧，起码亡羊补牢，起码他不是白写，起码我能给他个交代……很快就否了。

饭吃了一半才喊人，换谁谁会愿意呢？快拉倒吧。

2014年时我有了第二本书《乖，摸摸头》，当然，底稿亦完成于最艰难的那段岁月。

书出版后一两个月，我喝了点白的，借着酒劲给他邮寄了一本。

因为他曾经写给我的那篇文字，被放在了001页。

他收到书后很高兴,问为什么没把第一本也邮寄给他,那时我才知道他还没看过第一本书,一直还以为那里面是有他的序的!

……他写给我的是第一本,我没用,却用在了第二本,甚至以为这样就能亡羊补牢了,就能给他一个交代了,甚至还敢在扉页上写赠语,甚至还把他名字里的一个字都写错。
任何解释都是苍白的,不关旁人任何事,全是我对不起他!

总之完了蛋了,自始至终他都在帮我,我却错上加错各种错。
任何解释都是苍白的,我的错,尴尬得一塌糊涂,没法再见他了。

(七)

整整6年没见过他。
有时候在某个荧屏上看到他,立马换台,心里是有鬼的。

其间他给我打过电话,电话的结尾问,什么时候有空,聚一聚呀。
我嘴上嗯嗯啊啊,心里明白,这辈子也不可能再去见他的……
我早就错过他这个朋友了。

一年又一年地过去,我甚至一度松了一口气,忘了吧快忘了吧,快忘了你给我写过东西这回事吧。我也曾找过编辑,编辑说,开机就印了那么几十万册,现在撤你觉得有意义吗?又说,难道不贴切吗?写得多好哦,他是写给你这个人的呀。

……他写给的,一定不是一个羞于道歉一拖再拖的人。

那我在拖什么?我在等什么?大大方方地豁出去了不好吗?
道理都明白,一直不去做,是怕说不清楚解释不明白越搞越难受吗?
是怕看到他失望看到他不失望看到他一言不发?
是心存侥幸可以逃过那场最终的尴尬是吧?
肉袒负荆一次性尴尬完了难道不好吗?

2018年时有过一个饭局,见到了郝云也在座,那时他们一个公司,我挑起了一个关于他的话头马上放下了,加了郝云的微信说回头约他一起坐坐……终究还是作罢,心说再等等吧,也不知道是在等什么。

机会却忽然来了。
和许多机会一样,来得猝不及防又莫名其妙的——
他赠我的那篇文字,有人读了2013年发在网上的,也读了2014年书里印的,然后在好几年后跑去找他骂大街,说一篇文章用在两处,他太糊弄人了。

那位朋友,如果看到这篇文章,请您解开您的误解不要去误会他,请您直接来骂我,多难听我都受着。

获悉此事后我第一时间给他把电话打了过去,等待接通的那每一声嘟音都像是把锤子,一下又一下,10秒钟里所有的画面都过了一遍,都是被砸出来的。

他说喂。

我深呼了一口气：大哥，我是来道歉的。

……好像一直是这样称呼他。

从一开始他就让我这样喊他。

那时他伸的是双手，直视着我，礼貌而亲切，我按辈分喊他老师，他说别那么生分，接下来要并肩作战了，你喊我声老大哥就行。

我说：好的，黄老师。

（八）

该说些什么呢，大哥。

电话里您一直说没事没事，让我也别当回事，说您知道我过得越来越好了，一直在为我高兴。

您说您一直把我当朋友，也希望我能把您当朋友。

…………

谢谢您的宽容，越宽容，我越惭愧。

原谅我电话里的语无伦次，太多话涌到嘴边，也不知该先说哪一句。

我写下这篇文章，正式道个歉吧，完完整整地向您道个歉吧。

既然拖了这么多年都没开口，那必不能只是电话里说说而已。

就让它们落笔生根印刷成铅字，永远不会被删去或逃避。

黄健翔先生，我31岁时认识您，如今我39，您51。

我没遇到过比您更好的前辈,谢谢您曾给予过我的友善和帮助,曾喊过我搭档和兄弟,铭记。
如果您读到了这一段这一句。
请接受我的正式致歉:对不起。

▶ ▷ 小屋成都分舵·贺小撇《拂晓》

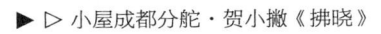

凡人列传

那些所谓的理想抱负成功成就之外,是另有一条阶梯的吧。

那些所谓的散发扁舟深谷幽兰之外,是另有一条渡船的吧。

……

那些不一样的凡人,世俗而透亮,干净而简单。

不在乎先天不足、不介意己痴己贪,不落痕迹,也不在乎落不落痕迹。

人海中泯然于众,走得自自然然。

同样的逆旅单行道,同样的行囊荷在肩,他们却总是越走越轻松,以及心安。

谁又不是凡人呢。

生死没的选，当个怎样的凡人应该是可以选的吧。

可以吗？从何处下手？

还来得及吗？选项都有哪些？

唉都已经这样了还要不要去选。

…………

那些所谓的理想抱负成功成就之外，是另有一条阶梯的吧。

那些所谓的散发扁舟深谷幽兰之外，是另有一条渡船的吧。

…………

那些不一样的凡人，世俗而透亮，干净而简单。

不在乎先天不足、不介意己痴己贪，不落痕迹，也不在乎落不落痕迹。

人海中泯然于众，走得自自然然。

同样的逆旅单行道，同样的行囊荷在肩，他们却总是越走越轻松，以及心安。

（一）

2018年3月21号早上。

我站在香港国际机场到达大厅正中央，艰难地咽下一口滚烫的唾液。

动听的粤语航班播报拂过耳畔，又一拨拉杆箱的轱辘声由远及近地涌来，或重聚或团圆，或嬉笑打闹，或握手拥抱……
这一切都他妈与我无关。
熙攘的人群中孑立，唯有我是一张铁青色的脸。

当然没镜子，不用镜子也看得见，路人的表情说明了一切，要么路过我时一个急刹车，要么两三米外一个急拐弯，笑容僵在脸上，撞了鬼一般。
有抱小孩的旅客路过我身边，孩子立马就哭了，嗷的一嗓子那种……
不远处有两个差人手扶着腰间的警棍，警惕地冲我打量了一眼又一眼。

躲什么躲！哭什么哭！看什么看！难道我是劫机犯？！
生气也犯法吗难道？还有没有王法了？

越想越气，越气越沸腾开锅的胃液。连夜的廉价红眼航班虽没水没餐点，但附赠的那份虚火却当真足斤足两如假包换，火苗腾腾腾，大耗子一样在体内乱窜，先搅胃，再爆肝，铮的一声从右后槽牙那旮旯里钻了出来。
腮帮子立马鼓起来了，好似含了一粒麻辣小心脏，有棱有角的，有节奏地一蹿一蹿。
好！牙疼的老毛病被正式诱发了。
这个世界不会好了。

用力捂住腮帮子，缓缓摁亮手机，再一次打开微信，郑重地把造成这一切尴尬局面的那个背信弃义的王八蛋果断拖入黑名单。
话说，如果他此刻胆敢出现，我真的不介意在他大脸上来一套完整的咏春拳。

世事变幻疾如电,猝不及防就变天,就在短短10分钟前,我的心里还对那张肥硕的大脸充满着火炕般的温暖。

10分钟前我给他发微信:已如约抵港,给个定位呗兄弟,找你会合切(去)。
他回复得倒很快:啊哈哈,别骗人了小哥哥,你不是在闭关写书咩?
咩你个头啊咩,装什么田园二次元,快发个定位给我好打车,你在港岛、九龙还是新界?
他嗖地回了一条语音,情感真挚,语气真诚:
哎呀,你怎么真来了?
他说:当时就是说说而已,你怎么还真来啦?

我……我怎么真来了?
奶奶个腔的我可不是真来了!
不仅真来了,而且是扔下书稿来的。
而且还是辗转了3个城市花了老大一笔机票钱来的。
而且还专门买了一双漆皮皮鞋,而且还专门穿了西服烫了衬衫别了袖扣打了领带。
光发胶就抹了半斤好吗,头发油光瓦亮梆梆硬,如同烤过漆的龟壳一般!

人贵信而立,百般折腾只为履约,没让接机没让安排酒店,一腔热血来奉献一份心意,本以为电话那头会是起码的惊喜和雀跃,本以为舟车劳顿后起码能收获几句温馨感言,本以为起码会有一顿接风鲍翅宴……

我的想象力真的不够丰富。
迎接我的竟然是一句——你怎么还真来啦？

这是人话吗这？
这是人类该说的语言？
我一个山东爷们儿你跟我整这个？我一个纯血天蝎座你跟我整这个？
我不来谁给你主持婚礼？我不来谁帮你操持大局掌控场面？我不来你这个婚该怎么结？
还没上磨呢就要杀驴，TVB的剧都不敢这么演！

够了，有这一句话就够了，接下来噼里啪啦发过来的语音也不必听了。
滴露堆寒冷照空，本是春意盎然的香港，我却除了寒意别无他感，更别无他言。
关掉手机，捂着一跳一跳的腮帮子，拖起风尘仆仆的小箱子，我身心憔悴地走向这举目无亲的香港，没入那陌生而无边的人海……

此渣姓潘，老潘，前支教老师，现书店老板，尚未拍过电影的电影导演。
关于他的生平我现在这会儿不想写，我很烦，我能不能烦？能！好，那就请自行参见《我不》那本书里第258页到第293页。

全世界海拔最高的两家书店是他开的，曾经藏区的很多支教老师是由他供养的。
不管有多少人喜欢他崇敬他追随他拥戴他认可他……

反正在2018年3月21号那天，于我而言，他就是个王八蛋。

（二）

我有很多朋友都是王八蛋。
老兵也是，成子也是，大松也是，大洋也是，靳松也是，路平也是……
老潘是其中最圆的那一只蛋。
人胖就圆，他有着和熊本熊无二的好身材。

从2018年3月他一句话让我爆肝那天往前推两个月，有天下午，他曾像熊本熊一样探头探脑地出现在云南，贱嗖嗖地把半个脑袋探进大冰的小屋里面，说：共康桑[1]……
我正在屋里剁饺子馅儿，拎着菜刀吓了一跳：
大过年的，你跑来干吗来了？从拉萨来的？

他愣了一下，一秒钟眼泪汪汪，双手薅住半边门框，指甲挠得墙皮咔嚓咔嚓往下掉。他哽咽道：夏天的时候，你在拉萨开签售会的时候，不是说好一起过年的吗……

我努力地回想了一下，嗯，好像大概也许可能是有这么一档子事儿……
哈哈哈老潘，我刚才是逗你玩儿呢，我就猜到你今天会来。哈哈你看我正在给你准备饺子呢哈哈快快快快进来把行李放下你擀饺子皮儿我剁馅儿这

---

[1] 藏语，你好。

可是专门为你包的饺子啊喂……

我喊了半天他才肯进来，闷着头坐在那儿抹了一会儿小泪花，然后眼睛一直往案板上瞟。
我说：咋了？你瞅啥？
他说：专门……为我包的？
他叹了一口气，再次一秒钟眼泪汪汪：……我从来就不吃茴香馅儿。

200多斤的老爷们儿，闹起小别扭来可比一般小闺女难哄多了，一直到德克士手枪腿儿送来他也没恢复正常，嘴嚷得那叫一个高。嗯，我吃我的茴香馅儿，专门给他叫了外卖，印象里手枪腿儿是他的最爱，因为肥硕，耐啃，大口大口地撕起来香。
这家伙啃一口嘟囔一句，啃一口嘟囔一句，听不清他在嘟囔什么，好像是关于什么蛋，应该不是什么好话。
好吧，大过年的，我生生被他咒了6根鸡腿的时间。

一堆鸡腿啃完，他还在嘟嘟囔囔，细听听，改词了，好像在说什么……早知道就不费那么大劲给准备新年礼物了，一会儿就给扔了去……
这可能行？！筷子戳住他的闻香穴，我当真和他急眼：
老潘！别整得我和个不讲信用的人似的，你用脚后跟想想，哪次我答应过你的事爽过约？
远了说——每年的首场签售会，当年答应过你都会放在拉萨办，哪一年我没做到过？
远了不说——就说秋天的时候你一条微信让我赶紧给你打20000块钱，还说不许问原因，钱也不会还我。我犹豫一秒钟了吗我，整整20000块钱啊瞬间就打过去了，我后来问过一次前因后果吗我？真是的……

我说：礼物呢？拿出来！我的！
他翻包，翻啊翻，撕开一层一层的塑料袋，拆开一层又一层纸壳，减震的塑料泡沫颗粒飘起来，扑扑腾腾沾了我一脸。这架势这阵仗，到底是什么传家宝会这么娇弱这么易碎？

我倒抽一口冷气，看着他郑重地把那坨宝贝高高捧到我面前。
这熟悉的配方，这熟悉的味道，这难道，这难道是……
他说：是的，纳木错湖畔的，可难找了，忙活了整整一天才找到这么圆的。
他略带得意地说：你看，一点都没碎，还是那么圆。
我们一起看着那玩意儿，静静地沉默了一会儿。

炸鸡腿的油光还闪烁在他腮旁，他嘟起油亮的厚唇，饱含深情地叹了一口气，吐出了一串藏语音节：娇瓦滴贼娇哒……

几千公里的颠沛后，依旧保持着几乎完美的轮廓，殊为难得。
更为难得的是，它此刻浑圆坚挺的身姿，应该和它温润柔软初初诞生时别无二致。
它少说应该也有一两岁了吧，海拔4700多米的纳木错湖畔，风吹日晒的几百天……

我沉默地看着它。

我攥紧拳头看着它。

我咯吱咯吱地咬着后槽牙看着它。

看着它黝黑的身躯、复杂的纤维、饱经藏北风雪的沧桑容颜……

看着它缓缓地掉渣,渣子扑扑簌簌的,落进我的饺子碗里面……

那是个难忘的春节,我的朋友老潘从西藏赶来,赠我的新年礼物是一饼"娇钢布"。

烧饼大小,很厚重,很圆。

娇钢布的汉语名字是:干牛粪饼。

我把老潘打了出去。

…………

心下其实是感动的,千里送牛粪,口重情谊深。

娇钢布本是藏区的宝,烧茶煨桑少不了,不仅是重要的日常燃料,还可以拿来砌墙,更在婚丧嫁娶时扮演着重要的角色,很多时候蕴含着最质朴的祝福。

来自朋友的祝福总要领情,尤其是人家从纳木错湖边专门给我捡来的,为了表示领情,我买了个相框,和老潘一起把那坨牛粪挂在了我家墙上。

敲钉子的时候,茶者成子来串门儿,远远地看着我们忙活,背着手问:是哪个山头的普洱茶?

资深茶人成子说：看成色是老茶了吧，什么年份的？
又说：茶嘛，总是要拿来喝才好，挂墙上做甚呢……
我忍了半天，好歹忍住了没掰下来一块给他尝尝。

…………

我清清楚楚地记得，老潘是在敲钉子那会儿跟我宣布那个消息的。
他一手扶钉子一手拿锤子，巨大的脑袋扭回来，莫名其妙地看着我傻笑。
见我不接茬，他觍着脸小声打喳喳：其实，这份礼物是和一个香港姑娘一起去捡的……
他一脸潮红地补充说，是一个特别可爱的姑娘。

依老潘语气里的含糖度，他们应该是光着脚丫披着白纱，牵着小手踱步在水清沙幼的马尔代夫海滨，捡的不是牛粪，而是七彩的贝壳。
我愚钝，实在想象不出愿意顶着4700多米海拔的高原烈风和一个200多斤的中年肥硕男人去捡牛粪的姑娘会有多可爱……

归根到底捡的是屎好吗。

见我目光呆滞，老潘强调说：……是一个很好很好很好很好的姑娘。
我说哦，能有多好？
他说：只有赶紧娶了她，人生才会圆满的那种好。
那副斩钉截铁的模样把我唬了一跳：你确定？

他说确定一定以及肯定，婚礼就定在3月24号。

（三）

我于3月21号飞抵香港，爆肝在机场。
截至3月23号下午，我迷失在那座熟悉又陌生的城市，经历了两天两夜的起伏跌宕。
那是另外一个爆炒肝尖式的故事了，有缘再说，此不赘述。

反正3月23号下午3点时，老潘终于大海捞针找到了我，捧着一杯丝袜奶茶坐在我对面，不停地讪笑。
他要了一桌子的点心请我吃一吃，凤爪虾饺叉烧马蹄糕。
我不吃，我刚补的牙里塞着棉花球，还在一跳一跳。
茶餐厅里人声嘈杂，不是骂街的好地方，卡座的桌子也是固定死的，掀不了。我抱着肩膀冲他冷笑，来来来，小学鸡，麻烦先把筷子放一放，我先来帮你回忆回忆那些过往。

首先：
二十年来，几乎所有朋友的婚礼全都由我主持，当时我就表态也会帮你主持婚礼，你还记得你的第一反应是啥不？你个王八蛋，你张嘴就问我：那你还会随份子吗？
这表明了你对我来主持婚礼这一事实的热切盼望。

其次：
当时你说正好有一个叫梁叔的会去当证婚人，那是个无比有趣的老人家，是个养牛的,也是个种大米的,同时也是我的读者,你一直想介绍我们认识来着。
这充分说明了你对我来主持婚礼这一事实的肯定。

然后:
当天晚上我忍痛开了瓶茅台给你贺喜,你还记得你端着杯子是咋说的吗?
你语重心长地告诉我,要穿西服打领带注意仪表,坚决不能穿牛仔服牛仔靴子,省得接亲时唬到伴娘。
这再次证明了你对我来主持婚礼这一事实的确认。

我翻西服领子,掏出纸片儿撑给他看,知道是啥牌子吗?吊牌我都不舍得剪!
一个侧踢伸出脚来,再看看这双漆皮鞋,知道这货有多捂脚吗?已经捂烂了都!
老潘啊老潘,你从云南走后整整两个月没和我联系,连张正式请柬的截图都没发,我自备服装自掏腰包守约守诺赤胆忠心就来了,结果呢?
结果等着我的是一句——你怎么还真来啦?

一掌把他凑过来的大脸推回去:
好了,不用多说了,友尽矣,先还钱吧,去年你从我这儿无缘无故要走的20000块钱还给我先,拒收港币,可以微信转账。
我招手喊服务员:麻烦再给我切半只烧鹅,老鼠斑如果有的话也来上一条,他埋单!

老潘着实慌了一会儿，明显不舍得钱以及还钱，捧着奶茶看了我老半天，怯怯地说：

我已经不是第一次结婚了，后来越想越觉得腻得慌，毕竟也40多岁的人了……

他说：后来，我琢磨着悄悄地把婚礼完成了也就行了，就没太好意思给朋友们正式发请柬……婷婷对我的想法很理解，她说香港毕竟略远，如果朋友们千里迢迢专程赶来，她心里也会觉得挺过意不去。

我不信，谁结婚不图个喜庆热闹高朋满座，竟有这样吃素的新娘子？那干脆别搞婚礼仪式了呗，扯了证就完了呗，当我傻吗？扯淡！

他搓手：真的真的，我们这次一切从简，婚宴找的是个小酒店，婚纱照也是随便拍了拍，实在不想兴师动众大张旗鼓。

他隔着一堆盘子笼屉来捉我的手，秀真情：没想到你居然真来了，我和婷婷都很感动，梁叔也很感动，大家都很感动。唉，别再生气了好不好，来了就来了吧……

什么狗情商？什么"来了就来了吧"？
都这会儿了还这么不说人话？
全世界哪个村儿的新郎敢对司仪说这样的屁话：来了就来了吧。
我的牙又开始吱吱疼了，我的胃也疼，以及肝。
不，我不愤怒，不值得。

一根指头一根指头地把他的熊掌掰开，我问他要婚纱照片看，我倒要看看能狠下心来嫁给这样情商低配的男人的女孩到底是哪路神仙，老潘忙不迭地翻手机,一脸巴结地递过来。

说好的婚纱呢?咋是两件白布大褂子?
大褂子也算不上吧,就是两块大白布,男一块女一块,用古罗马人的方式斜绑过肩,唐僧的袈裟一样,难民的毯子一样。
说得客观一点,披麻戴孝一般,如果这也算礼服婚纱,请让我瞎。

老潘的婚纱照颠覆了我的常识,常规的椰林海浪沙滩、树林公路雪山一样都没有,情调街景也没有,风情古堡也没有,更别提绚烂的繁星漫天。矮矮的小破房子倒是很有几排,路是黄土泥巴路,香蕉叶子乱七八糟两旁栽,一群探头探脑的龇着牙的非洲小黑孩儿,拖着鼻涕吃着手指,好几个光着屁股,小鸡鸡清晰可辨。
宝马香车并没有,破自行车倒是有一辆,有一张照片里他载着她,她怀里抱着一捧菜,算是手捧花吧⋯⋯

是非洲,没错了,看样子像东非,他们跑非洲去拍婚纱照?
等一下,如果不说这是婚纱照,稳稳的第三世界国家日常市井街拍。
如果这也算婚纱照⋯⋯
这怎么可能算婚纱照?
正常的女生哪个舍得把自己的婚纱照拍成这个熊样?

我唰唰翻照片,老潘凑过来,吸着奶茶不停给我当解说员,生怕我看不明白。
他告诉我照片拍自卢旺达,衣服是当地的传统服装,这些年婷婷在那里上班,那个城市叫基加利,婷婷的办公室就在那排小矮楼里面。

他说那天正好是星期天,婷婷不用上班,买菜回来趁着天气好就把婚纱照给顺便拍了。

我深吸一口气:顺便给拍了?

他说对呀,顺便给拍了,正好婷婷有个非洲同事换了台新华为。

我捂住胸口……华为?手机拍的婚纱照!

你们是不是对婚纱照有什么误解?你们是不是对婚姻有什么误解?

老潘说:婷婷可喜欢这组照片了,梁叔也喜欢,说把婷婷拍得很真实,把我拍得也很可爱。

我用力眨了下眼睛,是的,我没看错,后置摄像头即兴抓拍。

没有滤镜没有修图没有瘦腿没有增高甚至没有祛痘祛斑。

完全没有推过脸的脸盆一样大的老潘的脸,丝毫没有磨皮美白过的婷婷的容颜。

总之,这位摄影师若敢来中国开展他的摄影事业,不出意外的话,非伤即残。

老潘说:婷婷没让我开美拍,婷婷说事情是它本来的样子就好,既然是用来纪念,那干吗不纪念最真实的自己呢?

老潘说:拍照的衣服也是婷婷找同事借的,婷婷不同意我为了拍照去租礼服,说没必要在这方面浪费钱……彩礼钱她也不让准备,也不要钻戒。

老潘说:婷婷是当国际义工志愿者的,当了很多年。可能是工作属性的缘故，见惯了贫瘠和苦难，她有着和常人不太一样的物质观。
他说回头你见了就知道了，婷婷是个很好、很特殊的女孩。

婷婷长婷婷短，手机屏幕里老潘的婷婷披着大白布素着一张小脸。
她只到老潘的胸口高，文文静静的，像只小白兔蹲在熊旁边。
……说实话，她有一张谁看了都不会讨厌的脸。
若温柔是挂相的，她是最好的模板，这是个眉梢眼角都温温柔柔的女孩，干净的眼神干净的笑颜，不夸张地讲，长得像个简配版的邓丽君，总之很耐看。

好了问题来了。
鲜花插在娇钢布上，这样的好姑娘嫁入哪个豪门都不寒碜，怎么就会嫁给老潘？
是××的沦丧还是××的泯灭？一个初婚的漂亮香港姑娘出于何种不为人知的缘由竟会愿意嫁给一个离过婚的狗熊般肥硕的穷拉萨书店老板？不要彩礼不要钻戒，婚纱照都不好好拍，婚宴都不好好筹办……
她爱上老潘什么了？
当真没天理，这种好事儿怎么会轮到老潘？

结婚是要过日子的，俩人住哪儿？吃什么？吃老潘那一万张电影碟片？那好像是老潘最值钱的资产，他的人生终极目标是当个伊朗马基迪那样的电影导演，他和马基迪合过影，抱着人家不松手，后来被保安拖开……
她虽然不是物质女孩，但难道会完全不在乎老潘的脾性习性金钱观？此人不太擅长挣钱，却热衷散财，若干年来支教助学供养支教老师收养藏地孩子读到大学，攒下的家底儿像拧开的自来水龙头一样哗哗淌，为情怀故，负债累累。
她懂不懂婚后财产夫妻共有，债务也是需共同分担的？
话说，她老公光在我这儿就欠了整整20000块钱……

我放下手机后，和老潘确认了一下婷婷确定知晓老潘的过往和现状，以及婷婷的脑子确实没有问题，继而得出了一个结论，一个尚且缺乏佐证，但又答案明确的结论：
或许，就像老潘说的那样——是个很好很好很好很好的姑娘。

…………
好了老潘，我没事了，不知为何，忽然就对你气不起来了。
除了羡慕，此刻我只有深深的祝福，祝福你踩了牛屎走了运，遇到了一个对的人。
我忽然明白春节时你为何专程跑来送我一饼娇钢布了，那么圆的牛粪饼，那么厚重的情谊。
好兄弟，你是想把好运分给我一点吧……
如此说来，心下一暖。

好了兄弟，自信一点，再婚怕什么，人家婷婷都不在乎你在乎个什么劲儿。
明天咱们雄起！明天咱们扎起！
明天由我保驾护航，风风光光体体面面地，为你和婷婷主持一场完美的婚礼！

（四）

我这半生，很少会动杀人的念头。
2018年3月24号，婚礼那天的早上，我想宰了老潘。

假的，都是假的，这尔虞我诈的人间……
他骗了我，骗了一个真心待他的朋友。
我想弄死他，他欠我的那20000块钱我不要了我也要掐死他！

一堆人大呼小叫地掰我的手指解救老潘，他脖子太粗，我只能掐住半圈。
我想上牙来着，嘴被他们捂住了，头锤也被抱住了，踢出去的无影脚也被折回去了，香港的街道太光洁，我找不到称手的板砖。

我苦练了半个月的粤语主持词白练了，我的脚白捂烂了。
我白买了那么贵的红领带黑西服，白把自己捯饬得像个房产中介一般。
这趟香港我算是白来了——说好了我是司仪，说好了我主持婚礼，临到要上车接亲去的这一刻才告诉我，司仪另有他人，早定了其他人！

背信即弃义，理当诛之，西九龙重案组来了也不好使。
他远远地躲在柱子后面喊冤：是真的真的没想到你会来啊……昨天你终于转怒为喜了，而且那么高兴……就没敢和你说。
那根柱子为什么不赶紧倒下来碾死他？

从他坦白我不是司仪到我最终平静下来统共历时30分钟。

具体过程不赘述了，若不是大局为重，若不是看在那个尚未谋面的婷婷的分儿上，若不是时辰将到婚车已到，我一个来自浩克山东的前主持人决不会含恨咽下这份临阵失业的委屈。

最终的解决方案有两条——

一、将我紧急增加为来宾代表，婚礼时排在证婚人梁叔后面，上台做重要致辞。

二、火线加入伴郎阵营陪同接亲，迎娶新娘，摆平伴娘。

想好了，一会儿拦门的伴娘要多少红包我都给，刷POS机都行，老潘不舍得给我就撕兜抢，铁了心吃里爬外认认真真当伪军。至于稍后的婚礼致辞，我对天发誓一定会把我了解的最真实的老潘汇报给诸位来宾……

主意拿定，心情平静，来来来新郎潘，我来帮你理好薅歪的领结，我来帮你开车门。

等一下……是哪个王八蛋红口白牙地告诉我，这场婚礼一切从简来着？

这车标是什么？这算是从简？

婚车你都没随便，婚礼司仪你就随便了你奶奶个腔的！

我伸手去攥那个亮灿灿的车标，给我说清楚，不然马上给你撅断！

说也骇人，手还没碰到，那个车标贱兮兮地遁地了，消失得特别蹊跷……

老潘搓着手解释说，车是广东的土豪朋友主动借的没花钱，本来说好了来辆奥迪就行，结果朋友热心，直接连车带司机调了这辆劳斯莱斯，拒也不好拒，也是一片好心。

好,别人的热心就是好心,我的好心就是驴肝肺是吧?
什么也不用说了,我狞笑着拽着他和那车自拍,留存此一切从简的证据,以供将来给其他朋友传阅,了解一下老潘的真颜。

……等一下,车门怎么拽不开?
老潘伸手,也没拽开,我俩对视一眼,继而轮流上阵反复用力。司机摇下车窗黑着一张脸说,如果把车搞坏了他回去没法给老板交差,他下车给我们示范了一下正确的开门方式。
……闲得没事它搞个对开门做甚!
干吗不直接设计成卷帘门?岂不是更考验人?

不得不承认,这是一个变态的婚车车队。
总共三辆车,打头劳斯莱斯,后面跟着两辆taxi。
我都这么委屈了我不想和其余伴郎挤taxi,我都这么委屈了我必须也坐劳斯莱斯。
不算是没见过世面的人,但当真头一回坐这种车,里面有些机关着实搞不明白。本想开窗兜兜风,结果摁了半天没动静,反倒是腚底下开始热烘烘,好像坐了一个电加热马桶,不一会儿汗就来了,潮乎乎的一层……
从我刚才作势要掰车标开始,司机就黑着一张脸,咱也不好意思主动搭讪,就这么忍着吧,只当是做了一下臀部娇肤护理。

收音机里播着宝丽金老歌,窗外高高低低的楼林楼山,和煦的阳光射在膝盖上,正襟危坐的我和老潘。我坐得直是因为懒得再碰到什么见鬼的机关,他是坐下以后想动也动不了。

没办法,他被塞在一件紧绷绷的黑西服里,估计是借的,尺码严重不合身,胳膊基本打不了弯儿。里面的白衬衫更紧,人一坐下,所有的扣子都立马处于即将发射的状态,衬衫门襟从上至下绷出几个鱼形的肉棱,分别是肚腩肚腩肚腩和肚脐眼。

我看了他一会儿实在看不下去了,伸手帮他拽了一会儿衬衫遮盖一下肚脐眼。

……上一次大家同坐一辆车,还是在去年西藏的秋天。

吃早饭时我随口说了句想去环湖,老潘叼着包子跑去发动他那辆经历过香港回归年代的老丰田,往返700多公里,带我把纳木错环了一圈。

这是一个挺牛×的纪录,清晨出发午夜回来,翻山越岭当天往返。

返程时路过当雄,吃了大盘鸡,吃到一半时他睡着了,脸搁在桌子上,嘴里含着一块鸡胸。我怕他噎死,用筷子去抠,抠了半天没抠出来,他任君摆布,睡得死去活来。

其实,很多事上他还是很靠谱的,比如大冰的小屋拉萨分舵。

告别藏地很多年后,我于拉萨重立了小屋的招牌,店址在神力广场旁,有个很大的天台,可以一次性晒很多被子。楼下就是卖炸土豆子的,一边晒被子一边吃炸土豆子可惬意了。

小屋拉萨收容站有十几条被子,是个青年旅馆,每张床三十几块钱床位费,管饭,管饱的那种管。

之所以是青旅而不是酒吧,原因只一条,浮游吧还在。

小屋和新浮游吧本就是一根藤上长出的两根蔓,老浮游吧死后,小屋还在开枝散叶,之后彬子重返拉萨将浮游重开,生意不错。新浮游既然是酒吧,那小屋在拉萨就绝不能再是酒吧,不管彬子在不在乎,我干不出和自己兄弟抢生意的事情来。

再者说,小屋拉萨收容站的缘起,不过是某次新书拉萨签售会上一句承诺。
当时脑子一热,张嘴就应承人家说:OK好的,我会在拉萨造一个专供读者歇脚的小窝,能持平就行,保证全拉萨最低价。
说到便要做到,大家开心我也开心,小屋拉萨收容站开得有声有色,许多人在这里留下了神奇的回忆,藏历年包饺子时挤在天台上的人比锅里的饺子多。

2017年11月,小屋拉萨收容站因经营不善本钱赔光,倒闭关张。
最终盘点时总结出了很多违反商业规律的操作:例如我这个甩手掌柜啥都不管基本不来什么宣传都没给做,例如一开始就抱着持平就行的心态导致运营上的太过粗放简约,例如,貌似这个价位的床位不应该管饭的说……
我倒是无所谓,又不是第一次把店开倒闭了,于是清盘腾房子时去也没去。

相比之下,老潘反倒比我难过得多。
他咔咔给我打电话找我叹气,那种无法言说的惋惜好似倒闭的店不是我的而是他的。老潘认为小屋不该从拉萨撤掉,他给了个建议:小屋拉萨分舵开进书店里是个不错的选择。

鉴于他屡败屡战的商业头脑，我着实不敢苟同这个选择。咋？一边看书一边喝啤酒吗？那近20年的中国现当代文学还真挑不出几本可以用来下酒的。
再者说，酒吧加书店的组合也太奇怪了点，大葱蘸果酱呢？
再者说，说好了小屋不会在拉萨开酒吧的……

我和老潘合作成立的综合书店后来坐落于拉萨八廓街喜鹊阁大院内，书店屋里种满了树，阳光穿过玻璃屋顶穿过树叶，人和书都在树下坐着，斑斑驳驳。
当下，那里是新的小屋拉萨分舵。
从房租期限看，未来一年内应该也还会是的。

小屋各分舵歌手定期轮流去拉萨驻唱，每天下午阳光最好时轻轻弹弹琴，给静静看书的人们唱唱那些原创的舒缓的歌，是我浅薄了，适合看书时听的歌，太多太多了……
小屋最出色的歌者都去那里驻唱过，西安分舵的豆汁也去过，大理分舵的西凉幡子也去过，去了以后几乎调不回来，都喜欢那种弥漫着书香的演出氛围，都不舍得走。
我说不上来这算是一种什么模式，小屋的招牌居中挂着，反正没有酒卖就对了。

鉴于我只在每年拉萨签售会时才去店里转转，其余时间完全不在，老潘写了个牌子挂在门上以飨读者——大冰不在,但他永远活在我们心中。

这话没毛病,但咋品咋不是个味儿的说……
有味儿我也没说,谁让老潘把这家店经营得不仅持平了而且居然还有盈利呢……
按照大家合作之初的约定,本钱之外的收入分别留一点做纪念,其余大部分捐了。

那笔高达20000块钱的纪念还没焐热就没了,是为一恨!
我分到那20000块钱后的第四天,老潘神秘兮兮地给我发微信,让我赶紧给他打20000块钱,说不许问原因,钱也不会还我……
严格意义上说,几乎等同于某种意义上的金融诈骗。

但我犹豫一秒钟了吗我?整整20000块钱啊瞬间就打过去了,我后来问过一次前因后果吗我?与朋友谋,岂不忠乎?像我这样赤胆忠心无条件信任你的朋友上哪儿找去?!
结果呢?后来呢?
而今当下居然连司仪都不是我!

还钱!我蹦起来掐老潘的脖子,管他又会碰到这劳斯莱斯里的什么鬼机关呢!掐死你掐死你!
新郎潘僵着脖子告饶,说别掐了,他一紧张,扣子刚才绷出去一个……

扣子高低找不到,绷掉的扣子恰好是肚脐眼那个位置的,他的肚脐眼深邃而沉默地看着我……

老潘悲伤了一会儿，摆摆手说算了算了，他说他一会儿把衬衫往裤腰里使劲掖掖得了。

紧接着他忽然想起了什么，紧张地撸了撸手表，说：大冰，不如你帮我个忙吧。

老潘说，婷婷什么要求都没和他提，唯有一个小小的心愿。

她说开门红包是不必的，才即财，老潘在迎亲时一边敲门一边给她念首短诗即可。

真是个好姑娘，连开门红包都要替老潘省……

人生第一次婚礼这天，她小小的心愿，不过是希望爱人为她写首小诗就可以了。

（五）

诗曰：

我自昆仑来
为君入香江
停得千江水
停君小轩窗

诗一念完，门就开了，花也开了，眼睛立马不够用了，一堆如花似玉的伴娘笑着闹着夸奖着：哇，红包免了红包免了，老潘，你吼靓仔吼有才，我们都吼中意这首诗呢。

我矗立一旁，用一声轻轻的冷笑表达了我抑制不住的欣慰。
昆仑指西藏，香江即香港，闺房便是小轩窗。抵达北角前的最后几分钟车程里，能生挤出一首此等水准的顺口溜来，已是野生作家大冰先生的极限。

而站在楼下用5分钟时间背下这20个字，好像也是老潘的极限……
他老把千江水记成千缸水，口条之笨，堪比脚后跟。

一群人等得都不耐烦了，好了好了差不多行了，大家裹挟着他呼呼隆隆进楼。
香港的电梯出奇地小，一次只能挤进去四个人，时间不等人，生挤进去6个人。嚯，这叫一个挤，屁股顶肋骨，下巴贴嘴唇。电梯门一开大家欢呼着一拥而出跑到新娘家门口……这才发现老潘没上电梯。
等了好半天，老潘满头大汗从楼梯间爬出来，嘴里还在念念有词地背着，一路背到门前。

他老把千江水记成千缸水，到最后也没背对！
这么重要的日子，这么小小的一个心愿，他居然都没给人家婷婷完成。

……万幸，在香港这个发音反而是对的。
粤语古怪，江发缸音，香江就是香缸，长江就是长缸，乌缸闽缸金沙缸，松花鸭绿钱塘缸……诗曰：日日思君不见君，共饮一缸水。

老歌里不是也唱过的嘛：爱你恨你，问君知否，似大缸一发不收。

伴娘们都是好漂亮好温柔的小姐姐，雪白的脸颊嫩红的嘴唇，除了普通话说得比较费劲，其他一切都很完美。
或是因地域文化的差异，又或许是新娘预先的嘱托，她们几乎没怎么难为伴郎们，除了拿出几个兔耳朵请我们戴一戴，就是拿出几份文史知识问答请我们猜一猜。
这让人略有点失望，接亲考验居然是知识问答，文明得是不是有点过分……
老潘把我往前拽了一把，于是我明白到了我来发挥药效的时间。

香港小姐姐们温柔地问：请硕出，唐宋八大渣，豆有谁。
我……
我顶你个肺……这也太难了吧。

我知道咱们的中学历史教材可能不太一样，但万没料到差异竟如此巨大。
唐宋八大渣？这还有排名？难道这种排名在史学上竟也是有学术定论的吗？
是逆子贰臣的那种渣？还是男女作风的那种渣？
是光说渣男就行？还是也包括绿茶？
我说你们能不能提示一下。

她们提示：欧阳……
欧阳克？欧阳锋？

她们摇头：欧阳修！

小姐姐们皱着眉头看着我，其中有两个咬耳朵，冲我指指点点：佢听说还是个作家？

我捂住骤然吱吱作痛的牙，终于明白她们刚才问的是唐宋八大家。

还没等作答，人家换题了，说这个太简单，不如换个难点的——说出四大名著的作者就可以把新娘接走，说不出来的话可以提示四次。

……你们，你们到底是伴娘还是叛军？

……你们是不是对我的学识有什么误解？

这水放的，丰臣秀吉水淹高松城吗？这么轻松就把新娘给出手了？我说你们对人家新娘稍微负责一点行不行？好歹也多设几道关卡，英雄咱们再来过，求求你们接着出题好不啦？

饶是如此，依然有人跑出来打圆场，请她们别出太难的题，差不多就行了。

我含住一口老血定睛看，是老潘的岳母没错了。面相和善衣着得体，香港普通人家主妇，几乎每一部TVB家庭剧里都会有的那种母亲，端着一碗汤敲卧室门的那种贴心，一边敲一边说：呐，我炖了猪脚花生汤，很补的……

西藏有句谚语：牦牛好不好，看鼻子就知道，姑娘好不好，看父母就知道。

新娘一定非常好，因为老潘的岳母简直是好得有点过分了。人家连推带搡把伴娘们轰开，直接领着鬼子进了村，一边把女婿往新娘门里塞，一边贴心地说：呐，门没锁。

老潘是个讲究人儿，非要把那首诗再背一遍再推门。
不出意料，依旧是背错了，但他自己个儿感动得不行，念齉了鼻子念红了眼眶，深情似大缸一去不可收。香港的房子普遍袖珍，新娘家的卧室门尤其小，200多斤的老潘半卡在门框里，狗熊钻山洞一样，这头熊义正词严地发出了求偶的呐喊，震得门板嗡嗡响：
老婆，我接你来喽！

小床上坐着的红衣姑娘不看他，捂着嘴咯咯笑，伸出纤细的胳膊向他讨要一个拥抱。
老潘的背影太宽广，一抱住她，后面的人就什么也看不到了，她镶嵌进去了，只露出衣角的一抹红，良久才露出一双眼睛来。
是双好看的眼睛，有喜悦、有依赖，还有一闪而过的别的一些什么。

…………
这双眼睛我是见过的。
我一下子安静下来了，敛起笑意抱住肩膀，隔着喧闹的人堆，认真地看。
熟悉的眼神，熟悉的感觉，只有深深地看进去，才能捕捉到眼底深处的那一层熟悉的纱雾。
才能捕捉到那些只有懂的人才会懂的一闪而过。

如果直觉没错的话，我应该能明白这个老潘口中的好女孩，为何什么都不要了。

不要戒指不要彩礼，不在乎婚纱不在乎照片，接亲仪式都是随意的，婚礼仪式应该都可以随便……
麻木带来无感，无感才会无关。
此刻你温柔的笑颜是真实的吗？
对于眼前幸福的这一切，你真的有感觉吗？

这双眼睛我是见过的。
不止一次地见过，不止在一张脸庞上见过。
这是我第一次见到新娘婷婷，这双同样的眼睛，却已数不清多少次见过。

……眼神交错时，我冲她点点头，礼貌地笑了笑。
你目前处于什么阶段了？真的适合去结婚吗？
他呢？关于你的情况，老潘他全都知道？

算了姑娘，天大的事也没有婚礼重要。
今天是你大喜的日子，我是个有分寸的人，你眼底的那个秘密，我暂且不去说破。

（六）

我未再坐上那辆劳斯莱斯。
一来，前排那个跟车伴娘说远来是客，很客气地要把位置让给我坐，跟车伴娘就是考我唐宋八大渣的那个伴娘。不知何故，她表情耐人寻味，略带一种做贼心虚的亲切，令人不由得迟疑却步，踌躇疑惑。

二来，后排的新娘婷婷很友好地说久仰，说早就熟知我了，十分感谢我的到来，这不禁令人想起她曾顶着风雪去给我捡牛粪……
此番情谊，让我如何好意思再去蹭她的专车。
三来，新郎老潘说没事没事咱们三个后排挤挤就行，他说他和婷婷从来就不介意任何电灯泡。

他的肚脐眼在看着我，透过那个没有扣子的衬衫角落，目光深邃而真挚，就那么悄悄地看着我……身为一个真正的朋友，我伸手帮他掖了掖衣襟，最后看了一眼那辆劳斯莱斯，毅然转身去打车。

刚进宴会厅就被人在肚子上打了一拳，我好生诧异：女贼姐姐你也来了？从大理来的？
环视周遭，哎哟来的熟人还不少，不是没正式发请柬吗？都自觉跑来捧老潘的场？
女贼促狭，她刺激我道：听说婚礼司仪不是你，弟弟，你丫整得这么油头粉面做什么？
彼有戳心剑，我有打脸刀，还没等我和女贼好好唠唠她那家《杂字》书店近来的生意有多清淡，老潘蹿出来，搂着我脖子拖着我跑，把我摁到了一张大桌子旁。
他说：梁叔，这就是那个大冰。
那叔笑眯眯地看着我，放下手中的可乐，认真握住我的手，说：汩吼……

梁叔据说年庚五十六，看起来却比老潘少相，三件套的老款西装穿得规规矩矩，文质彬彬的眼镜架在文质彬彬的脸上。我记得老潘先前说过梁叔是种大米的,也养牛,看起来真不像。他乍一看像个老师,再一看像个牧师,总之一张20世纪90年代老港片里的好人脸,典型正面角色的脸庞。
西服款式虽已过时20年,但人家一个养牛的农民大叔能把自己收拾得这么干净体面,身上一点牛味都没有,还专门找了副眼镜戴上,可见对这场婚礼之重视,礼数很到位了。

老潘介绍完就跑了,跑去和他的新娘手拉手迎宾去了,扔下我和梁叔坐在一起客气地笑。此叔不是个健谈的叔,除了点头就是笑,恰好我生平亦不擅长寒暄话,于是跟着笑。
老潘曾夸梁叔是个有趣的人,可面前这个叔只会笑,我猜老潘对有趣二字是不是有什么误解。总笑不是个事儿,脸酸,笑到第2分钟时我决定和梁叔尬聊。

跟养牛的当然要聊牛,可我和牛委实不熟,关于这种生物,我最熟悉的是兰州牛肉面,辣子多些面多些,蒜苗子多些肉多些……他很耐心地听,不时地认真点头微笑。
5分钟后我才发现基本是白讲了。
会的粤语词全用上了,但这位大叔并不能完全听懂我,点的那些头大多不过是客气罢了。人家讲礼数,听不懂的地方也不打断我,只是用力地、努力地去猜测。

真是难为了这个淳朴的香港农民大叔了,他一定以为我是饿得不行不行的了,不然不会真挚地安抚我说:一会儿就开饭了……
不招人烦是美德,趁更大的误会尚未发端,我闭了嘴不再聊牛,也没再节外生枝去聊种大米什么的，俩人继续点头微笑，喝可乐喝可乐，呵呵呵呵。

……几个月后的某个下午，我回想起在香港时的那一幕，后悔了半天。弥勒真弥勒，世人常不识，若当时先知先觉，是该和他好好聊聊大米的，还有牛。

婚宴规模不大，也就七八桌，周遭都是广东话，喊喊喳喳，普通话也是有的。有两个姑娘围着新娘在蹦跶，脸红红的，眼睛也是红红的。我背着手溜达过去看光景，听见她们一口一个老师地喊婷婷，一左一右抱着她的胳膊使劲晃荡，大有给她拽脱臼的趋势。

一旁的老潘介绍说，婷婷曾从事过很久的助学工作，这两个是她曾经帮扶过的学生，都已大学毕业找到了不错的工作，听闻老师结婚，结伴专程从广州赶来。
光知道她在非洲当义工，没想到她和老潘蛮像，都有过相似的支教经历，相同的功德福报。

我细细地打量这个新娘，简洁的礼服简单的妆容，温温柔柔的眉梢眼角。被学生簇拥着的她有一种礼貌的喜悦，眼底深处却有一泓湖水，淡淡的，没什么波澜，微微的涟漪映着那两个姑娘高兴的模样。
有那么一会儿的时间，我们目光对视了一下……
她把目光轻轻躲闪开时，我知道她明白了我发现了她另外的那个模样。

没事儿的姑娘，今天是你们大喜的日子，我是个有分寸的人，不会煞风景的。

....

规模再小也是场婚礼，来宾再少也是好一番嘈杂熙攘。
午时三刻，众人归位，音乐奏响，仪式开场，当场我就明白了一些事，比如——一个小时前那个跟车伴娘为何会对我有种做贼心虚的亲切。
抢了我饭碗的就是她，婚礼司仪就是这个叫爱玛的伴娘。
好好一个姑娘，起了个电动车的名字！光从这点来看这人就不正常！

这个电动车姑娘听说是婷婷十几年的闺密，电视记者出身，口才很好。
确实很好，好到需要另外找个人上台当她的翻译，说是为了照顾听不懂广东话的来宾，特意安排一个普通话男搭档。
我算是开了眼了，主持婚礼还带翻译的？还双语？还男女混合双打？

那男的我认识，叫小宋，宋奕昌，他上台时路过我身旁，还冲我龇了龇牙弯了弯腰。八路你不当非要去当翻译官，要不是看在你是老潘书店义工小兄弟的分儿上，信不信果断绊你一跤。

婚礼进行到第二个环节时，我后悔没有真的绊他一跤，连同那个爱玛一起绊。

婚礼司仪是一项专业性极强的工种，讲究节奏拿捏尺度得当，讲究一个舌灿莲花句句吉祥，这俩人倒好，说他们是报幕员都算夸他们——电动车小姐不愧是电视记者出身，口气语气基本是在直播案发现场。那个宋翻译亦不遑多让，没一个句子是囫囵的，除了傻笑就是傻笑，知道你替你大哥高兴，但能不能先把你的职责履行好！
……罢了罢了，这种水平的司仪，人家新郎新娘都不介意，我又何必瞎操心，我又不是司仪我不生气，犯不着。

待到新人登场，一颗闷雷炸在我胸腔，牙又开始吱吱疼了。
衬衫到底没掖好！那只毛茸茸的肚脐眼清晰可辨，性感而深邃地窥视着所有来宾、整个现场。更尴尬的是，出于礼貌，台下没有人站起来示意老潘闭上那邪恶的眼，大家都在假装没看见。

证婚人也礼貌地假装没看见。
养牛的那个梁叔是证婚人，为了尊重内地来的朋友，他努力说了普通话，这种尊重很令人感动，浓浓的虾饺味……
其实还不如不说，最终效果是内地人没听懂，香港人也没听懂。
但他声情并茂磕磕巴巴的，把自己讲得好感动。

我连猜带蒙，大体揣测出他的中心思想是：
老潘娶了婷婷，他吼开心，老潘就像他个仔一样，今天给他娶了个好儿媳……
婷婷嫁给老潘，他吼开心，婷婷就是他个女，他的女儿有了个好归宿，嫁对了人……

我听得一蒙一蒙的，啥情况？咋听起来像近亲结婚？

老一辈人表达情感的方式真复古,挺吓人。

话说,婷婷咋就成他女儿了?他们之间有什么渊源吗?婷婷帮他放过牛?

唉算了,不管那么多了,人家老头讲得那么动情,咱给人家使劲鼓鼓掌再说。

说也好笑,又不是第一次结婚,台上的老潘笨拙紧张得像个机器人儿似的,一直紧攥着婷婷的手,自始至终没撒开。他应该也是这样牵着婷婷的手,顶着风雪,在纳木错湖畔给我捡牛粪的吧。好像从刚才接亲时开始,他的手就一直牵着她,好像人家是个不会过马路的小朋友一样。

可是……

老潘哦老潘,若你真把你的新娘当成一个需要呵护的小朋友,你可知这样的小朋友,需要额外付出多少心力才能呵护好吗?

而这种呵护,又岂是寻常意义上的关心或安慰。

世人大都不懂他们。

世人大都不晓得,一味地鼓励或开导,于他们而言,往往是雪上加霜。

残酷点讲,他们当中许多人终生都难以真正痊愈,除了靠药物和靠自己,别无所依。

更残酷的是,当中大部分人并不知该如何去靠自己,也不知该何处去抓住一根浮木,溺水的人一样,无尽的漆黑里选择放弃,沉默着绝望着,无声地沉沦下去。

十几年主持人的生涯赋予了我一些独特的职业敏感,观察人、剖析人是那份工作首要的职业素养。有几年的时间,出于某种特殊原因,我曾持续关注过那个特殊的群体。接触过大量个体案例后,熟悉了那些一闪而过的蛛丝马迹,旁人眼中的不易察觉,也就逃不过我眼中的挂相。
就像第一眼见到婷婷时那样。

我看着台上的婷婷,再度认真地看了许久她的眼睛她的脸庞。
这双眼睛我不止一次地见过,不止一次地在不同的脸庞上见过。
我知道我的直觉没错,就像我知道她知道了我知道她一样,但我无法确定她目前处于病情的哪个阶段……
除非独处,大部分时候他们的表现会和普通人一样正常,乃至很多时候会表演得比普通人还要高兴还要热情,还要热爱这场人生。

此刻台上的婷婷是在表演吗?
有那么一会儿的时间我怀疑我是否出了错——她抬眼看爱人时的那种依恋让我有些动摇,那种全身心投入的依恋难道也是演得出来的吗?
心里有一点点难过,若她真是在演,那是个好演员。
或许是观众才对,置身事外般地,自己看着自己在演。

忽然开始庆幸自己不是今天的婚礼司仪了,若按一贯的司仪套路,那些搞笑的祝福和赞美,于她而言,未尝不是一场煎熬。

抱着些许复杂的心情,我以朋友代表的身份上台,简短地致贺词。
什么别的废话都没说,只做了例行的祝福,以及以一个朋友的身份描述了老潘的普通,普通的家世、普通的品行、普通而又些微不普通的人生,描述给众人听,描述给婷婷听。

我没再去盯着她看，我想，婷婷应该听得懂。

老潘曾描述：那是一个很好很好很好很好的姑娘。
我愿意去相信他的判断，我想我并没有必要去和老潘提醒些什么。

都是成年人，命都由己不由天，既然两个人选择走到一起，一定有各自的理由，不论这场缘分是长是短都无须旁人置喙。在一段亲密关系中，所谓的外人的意见或建议，反而是最没有意义的。
我才不要做那种BB叨的朋友呢，通过所谓的进良言来刷自己的存在感。
作为朋友，我来了，来了就行了，没必要再扯别的。

发言完毕，我下台后寻机尿遁，此番港岛之行任务完成，预订的机票是明早8点。
走了走了，就不道别了，管他何日再相见。
人到中年，身边结了婚的老朋友大多开始趋归家庭，情谊尚在，渐渐变淡，慢慢地也就联系少了，想想也是有些小伤感……
唉，淡就淡吧，各自过好了自己的日子才是重点。

……再淡也要记得你还欠我20000块钱！

走出酒店，走在将军澳街头，脱掉西服解开领带，找了一家茶餐厅，吃了一碗云吞面。
2018年3月24号下午16点43分，我发了一条微博，一边吃面，一边给此次香港之行画上了一个句点。

配图是那张婚车前的自拍，我油亮的大背头，老潘雪白的大肚腩。

发那条微博时，我并未料到这个故事尚未结束。
揍死我我也没想到——
今生今世竟然会经历一场3个人的洞房花烛夜。

（七）

2018年3月24号，我的酒店房间，老潘的新婚之夜。
接到前台电话后我吓坏了，看了看表，夜里10点，这俩人新婚之夜的关键时刻不去干点该干的事儿跑来骚扰我干吗？难不成还需要个啦啦队吗？还有王法吗？

老潘的解释是，想到我这个远道而来的朋友孤独地在酒店，他和婷婷于心不安。
他说他和婷婷达成共识后立马穿好衣服跑了过来，计划带我去庙街去兰桂坊去太平山……

婷婷挽着老潘的胳膊站在我房门前，脚上穿着方便逛街的球鞋，手里掐着方便埋单的小钱包，脸上没有一丝一毫的不甘。
她是个古人吗？居然乐意陪着老潘发这种疯？
从没听说过有哪个新娘子会为了这种理由牺牲掉洞房花烛夜！
我的常识不太够用了，还可以这么操作？
已经不仅是兄弟媳妇了好吗，她简直可以直接当兄弟了OK！

她有过什么样的过去重要吗？！她隐藏着怎样的顽疾重要吗？！此刻通通不值得一提！

因为她的存在，那一刻我和老潘的友谊感觉到达了高潮感觉到达了巅峰……

我用力关上门，有这个心意就够了，给我走！赶紧回去抓生产！留我一个人缓一缓，揉一揉那骤然红了的眼圈……

这趟香港来得值了，当没当得成司仪有他妈什么大不了的，我收回之前所有的腹诽所有的不满！

最终没能撵走他们，这俩人打死也不肯离开，铁了心要当中国好伙伴。

最终哪儿也没去，哪儿也不需要去了，客房迷你吧的冰箱门打开，啤酒洋酒一小瓶一小瓶掏出来，地毯上团团一坐，三个人斗地主一样脸对着脸。

那是一个奇妙的夜晚，老潘脱掉了鞋盘着腿坐成一座肉山，婷婷抱着膝盖，温温柔柔地倚在山边。我们喝光了房间里所有能喝的东西，聊了整整一夜的天。

头一个小时聊电影，老潘给我朗诵他的剧本，我帮他分析演员的选择、剧组的筹备。

第二个小时我们聊书店、聊远行、聊琼英阿尼、聊成子聊老兵、聊我们共同的朋友博士罗旦。

婷婷不怎么插话，大部分时候只是安静地靠着她的肉山。

聊到夜里12点时，大家依旧没有困意，高山流水酬知己，浓情蜜意绕心间。我心说此时此刻都这么感人肺腑赤诚相见了,是不是咱该聊聊那20000块钱……

咱是不是该聊聊那消失了的20000块钱!

未能遂愿,潘先生一如既往地顾左右而言他,打着哈哈和我聊起了东部非洲的云和天。

他建议我去一次卢旺达,打赌我会爱上那里的香蕉和足球,并承诺他和婷婷会管饭,指天发誓是当地最好吃的饭。我并不乐意为了吃顿饭专门跑趟非洲,也不怎么爱看球,他便用河马和大猩猩吸引我,还有狒狒,说没被活狒狒吓唬过的人生是不完整的……

说到动情处,老潘探出肥壮的小拇指和我拉了钩钩,搞了一个莫名其妙的非洲之约。

他说他一拍完他的电影处女作就带我去非洲,他说他用他媳妇保证我一定不会失望。

他和他媳妇一起微笑着看着我,他媳妇还赞许地点了点头……

这么难得的夜晚,这么融洽的气氛,这根手指我无法拒绝。

那么难得的夜晚,委实也不宜讨债,人家牺牲了被窝来陪我聊天,我横不能当那种拽人裤衩的王八蛋。

我说:老潘,咱不聊狒狒了,讲讲你是咋求婚的吧,依照你的一贯作风一定很浪漫,让我也学习学习。

……我不该问这个问题的,我嘴欠。

我未料到会得到一个那么少儿不宜的答案。
简单点来说，是一场很色情的求婚，对具体过程的阐述不是由老潘完成的，而是婷婷。
她坦然而自然地，给我讲述了那个七夕之夜。

一般来说，在那种情况下求婚，要么是在开始之前，要么是在结束之后，老潘奇葩，选择的是过程之中。当时小床儿吱嘎，满身大汗，他抽空摸索着开了灯，又抽空从枕头底下摸索出一个小盒子，豪情万丈地对婷婷吼：
余生请多指教……

然后呢？然后就答应了。戒指有点小，生撸进手指头，然后继续进行那些理应继续的事情，毕竟有些事一旦开始了就不能停……
话说自始至终都没停好吗……

老潘捂着脸东倒西歪地笑，咯咯哒哒的，各种娇羞，反倒是婷婷比较淡定，她调整了一下坐姿，橡皮泥一样软软地贴在老潘肩头，微笑着对我说：
朋友们都觉得老潘很萌、很逗，我也是，他多有趣哦……总能给我许多不一样的新鲜，每次在一起时都会重新认识一次，每认识一次都会想多靠近他一点。

婷婷说：我们一起做了许多事情，去了许多地方，他所有的过去我都接受，他做的每一件傻事我都认可。相处越久，越发现他身上有种独特的男子气概，像他这个品种的男人，在香港是没有的……我从未奢望过会遇见

老潘、婷婷

⊙世间有一些很奇妙的规律：
成全别人，往往也就拯救了自己，度人者亦是自度。
最好的自我救助，往往来自对他人的付出。

←老潘

⊙人无癖不可与交，以其无深情也。
　人无疵不可与交，以其无真气也。
　人无痴不可与交，以其无深情也。
　人无趣不可与交，以其无真气也。
　忍着多现自在相，自自在在做凡人
　——多疵多癖多毛病，且痴且趣且慈悲。

⊙ 常识构建底线，阅历塑造审美，
选择换来航向，修行成就慈悲。

⊙道之不行，已知之矣。
　或桴浮于海，从我者朗月孤星。
　或跏趺默摈，待我者成住坏空。
　或意气任侠，伴我者碧血满膺。
　或笔耕砚田，度我者有情众生。

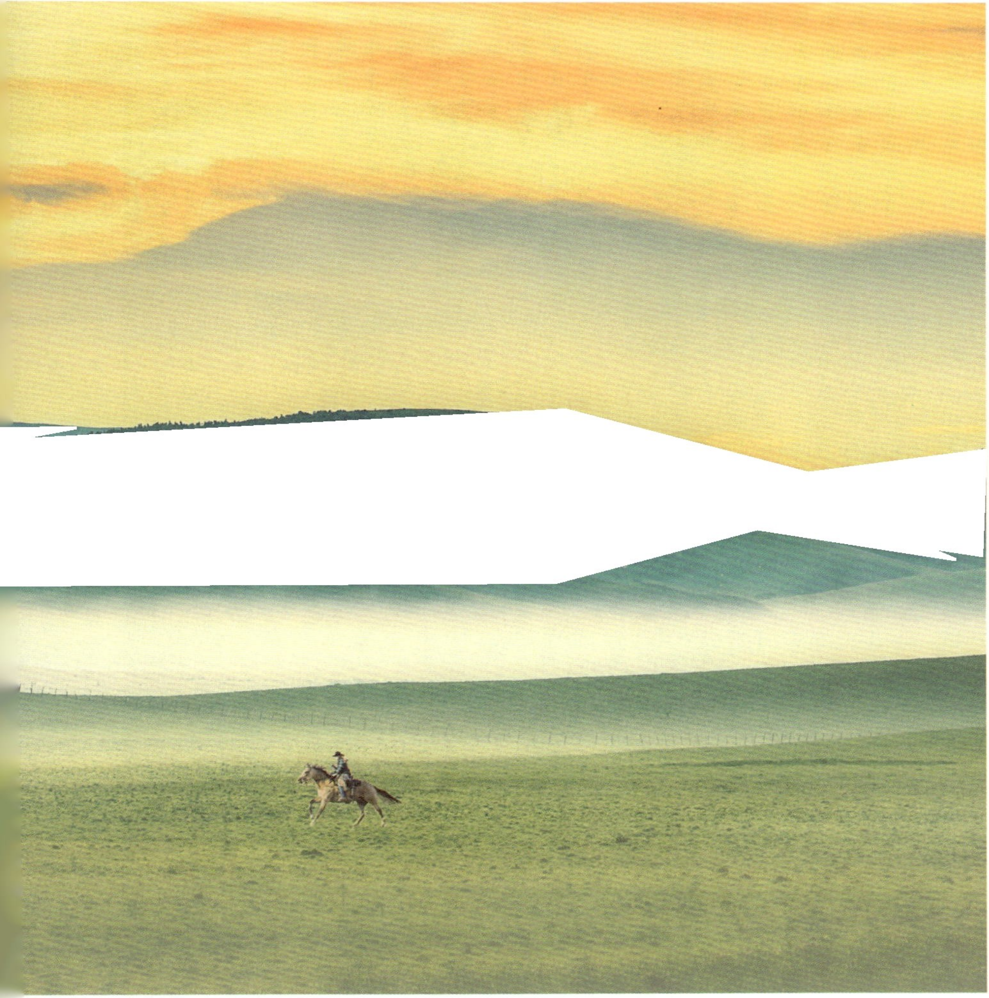

⊙不凡始于平凡。
　那些动人的故事，大都源自平淡，蕴于普通，
　却又伏藏在人性关隘处，示现在命运绝境中。

⊙他们在无常里学会坦然，坦然中历劫着不幸，
　于是故事变得动人——凡人解封了神性。

⊙ 之死靡它虎山行,这一路上我路过许多人,路过许多故事。
我把它们记叙下来,或可慰风尘,或可娱长夜,或可成为小小的路标指示牌,零零散散立于塌方处,立于路尽处,立于无星的暗夜。

一个这样的男人,能拥有这样的安全感。

她停顿了一会儿,说:
有些事,老潘没和你提,你也没问,但我知道你应该已经觉察到了……
屋子里有了短暂的沉默,老潘搂住她轻轻摇晃,说他觉得那些事不重要,是否被人觉察一点都不重要。

是的婷婷,我确实觉察到了。
从2009年到2018年我的微博私信始终开放,许多人把那里当树洞,将自己无法言说的折磨往那里倾倒,个中身患和你一样病症的留言者上千人是有了,求助或倾诉,男女老少。
不知多少个午夜,我翻阅着那一篇篇长长的留言,再点开他们的微博主页,去看看他们那和常人无异的生活照。我知道他们需要鼓起多大的勇气才会敢于诉说,也知道那些诉说背后的折磨和煎熬,所以我不会回复那些私信,不敢,也不能……

若干年里,除了一个已读,别的什么我也给不了。
不是我心硬,婷婷,你知道的,很多时候一句话说不好,只会对你们雪上加霜。

婷婷,再没有什么病会比这种病更容易反复的了,既然话都说到这儿了,我想说,除了正规的心理辅导,不要断了吃药……

她靠在老潘身上,抬眼看看我,轻声慢语地说:

可是你知道吗？和他在一起后，我就没再吃过药，也不再需要心理医生了。

（八）

抑郁症。
许多人不知道，未成年的孩子中也有许多人会患上这种病症。

中学时婷婷初次经历抑郁症，那时和许多孩子一样，她不认识这个词。回忆中那段时间像行尸走肉，每天都好像被掏空，没有什么可以去填补，越来越大的空洞。抑郁的唯一好处是不需要怎么努力就能瘦下来，她的体重从100斤速降到80斤，一天比一天瘦，几乎快瘦成纸片人。

家人有过担心，却无法搞懂她情绪低落的原因，正常的生长、不错的成绩、和睦的家庭、自幼就开始学习的长笛，她长笛吹得多好哦，那么优美，这么普通而正常的孩子怎么说沮丧就沮丧了？到底是哪里不对了？他们并没往抑郁症上想，那是2000年年初的香港，像许多普通的父母一样，他们爱孩子，但受知识储备所限，没听说过这种病。

就算听说了，也大都不认为这属于一种病。
勉强接受这是种病了，也无法理解怎么还会有这样一种无法清晰地说明病因的病，而且这种病居然很有可能伴随终生。

婷婷说，很长一段时间里她每天不知为什么要醒来，有躯体没灵魂，对什么都是麻木的，对什么也都没有兴趣。跟朋友们聚在一起玩时，明明知道在做很高兴的事情，但高兴了两秒就没了，有块无形的磁铁把某些东西瞬间吸走，留下一个空壳坐在人堆里，麻木地表演高兴。

她说她那时像一条鱼缸里的金鱼，能看到外面的世界，但离得再近也无法感知触碰。而要命的是，所有人都没发现她面前的这个玻璃箱，她也无法把这个玻璃囚笼的存在向他人言明。
沮丧包裹着她，包裹住日常生活的分分秒秒，她那时常会无缘无故地痛哭流泪，无缘无故地恐惧焦虑，自救无法，求救无门，每天都是世界末日。

旁人眼中，一个抑郁症患者的显征，是对生活的消极。
他们会质疑你是脆弱是软弱是懒惰是逃避，一切一切都是借口。
好心人当然会有，简直不要太多，太多的好心人会抱着一颗好心去鼓励你多发掘身边的美好，感受家人带来的幸福感，感恩你拥有的一切，甚至会采用一般人最常用的方式去刺激你激励你——有什么大不了的，你看看这个世界有多少人比你不幸！
战争，饥饿，瘟疫，多少人的生活条件比你差，你还有什么理由难过、不满和伤心！

……他们说这些话的时候当然是好心，但他们并不了解什么是抑郁症。
他们一定想帮你，但他们并不知常规式的同情和鼓励式的刺激，都是雪上加霜。

他们并不知道抑郁就是你的意识很清醒，但再也无法正常地感受七情

六欲。
好比一个本来有味觉的人再也无法感受到食物的味道；本来有嗅觉的人再也无法感受到花香。所有食物的味道花的香味却都还存在记忆里，但已无法真切地品尝和呼吸。

它不是戏谑里的矫情，它真的是种病，像感冒一样，只有接受了它的存在才有办法去面对。

人们并不了解其实做好聆听就够了。
说上一句：我会陪你撑下去。就已经足够了。
很多抑郁症患者都在努力摸索着用自己的方法摆脱困境，当诉说和表露时，就是一个患者在挣扎自救时，这时他唯一需要的是别人对其病情的接受和包容，而并非各种指责，各种大道理，各种激励鼓励，各种以好心为名的积极。

婷婷说：每当听到那些劝导和激励时，我就什么也不想说了，只会选择去隐藏得更深。全都是我的错，是我连累了别人，就让我躲在那些窘境里自生自灭好了，一切都是徒劳，一切都没有什么意义，越发严重地沮丧和抑郁。

那些年婷婷在乐器公司当会计，后来去电脑公司当文员，香港搵食不易，病情加重后影响了工作，一切都在有条不紊地恶性循环。她开始怕见活人，能不出门就不出门，白天黑夜枯坐在床头，莫名其妙就大哭起来，无缘无故地情绪崩溃。

想过一劳永逸地摆脱这个病,查过一些自杀方式……最不痛苦的方式是上吊,最方便的是跳楼,曾经有人从中环东方酒店跃下,无数人在为他伤心。

有一种说法是:他也有抑郁症。

走投无路时,她尝试过心理辅导,自己逼自己去找的。

香港有不少社会福利机构的社工接受过专业训练,会循循善诱,让你讲出内心的话,去帮人找出心结。像大部分抑郁症患者一样,婷婷那时不排斥对一个陌生人诉说一切,只要对方可以不带任何成见地倾听和陪伴,那种被理解,是救命稻草一样的安全感。

一年的心理辅导,社工姐姐用了很多方法去打开她的心结,例如告诉她可以把家人当作最大的能量来源,亲密关系是很好的药,当情绪困扰得厉害时去到最喜欢的家人身边,和他们抱一抱,这样总比独自一人会好一点。

心理辅导减缓了一些抑郁,却没能结束病症的反复不定。婷婷说,她像漂泊在大海上的小船,提心吊胆的风平浪静,周而复始的骤雨惊涛。

后来她求助于精神科医生,开始接受药物治疗。

医生会按病人的情绪状态开出不同剂量的抗抑郁药,去调整血清素和多巴胺,那些药会带来不同程度的副作用,如心跳加速,血压上升,寝食难安。但当找到合适的药和剂量,身体真的开始变化,那种感觉像一个囚犯终于被释放,不用再透过鱼缸去看人间,可以大口地呼吸,正常地说笑,像个正常人一样。

甚至可以正常地重拾长笛,久违的《卡农》,以及《梦中的婚礼》。

药一吃就是五六年,其间她真的以为自己好了,私自停过一次药,结果更严重的复发像山洪般涌来,把她再度冲垮。看来,离渴望中的痊愈尚且漫长。

她那时候明白了这个现实:

常人遇到困难挫折大都会通过各种方式调整心理状况,走出阴霾,抑郁症患者也是这样,但时间可能需要很长,有可能是几年,有可能是一辈子。不管是哪种疗法,终究还要靠自己撑过去挺下来。

像一架导航失灵的飞机,与塔台也早已失去了联系,厚厚的云层里她孤独地飞着,说不定哪一道闪电就会撕裂她的机翼。既然随时会坠机,那就只管往前飞吧,既然没有选择,那就干脆豁出去。

于是就豁了出去。

什么都不要了,什么都不去在乎,什么都不去顾虑。

她逼着自己离开了香港,把自己扔进了从未涉足过的世界里。

(九)

世间有一些很奇妙的规律:

成全别人,往往也就拯救了自己,度人者亦是自度。

最好的自我救助,往往来自对他人的付出。

2007年2月起,婷婷去了一个简称CCF的公益组织。
那个组织服务的地区有广东、广西、青海、甘肃、贵州,开展的公益项目很多,她被委任负责其中的特困生资助项目。

截至2017年3月,流水十年间,她在那个组织里帮扶了3000多个孩子。
一直到她离开那个组织,那3000多个孩子里罕有人知晓这个任劳任怨的香港女老师,一直在吃药,患有抑郁症。

特困生资助工作繁忙而琐碎,忙得让人无暇去沮丧。
那时这个项目连她在内只有两个女生负责,工作强度之大,天天都像是在行军打仗。
受资助的学生分布在5个省份,她需要从合作的高中里一个个收集学生资料,审核并甄别,然后一份份制成简报,方便为他们寻找资助人,以及配对资助人。
关乎到学业是否得以为继,这是件马虎不得的事情,每个孩子的情况都必须了然于胸。那些年她进行了不知多少次的家访,摩托车坐过,拖拉机也坐过,火炕也睡过,还有茅草屋。

维多利亚港的夜色渐渐远去,她习惯了吃洋芋,也走得了任何一条山路,偶尔还会独自被子蒙头哭上一场,但很少再是无缘无故,大多是为了孩子,有时是为了他们的难和苦,有时候是被气哭。
倒也算是件好事,玻璃鱼缸不见了,笑和泪都变得真实,活生生的世界伸手可触。

倾注身心的事情，总能完成一些不可能的任务。初期孩子只有几百名的时候，每个名字她都能记得住，后来增加到上千人，她依旧去记，记不住全名就记姓，被喊的孩子常会一愣，也就不再对她陌生。
那时候她把自己搞得很累，每个学期都会安排许多探访活动，邀请学生的资助人去探望学生，引导大家不光是捐钱，还要身体力行地去关心，并非去收获感恩，而是走到面前去，和那些孩子成为朋友。
谁和谁是配对的，她总能记得清，张嘴就能喊出姓名。

累中有欣慰，受过资助的孩子在高中毕业后成立了他们自己的同学会，经常自发回来协助他们温柔的婷婷老师，陪她一起去家访，护送她去穷乡僻壤，和她一同核实资料是否属实，帮她找出最急需帮助的特困生以及孤儿。
和许多的抑郁症患者不同，她那时有了信念和目标——所有经手的孩子，都应该一个不少地顺利读完高中。

助学金惯例是在每年开学后发放，那是她最紧张的时候，挨个儿和校方确认是否所有名单上的孩子都来上学了，怕他们会因为家境，在养家和上学之间被迫选择了前者。她想方设法给最困难的孩子争取额外的照顾，把他们从被迫外出打工的路上拽回来，用心良苦。
现实所逼，许多的家庭难以接受这番好意，加之不少回来上了学的孩子不争气，心思不肯放在学业上，为此她气得哭了又哭。

想想，却是很可爱的一幅画面，虽已不是过去意义上的痛哭，但她手心里依旧攥着药片，随时准备着情绪崩溃时塞到嘴里去。

婷婷说起了一个她印象最深的孩子,广西藤县的一名受助学生,叫安城。

安城当时17岁,独子,患有先天性心脏病。资助人给他找了香港的心脏病专家,检查结果很不乐观,预估只能活到20岁,手术成功也只能延长5年,且手术风险很大,随时没命。

公布结果时,婷婷没能支走安城,他听完结果后很镇定,似乎任何安慰都是多余。

婷婷说,诊断结果并没有影响到安城,他顺利完成高中升上大学,选了喜欢的专业,还追求了他心爱的女生。

安城22岁去世,比医生估计的多活了两年。

去世前一星期,他曾向他最喜欢的婷婷老师询问过关于计算机故障的问题。

从17岁那年起,他已知自己命不久矣,不知道为什么,这个孩子丝毫没有去自怨自艾,反而愈发有了生命力,直到最终的时刻来临。

婷婷说,安城给予她的触动大过伤心,这种切身的触动和过往生活中来自任何人的开导和鼓励都不同,安城什么都没和她说,却给了她最好的模板。

她靠在老潘身边,轻轻柔柔地讲述着她曾经的学生。

她说安城是这个世界上的另外一个她自己,又说安城才是老师呢,她是学生。

婷婷和老潘的婚礼上,有专程赶来的曾经的学生。

一个叫月芽,是2007年她在藤县一中资助的第一批学生中的一个。另一个是甘肃渭源的罗萍,她在渭源一中资助的第一批高中生中的一个。她们都曾在上大学后每年暑假陪婷婷做家访,如今都在深圳工作,拿的都是高薪。两个曾经的学生代表所有曾经的学生来参加他们婷婷老师的婚礼,一左一右抱着他们老师的胳膊,打扮得比他们老师还要隆重,心情比他们老师还要激动。

十年的特困生资助工作,婷婷的收获不止于此。
那十年她也不仅限于服务于中国内地,其间加尔各答她也去过,从事街童救助。
当下她离开了那个组织,带着积累的经验去了更远的地方开展公益项目,听说是非洲,那里有一大堆孩子喊她老师。

关于她和老潘的爱情故事,我无从获悉缘起,不确定他们相识于印度还是内地。老潘只说,初识婷婷的时候她还是个老师,穿着褪色的冲锋衣坐在和煦的阳光里,美好得像一帧电影镜头。

老潘说,婷婷性格温和,这种温和源自长达十几年的与自己与世界搏斗后的一种状态。
他说他之所以喜欢她,就像每个人天然地喜欢清新的空气、干净的水、温暖的阳光,这或许是人性里固有的一种趋光性吧。

说这话时老潘是动情的,动情的老潘露出老文艺青年本色,他用诗朗诵一样的语气道:

爱本身特别重要，不能受其他任何东西的干扰，爱她就是爱她，这是个原则性的审美方式问题。
他说：不论任何原因，婷婷肯守住十年的清贫去助人，不求名利，光看这份心性，就甩了大部分都市女孩几条街……又何必去在意最初的她是什么样子的呢？

老潘说：复发又怎样！一辈子治不好又怎样？！什么抑不抑郁的，咱不怕，敢欺负我老婆就是不行，我干死它！
他很认真地宣布他要把抑郁症这个兔崽子撕巴碎了扔出去……

对于他洒完狗血撒狗粮的行为我不置可否，他的老婆婷婷倒是咯咯地笑个不停。
看来女人这种生物都一样，管你是武汉的还是香港的，诀窍都是需恰到好处地哄。态度这东西只要掌握好了，几乎和买包一样管用……

我记得婷婷那天笑了很久，她后来告诉我说——
虽然不知道抑郁症下次复发会在什么时候，但和老潘在一起的这么长时间里，她真的没再吃过药，也再没见过心理医生。

她笑笑地看着我，认真地说：
我知道你们是兄弟，他老和我提你，带我去捡牛粪那天，他一整天都在说你是个好朋友……所以你不要担心行不行，我会好好和他在一起的，不会拖他后腿的。

当一个温柔的女生用温柔的语气说出这番掷地有声的话时，她简直剔透得像块水晶。

那时维港夜色盛开在窗前，已是夜里两点，婷婷和老潘的新婚之夜。

婷婷说，她知道自己尚未真正痊愈，但此刻的这一切，已是她自己想都不敢想的奇迹。

（十）

老潘和婷婷蜜月旅行的第一站来了云南大理。
这很让人头大，大家做朋友能不能不要做得这么实诚，怎么还真来了？
我在香港时只不过随口一说……

当时我所谓的希望回头在云南招待他们请他们吃好的玩儿好的，只不过是为了表达当时心里对他们的喜爱和认可好吗好的！
只是当时的好吗！

来就来吧，还带了一对伴郎伴娘，加起来有120多岁的那种。
那老伴郎一见面就握住我的手，微微鞠躬，礼貌地说：泪吼……
我赶紧手上使劲用力摇晃他说：梁叔好梁叔好，欢迎您也来玩儿，您这么有空哇，您出这么远的门家里的牛有人照料吗……
他明显没听懂我在说什么，客客气气地回答说不累不累，不饿不饿，不着急吃饭。

老伴娘在婚礼上也见过,就坐在我隔壁那一桌,雪白的头巾雪白的头发,是个不怒而威的老嬷嬷。婷婷把那嬷嬷喊作校长,说她曾是港澳地区最年轻的中学校长,香港嘉诺撒圣心中学,从30岁当到60岁退休,桃李遍香江。

身为曾经的学渣,我听完校长两个字后哆嗦了一下,下意识地把手里的烟头迅速捻灭了。后来琢磨了一下,好像怕得挺没道理,她又不教我,又不可能开除我,我都已经中学毕业20多年了的说……

但我迅速把第二根点燃的烟也捻灭了,原因是校长奶奶和蔼地瞥了一眼我手中的烟,也不知是怎么搞的,一眼就把我看凉凉。

婷婷悄悄告诉我,大可不必这么害怕嬷嬷,她是个好人来着,之前那个公益组织就是嬷嬷发起的。除了针对特困生的助学,很多年来嬷嬷还组织了大量的紧急援助、安装假肢、心脏病救治、两地青少年文化交流等等活动,诸般功德。

婷婷说,在她心里,嬷嬷和梁叔一样可爱,以及可敬。

我闻此语,肃然起敬,可爱是真没看出来,但着实是个牛掰的老太太,真菩萨。

不过,人家老太太可敬得有理有据,至于梁叔嘛,养牛很可敬?

……难道说梁叔他救过很多的牛?

给牛安假肢给牛治疗心脏病给牛助学?

明显逻辑不通,其中定有隐情……

我试着和他再度聊聊牛,他把耳朵贴近我的嘴巴认真地听,不停地点头,末了笑吟吟地和我说了一堆饱含深情的话语，我动用了我所有的想象力，隐约听懂他是在热情地邀请我去非洲。

他一个养牛的和非洲有什么关系？

他怎么和老潘一样，一个劲儿地让我去非洲？

罢了罢了，我想聊牛你和我说非洲，累死我了，咱换个话题行不行，咱俩光互相看着笑行不行。来来来我敬你一杯酒，哦，你不喝酒光喝可乐，你说你一个老头子咋这么喜欢喝可乐……

那时环洱海的大拆迁尚未拉开序幕，海边的铁丝网也尚未架设阻隔，我带他们去马久邑看西伯利亚红嘴鸥，带他们去叶榆路吃菌菇火锅，去玉洱路吃孔雀宴，午夜时又带他们回到人民路中段，坐进大冰的小屋大理分舵的小黑屋。

小屋大理分舵的小黑屋又叫树洞屋，是一方很神秘的存在，藏在里屋的里屋。

若干年来这里收藏了无数的倾诉，是一个替无数人保存着秘密的树洞。

任你是谁，只要承诺保密、愿意倾听，都可以在里面坐上一宿。

任你有过怎样的前尘过往、伤心往事、难言之隐，都可以在里面自由地倾诉。

想发言了，举手就行，你倾诉时不会有人打断，说多久都行，你可以要求关灯，玻璃屋顶外是闪烁的星空，流多少眼泪都不会有人递给你纸巾，再泣不成声也不会有人给予你任何意见或安慰……这里什么都没有，唯有一群萍水相逢的陌生人，安静地抱团取暖，认真地倾诉和倾听。

倾听就是最大的意义，倾诉就是最好的释放，把那些过往丢进这间小小的树洞屋吧，轻装上路，继续你或晦涩或艰难的人生。

每一段倾诉后都会有值日的歌手给你唱一首歌，专门送给你的，有时是原创有时是即兴，吉他声淡淡萦绕，权当是一只隔空伸出的手，轻轻摸摸你的头。

入此门来，众生平等，有时候发言者想分享一些特殊的经历、高兴的事情，我们也表示欢迎。比如有个体重200多斤的胖子叭叭叭了一个多小时的电影梦，影服道效化巨细靡遗，怎么建组、怎么改剧本、如何分镜头……

我坐在小马扎上摇摇欲坠地睡了一觉醒过来，他依旧嘴皮子翻飞嗖嗖的吐沫星。

他说：……如果你真的热爱拍电影，心里就一定不要放下牵挂，要多经历多记录，等待时机的到来。每一部电影都是导演的内心映射，无论拍摄什么电影类型，前提是导演要对电影心怀敬畏之心，影像不会说假话，通过电影直接可以看到你的诚意。

……这种被卡司绑架、被资本绑架、被IP绑架的现状不会持续太久，一定会被改变的。

……关于拍电影，如果遇到想不通的事情欢迎来找我，我们可以一起聊聊，也许能帮上你点什么。

其实说话是要看场合的，不能硬给，你之蜜糖，彼之虾酱。

满屋子的人瞌睡了一片，都很礼貌，没人喊停，他老婆也没有他证婚人也没有。
真是难为了我那敬爱的梁叔了，笔直地坐着一脸认真地听，修养之好，简直感人，这连猜带蒙的一个多小时，也不知他能听明白多少，设身处地地想想，好比是遮上字幕让我去看粤语电影……

出于对梁叔的悲悯，以及为了照顾其他的发言者的发言权，我礼貌地扑上去热情地捂住老潘的嘴，告诉他只要他现在答应我不再继续BB了，我就答应他一定会去探班，给他这个当导演的送鸡腿吃去。
他立马闭嘴了，开始咽吐沫，说得是德克士的手枪腿儿才行。

话说，那时候我并不知道我的朋友老潘为了筹备他的电影处女作，已经掏空了家底儿，也不知道对于他的这种败家行为，他的老婆婷婷举双手赞同。

不是一家人不进一家门儿，婷婷后来陪着老潘奋战在纳木错外景地，人中上挂着两滴清鼻涕，喝河水住帐篷，好好一个细嫩白净的姑娘被折腾得脱了皮儿，生生晒出了沧桑无比的高原红，咋看咋不像是香港来的，完全就是香格里拉来的……

那些都是后话了，在小屋大理分舵树洞屋里的那个晚上，婷婷一直捧着腮帮子听老潘讲啊讲。
星光从玻璃屋顶洒下来，恰好落在她的那个角落，她出神儿地听着，满脸莹莹的光。
其实老潘讲得那么带劲，很大的原因是有她在耐心地听。

其实对男人这种生物而言,来自爱人的小小崇拜仰望,是最好的饲料,或燃料。

(十一)

老潘和婷婷的蜜月旅行第一站来了大理,我接待的。
事实上他们的蜜月旅行也只有这一站,且只有4天,4天之后梁叔和嬷嬷回了香港,婷婷陪老潘去了西藏,说是开工去了,拍电影。
我替她鸣不平,这蜜月也短得太变态了,根本来不及开展任何切实有效的生产工作。她说她不急,等老潘拍完电影了会陪她回非洲,剩下的蜜月会在卢旺达。

蜜月还能分期付款?按揭啊?
她说:到时候你也一定要来呀。
他们两口子看着我,谜之微笑:真的,非洲会给你惊喜的……

按下那个谜之非洲不表。
临行前一刻,我才获悉这个电影剧组有多没钱,且这部电影将来也不可能走院线。一句话,赔本也不见得能赚来吆喝的买卖,投入多少钱赔多少钱。
错愕之余我能理解老潘想圆一个电影梦的心愿,但身为一个真正的朋友,我大义凛然地咽下了嘴边的话,没去提他欠我的那20000块钱到底他奶奶的打算什么时候还……

关于拍电影，潘导演很轴，只会走直线不会拐弯儿掉头的那种。

热爱一个事物没有错，做电影理应有敬畏心，但矫枉过正就不好了吧，明明可以租赁的设备他非要自己掏钱去买，出手之豪情万丈，买昂贵的摄像机像买一袋子土豆。

我严重怀疑他对拍摄设备有一种处女情结，拍处女作非要用处女机，矫情得不行。

他还买了一匹马，小白马，纳木错小学学生英央家的马，当年他是支教老师，教过她。

影片从写剧本开始至拍摄，筹备了三年，马养了一年，光草料就吃了快一万块钱的。

藏区缺马吗？哪儿借不行非要买？非要买的话临到开机再买行不行？也是任性得不行。

他的解释是需要观察马的习性和情绪动作，喜怒哀乐的反应，这样方便剧本创作和后续拍摄……

一观察就是一年？

按这个理论，男主角是不是应该由他亲自生出来一边养大一边观察才行？

老潘电影处女作的男主角是个小孩，剧本里的设定是10岁，电影的名字叫《江米儿》，一句话就能说完剧情：一个牧区少年多杰，梦想买一匹名唤江米儿的小马驹的故事。

电影开机前后那几天是他最焦虑的时间，半夜给我打电话，阐述他的导演理论——大人眼中的一件小事，却是孩子心中的整个世界。

我逗他,给他泼冷水:格萨尔王赛马称王,他的神驹江米儿是白色的?没文化吗这不是。

他在那边气急败坏地哎呀哎呀,说故意这样设定的啊,这样才能营造反差……信号很差,听筒里风声呼呼,他应该是蹲在帐篷外面的。

高原深夜的彻骨寒凉我记忆犹新,但一点都不可怜他,他脂肪的厚度等同一件加拿大鹅了,只是念及婷婷蜷缩在帐篷里的模样,不由得叹了一口气,也不知道我这个可怜的小嫂子穿没穿秋裤,有没有保暖袜。

关于帐篷,老潘伤心过一次,哽咽着和我通电话,手捂着手机小小声那种,偷偷地。

火烧帐篷是一场重头戏,烧帐篷的同时马群需要跑掉,一个帐篷几千块,对他们来说是大投入了。帐篷烧完了,戏还没有拍完,马群跑进苍茫深夜后撒了欢儿根本追不回来,这段戏想重拍都没可能了。

那是凌晨3点多,全组人都没吃饭,饥寒交迫地找马,伤心欲绝地哀悼帐篷,以及,他们的导演痛心疾首地给我打电话,把我从酣睡中搞醒,张嘴第一句是:人生真是艰难哦……

人在脆弱时往往爱倾诉,可恨的是明明有"亲生"媳妇不去倾诉,非要来搞醒我这个远在天边的朋友。老潘那天哽咽着说了很多,脆弱得可没出息了。

他说他北电毕业十年,电影梦一直无缘得偿,十年的"曲线救国"里,一直积累着电影故事编写剧本,直到书店终于不再赔钱时,马上重新拥抱电影。如今终于得偿心愿开始拍摄了,结果今天马全跑了,帐篷也没了……

他哽咽得吭哧吭哧的，让我快点安慰他一下，说他心痛死了，没有帐篷可烧了，马也跑了。

我给予他的唯一的建议是：请滚去找你老婆抱一抱。

他的回答让我再度想拉黑了他，他说这些都是负能量，哪儿能扔给婷婷，那样不好。

行，你老婆是人，你兄弟就不是人。我开灯下床翻书找咒，应该能找到一个咒的，保佑那些跑掉的马儿自此浪迹天涯，永远别被找到。

那些咒看来不管用，马群第三天就落网了，潘导演剧组里的本地人很多，把马给找了回来。

话说剧组四十多人，几乎都是从西藏本地召集的，客观因素是从北京调人费用太高，没那个经费。就算有经费也很难开展工作，长期高海拔作业，高原反应会导致生命危险。

所以老潘的剧组成员80%从来没有进过剧组，新手分布在每个部门，摄录美服化道，手把手地教。新人没有习气，干劲都像牦牛一样强，每天除了忙拍摄还忙活着生火做饭，偶尔还会组织起来踢场足球。其实也不算踢球，风太大，球自己奔跑，一群人呐喊着追，撵兔子一样。

演员也没有一个是专业的，几个小演员是从当雄县中学挑选的，被选中时一脸懵懂，不知道什么是表演。男一号叫小多杰，家住附近的村子，牧民的小孩。有一次拍摄他从马背上摔下来的戏，本来只需摔一次，他自己非要摔四次，老潘担心摔坏了他，他很同情地看看老潘：唉，这算什么呀，我们藏族小孩从来不怕摔。

后来电影杀青,老潘把小白马送给了小多杰家,他父亲很激动,接马回家那天先给马献了一条哈达,又给老潘献了一条哈达。老潘说,有一种和马一起被颁奖的感觉,这种感觉很戛纳也很金熊,感慨万千沉甸甸。

马那时候比老潘体面多了,老潘那时协同全组成员被海拔5000米的骄阳晒成了煤球,乍一看像群井下矿工,再一看像群护法神,玛哈嘎拉啥样他们啥样。

剧组穷得鬼一样,高海拔没什么好干粮吃,据说这群人各种骗亲友去探班,让给捎点鸡蛋青菜什么的。
路太远,大家都懒得去探班,都鼓励他们艰苦奋战自生自灭。

电影杀青前的半个月,老潘有个仗义的兄弟去拉萨开签售会,那人酒足饭饱夜宿八角街,念及自己的朋友老潘尚苦B在纳木错边,此人辗转难眠,暗自嗟叹。
所谓两肋插刀,所谓事儿上见,翌日清晨,这个仗义的兄弟果断砸开一家德克士的大门,威逼利诱,让那家店的全体员工在短短几个小时内准备好了一份大餐——
单说吃的就有100个汉堡,100个手枪腿儿。

真是个有心人,守信如他,一直记得自己曾在大理时随口应承,会去探班。

鉴于这个兄弟左手残疾开不了车,另外两个朋友义无反顾站了出来,一个是浮游吧彬子，一个是青唐酒吧嵇祥，这俩人轮流开车，陪着那仗义的兄弟一路从拉萨赶到了纳木错边。

整个剧组的人含泪迎接，当然，主要迎接的不是他们，是鸡腿。
其中有个叫宋奕昌的人感动地拉着他们的手，说：怎么没配可乐……
那个仗义的兄弟淡然一笑，先帮那人敲背，让那人把嘴里的汉堡咽下去，然后告诉他：
从拉萨到纳木错正在大修路，如果带杯装可乐，会全颠洒了，如果带瓶装的，等于带了一堆开瓶即炸的小手雷……别问我是怎么知道的，别问。

此行最难忘的，除了拍摄条件的艰苦，就是导演老潘的吃相。
任你文字功力再强，也难以恰当描述出他啃鸡腿时的模样，反正是震撼到来探班的兄弟们了……早知道就带几只活鸡来给他生吃了，或者羊。

那天是2018年8月7号，感慨之余，那个仗义的兄弟拍了几张照片，发了一条微博：

要有足够的接受能力，才能消化一个理想主义者的打开方式，
要有充分的理解能力，才能明白一个老文艺青年的自我修养……

那条微博的每一张图片都美颜过了，收效甚微，我尽力了。
其实我想提示的是，如果你神经衰弱，请尽量不要点开那条微博的图9。
以免影响睡眠质量。

老潘的电影叫《江米儿》，应该上不了院线，造不出什么影响，不过是一个想圆梦的中年胖子，领着一群同样爱做梦的人疯疯癫癫地游戏了人间一场。

虽然可能性不大，但如果未来的某一天你有缘看了这部简简单单的片子，请你明了：

剧中饰演旺多大叔的昂桑老师，一幅画能卖十几万，本职是西藏当代著名画家，从没当过演员。女一号拉宗小姐姐拍戏中脚踝严重扭伤，带伤坚持到杀青，伤处肿得跟大馒头一样。还有《西藏人文地理》加措老师的爱人德珍，近60岁的年纪餐风冒雪在高原，不厌其烦地给没有表演经验的演员们讲戏。还有西藏牦牛博物馆馆长吴雨初，远在墨脱县拍摄纪录片的巴依老爷，都是一个电话日夜兼程赶过来参与演出，无偿帮忙。

老潘曾在纳木错小学支教，那里的老师们为了帮他圆梦亦是倾力相助。

老潘曾收养过许多小孩子，给他们当爸爸，供养他们一路读完大学。这部片子的场记就是其中一个女儿，叫次仁曲珍，在江西理工大学读大三，趁暑假跑来帮忙……

藏族孩子实在，次仁曲珍一口一个爸爸喊老潘，喊婷婷时却只喊姐姐，估计是看面相定称谓。剧组那时只剩一顶小帐篷，婷婷姐姐哆哆嗦嗦地蹲在帐篷里给大家烧茶，一边往火里添牛粪，一边咧着龟裂的嘴唇温柔地笑。

她说她就不吃了，她那份手枪腿儿留给老潘吧，让他好好解解馋。

这样的好老婆当真羡杀人也，感动之余我差点脱口而出：把那20000块钱都拿去给老潘买鸡腿了吧，不用还……

想了想，她应该不知道这笔钱的存在，算了不说了，省得解释半天怪麻烦。

……再说，凭什么不还！

火苗慢吞吞舔着壶底，小风儿飕飕往衣领里面钻。

她斟一碗黑茶递过来，闲闲地聊起了天气，说下个月内地就是酷暑了，那时候老潘的片子应该也已拍完，到时候老潘会陪她回非洲去工作一段时间。

她说：你去找我们玩吧，去避避暑，梁叔也会去。

去非洲避暑？非洲？

婷婷你还好吗？婷婷你是冻傻了吗？

她完全没有开玩笑的意思。

她坐在海拔近5000米的纳木错边，一本正经地和我聊非洲。

她告诉我：那里夜里凉，外套记得带一件。

（十二）

一约既定，万山无阻。

2018年8月30号，我暂停了手头的工作飞向非洲。

那个城市叫基加利，那个国家叫卢旺达。

同行者是成子，出发前头两天被我忽悠动了心的，两个40岁上下的中年男人手拉着手兴致勃勃地去看看那个古老的非洲。老潘说过的，特别好玩绝对不会失望。

老潘还说过的，没被活狒狒吓唬过的人生是不完整的。狒狒呀，还有大猩猩，真让人期待。

成子和我此前都没去过非洲，对于我的真情邀约他很感动，专门让豆儿煮了一锅史无前例的茶叶蛋路上当干粮，过闸时一开箱，呼啦啦围上来一堆人问为什么这么香，当然香喽，你知道老班章现在多少钱一两？

为省钱故，全程红眼航班，迪拜转机时需要去另一个航站楼，廉价航班都在那个地方。他英语不会我英语不好，这一通折腾这一通跑，忙则乱，到底是把那袋子茶叶蛋落在了安检处，整整一袋子茶叶蛋哦，一颗也没吃上。

那是豆儿亲手煮的爱的茶叶蛋，成子表示很忧伤，我劝他想开点：老潘答应会带我们吃卢旺达最好吃的东西……

我也不知道卢旺达最好吃的是什么，如果我当时预先知道了，那冒着误机的风险也要跑回安检处去把那袋子茶叶蛋给找到！

为了缓解成子那茶叶蛋般五味杂陈的忧伤，我和他聊了好一会儿狒狒，然后打开iPad和他一同制造一点期待，我们看的那部片子叫《卢旺达饭店》，出发前随手下载的……

影片结束时飞机开始下降,两个人并排坐着,身心沉沦,相顾无语,热泪四行。

保罗所做的一切尽了本分,暗夜里的一点微光,可是这点微光的周遭是多么漆黑的人性,无底的深渊一样。

……1994年卢旺达种族大屠杀,人类历史最黑暗的篇章。

两个月里上百万人殒命,无数家庭被灭门,成千上万的孩子死于木棒和砍刀,若有地狱,应是那时卢旺达的模样。

24年过去,杀人的已是中年人或老人,生还者亦然,他们该如何共处,如何原谅?

别说只是20多年过去,就算200年过去也是刻在人字上的一道长疤,永不痊愈的伤。

成子说他大意了,之前只知有过大屠杀,不知竟如此人性沦丧,多做点功课就好了,就不会以为20多年的时间足够漫长,就不会答应和我一起去这个地方。

他用餐巾纸捂着眼睛,鼻子是齉的,说去这样的地方当游客,是不是不太好……如果飞机现在能掉头就好了。

亦有同感,一颗石头压在心上,沉重加懊恼,我想我是冲动了,我来干吗的我?

借着陪老潘和婷婷度蜜月的名义来当游客?就因为那是个遥远的新奇的没去过的地方?我想去那里游览什么?苦难吗灾难吗?

我怎么不过过脑子就跑来了?还拽上兄弟一起?我是有病吧我……

老潘和婷婷干吗非邀我来这样的地方?
这样的国度这样的人,这样一个被人血浸泡过的地方。
我依稀记得婷婷在此地开展公益工作,她为谁做公益?杀过人的人?面对那些曾经的刽子手赠其玫瑰手有余香?

一个颠簸,飞机落地,浓得化不开的黑夜呼啸在窗外。
一段旅程尚未开启,兴致已消磨殆尽,老潘曾说非洲绝不会让我失望……
去他奶奶的吧。

下飞机时是清晨5点,疲惫加意兴阑珊,面对婷婷时我实在挤不出一个笑模样。
老潘和梁叔三日后抵达,给我们接机的是婷婷和爱玛,那个电动车伴娘。
婷婷介绍说爱玛现在和她是同事,一同在卢旺达开展公益项目,是一员得力干将。
见我噘嘴不语,她补充介绍:
……爱玛可有正义感了,先前我在肯尼亚过海关被勒索了50美元,爱玛知道后四处投诉,折腾了半个多月要个说法,把那些人搞得够呛……

爱玛很大条,无视我的缄默,结结实实地给了一个拥抱,拥抱成子时她笑着宣布:
泪吼泪吼,吼嗨森见到泪,欢迎来到全非洲最安全的城市!

……说反话呢?看起来也不像。

最安全的城市？还全非洲？这个曾经尸横遍野的地方？
见我和成子大眼瞪小眼，这个电动车姑娘积极热情地把我们往车里塞，边塞边叨叨：这是个神奇的国度来的，住久了就知道了，绝对不会让你们失望。
她如果不是个女生我当时就会想办法把她给绊倒。
要死不活的，她口径怎么和老潘一样？

整座城市尚在沉睡，灯火通明，寂静无声。
我摇下车窗远眺，没错，漫山遍野的繁星一样的灯火……这里的人们晚上睡觉是不关灯的吗？浦东也没有这样的灯火，维港也没有这样的灯火，这样浪费电是在干什么？

我疑惑地戳戳婷婷，她仿佛知道我想问什么，轻柔地告诉我：
你看，基加利的星空在地面上……

婷婷告诉我，大屠杀之后卢旺达修改宪法，从此禁止再有部族主义分裂主义，这里的人们现在不再分胡图族或图西族，只有卢旺达人。
换言之，在这个国度，关于浩劫的记忆历久弥新，人就是人，不再分民族或种族了。

一个又一个街区驶过，一片又一片的璀璨灯火，曾经的屠杀者和曾经的幸存者比邻而居，静谧在微凉的夜。
心中的感触无法言说，是一种道不清的沉重以及欲言又止的困惑。
极端的人祸会换来极度的反思，是这样吗？

同样的苦难同样的浩劫,这样的反思只属于他们吗?

该如何去理解这种反思?弥足珍贵还是亡羊补牢,痛定思痛还是等等再说?

于那些普通的亲历者而言,反思带来的又是什么?是彻底的谅解,还是算了?

全车人都沉默地望着窗外,良久,婷婷轻轻说:

基加利的星空在地面上呢……大屠杀后的20余年间,家家户户每夜都会点亮一盏灯。

或许是想照亮亡灵回家的路吧。

(十三)

梁叔说,大冰看起来不是很开心呢。

开心他发音成嗨森,好在已不是第一次见面,他的港普我已能听懂一二了。

我冲他敷衍地笑笑,看着这个老头儿咕嘟咕嘟地喝冰可乐。再没见过哪个老人家会像他这样爱喝凉的,在大理时就发现了,也太不养生了的说……

算了算了,操那心干吗,梁叔养牛的,只当是劳动人民本色。

养牛的梁叔不再是西装革履,他穿着一件灰色旧T恤端坐在非洲阳光下,挎着一个菜市场里卖鸡蛋的老太太才会背的收钱的小包,戴着一顶卖鸡蛋的老太太才会戴的那种遮阳帽。话说在大理时他就是这副打扮了,我严重怀疑这个老头儿很可能只有两身衣服，一身老西服正式场合用，一身旧便装日常穿着。
我不清楚他也来非洲干什么，没听说卢旺达适合养牛哦。

彼时傍晚，我们坐在基加利远郊的一家餐厅，吃老潘承诺过的卢旺达最好吃的饭。
与座者除了婷婷老潘爱玛成子梁叔和我，还有宋奕昌、袁超和Serieux。
宋奕昌就是婚礼上那个该死的翻译，纳木错探班时问为什么没带可乐的那个人，袁超是老潘剧组里的录音助理，成都人。这俩哥们儿满面春光踌躇满志，都是初次来非洲，看啥啥新奇。

Serieux是个结实的黑人，据说是婷婷的同事，也是做公益的。
此人话不多，一看就不简单，我严重怀疑婷婷和老潘的婚纱照就是此人拿手机拍的，握手的时候他叽里咕噜说了很多，我只听懂了里面有谢谢。谢什么谢，谢我干吗？这顿饭又不是我埋单，这顿饭我一筷子都懒得动好吗！

……梁叔说得没错，我当然开心不起来，是家中餐馆，火锅和饺子。
……好吧，老潘所谓的卢旺达最好吃的饭，原来是中餐。
我决定有生之年再也不轻信老潘了，我把他给我剥的蒜瓣都弹了回去，别来这套，你个大猪蹄子！

话说也不全是因为吃的，从落地起心情就是沉沉的，这种感觉说不清，越了解这个国度的历史越惶恐于来当一个肤浅的游客。大部队会合前的那两天，我和成子参观了卢旺达大屠杀纪念馆，又去卢旺达饭店坐了坐，清风吹皱水面，我们坐在游泳池边抽烟……

一厅一厅的头骨，小孩子的，一墙又一墙的罹难者照片，太多太多的全家福，这些画面镌刻进脑海也就再也磨灭不了，让人讷言。

像卢旺达饭店的保罗一样，那些人那些故事是真实存在的。

展板上有个故事令人动容，胡图民兵冲进小学教室，命令所有图西族小孩站起来，所有的孩子都站了起来，不分种族不畏刀斧，挺着稚嫩的胸膛保护自己的同学。

全体孩子全部罹难，不分胡图或图西，躺满了整个校园。

还有一个展厅在播放影像，一个个劫后余生者对着镜头诉说，有个女人平视着镜头说：他是我们的邻居，他把我们全家人都杀了，我躲在暗处看他一个个用刀砍，爸爸、妈妈、姐姐……只剩我一个了。

她说：我们现在还是邻居，我原谅他了。

她说：只有原谅他，我们才都能活下去，不是吗？

唯有听着看着，无法去论述或评说。

复杂且不可论证的人性，黑白灰纠结交错，有些事情我能理解，有些事情我解读不了。

关乎生死的议题太大，稍有妄语，即离了敬畏。

不同的国度类同的故事，有什么资格去俯视呢。

…………

老潘说他刚来时的心情也是这样，后来慢慢好了。

他说：你要不要听听Serieux的故事，关于灾难之后这个国家的普通人是如何自救的。

1994年卢旺达大屠杀时，Serieux 17岁，为止杀，加入了少年军队平定动乱，他的人生方向亦拟定于那个年纪，不过一句话：挽救这个国家。
大屠杀结束后，无数孩子失去父母，流离失所，和很多人一样，Serieux开始参与照顾街童。那时百废待兴，资源匮乏，政府力量介入流浪儿童救助有限，社会力量亦有限，没人没钱，他另辟蹊径，发现能把流浪儿童凝聚起来的最简单方法是踢足球。

足球门槛低，在非洲几乎任何东西都可以包裹起来当足球踢，踢球时的孩子短暂地忘却了伤悲，也不再畏惧与同类相聚。每次踢完球，Serieux都会趁机留住那些孩子，像个家长一样，告诉他们一些做人的道理，并帮助他们学习生存的技能，努力不让他们步入歧途。
他的想法简单而坚定，挽救孩子，就是挽救这个国家的未来。

若干年过去，Serieux初心不改，他以足球为媒介成立了Play for Hope[1]组织，纯公益性质，致力于给贫困家庭的孩子提供教育和生活技能，不光训练学员们的足球技能，也在培养新一代的青年领袖，为这个国度造血，以期复兴的机会。

---

[1] 即为希望而战。

卢旺达是个落后的国家,许多年轻人的想法是一旦留学国外就再也不愿回国,Serieux在Play for Hope里教会他们直面国家的命运、思索个体对国家的责任,告诉他们:所谓国家,就是我们每一个人,只有每个人都乐意并有能力服务社会,才能改变这个国度的命运。

若干年来,Play for Hope羽翼下的每一个孩子都明白一个道理,所谓爱国,前提是我要成为一个正直而不忘本的人。

Play for Hope当下有了一所叫Heroes Football Academy[1]的足球学校,以及一个乙级青年球队。

Serieux用足球在这个国度造出了小小的奇迹,足球是他们共同的方舟共用的撬棍。

Serieux受到不少国际足球组织的垂青,曾有国际足协出高薪邀他到海外工作。卢旺达收入低,这是个一般人梦寐以求的工作,但他拒绝了,说自己目标一直很明确——留在自己的国家帮助自己的同胞。

他很早就发过誓言了,那时血流成河尸横遍野,他17岁。

……在老潘讲述的过程中,Serieux一直在帮我们涮菜。

等他讲完,我碟子里不知不觉已堆起了小山。被这样的好人夹菜,我诚惶诚恐,没等开口客套,人家先一迭声地和我说谢谢。

谢我干吗?这顿饭又不是我埋单……

难道说此地的风俗是把欢迎说成谢谢?话说我这非洲黑兄弟的脑回路也真

---

[1] 即英雄足球学院。

是奇怪……

同样奇怪的是，老潘和婷婷不做任何解释，事不关己地坐在一边，满脸谜之微笑，总之表情很欠揍。

更奇怪的还在后面。

Serieux站起身来，像个中国人一样敬起了酒，不知他从哪儿学的，用的还是双手。

像全体酒桌上的中国人一样，他也是叽里咕噜一堆祝酒词，语气真挚眼圈微红，煞是动情。

我啥也没听懂，除了那一个又一个的谢谢。

我没端杯，人家这会儿谢的不是我，敬的也不是我。

他敬的那人戴着一顶卖鸡蛋的老太太才会戴的遮阳帽。

是个老头儿，职业是养牛。

该老头儿只喝可乐不喝酒，碰起杯来却毫不含糊，那一饮而尽的架势真好似在喝二锅头。

一杯喝完又是一杯，两人端着杯子握着手坐到了隔壁桌，叽里咕噜情感交流。

我腻歪坏了，梁叔哦梁叔，咱们这些外人又没给人家的公益事业添过砖头，人家婷婷还没说话呢，咱别喧宾夺主了行不行？

我想伸腿去把他绊倒，想了想也就忍住了，一来他年纪大，二来大家不太熟。

他们聊他们的，我们吃我们的，土豆子都涮完了俩人也没聊完。
老潘说，他们这会儿在交流近况，Serieux在向梁叔汇报足球学校的工作……
Serieux能向梁叔汇报什么工作？
足球学校也养牛？
老潘一边往嘴里扒饭一边说：梁叔本来就是我们的领导来着，一会儿我和婷婷也要分别和他汇报近期的工作……

我扔了筷子摊开手，诸位，别玩儿了，老让我费脑子有意思吗？
老潘！如果你再卖关子的话，分分钟把骗我的那20000块钱先给还了！
成子抱住扑腾的我，护住老潘的是他老婆。
我伸脚去踢老潘，误伤了宋奕昌又误伤了袁超……说！这老头儿到底是干吗的！

那个戴着卖鸡蛋的老太太才会戴的遮阳帽的老头儿不知何时站到了我身后。
他搓着手对着我笑，说哎呀哎呀，他真的是个养牛的。

（十四）

梁先生现年56岁，养牛的。
牛养在智利和新西兰，成千上万头。

他本江湖世家子，门第煊赫，自幼锦衣玉食来着，李嘉诚的大儿子和他是小学同学。

父亲在世时和赌王何鸿燊称兄道弟,同时亦敌亦友,小时候何生常到家里做客,抱过他。

这样的家庭里长大,他懒得在钱上下功夫,亦未承接衣钵吃江湖饭,大学学的是西洋美术史,在北美洲。

有道是豪门恩怨阋墙仇,父亲过世后家产大战开启,手足相伐血雨腥风,光自杀的就有两个,都是跳楼。

人间冷暖一时尽,看透了也就看淡了。他脱离了家族放弃了财富,不去抢也不去争,"净身出户"孤身去国,先打工,再开茶餐厅,继而瞅准商机开了农场,养羊养牛。

像所有老派香港生意人一样,马死落地行,白手起家是天经地义的事情,人到中年时他搏出了亿万财富,生意遍及三大洲。

这个巨有钱的老头儿活得巨抠,吃穿用度的标准不脱离劳苦大众,唯一的小爱好是喝点可乐。人有钱到一定份儿上,财富观异于常人,他最大的梦想是将来走了以后一分钱也不给子女们留,想要家产自己挣。

他会把所有的钱都散光,用以帮助困难地区的困难儿童,不管是哪个国家的,只要是地球上的。

为了实现这一梦想,该老头儿早早开始了追梦,从刚开始有钱起就在中国内地开展慈善捐助,若干年下来没人数得清他捐了多少钱。他谢绝媒体报道,不接受任何表彰,不让人赞扬他是个爱国商人,甚至不肯轻易向人透露自己的真实身份,只说自己养牛。

老潘就是他的执行人之一,帮他在中国内地助学助困。
婷婷是他在非洲的执行人之一,电动车小姐爱玛也是。

Serieux也是,他们2007年相识,算来也有12年了。
他很欣赏Serieux为同胞做的事情,理解Serieux是在为那个国度的年轻人留住根。他本也是这样的人,像许多那个年纪的老香港人一样,知天命后开始恋根,开始固守一些身份认同,行走海外时不说自己是香港人,只说自己是中国人。
从2007年至今,他是Play for Hope 最大的资助人,帮助的卢旺达孩子将近2000人。
那些非洲孩子不清楚他来自香港,只知他是中国人。

这个中国人代表全体中国人在卢旺达做了很多事情。
Play for Hope的足球学校位于Mayange,名曰Heroes Football Academy,学生来自周边贫困的小村,11至16岁,除了日常的足球训练,他们还被送到附近正规的中学上课,球技突出的会被送入乙级球队。

是个好学校,完全公益,完全免费,一批批最底层的孩子在这里被重塑命运。
出资建立这所牛×的学校的,是个养牛的中国人。

除了足球学校,这个中国人还供养着那支乙级球队,里面的成员16至21岁,都是足球学校升上来的。
教练来自各个足球强国,英国、比利时、法国都有,球队迄今培养了近60

名球员,有8名球员进入甲级队,其中一名叫Nyarugabo Moses的球员被选入国家青年队,2018年非洲联赛,卢旺达对坦桑尼亚的比赛中这小子进了4个球,被视为英雄。

客观上说,因为这个中国人的存在,那些卢旺达孩子看到了希望并触碰到了希望。这个中国人不仅出钱,还出人,他组建的中国人团队和孩子们朝夕相处,孩子们爱屋及乌,见到所有中国人就像见到娘家亲戚一样,对韩国人日本人泰国人全体东亚人也都顺便友好。

实话实说,可能在有些国家很多人习惯先问:你是日本人吗?
卢旺达不同,在那里习惯先问你是不是中国人,然后告诉他他太喜欢中国了,中国发达,中国人厉害而且好,然后摸出手机告诉你他也有微信,那手机不是小米就是华为的。

还有个客观的事实是,在很多当地人的认知里,并不能分清白皮肤和黄皮肤、西方人和东方人,就像我们看非洲人时大多也只能分出磨砂的和漆皮的一样,他们大多只知:白人历史上曾殖民过我们,把我们硬分成了两个部族,惹出天大的祸来不擦屁股掉头就跑,而黄皮肤的中国人不一样,是来帮我们的,朋友一样。

总之时下在那个国度,中国人的地位明显和其他国家的人不一样,其中有中国政府对非援建工程的缘故,也有许许多多普通中国人的所作所为,这一切都在塑造着中国人的集体形象。换句话说,不去不知道,去了才发现,我去,原来这么高……

也不仅仅是卢旺达,养牛的梁叔把中国人的故事写在了很多地方。

除了Play for Hope,他还是IRRI[1]的资助人,稻米种植改良计划,在一个叫布隆迪的非洲国家。这个项目主要致力于稻米病毒的攻克、稻米改良,以及教导村民更有效地种植稻米,所做的一切均是无偿免费纯公益的。

若干年来,这个项目从三个试验点扩大到十几个村落,举目处无有饥馑,处处稻花香。

老潘先前介绍得没错……

某种意义上说,梁叔他也可以算是个种大米的。

种大米的梁叔每年真金白银地掏钱,每年都会抽时间去布隆迪乡下探视工作进展。他每次去,当地农民都会载歌载舞夹道相迎,争着抢着给他看自己的收成、打理得井井有条的田。

2015年布隆迪总统大选,导致内战,受战乱的冲击,种植稻米的村落锐减到一半,但他没撤资,坚持定期捐助,和那些农民一起扛过了内战的那一年半。

这个老头儿的中国式思维很执拗:管你仗打成什么样,老百姓总要吃饭。

一切有意义的坚持总会换来更有意义的结局。

2018年9月我和梁叔他们相聚在卢旺达那会儿,一个消息刚刚落定——

世界银行决定资助稻米种植计划。

每年拨款2000万美元。

---

[1] 即国际水稻研究所。

多年的坚持和出色的表现争取到了国际关注,有了这笔钱,IRRI所帮助的农民将增加到200万人,占布隆迪全国人口的六分之一。

而这一切,始于一个中国老头儿义无反顾的执念。

好吧,用牛×一词已无法形容这个老头儿所做的一切。

他戴着卖鸡蛋的老太太才会戴的遮阳帽,养牛、种大米,达则兼善,千金散却,替全体中国人长了脸。

上述的这一切,据说只是他做过的事情里很小的一部分。

老潘和婷婷说,关于梁叔做过的公益,他们也所知不多,梁叔从不把善举当谈资拿出来炫。

婷婷说:

我介入到梁叔非洲项目后的这些年,发现他有一个准则,就是不干预机构的运作,每一个项目都肯信任当地成员。他说我们只能给予资金支援以及适当的人力配合,切勿扮演上帝的角色,须知只有本地人能真正到位地帮助本地人,当有一天他们能自给自足良性运作,不再需要我们的时候,才是我们最乐意看到的。

说这话那会儿,已是第二天午饭,梁叔正在街对面的小商店买冰可乐,我们其余人等坐在一家本地餐厅里等着点餐。老潘很委屈地和我解释:

梁叔老早就交代过的,和任何新朋友都不要刻意介绍他是干吗的,问的话就说他是养牛的就行,省得大家老把他当个什么有钱人看,他也不自在,大家也不自在……

他补充狡辩道:事实上他就是个养牛的啊……

他说:其实,你这次来非洲,梁叔他……

好啦！收声吧！我知道梁叔他是个养牛的了行了吧！

想起老潘和婷婷的婚礼上我曾和他一本正经聊牛肉面。
想起人家来大理玩儿的时候我从头到尾地不咸不淡。
想起昨天晚饭时我还不恭不敬地把人家当成个打酱油的嫌人家没眼力见儿。
对待这么可敬的一个老人我却那么失礼。
我很尴尬，我很汗颜。

我拖成子出门抽烟，迎面碰见梁叔端着可乐走了过来。
没等我跑开，他喊住我说：大冰看起来不是很开心呢。
开心他发音成嗨森，他的港普我已能听得懂一二。
我冲他尴尬地笑笑，看着这个老头儿咕嘟咕嘟地喝冰可乐，遮阳帽子扣在后脑勺，紫色的小包挂在胸前。

这个老头儿一边喝可乐一边对我眨眼，他说：你信不信……我保证你很快就会开心起来。

（十五）

我并没有开心起来。
失礼的尴尬像个卡在胸口的嗝，咽不下去打不出来。爱玛你松手，我坐桌子最角上就好，别把我往长桌中间拽。
老潘隔着桌子把一块煮香蕉颤巍巍地夹过来，又识趣地手腕拐弯，把那块香蕉搁进了宋奕昌碗里面。
这就对了，都别搭理我，我今天不配吃饭！

饭吃到一半时来了新客人，是老潘的朋友，据说是来卢旺达拍片子，听闻了足球学校的事情，赶来找老潘和婷婷牵线，想去参观。
那个女生叫梁红，听说她老公好像叫270，梁红被安排坐在我对面，笑得很和气，聊天也很亲切，是个很nice的女孩……
梁红一定很奇怪，对面这个人为何不吃不喝郁郁寡欢，嗯嗯啊啊懒得说话，像个蔫茄子一样歪在椅子里面。

这个茄子蔫了整整一顿饭，又一路蔫到Heroes Football Academy足球学校里面。
起初他独自在院子里踢石子儿，后来被梁叔喊了半天，又被老潘揪住脖领子生生提溜进教室里面，他叹了口气躲在成子背后，尽量缩得小一点。
漆黑的脸庞雪白的牙齿，那些孩子的掌声好热烈，Serieux把每个来宾都介绍了一遍，轮到介绍某个茄子时掌声尤其热烈，还有人使劲跺脚，这着实让人坐立不安……这是在干吗？哪儿受得起这样的掌声啊，早知道就带点礼物来了。

我听不懂Serieux的英语，伸手戳宋奕昌，你不是当过翻译吗？都说了些啥你翻译给我听听。他认真听了一下，探过头来告诉我其实他也听不懂，他英语也没过四级……
我……如果现在咱俩不是都坐在凳子上我果断会把你绊倒你信不信！

婷婷好心，悄悄坐我和成子身旁帮我们当翻译，她说嘉宾的介绍完毕了，出于相互的尊重，孩子们也会挨个儿做自我介绍。满屋子的人黑漆漆地坐了一大片，不会吧婷婷，几十个孩子每个都发言？
她说是喽，这是Heroes Football Academy的传统，人人平等。

半个下午的时间都在听婷婷给我翻译，辛苦她了。
说来也奇怪，漫长的自我介绍并未让人疲倦，每个孩子都是有故事的，各不相同。
半个下午的时间，有三个人的发言我印象最深。

第一个学生叫Uwase Eric，因家境困难到极点，贫穷战胜了亲情，12岁时被扫地出门，让自力更生。12岁的孩子哪儿有什么生存技能，好心的亲戚短暂收留过他，却无力让他吃得太饱，大家都穷，他一度沦落街头当了乞儿。
Uwase Eric说，感谢上帝让我来到了Heroes Football Academy，感谢Play for Hope的所有人对我那么好，我现在有地方住，有东西吃，也可以上学了，我认为我现在必须好好踢球！这样将来才有能力去照顾和我一样的人。
他伸手指着我们这群中国人：就像你们一样。

第二个学生叫Mugisha Samuel，自我介绍的第一句是：我是个难民。
他说：我和家人在2015年4月份从布隆迪逃到卢旺达，那时布隆迪在内战，吓死人了，我们逃到卢旺达后一开始住在Mahama的难民营，里面全是布隆迪难民。

难民营的日子很困难，也很不开心，很多人欺负我，我无法像以前一样踢足球，那里也没有学校。有一天我太想踢球了，就去了Remera找当地孩子踢球，那里刚好就在Play for Hope办公室附近。一个工作人员问我想不想参加机构举办的青少年锦标赛，我当然想了，感谢上帝，在这场比赛里我当上了最佳球员和分数最高的球员，如愿进入了Heroes Football Academy。

现在我可以在一个很好的学校上课了，比以前的还好，大家对我很好，在这里没人欺负我。

他很认真地总结说：

我认为我现在是个很幸运的难民，不是个可怜的难民。

第三个印象深刻的发言不是学生的，是我们的同行者袁超的。

袁超是成都人，英语极好，发言很流利，大体意思是自己刚刚在《江米儿》剧组结束录音助理工作，未来的计划是去北京电影学院进修导演专业，而在此之前他决定拿出完整的时间做一些有意义的事情，在得到了老潘的引荐和婷婷的允许后，他来到了卢旺达来到了这里。

他说他今天来了就不打算走了，从今天起他会留在学校当老师，和大家同吃同住，教大家中文和英语。

他的发言听得我一愣，今天就上班？不跟我们回城了？

婷婷说：是喽，铺盖卷都背来了，就搁在后备厢……

老潘的大脸凑过来，略带炫耀地和我咬耳朵：我这个小兄弟还背了个小火锅，说要给孩子们做冒菜吃，拉近师生感情。

留下的不仅是袁超,还有宋奕昌,就是我数次想绊倒的那个翻译官。
此君徐州人,起先在上海当IT男,后来到西藏投奔了老潘,从事儿童医疗和贫困生救助项目,上山下乡整3年,每月补贴只有2000多块。
这些钱他都捐了,和自己的钱一起咔咔捐。

老潘说:小宋有钱,他的特长是炒股,是个小股神,股灾时都能赚到钱,但是他有一套奇特的价值观……他认为老天之所以保佑他的股票赚钱,是因为他做了好事,所以股票一赚钱他就拿出来做好事,一做完好事就买股票,周而复始不停循环……
老潘说:他这次决定来非洲工作其实也是因为股票,你知道的,目前的中国股市现状……
我骤然间对此人肃然起敬,炒股人的脑回路就是不一般。
原来宋奕昌先生来非洲当志愿者,为的是拯救整个A股大盘?

令人肃然起敬的人还有很多。
原来爱玛是辞去了香港的记者工作来当志愿者的。
原来婷婷除了参与足球工作还独立负责着一个培训当地女生就业的项目。
原来他们这个组织还帮扶出了卢旺达的高考状元,原来除了学校他们还在很多村子里面成立了足球培训点,还组建了女生足球队……

有个细节很触动我,从足球学校孩子们的发言中,我能感觉到他们对婷婷老师、爱玛老师都很爱戴,甚至对老潘也很熟悉,但对他们真正的资助人却好像并不怎么了解,并不知道这个老头儿才是这群中国人真正的领导。

整场交流会梁叔都没怎么发言，笑眯眯地坐在另一个角落不声不响，他像个老农民一样慈祥而欣慰地看着自己的庄稼地，地瓜熟了，苞米也熟了，哎，长得真好……
Serieux未着重介绍他，只说他是Mr.梁。
两个人像是有种默契，好像他就是个普普通通的来打酱油的老头子。

这么好的老头子，来大理玩儿的时候我都没请人家多喝两瓶可乐……
成子你再往前坐坐，把我给挡一挡……

探望完学校后，Serieux安排了家访，那个老头子和我们一起驱车来到一个贫民窟，打着手电钻小巷，深一脚浅一脚。
家访的对象也曾是学校的学生，现在是球队队员，不久前家里房子塌了，Serieux请示老头儿后拨了专款搞来建筑材料，免费给他们在基加利的Nyarutarama地区盖了一个新的小房。Serieux介绍，虽还是在贫民窟，但确定是方圆半公里最结实的，不会再塌了。

那个队员叫Uwiduhaye Aboubakar，单亲家庭，兄弟姐妹5人，母亲失业在家没有工作，全家人靠的是他在球队的补贴。他妈妈一见面就扑上来哭，叭叭地挨个儿亲脸，又伸出拳头捶墙，说你们看啊，现在的房子可结实了，我从没想到我这辈子还能住上水泥房子。

Uwiduhaye Aboubakar的妈妈说，家里实在太穷了，没有任何东西可以拿出来招待客人，她说：我唯一能回馈给你们的只有祈祷。
于是祈祷，屋子小，人们贴着墙挤出一个圆圈，那个妈妈站在中央，合拢双手开始把赞美诗吟唱。信仰不同不便参与，我和成子站到窗外，肩并着肩，安静地看着听着。

……夜色笼罩基加利，万千灯火亮起在一个个山丘，繁星盛开在地面上。曾经的血与火之地如今静谧而安详，吟诵声婉转低回，炊烟般袅袅，萦绕在树梢瓦檐。

为什么要站在屋子外面呢？
其实完全可以进去和他们一起祈祷吧，不是吗？
我跟成子说，真的，我觉得都一样，哪儿有什么国别、什么人种……很多很多事情其实都一样。
成子点头，说他也是这么想，他指一下屋内，慢慢地道：
但我们只是嘴上说说，他们才是真正这么觉得的。

隔着窗子望过去，换了Serieux领唱，婷婷和爱玛站在那个妈妈的两旁，梁叔站在那个妈妈的身后，也是双手合拢，也是微微低着头的。

屋子里灯光昏黄，所有的身影都被染成一个色调。
油画一样，老照片一样，低沉而凝重，朦胧而沧桑。
他们就那么长久地立着，静止出一幅不分种姓不分肤色的凡人群像。

（十六）

谁又不是凡人呢。

生死没的选，当个怎样的凡人应该是可以选的吧。
可以吗？从何处下手？
还来得及吗？选项都有哪些？
唉都已经这样了还要不要去选。
…………
那些所谓的理想抱负成功成就之外，是另有一条阶梯的吧。
那些所谓的散发扁舟深谷幽兰之外，是另有一条渡船的吧。
…………
那些不一样的凡人，世俗而透亮，干净而简单。
不在乎先天不足、不介意己痴己贪，不落痕迹。
也不在乎落不落痕迹，人海中泯然于众，走得自自然然。
同样的逆旅单行道，同样的行囊荷在肩，他们却总是越走越轻松，以及心安。

我和老潘说：我明白你为什么会爱上婷婷这样的姑娘了。
什么温存啦真实啦都不重要，也难以概全，原因只有一条，套用你说过的话——他们那样的人，是很好很好的人。
他们牛×就牛×在他们帮人，但帮人时并不扮演上帝，帮得很真，一边帮别人一边帮自己。
不管他们曾经是什么样的人，不管曾源于什么样的契机。
他们后来都成了可以自度度人的人。

……多让人羡慕哦，自度和度人可以同时进行。
找到了另外的那条路，并物以类聚，去成为另外一种凡人。

光旁观光羡慕又无法去效法,这种微微自惭形秽的感觉真的太烦人。

成子说得没错,有些事情上我们只是嘴上说说,你们才是恪诚守真,且守得一点也不累……

走了走了,不想和你们再待在一起了。

你们的事我也掺和不上,再待下去我将步入自我否定,我那么爱自己我才懒得自我否定。

就这样吧,再见吧非洲,辞行辞行。

成子成功撤离,去了伊斯坦布尔。

我没走成,被扣留在了基加利。

老潘拦着不让我走,说来都来了,再等一天再等一天。

等了一天又一天,我都等得长毛了他才跑来告诉我说,孩子们明天会组织一场足球赛,足球学校和乙级球队之间。

他强调:会很惊喜的,特别值得一看。

当时我们坐在一家当地咖啡馆,面前是个正在手冲咖啡的锃亮的黑人小姐姐。

……如果不是担心国际影响,如果不是担心中国人的海外形象,如果不是因为老潘他老婆一并在场,我想我会用滚烫的拿铁帮他洗头。

我慢慢地,哀怨地告知他:

我从小就不爱看球,对球赛没什么感觉,再说那天去足球学校时不是已经旁观过孩子们的训练了吗?你饶了我吧放我走吧,你说我一个外人老去当观光客干吗?换位思考行不行,你不尴尬我尴尬。

这样吧,只要你这次放了我的话……
那20000块钱的事儿我再也不提了!

(十七)

2018年9月13日,离开非洲前的那天,我看了一场足球比赛。
那是我有生以来完整看完的第一场球赛。
我发了一条微博记录这场比赛,以及这次非洲之行的十几天。
不做什么感慨了,都在那九张照片里面。

图一是卢旺达雨后,万物被涤洗一新,呼吸间有种清凉的微寒。
我刚刚离开大屠杀纪念馆,避雨在某个湿漉漉的山丘边,那里名曰千丘之国,起起伏伏的小山。

图二是基加利午夜,成子坐在我旁边,啤酒刚刚喝完,遍野的灯火照亮亡灵归家的路,繁星点点铺满人间。

图三是在午后咖啡馆,那是个盛产咖啡豆的国度,重度烘焙后的单品有种浓郁的果香轻甜。
咖啡馆下面那张图片是卢旺达饭店。
往左,是足球学校的孩子们在训练。

再往左是我和梁叔，他背着紫色小包戴着卖鸡蛋的老太太才会戴的遮阳帽，边走边和我聊天。那时我们正徒步前往球场，他问我：开心一点了没有？
又说：……我保证你很快就会开心起来。

我费了牛劲才听明白他接下来说的话。
梁叔说：婷婷和老潘是真把你当朋友来的，不然也不会这样安排……他们这对小朋友想拉着你这个小朋友一起玩儿。
他说：一生那么短，多一点这样的鬼马朋友真好啊，人才有首尾，不孤单。

……天地良心，直到坐在足球场边时，我也没搞清楚那所谓的安排是什么安排。
什么鬼马？什么小朋友？什么一起玩儿？
梁叔啊梁叔，你能不能去把普通话好好练一练……

是一场精彩的比赛，孩子们噌噌地蹿来蹿去个顶个杀气冲天，在我这个外行看来真好似在打群架，比先前日常训练时紧张多了刺激多了，如同两群迅猛的豹子撕咬在硝烟间！
说是硝烟不夸张，有图片为证。
图七是在足球学校日常训练，图八是那场比赛。
那天只有微风，简陋的球场上没有草坪，那遍地黄尘都由他们扑腾起来。

婷婷戳戳我，轻声说：孩子们在用这种方式向你表达感谢……

不知何时他们两口子一左一右坐到了我身边,伸手指给我看,说踢球的孩子特别费鞋,再过几天又该给孩子们换鞋了,好在储备了不少够穿很久,全都是从中国运来……

我好像忽然明白了些什么,刚想蹦起来立马被摁住了肩。
老潘搂住了我脖子,大脸慢慢凑过来。

滚滚黄尘中他贴着我的耳朵,无比深情地说:
……看到那些鞋了没?
谢谢你当初的那20000块钱。

▶ ▷ 小屋成都分舵·宋钊《船长》

▶ ▷ 茶者成子《奔跑》

▶ ▷ 小屋大理分舵·西凉幡子《山雨》

妹妹

于小屋而言,我只是跑第一棒的人,快到交棒的时间,快了快了没剩几年。

届时我"净身出门",大冰二字会从小屋的招牌上换掉,每一块。离去前,我会请大家公推出合适的人选,不论哪个分舵,谁接棒就改成谁的小屋,一并接过所有的一切,领着大家一如既往,抱团取暖。
交棒和接棒,以此类推,不论再过多少年多少代……
只有这样,我们的小屋才不会变,才能薪火相传。

是为小屋不死——我平生最大的野心或奢望,抱负和期盼。

追风赶月莫停留。

平芜尽处是春山。

大冰的小屋离成为百年老店，只剩87年。

小屋始自雪域高原，涅槃于滇，笑骂由人里逆流独行，自在我知间开枝散叶。

今时今日，已有9个分舵80多个成员——

汉、藏、蒙古、回、苗、满、壮、羌、彝、白、门巴、俄罗斯……各族青年大集结。

东北西北，西南东南，华中华东，华北华南……各路少侠大抱团。

照看好小屋是他们的职责，他们才是小屋的主人和主角。

照顾好他们是小屋的义务，小屋是他们的避风塘、孵化器、疗伤所、加油站。

各分舵均有徽章，铭文各不相同：

西安：知白守黑，恪诚守真。

成都：清流自渡，一苇涉川。

厦门：八风不动，尚义任侠。

西塘：惜缘随缘，小隐江南。

济南：仁者默摈，立不易方。

拉萨：芄野尘梦，风马少年。

丽江：穷则独善，达则兼善。
大理：抱团取暖，随遇而安。
…………

所谓铭文，亦为铭心，能守能持，小屋方能薪火相传。
所谓薪火相传，一场漫长的接力赛，一棒又一棒地交递，一代又一代地传接。
莫测的世道莫测的未来，他日或风急雨骤或地覆天翻，无论如何，这么多的小屋最终能活下来一个就行，不贪。
只要还有一个活着，这场薪火相传的接力赛就不会被终结。
是为小屋不死——我平生最大的野心或奢望，抱负和期盼。

于小屋而言，我只是跑第一棒的人，快到交棒的时间，快了快了没剩几年。
有了观点就有了敌人，有了销量和流量甚至会有仇人，面对世间那些莫名其妙的嫉与恨、戾与谤，心下唯有不屑，但我明白，在这样的一个时代，大冰的小屋只有去大冰化了，才安全。
只有我离开了，小屋才能得以真正保全。

届时我"净身出门"，大冰二字会从招牌上换掉，每一块。
我会请大家公推出合适的人选，不论哪个分舵，谁接棒就改成谁的小屋，一并接过所有的一切，领着大家抱团取暖。
交棒和接棒，以此类推，不论再过多少年多少代……
只有这样，才有资格和可能性去谈多少年多少代。

只有这样,我们的小屋才不死,我们的小屋才不会变。

太多的东西不要变。
不要什么做大做强,不要去跟任何资本对接,小屋的宗旨从不是上市发财,不蹚任何浑水,只打理好小屋也能让大家温饱体面。严重超员时方可开新店,但选址原则不要变,哪个地区的歌手人多就让他们离家更近一点。严禁和歌手签任何约,严禁涉足歌手的歌曲版权,永远不要拿售卖歌手们的作品去挣钱。谁红了火了想离开,定不要阻拦或不满,谁输了败了铩羽归来,不准拒之门外,一天是小屋的人就一直是小屋的人,小屋永远是他的底牌。歌手们做专辑小屋要用公款支持,不要改变发放创作经费的习惯。不要改变给歌手承担医药费的传统,不要改变给每个成员发年终奖的惯例,哪怕他已经离开了半年,哪怕他是个义工只工作了半个月。只要付出劳动就要给予报酬,小屋从没有白用人的习惯,义工必须有月薪,不能只管饭。夜场生意难免遇到醉鬼挑衅,被打了不要还手,不然报警后会被判斗殴。穷孩子逃个单要做到睁一只眼闭一只眼,不要改变给老人免单给军人免单给流浪歌手免单的习惯,不要改变腊八节施粥的习惯,不要改变除夕夜收留无家可归的孩子的习惯……
我是不是啰唆得有点厉害?
忍忍吧,我还需要啰唆最重要的一点:

越是浪子越需要回家,越是游子越需要靠岸。
小屋是你自己给自己选择的家,自己给自己寻找的岸。
这里团聚着你没有血缘关系的家人,停泊着和你一样的船。

沧海风急浪高，江湖激流暗礁，无论如何，请勠力同心袍泽偕行。

请彼此守望，请彼此善待。
请惜缘。

（一）

若放在古代，小屋定不是个名门正派。
更像个简配版的光明顶或低配版的水泊梁山。
人员构成之多样，成员背景之复杂，士农工商五行八作，佛跳墙一样，化学元素周期表一般。

豆汁是卖面条的，周衍是中文系硕士，王一鸣考上了博士拥有着自己的发明专利，王二狗当过端盘子的酒吧女招待还在福州街头摆摊卖过牛肉丸……

大个儿曾是武警，书梵当过反恐武警，小墨是个退伍空军。
白玛列珠曾是墨脱的背夫，宋钊当过土木工程师，流浪歌手老谢当过民工。
麦先生领导过救灾志愿者团队，王继阳靠一把吉他翻建过一所希望小学，吴奉旸在五道口做服务员起步，老三当过网吧网管、云南导游和电工……

西凉幡子本是钳工，鬼甬也是钳工，瞿航曾是玉门油田的石油工人，阿哲曾在吉尔吉斯斯坦当过外劳石油工人，鑫子当过铁路工人会修火车，小傅在哈密戈壁当过泥瓦工，小天使是个来自安徽的汽车修理工，程小小也是修车工也是画师卖艺在厦门鼓浪屿的轮渡口……

谣牙子当过外卖小哥，陈静学的是护士。
霜霜开过美发店，千寻曾是个高端理发店的Tony老师。
楚狐在哈尔滨机场当过安检员，阿不来自中国联通，陈一豆来自中国移动。
老G开倒闭过广告公司，做过基金管理人。
四月姑娘做过设计师助理，公司倒闭后卖过红木。
祝子姑娘杀过猪……

何呵呵是武汉的小学教师，小海是甘肃的体育老师，贺小撒当过四川的音乐老师。
居阿郎开过琴行果子开过琴行大王开过琴行，都收过徒。
重庆宛儿在补习机构做过语文老师，还发过传单以及当过牛奶促销员卖特仑苏……

小诗在迷笛学校学编曲，陆彬彬在迷笛学校学贝斯，张怀森也是音乐科班出身，和李格、蠢子一样，大学一毕业就进了小屋。
居小四卖过烧烤贩过手机，家和当过日语翻译。
小姐姐是个会计也是个培训师，小姐夫满脸腹肌获得过健体比赛季军，知雨是国家二级运动员同时是个礼仪男模同时卖山蘑菇，大磊子当过传菜员当过厨师。
芥末在俏江南当过厨师，后误入传销组织又被撵出去喽。
古明亮以前是个卖小龙虾的。

六三在食品药品监管局当过检测员。
田自鸿在德阳市人民法院当过庭审助理。
叶子来自贵州省人民医院科教处……

以及樱桃。
樱桃来小屋面试那天,我问过她有什么特长,她想了半天,说会种大米……

所以樱桃是小屋里独一无二的存在——她会种地。
樱桃种过近十年地,你很可能吃过她种的大米。

樱桃说他们那旮旯插秧时不倒退,是往前走,她那时候六七岁,走着走着腿根陷进泥巴浆子里,大人拔萝卜一样噗地把她拔出来,反手扔到水田埂子上去。
黑泥巴糊满腔沟子,小蚂蟥吸在腿弯儿里,乡下孩子不怕虫,再软再蠕也只当是根儿鼻涕。她冲着蚂蟥吐口水,口干舌燥地把蚂蟥生生给吐下去。

收稻子远比插秧累,需凌晨5点起床去收地,从看不清干到看不清,收工时总见月亮升起。割稻子需要深弯腰,大镰刀掐在小虎口里,刀尖斜斜地垂向脚面,拿不稳就会扎下去,说也奇怪,每回都会扎在大拇脚指甲盖旁的缝缝里。

小孩子总是睡不够也爱犯困,割伤手的时候不是清晨就是黄昏。

镰刀是铁器，破伤风针却一次也没打过，每次只是用酒洗一洗，酒杀得伤口吱吱疼，像是被只大耗子啃住了使劲咀，大人给她裹上布片让她接着干，去哭一会儿回来接着干也行。
……受伤总不是偷懒的理由，一望无际的稻田，捉襟见肘的劳动力。

她左手中指的第一截直到20多岁也没知觉，神经当年被割断后，一直没能长上去。

不仅会种大米，樱桃还很会吃大米，闻闻味儿就知道是五常的还是盘锦的。
她说没上过太多化肥的大米香味足，香味不足的肯定农药打得挺积极。
有次米还没熟她就围着灶台转，锅盖一掀她就把鼻子扎了进去，我担心她毁容，一把揪住她的马尾巴辫子把她薅起，她一拨楞脑袋就挣脱了，嘎嘎地乐，拍着巴掌叫唤：
A呀！这绝对哈……这绝对是俺们老家那旮旯的大米！

A呀是她老家的方言感叹语，和旮旯一词一样，发音时需在两个字之间拖上一拍的音，以示内心波澜汹涌之情。中华方言博大精深，请自行练习体会。

可能是深知种米的辛苦，樱桃吃饭的时候从不浪费一粒米，包括锅里，明明剩下的可以隔夜后做蛋炒饭，她非要一碗一碗吃下去。我烦坏了，菜都没了好不好，就这么干吃干咽啊你？
她就嘿嘿笑，伸手护碗，说她从小就被养出这么个熊毛病，说只要看到有剩饭，她心里就鼓揪鼓揪的很硌硬……

鼓揪是东北方言，以及硌硬。
词义请自行揣摩，大约好像可能是在表达内心另外一种暗潮汹涌之情。

樱桃说种苞米就挺硌硬。
苞米地里杂草多，小的用手薅，大的用锄头，如果一个堆包上长出两棵苞米苗，必须拔掉一棵，不然都病恹恹结不出大棒子。苞米伺候起来费神，见天儿顶着大日头，她八九岁就晒出了日光性皮炎，红疙瘩满脸冒，一层一层。
晒得再难受也会去苞米地，她那时虽年纪小，但已懂事，知道自己也是一棵苞米苗来着，一个堆包上的另外那棵……如果不去干活，保不齐也会被拔掉薅走。

最硌硬的是收黄豆。
豆荚有硬毛，扎手，需要戴着电工线手套，轻了不行重了不行。豆秆子像树枝一样硬，轻了割不断，重了豆荚裂开，扑啦啦一地黄豆。
可了不得了，再费劲也要捡，得赶紧捡，黄豆地里大耗子蹿来蹿去，欺负她人小，好惹，踩着她的脚面子来抢黄豆。
有时候她急了眼，一脚飞出去像踢着个小皮球，半空中的耗子吱的一声。
踹飞的耗子一会儿就回来了，还带着帮手，欺负那么大一块地里只有她一个人，照样抢黄豆。

樱桃说，也不是干啥活都累心，种小青菜就很轻松，撒完种子浇点水就不用管了。
她说，种土豆子也很有意思，把土豆子切成一小块一小块，埋上土浇上水就能发芽。

说这话的时候她在我大理家中，一边唠嗑一边切土豆。
我已心碎到无力发言了，好不容易养活的香槟玫瑰，好不容易爬藤的红罗莎莉蔷薇，她全给我拔了，围墙一圈的花槽全被她祸祸了，里面撒了小青菜种子……
她还打算给我种土豆子！

她说：哥你咋还急眼了呢？这么好的土，种啥不是种，不种点菜多可惜。
又说土豆子也能开花，保证不输给哥你早前种的那些月季。
好吧，月季……我的玫瑰我的蔷薇不仅死了，而且还死得这么没有名誉，愿它们来世投生到好人家去。

樱桃还打算给我种芹菜，说如果想芹菜长得壮，脆生，就一定要在土里搅拌进去新鲜的人屎。
我严厉制止了她打算种芹菜的念头，她又说哥你是山东人爱吃饺子，我给你种点韭菜也行……

反正别人家现在茶花飘香樱花摇曳，我们家满墙小青菜还有土豆苗，浓郁的硬核乡土气息。
樱桃说千万别吃土豆苗，死不了，但会又拉又吐。
她说她小时候吃过，老难受了，但没死成。

我对她的过去有所了解，不去和她探讨那个关于死的话题。
我对东北话不太精通，反正樱桃的口音重得很，总把吃说成ci，一听就是来自屯zhi里。

（二）

樱桃家住亚布力下面的屯子里，那里临近雪乡，雪大雪厚，经常封门。有一遭雪把房子埋了，推不开窗子也爬不出去，全家人被封了三四天，吃喝拉撒都在屋里。樱桃说太味儿了，她睡觉的位置离馊桶最近，熏得头疼。
那应是段难忘的童年记忆，后来只要提到雪，樱桃总是头疼。

她来小屋上班后，滇西北曾下过一场雪，墙头瓦檐上薄薄的一层，南方籍歌手们激动万分地跑去打所谓的雪仗，杏子大小的雪球，三五米的射程。
她一脑袋问号地跑来问我：哥，你说他们是不是有病？
她啧啧称奇：这叫雪？快拉倒吧，也就将将儿比霜厚……

和所有老屯子的住家一样，樱桃家的厕所也是露天小木棚，据她描述，那是个神奇的所在，冬日里的每次解手都是上刑，冬夜里的每次光临都像慷慨就义。
主要是冻腚，迅速就麻了，手戳戳，哎没反应。
那麻木的感觉呈辐射状由外及里蔓延，令人分辨不出是该结束还是该再等等，到底屙完了没有……
以及不确定擦没擦干净。

没人陪她上厕所的，小手电是唯一的武器和照明，光圈里雪片飞舞如群蝗，她蹲进那片冰冷麻木里扑腾扑腾着一颗心，总感觉背后随时会伸来一只冰凉的大爪。

最大的心愿是起夜时能有家里人陪，她盼了很久，一次也没有，她从来就不招人疼。

作为北方的北方，零下35摄氏度稀松平常。

樱桃小时候家里每年都冻死鸡，羊也冻死过，那是她第一次吃羊肉，梆硬的羊肉用锯子锯，刺啦刺啦的好似锯木头。

2000年初的东北乡间，并不是太匮乏或太穷，肉常吃，只是不常吃羊肉，吃的时候并不会少了她的那份，只是骨头略多分量略少，筋头巴脑的往她碗里盛。

亲生的和抱养的，终究不同。

那时候小猪睡在炕上，和她头对着头。

小猪不进屋不行，一来天冷怕冻死，二来怕被老母猪翻身压死。

樱桃说猪比人爱撒娇，整晚听到它们哼唧，她把手伸过去，小猪立马把脸搁进手心，鼓拥鼓拥不停地蹭。

她和小猪说话来着，被子下面蒙着，和它聊白天发生的事情。

她说：我又不是不干活，我是真的病了才打吊瓶，我打吊瓶也没花家里的钱，村里的医生不是一分钱也没收吗……

她说：我也不想占着最暖和的那个炕头哦，我也知道妹妹刚从外面回来身上冷……

可妹妹好好和我说话不行吗？干吗直接拔了我的吊瓶……带出来那么多血多瘆人啊，胳膊也疼。

她说：我推妹妹那一下又不重，爸爸干吗过来照着我的脸就抽，我还生着病呢……

那天小猪身上湿漉漉的，沾满她的眼泪。她对小猪说自己饿，说一家人吃饭时没喊她，任凭她独自躺着蒙着头，说自己要是不生病的话绝对就跑了，哪怕冻死在大雪地里也不回头。

小猪后来差点儿死了，天暖和后它被搁回了猪圈，老母猪一个不小心，指甲盖在小猪身上划开一道大长血口。眼瞅着是活不成了也卖不出去，家里人琢磨着扒皮吃肉，磨刀那工夫樱桃抢走了小猪，两腿夹住它端坐炕头，飞针走线，严丝合缝地把猪皮缝拢。
一边缝她一边和小猪说话：你妈妈不是故意的，真的，我看见了……

小猪没怎么挣扎，仿佛针线的穿刺拉拽一点都不疼，她吧嗒吧嗒地掉眼泪，说：你可不许怪你妈，它现在应该也怪难受……

她当然遭到了嘲笑，伤口还没缝完小猪就差点儿被抢走。
她抱着小猪不撒手，急急忙忙地拽紧那根线头，总得有人管它呀！她喊：它受伤又不是它自己作的……它能活的，别现在就吃它行不行？它长大了肉不是更多。

小猪活了下来，和樱桃一直很亲，见到樱桃就哼唧。

它长到130多斤时被卖掉了，已经有很多肉。

猪不笨，比大多数家畜都聪明，临走时它各种哼哼满世界找樱桃，樱桃躲在屋子里抹眼泪儿，不肯露头。

别找我，我管不了你了啊。

她喊：你赶紧走，赶紧地。

……好多年之后，樱桃和我说起这段往事，一边说，一边手脚麻利地缝着被面。

她是个很勤快的人儿，也是个很善于做针线活的人儿，她把歌手们的被子抢来把棉花掏出来，晒得暄暄的再缝回去，一针一线。

论年纪，她是所有人的妹妹，但论这干活的架势，她是姐姐。

这个小姐姐边缝被子边给我比画。

喏，小猪睡炕头时才这么大点，热乎乎的，肚皮都烫手呢……

她说：哥，你现在知道我为啥不咋爱吃肉了吧，唉，老怕吃到的是它投的胎。

她说：猪真苦哦，生生死死那么快，也不知道要投多少次胎。

（三）

她的命运未必比小猪强多么点。

从记事起就开始干活,入学前一天还在干,放学后背着书包接着干,一直干到初中。
初中时第一次赶集,她吓坏了,这么多人啊,咋地也有两三百。
不怪她见识短,初中之前没出过村,家里人赶集从不带她,农村办喜事吃酒席也只带两个妹妹去,她从来都是看家的那一个。印象里好像对她一直不冷不热,从小没抱过她,活儿却从来没有让她少做。

家人没明说过关于抱养的事儿,她猜也猜得出来,不说反比说了好,说了她就真的是个外人了,还怎么凑合着在这个家里待。

能让她上初中就不错了,一个月还给她10块钱零花。她住校,为了省钱一两个月回去一次,每次车票6块。不回去也没人想她,也不在乎她学习好坏,唯一介意的是干活,于是别人回家是放假,她回家是劳作,干不完的活儿。
那是2007年,她也不知道自己是14岁还是13岁,只知道自己不招人疼,不疼就不疼吧,扛着镰刀锄头长大的孩子神经粗,她早已习惯。

家里没有让她上高中的意思,她晓得,但没料到那么早就要把她往外撵。那时的乡间,18岁就办婚宴的女孩子不少,15岁就被相亲的却很罕见,她初中刚毕业就被领去邻村见一个斜眼,是真的斜,看人像没看。
家里觉得很对得起她,那家的爸爸是手艺人,会修家电,不愁吃饭,于是收了礼定了亲,等着她再长大一点。

她自然是不依,谁说也不听劝,那人找上门来和她谈恋爱被她撵了回去,于是媒人堵上门来骂大街。东北老娘们儿坐在门槛上骂街的威力堪比榴弹，一颗接一颗地炸开不带停歇，恰逢爹妈出门做客喝了酒回来，认为丢脸，恼怒之下爸爸给了樱桃一拳，转身操起一把菜刀追着她砍。

于是她跑了，跑了再没回来。
家里人也没怎么找过她，一直到今天。
听樱桃说，那时她15岁，也有可能是14，但身份证上写的是18，为了她嫁人方便。

听樱桃说，幸亏那时候不是冬天，但也快了，她怕冻死，于是一路向南。流浪归流浪，没要过饭，她从小干活被逼出来一把好力气，人又勤快，打过几份力气工，当过小饭店的服务员。小饭馆里经常会遇见一家人来吃饭，年龄相仿的女儿，慈爱的父亲母亲，她端菜时手会不自觉地哆嗦，会洒出来一点。
她给人家道歉，说是因为自己有点冷，穿得少了一点。

不知道为什么，她那时是真的怕冷，总想离亚布力远点远点再远点，于是一路打工一路走，不知不觉过了山海关。熟悉的乡音渐渐稀少，她松了一口气，但继续向南。

2009年时她到了青岛，应聘一家海鲜酒楼当服务员。
那个酒楼在市南区莱阳路33号，海军博物馆对面，现在改成了铭仁咖啡馆。
起初海鲜酒楼不想要她，觉得她太土了，颧骨上两坨村红，说话声音大得像喊山，后来发现她力气巨大一个人能当俩人使唤，于是留下了她，最重的活扔给她干。

她说的年龄终究有人不信，有人发觉了她是个无依无靠的未成年小孩。那人是个厨子，姓王，负责凉菜，王凉菜老让她洗衣服，还动手动脚，龇着黄牙觍着脸。
有一次王凉菜喊她去他宿舍，说有事找她谈，她只是小不是傻，打死也不干，于是后来吃饭时王凉菜故意不给她打菜，就让她干吃米饭。

也受过客人的欺负，那时候她因为勤快，很快被升为点单服务员，遇上一个常客，一身花绣刺青，据说有黑社会背景，张嘴闭嘴提聂磊。她倒酒的时候被催得厉害，反着手倒了，那人拿起酒杯泼了她这个小姑娘一脸。
白酒辣眼，她哇地哭出来，挓挲开双手摸墙想跑开，没等摸到墙，脖领子被揪了起来，她边哭边喊：叔叔我错了，我也不知道我错在哪儿了，我可以学，我一定改！
没人搭理她，她直接被提溜着扔了出去，后腰上还补上了一脚。

后来才明白，只有给死刑犯倒酒才用反手，也不知道他们在打怵些什么。

海鲜酒楼离栈桥很近，她不忙的时候会去走走，有时候会有点小得意，这可是真的大海啊，爸妈和妹妹们都没见过的东西……他们一定想不到我居然见到了这东西。
她但凡有空就去看海，有一次看到一个学生，背着书包穿着一中的校服，面对着大海哭，第二天路过看到那孩子站到了礁石上，正打算往里走。

她扑过去的时候，水已经到了那男孩的波棱盖，她扑腾着把他拽上来，4月份的青岛海风凛冽，两个人湿漉漉的哆嗦成一团。

她听不懂那男孩的苦闷，理解不了什么是厌学，她只会揉搓他，使劲摸他的背摸他的脸，希望他能好受一点，就像她以前摸小羊摸小猪一般。

男孩后来果然好了一点，给她鞠了躬，说姐姐我不跳了，谢谢姐姐。
她就红了眼圈，说自己不是姐姐，说：如果我还上学的话，咱俩应该同一级呢……
另外一句话她没敢说——
你脚上的鞋是叫耐克吧，要好几百吧，我在客人的脚上见过。
我一半是救你，一半其实是心疼这双鞋……

她那时当服务员的收入不多，但从不敢偷懒，特别害怕老板不要她了。存钱的习惯应该是那时养成的，能不花就不花，省着攒着，还要留着接着往南走呢。

樱桃这个名字也是那时候给自己起的，她去过超市，眼花缭乱的，水果区的车厘子震惊了她，这么贵啊我的妈呀，干脆你把我吃了得了。
那时候青岛人把车厘子叫大樱桃，于是她起名叫樱桃，立志要好好干活，以后也能吃得起它。

因勤奋过人，她到海鲜酒楼半年后当上了领班，手底下管着4个人，哪个都比她岁数大，其中两个是青岛科技大学的兼职大学生，一个是泰安的小涛，一个是河南的王晓燕，后来都考上了研究生。

小涛和晓燕都劝她接着读书，带她去了科技大学的夜校。

那里是大专的课程，她连高中也没上过她听不懂，于是哭着走了，觉得自己完了，只能靠端盘子度过这一生。

她当然不想一辈子端盘子，但不知道还能干点什么。

16岁的年纪脑子糊涂着呢，却有了30岁人才有的远虑近忧，以及未雨绸缪。

于是她辞了酒楼的工作去了中山路青岛国货商场，一个月底薪1800元，在千百度女鞋专柜当导购。

那个牌子的鞋不算贵，但她穿不起，自己的鞋都在夜市上买。

关于鞋店的生涯，她后来说，其实有些女人的脚比男人的臭，她每每蹲下来给穿鞋，都熏得差点站不起来。

吃饭常常是青岛街边常见的野馄饨。

住处就在国货后面市场旁的小巷子里，一个月600元，她和三个女生合租。

处得特别不好，她们特别看不起她，看不起她的乡气土气，看不起她挣得不多，最主要的看不起是——她们是在百盛商场上班的售货员，看不起她是国货商场的。

世间大部分鄙夷是居高临下式的，居高临下和自以为是构成了大部分鄙夷，越没什么资格去居高临下的人越爱鄙夷，或许是因为除了鄙夷和否定，他们也无法从别的事情上获得存在感吧。

反正她们简直认为她不配和她们合租，她卖的鞋最贵的才399元，而她们卖化妆品卖卡西欧手表，随便一单就1000元。

她后来也被调到了百盛，在百盛的千百度当导购员，那三个女生越发看不起她了，用鼻孔眼告诉她：你居然也来百盛上班？你也配？

她没和她们吵过架，一次也没有，总用笑脸去对着那些鼻孔。
她的想法一厢情愿得很，毕竟生活在同一个屋檐下房子里，不论看不看得起，她都觉得和她们算是一家人。

（四）

大冰的小屋有纳新聚餐的传统，樱桃刚进小屋那段时间，大家在老兵火塘里给她接过风。
起初她局促得很，看看这个看看那个，后来放开了点，用手摸摸这个摸摸那个，红扑扑的脸，嘎嘎的笑声。

我说：大家共同举杯，欢迎樱桃加入咱们这个大家庭，从今天起生死富贵、患难与共。
她愣了一下，咣当给自己倒了一大碗白酒，非要一口气喝完，谁拦都不行。
……这孩子明显没怎么喝过酒，第一口就喷了出来，鲸鱼出水时那种喷涌。
唉，我的衣裳我的鞋，我刚刚才洗完的头……

老兵端着酒碗从后厨踱过来,问我:从哪儿捡来这么个大傻丫头?
我往他酒碗里吐了一点口水,通知他说,这是咱们冰兵书屋的新义工。
他肃然起敬,赶忙招呼让多上几个菜,好好招待招待这个大傻丫头。

事实证明樱桃一点都不傻,冰兵书屋的收入骤增,她简直太会卖东西了,一个月下来存货告罄货架子空……这可难为坏了老兵。

冰兵书屋10平方米大小,开在小屋丽江分舵对面,老板是我和老兵。
店是从老兵火塘里生隔出来的,店里卖的是我的书,全是签名版。
感谢所有曾经在那家小书店里买过书的朋友,稽首百拜。
刨去运费,一本书挣3到5块钱,这些钱没有一分一厘是被我和老兵吃了喝了挥霍了的。所得的收入,全部给老兵义务消防队的消防车加了油。
也就是说,如果你曾在那儿买过书,那一场场被扑灭的大火背后,也有你的贡献。

所以老兵很头疼,樱桃一个月给他挣来的汽油钱,够全体消防车两个月用。
于是消防队的小兵们也很头疼,老家伙这是发的什么疯,训练项目激增,巡逻次数倍增,按这巡逻频率,别说救火了,足够熄灭街上每一根叼在嘴旁的烟头。
……那也烧不完那么多汽油!

对于老兵的苦恼我无能为力,人家丫头工作认真还是错?
我建议他"曲线救国",经常喊樱桃回家吃个饭什么的,每次一吃就是半天，消耗掉她一些时间，这样说不定能降低书店营业额……
老兵立马照办。

两个月之后他给我打电话，说坏了，都怪你出的馊主意，现在和樱桃产生了感情。
我快吓死了，你个老不死的你想造什么孽！
他说，谁拦也不好使了，他一定收樱桃当女儿才行！

神烦任何人和我说话大喘气，原来不是那种感情……
老兵管了樱桃两个月的饭后，只鳞片爪地了解些她的身世，于是心疼得不行。老家伙性情，决心要给樱桃当爸爸，天天给她好吃的。
结果樱桃当场被吓走。

她没走远，躲在大门后抹眼泪，说：真的假的啊？你可别（别，发四声）蒙我了……
说：你可别现在当了，以后不当了……
她说：你要是以后不想当我爸爸了，我可怎么受得了啊……

她说她走得已经很靠南了，心里面已经没有劲儿了。
已经没劲儿再往南走。

（五）

樱桃15岁离家，十八九岁时在青岛一口气打了三份工。

百盛的鞋店撤柜后,她改去四楼当女装导购,每天下午2点干到晚上10点,2点之前她在肯德基打工。

肯德基在青岛火车站旁,她需要每天早上5点赶到店里头,值班经理喜欢她,三个人收银,她的队伍总是解决得最快,而且听力非凡。

前台点单收银有暗语,只要总配在保温柜后面说:嗯,看来今天汉堡好吃。
她立马就听到了,同时明白了。嗯呢,汉堡快到期了,汉堡一般十几二十分钟卖不出去就口感变差,于是她点单时玩儿命推汉堡。
有时候可乐的冰不够了,她就推芙蓉鲜蔬汤。

肯德基是打卡上班,她那会儿12块钱一小时的收入,于她而言,不小的一笔钱,因为害怕丢了这份工作,谁喊她顶班加班她都乐意,并不吝惜自己那紧紧张张的6个小时的睡眠。
朝5晚10的生活熬了一年,她只顾着忙,没发现自己免疫力下降得厉害,直到满身长瘊子才被吓住,这才肯停了工休息几天。
她和很多年轻人一样,以为年轻,休息休息就能缓回来,并不知道病根已然伏潜。

没等休养好,她着急忙慌地找活干,心里虚得很,说不清是在怕什么。
孤家寡人的,只有工作和攒钱能给她安全感,虽然也攒不下什么钱。
她去了佳世客超市里卖了几个月男装,生意不好,男装店老板凶她,临走没给她工资,摆明了欺负她。

去了几次也没要回来,也就不去了,怕挨揍,挨了没人帮忙出头。

很长一段时间,她满世界找活干,去不同的商场当临时导购,每天都在上班,没有闲着的时候,节假日不休。

过年的时候不休也要休,她没年可以过,也没有地方可去,冬天海边去不了,一个人窝在屋里头。她那时有个小收音机,最爱听的是《金山夜话》,她给全山东省人民都知道的金山老师儿打过热线电话,居然接通,磕磕巴巴说了几句,自己都不知道要表达的是什么。

全山东省人民都知道金山老师儿熊人的本领,她也被熊了,因为收音机忘了关上,影响了播出音质。

后来想想,为什么打那个电话呢?

可能是孤单吧,孤单这东西真奇怪,忙起来的时候没空琢磨,闲下来后全世界都过节去了。她没饺子吃,没黏豆包吃,自己待在冰凉凉的屋里,一瞬间被孤单淹没,那孤单铺天盖地的,巨浪般涌来。

孤单也分好多种,她已经是个大姑娘了,20岁上下的年纪,有了一些莫名的心绪和忧愁。

特别想看电视的时候,她会满大街找没打烊的店,站在门外隔着玻璃看,站上一会儿就要走走,走了再回来,不然人家会骂你影响生意,是条堵门挡道的狗。

偶尔会遇见好心的店家,用青岛话喊她小嫚儿。

小嫚儿小嫚儿进来看,外面冷……哎嗨,恁看看恁看看,都冻出了大鼻挺[1]。

她坐进屋里，角落里缩成一团，电视里的那期节目她一直记得，有人求婚成功，有人寻亲成功，有人破镜重圆……
看着别人的身世，想着自己的身世，她捂着嘴，哭得喘不过气来，眼泪顺着手腕往袖子里钻。

几年之后，她咧着嘴傻乐，站在云南明媚的阳光下，戳在我面前。
一脸内分泌不调而蹿起来的痘痘，拖着个大编织袋。

那时她来小屋应聘，但对小屋一无所知，没看过我的书，也不明白这家店。
我留下她的理由有三个：
一、她说她的特长是种大米。
二、她说起让她离开青岛的那段遭遇时很坦诚。
三、她说她认识我，所以她看到招牌上的这两个字就进来了，因为她看过每一期《惊喜惊喜》，她觉得主持过那样一档节目的人，应该不会是个拖欠员工工资的坏老板。

那时12平方米的小屋，已有13个成员，实在容她不下，于是安排她去对门的书店。
那时候的我并不知道这个土得掉渣的孩子有一天竟会成为小屋丽江分舵的

---

[1] 青岛话：鼻涕。

管家。

也不知道这个叫樱桃的姑娘从15岁开始自己养活自己,站到我面前时22岁,全部积蓄只有6000元。

我只知道她是个普通而实在的小女孩。
而小屋,正是为了这样的小孩而存在。

(六)

樱桃起先只是冰兵书店的义工,工资只有4500元。
宣布她直接升任小屋丽江分舵管家时,所有人都吓了一跳,包括她自己。

她跑来跟我说:哥啊,我读书少,没文化……
我告诉她,那叫没知识,知识和文化是两码事,有知识没文化的人多了去了,所以这个世界上知识分子其实很少,多的是知道分子……
她用牛的眼神看了我半天,茫然地开口试探:……那我有文化?
我说:当然没有!

樱桃哦樱桃,但你有比文化更金贵的东西。

例子可以举出很多,随手采撷一二。
除了每年八月十五给来客发月饼,小屋多年来还有腊八节施粥的传统。
惯例是淘米洗豆水三升,热气腾腾大锅盛,端到小屋门前见者有份,旁边立一牌子,上书一个偈子曰:

婆婆论苦乐
苦海自有舟
过路皆菩萨
吃我一碗粥
…………

这五六年我基本不怎么再去丽江，换作小屋的其他人施粥，小屋的成员流动性大，不时有人调来不时有人调走，但大家延续多年的惯例，大马勺插在锅桶里，一次性纸碗搁在旁边，想吃自己盛，谁吃都行。
惯例之所以是惯例，自有其道理，取一个自在随性。
可那年发回的施粥照片及视频里，这个惯例却被打破，樱桃始作俑。

不再是任人自取自用，她站在锅桶旁边抢着勺子一碗碗盛，还招揽生意一样喊路人来尝尝，人家稍微靠近就硬往人手里塞，热情得不行……
这哪儿还算施粥？说是个卖包子油条茶叶蛋的早餐铺子都行！

而且是个可以送外卖的早餐铺子，有差不多三分之一的粥被她送了外卖，一次两碗双手端着，来来回回地小跑，忙得不行。
而且还是个带音乐表演的外卖早餐铺子，她不知怎的说服了歌手们，一人一个乐器坐在门口，锣鼓喧天地唱歌奏乐给喝粥的人听……

那种感觉那种氛围，像极了二线城市中型商场里常见的冰箱空调促销会，带路演的那种。
后来樱桃给出的解释是，她以前当导购时见天儿看路演，认为这个方法热闹又好用……

她说,她觉得施字不好听,跟可怜别人似的。
她说咱家干吗要让人觉得是被施舍了呢?别人多多少少会有点不好意思哦……
她说咱家热情招揽了,粥主动递过去了,这事儿就变成了邀请,邀请总比施舍好,会让人不那么别扭。
她说她一眼就能看出什么样的人会别扭。她说越是那种看起来特别普通的人,越不能在这种事儿上让人家别扭。她说她懂他们,懂他们的拘谨和害羞,她就是来自他们当中……

樱桃那时跑了小半个古城,一碗一碗地把粥送给那些清洁工,还有协警,知道他们不好意思去取,于是主动送。她还自己掏钱买了黑糖,每碗里面放一块,每送一碗都问够不够,不够的话她立马跑回小屋继续去盛。
她对那些挂着扫把拎着簸箕的橘红色老头老太太说:您可劲儿吃,我们家还有老鼻子多的粥。

从那时到现在,从丽江分舵到其余8个分舵,每年腊八的施粥不再是让人自取,都改为了小屋的成员们亲手盛亲手送,几年下来变成了惯例,暖和了无数人心,樱桃当居首功。
但缜密思考之后,唱歌奏乐的那个做法还是被遏止住了。
毕竟不是路演好不好,真搞成了打折促销冰箱空调了那可能行……

不知从何时起,樱桃开始把"我们店"喊成"我们家"。

她开始喊我哥,而不是老板。
我不是她哥,我一度觉得她是我二姨,或大姑……
她做饭的时候尤其像我大姑,那菜刀哒哒哒的,那油锅嗞啦啦的,看她做饭简直就是在观赏一场打击乐表演。
我尤其爱看她做年夜饭。

每年的除夕夜,各个小屋都会全部免单,营业至凌晨,收留无家可归的小孩。
算来,已是12年的传统。

惯例是分成上下两场,上半场是所有歌手所有成员以及部分和我过了若干个除夕夜的老客人在一起聚餐,下半场是大家集体去小屋,集体给客人们包饺子,一锅又一锅,一盘又一盘。
大过年的,有家没家,总要吃顿饺子。

樱桃初来小屋的那个年,我爹妈也在,歌手楚狐的妈妈也来了,都是精通厨艺的老人家,都被樱桃从厨房里撵了出来,所有的人都插不上手,她几乎一个人搞掂了一顿年夜饭。
她在厨房里叮叮当当那会儿,我倚在门框上发了一下呆,这似曾相识的勤快,让我想起了一个叫小卉的姑娘,一个叫小厨子的男孩……
也不知道他们现在漂泊在何方,有没有吃上年夜饭。
也不知道他们看没看到那篇《寻人启事》,还会不会再回来。

樱桃那时守书店,翻看过《好吗好的》里的那个故事,她一边颠勺一边扭头看我,听着我的感慨。

哥,她说,其实你并不明白那两个小孩……

我不明白难道你明白吗?那都是好几年前的事情了,你和他们又没见过面。

她说她懂,她关了火,盛菜洗锅,一边忙忙叨叨一边对我说:

如果我是小卉,不论多想回来,我这辈子也不会再回来……

她说:哥,你写小卉的那篇如果她看到了,一定会哭得挺痛快,这么久了还被人记挂着,多好哦……被记挂着就已经足够了,再多了可就受不了了。

她说她和小卉一样,都是有点可怜的小孩,这样的小孩啥可怜都能忍能咽能扛起来,唯独受不了被人当面可怜……

她背朝着我忙忙碌碌,含含糊糊地说:

哥,被当面可怜的滋味老难受了……说了你也不会明白。

年夜饭后大家回小屋包饺子,屋里已坐满了人,太多无家可归的小孩。

气氛些微有点凝重,那些下至十七八上至三四十的孩子都有些拘谨和腼腆,不言不语的,互相映照着彼此的孤单。

我知道要过好几个小时之后他们才会慢慢放开,一起手挽着手唱歌,一起又哭又笑地跨年。

那一年大家却放开得很快。

因为一个叫樱桃的姑娘嗖的一声把脑袋伸进门里来。

她环视打量了一圈,很生气地开始骂人:

一个个的,光等着吃现成的啊,不知道帮家里干活啊!都给我帮忙包饺子去!

她掐着腰喊:赶紧举手,谁会擀皮谁会剁馅?!

(七)

樱桃只谈过一次恋爱。
那是2014年,她来小屋之前。

2014年樱桃在青岛一个便利店上班,同事里有个兼职大学生,青岛大学学广告的,大三。
他追她的时候她惊讶坏了,你能看上我?一个初中辍学的乡下女孩?

她很快把整颗心都交给了他,给他买东西,帮他出房租,他打游戏帮他充钱,出去吃饭全部她埋单。她从15岁开始节俭,如今却不心疼花出去的每一分钱,他越花她的钱她越高兴,她稀罕死他了,一天到晚地琢磨怎么才能对他更好一点。

偏头疼的毛病是那时落下的,她把自己搞得比以往任何时候都要累,想方设法多干活多挣钱,因为俩人开始谈婚论嫁,探讨如何组建一个家——她从不敢奢望的未来。
当奢望变成希望,再理智的人也会被那光芒晃晕双眼,何况她这样的乡下女孩。

她不拒绝他的任何要求，不去做任何稍微深入一点的思索，他让她辞职她立马就辞了，他说啥她都干。

那时他大学毕业，一时找不到更好的工作，而她已经升为副店，他让她把位置让出来，让他当那个副店。她立马就让了，都快是一家人了，我的就是你的，我可以去找别的零工干。

辞职后没几天，新工作还没找到，分手了。他提的，说他已经和店里一个女同事在一起了，因为对方已经怀孕了。

他是分手后第三个月结的婚，婚礼那天樱桃去了。
她找了一个商场化了妆，找了个婚纱店租了一身白纱，又找了个水果店买了个榴梿。
榴梿100块钱，从没给自己买过这么贵的吃的，把她心疼坏了。
也好，当是最后一次为他花钱。

她穿着婚纱闯入婚礼现场，没人拦得动她，都没她力气大。
本来想把榴梿砸到他身上的，举起来时手却是软的，一点力道没有，丢垃圾袋一般。

砸完榴梿就离开青岛了，走的时候已入冬，呼呼的海风，冻得她眼泪一把鼻涕一把，每走一步都刀戳一般地偏头疼。
她觉得太冷了，必须找个暖和点的地方。
她发现自己早就该走了，15岁那年起，就不该在这里停留。

于是一路向南,再向南,漫无目的地向南走。
直到有一天她停下脚步,发现自己抵达了一个从未听说过的小城。

她拎着一个编织袋,走在滇西北的阳光下,路过一条条小巷,路过一块黑底黄字的招牌,停下来听那屋里飘出的歌声。

那时的她一定不知,屋里的人将会成为她没有血缘关系的兄弟姐妹。
那时候的她一定不知道面前这间小屋子将会转折她的人生。
她一定不知道,冥冥之中已有未知的神明做好了安排,将在22年的孤苦无依后赠予她一个火塘,让她永不寒冷。

(八)

樱桃当上小屋管家后,令很多人都很头疼。
最头疼的是我,我一度悲哀地发现我给连我在内的全体人马上了一个紧箍咒。
哪儿来那么多规矩啊,都自由散漫这么多年了,咋忽然就开始ISO[1]?
不能迟到不能早退连歌手在内所有人不能多喝酒……多新鲜啊!开酒吧的不让喝酒?
是找了个管家还是找了个妈?

她操心得有点过分了,从傍晚站到深夜,天天守在店门口,夜里终归有点

---

[1] 国际标准化组织。

凉,她裹着军大衣站着,不肯坐进屋里头,像个站岗的哨兵。
我劝过她,咱们小屋不是其他酒吧,不用非要门口站着个迎宾的……
她说她不是迎宾,是看家,小屋每天进进出出那么多人,没有个看家的人怎么行?另外,整条街都是酒吧,到了夜里有喝醉酒来闹事的她是最好的处理人,人家总不至于和女生动手。
她让我赶紧挂电话,不要影响她工作。
说一会儿的工夫又有跑单的了,都怪我!

好好好,怪我怪我,我不再多嘴,一切随她她是管家。
其实按照她以往在饭店服装店的工作履历,她没组织全部歌手每天早上站在店门口集体做操一起振臂喊口号什么的,我已经很知足了……

为了不影响她的管理,他们分舵我自此不管不操心,也基本不怎么去了。
其实这几年所有的分舵都不怎么去了,属于我的时代已近尾声,小屋的主人应该慢慢迭代成他们了,好比一场音乐节,哪儿有一个乐队占着舞台不挪窝的,时间到了总要下台,在台下当个观众也是不错的。
据说各个小屋因为我的消失而愈发运营良好,大家都很团结都很亲密,都不怎么想念我……唉,人心哦,男的都是大猪蹄子女的都是泡椒凤爪。
不过,小屋交给这些猪蹄和凤爪,我是放心的。

我放心得太早了!
等我得到消息时,樱桃已经把小屋的规矩改了一个月。

小屋是酒吧,和全中国的大部分酒吧一样,夜间营业,一般是下午6点开门到凌晨两三点。

一行有一行的不容易,干酒吧的人每天睡眠的时间是在白天,可是很多人并不明白这一点,并不知酒吧从业人员的时差和他们不同,太多人早上10点中午12点发微博@我,说很失望,你们居然不开门营业。

这样的人里读者很少,偶尔有那么几个,都是从没进过酒吧的年轻小孩。
更多的是莫名其妙的打卡人,这种人往往只是听说小屋有名而已,是个叫什么大冰的名人开的,把小屋当成个网红景点来拍照参观。
这样的人往往微博里灯红酒绿各种泡夜店,不可能不知道一般酒吧的营业时间。
可这样的人往往口气又很像上帝,好像小屋未能准备好迎接他的莅临,是给脸不要脸。

嗯,你是人,我们家歌手不是人?活该24小时不睡觉等着你伺候你让你拍照片?
啥也别说了,敬请失望,赶紧滚蛋。

@ 我的,要么撑回去要么拉黑。
@ 她的,她那时候挨个儿赔礼道歉。
小屋各分舵的微博均由各自的管家打理,她收到那些失望和指责后,自作主张,把开门时间提前到了11点,也就是说,那一个月她每天的觉只睡了一半。
她没喊任何歌手起床,每天自己开门,以方便那些莫名其妙的人进来参观景点拍照片。

震怒之下我爆了粗口，她在电话那头不替自己辩解，语气略带哭腔，有些倔。
她说她以前在肯德基打工时每天早上5点就要起床，少睡一会儿对她来说不算什么。
她和我争执了很久，说各让一步行不行，营业时间可以调整为下午4点，不会影响睡眠的。
后来答应了她，因为她反反复复地唠叨，急得快哭出来，听得人有点心疼和难过。

后来其他人告诉我说，她是太在意小屋了，在意这块字号招牌，她觉得早一点开门可以帮小屋把人少得罪点，她说哥说过的——生死富贵、患难与共。
她一根筋地认为，既然是这个家里的人，那就必须要为家里做点什么……

丽江分舵后来建立了轮流开门的机制，歌手们心疼樱桃，不让她自己顶着。
但他们并没有遵守4点营业的约定，开门总是3点多，问起来时会狡辩，说早点到是为了打扫卫生哦。风气一起，再难遏制，3点开门的新规矩从丽江分舵蔓延到了大理分舵，而后厦门、西安、成都、济南……
行，都挺有主意的，主意都挺大的。

既然都这么有主意，那各分舵干脆开启自治模式得了。
他们当真不客气，听闻自治，厦门分舵马上公款养了一只猫，成都分舵随即决定公款管饭工作餐，大理分舵毅然扩建了树洞屋，而丽江分舵的决定是严禁抽烟……

丽江分舵墙缝子两指宽,屋顶上各种眼儿,通风漏气的各种窟窿,也不知道是禁的哪门子烟……

那时候我已很久没涉足丽江,偶尔转机路过,特意跑去看看。

为了有个酷点的出场造型,我站在门槛上摸出了烟,刚点上呢,樱桃蹦过来,一巴掌给我把烟扇飞到一边。

不仅动手她还凶我,手指戳到鼻子上凶巴巴:瞪啥瞪!你瞅啥?!

这是个无解之问,东北人民祖传的,据说相对正确的回答只有两个。

一是:小样,瞅你咋地?

另一个是:大哥,我瞅你长得像我爸爸……

鉴于她的气势汹汹,我认真地抉择了一下我该如何回答她,才比较体面,或者安全。

没等回答呢,她用喂鸡一样的身体语言把我轰走了,让我上二楼帮忙敲鼓去,她瞪着眼睛掐着腰冲着我的后脊梁嚷嚷:

一年多不回来,来了眼里也没点活,你还把不把这儿当家!

凶归凶,心下却是一暖,刚想深情回首,眼前一黑,背上咚的一声被捣了一拳……

好的,这家店没什么前途了……

也不知从什么时候起,不打骂老板成了小屋罕见的美德了……

她冲我叫唤:好好干活!要是敢在二楼偷摸抽烟,我给你一根一根全都

que（撅）断！

……后来她que断了。
当时在场的客人皆噤若寒蝉，都很同情我，同情我当老板当得这么没脸。
那一刻我真心后悔放权太早，深切体会到了退休老干部的悲哀。

立了规矩守规矩，谁也不能特殊化，这一点樱桃做得没错，我对她的铁面无私深表接受。
一来是因为太久没回来了，确实理亏确实没脸。
二来是因为据说老兵前两天来小屋玩儿，也享受了同样的待遇，也被一根一根que断了烟。
真的，如此说来，那我心里可就平衡多了。

樱桃已经给老兵当了很久的干女儿，喊了他很久的爸爸。
她爸爸跑来找我诉苦，说樱桃竟敢给他也立规矩，有事儿没事儿老收拾他，他心里苦哇。

老兵的火塘在大冰的小屋对面，樱桃常抽冷子跑过去视察，发现老兵贪杯就骂街，边骂边扑上去夺瓶子，夺了就跑，边跑边倒酒，半条街都是酱香味的……
老兵本是老侦察兵，当年在战场上手刃过十几个人，擅长格斗精于擒拿，但他委屈坏了，说绝对技术没能战胜绝对力量。樱桃力气太大，夺不过她跑不赢她，硌硬死人了。

我安慰老兵：认命吧……谁让你当时主动拍胸脯要给人当爸爸。

老兵在第3瓶茅台被倒掉后服了软，亲自下厨搞了一桌子硬菜请樱桃吃一吃，以期樱桃高抬贵手放他一马，席间他借着浓郁的亲情试探着摸出一瓶酒，手立马被樱桃摁住了，好似压了一个石碾子。
老兵老脸没地儿搁，当场就要掀桌子，没掀动，桌子被樱桃摁着。
俩人较了半天劲，那桌子纹丝不动的。

据说那天樱桃训起他来像训儿子，骂他不懂事不听话，说喝出个好歹来怎么办，旧伤复发了怎么办，这条老命还要不要了？
老兵嘴硬，说他就没打算活过60岁，樱桃就冷笑，然后抽搭，过了一会儿嗷的一嗓子哭出来，说她不能让老兵死，老兵死了她就没爸爸了……
她边哭边数落老兵，说他说话不算数，说好了会一直给她当爸爸……

老兵说那天樱桃哭得像个亲生女儿一样，唉，亲生女儿也不见得会这么在乎他……他当场就表示痛改前非再也不喝！

老兵一生顶天立地，是条铁骨铮铮言而有信的汉子，很多人都能证明他确实把酒戒了。
最起码看起来像是戒了……
老家伙搞了个矿泉水瓶子在怀里藏着，拧瓶盖时总支棱着耳朵，抿一口回一次头，反正背后一有声响就惊慌失措。

所谓英雄末路，也不过如此了。

真是个可怜的爸爸。

（九）

樱桃也曾让我惊慌失措过。
她当了一年多管家时的事情了吧，有人拨来视频电话吓唬我：
你家樱桃要跳楼了！还抱着农药呢！
我快被吓死了，屏幕里她像只大猫一样蹲在小屋的屋顶上，手托着脑袋，表情肃穆目光凝重，怀里抱着个大塑料瓶……那么大一瓶，不被药死也会撑死，这可能行？！

看她那专注出神的模样，应该还没决定是喝药还是跳楼。
虽说小屋只有两层高，但如果大头朝下扎猛子的话，脑袋还是会裂开的，我哆嗦着手指打她的电话尝试挽救她的人生，到底出啥事儿了这是，把人家孩子给逼上了屋顶……

她说喂，啥事儿啊哥？
我说：啥事儿你不知道吗？赶紧给我下来！
她说现在还不到时候，快了。
……快了一词令人差点失禁，不敢去畅想她究竟会以何种方式下来。

樱桃那天修好了小屋的屋顶，原来她抱着的那瓶是堵漏王，不是敌敌畏。连续六年的漏雨后，小屋里终于告别了那独特的自然景观，没再长过蘑菇和苔藓，来客们也终于不用听歌时撑着伞，是为一憾。

我狠狠谴责了全体人员，居然让一个小姑娘去上房补瓦？脖子摔进腔子里怎么办？一帮大老爷们儿袖手旁观丢不丢脸！

大家都蛮委屈，居小四说没爬上去，爬了一半出溜了下来。楚狐说爬上去了不知该怎么干，瞪着眼睛看了半天没找到漏点。阿哲说一堆人里只有樱桃有经验，她垒过鸡窝砌过猪圈，爬起房子来也是噌噌的，大松鼠一般。

陈硕子感慨：啊呀樱桃姐简直什么活儿都会干。

谣牙子说对对对，她干活儿的时候简直是这条街上最靓的仔。

樱桃那时制定了每月大扫除的规矩，擦玻璃洗墙刷地板，粉红色小围裙一人一件。

180斤的居小四穿上去像只少女靠枕，1米82的楚狐穿上去像条闺房窗帘，阿哲早先是个本本分分的石油工人，穿上那胸口有小熊图案的粉红色围裙后立马像个跳宅舞的二次元……

我期待着他们起义造反，结果没有。

歌手们哪个都比樱桃高一头，但皆对她服服帖帖，让穿就穿，让着她。

围裙全部均码全部女款，10块钱一件从地摊上买来，她自己也穿，套在红毛衣外面，像颗大冬枣，一干人等在这颗胖冬枣的带领下大呼小叫热火朝天。

话说微博上有他们的合影留念。（参见@大冰的小屋-丽江分舵 2017年1月11日的微博。）

话说那粉红小围裙，樱桃给我也留了一件，说一家人就要整整齐齐的。

确实整齐，而且心齐，为此闹了不少笑话。

居小四说，夏初的时候，樱桃在门口大叫大喊，什么我的妈呀我的天。

他以为有醉鬼闹事，樱桃挨揍了，协同阿哲、楚狐、白玛列珠一起冲了出来保护她，抡着酒瓶挥舞着吉他，结果吓得一个小伙子连滚带爬地跑了，手里还抓着一把玫瑰花。

那人是个游客，悄悄暗恋上了樱桃，来送花的，加表白。

结果最后是花也没收到，人也吓跑了，再也没出现。

白玛说，樱桃后来专门买了个口红涂嘴唇，还把头发给烫了，左等右等没再等来，她惆怅了很长时间。唉，好不容易天上掉下个男朋友，连模样都没看清楚就被吓跑了。

为了安慰她，并致以深切的歉意，小屋里全体男生决定弥补她，集资送她一大捧花。

可她不要，说花不实惠，还不如买捆菜呢。

……然后他们买了一捆油麦菜，还有黄瓜。

然后他们咯吱咯吱地把那捆油麦菜给吃了。（见@大冰的小屋-丽江分舵2018年6月12日的微博。）

除了一起吃过菜，他们还一起捐过款。

小屋各分舵都有各自的公益项目，例如丽江分舵每月盈余里有一部分是要汇往玉树的。

玉树有个陈心梅老师，是我非常尊重和敬仰的人，那是个菩萨，若干年来背井离乡扎根高原助老助学,救助了无数个孩子。
小屋有幸跟着陈老师做了一点工作,小小地帮扶了其中一些孩子。

本来这笔钱从小屋公账走就好,可公账之外,好几个歌手都单独拿出自己的工资,分别帮助了一个孩子,每月管那个孩子吃饭帮那个孩子充饭卡。樱桃也认领了,貌似就是她把歌手们组织起来的。

小屋歌手最大,薪酬高于管家,我告诉樱桃免了吧,她那份算在公账里了。她不肯,说家里人集体做的事儿,凭什么偏少了她?
她说她太知道辍学的滋味了,能少一个就少一个吧。

陈老师是个严谨认真的支教者,做事原则性极强,她把每个孩子的资料都给了过来,告诉我们可以联系对接,定期检查。
我们一次也没联系过,一来信任陈老师的钱款发放工作,二来樱桃说得有道理,她和小屋的歌手们商量后,告诉我说:
哥,咱缺那声谢谢吗?咱别让人家孩子觉得欠咱的行吗?咱家这些人谁小时候过得好呢?现在长大了过得好了,帮帮那些过得不太好的孩子不是应该的吗?

她说得很有道理,有些时候我挺爱听她给出的意见。
或是因为出身背景的缘故,她总能考虑到一些别人考虑不到的问题,总是设身处地的。

这几年我给新疆喀什几个小学的孩子们供冬衣,款项部分来自我的稿费,部分来自小屋的收入。选衣服时总会有些分歧，我看中的樱桃通通看不上，她说查了天气预报，那边风大，哥你选的这些羽绒服都没包住腚，不压风，会冻腿的。

她说，款式也太多了，素的素来花的花，孩子们会有比较，会让一部分孩子心里难过的。她说她小时候老穿旧衣服，因为衣服上没有卡通图案，总觉得低人一头，怯于和同学们一起玩耍……

后来采纳了樱桃的意见，款式全部统一，只选了四个颜色，男孩黑色蓝色女孩红色粉红，都是按着岁数选的合体的尺码。
因为樱桃说，虽然孩子们长得快，但不能故意给人家买大一码的，穿上后咣里咣当会蹿风，不暖和的……而且咱每年都会送新的不是吗？

是呀是呀，你说得没错。
可为什么咱小屋做自己的工装羽绒服时，你反而要了个XL码呢？不嫌咣当吗？
她嘎嘎笑，说哥你太久没见我了，我最近激素吃得有点多，胖得可厉害了呢。

她打来了视频电话，空空荡荡的病房里只有她一个人，她笑意盈盈地在病床上坐着。
脸都快胖成正圆的了，真成一颗樱桃了。

她说：哥，楚狐的妈妈见天给我送好吃的，把我照顾得可好了呢。

她说：哥，王大夫说了，大年三十那天就能拿到最终的检查结果，应该没啥事儿的。

她说：哥，我真想你们呀，想老兵爸爸，想小四哥……你们吃年夜饭的时候，也给我留双筷子好不好，给我空个座……

我说好，那是肯定的，还有年终奖和压岁钱呢，都给你留着。
樱桃樱桃，你别哭了。

2018年的春节，樱桃不在小屋，她在哈尔滨，就诊于黑龙江省医院。
除夕那天的年夜饭时，我给她打视频电话，她没接。
她只回了一条带笑脸符号的微信：
哥哥新年快乐，大家新年快乐。

（十）

樱桃是2017年时病的，起初的症状是失聪。
那时我远在欧洲，居小四急三火四地通知我说：樱桃她听不见了！
一旁的樱桃抢过电话：没事儿的哥，我只有一只耳朵听不见了，你别急哈……

怎么可能不急，尤其是得知她耳朵坏了快一个星期才肯说出来，不知道这孩子是在拖延什么，是以为这么严重的情况休息两天就能好起来？还是害怕看病花钱？！

当即命令她立刻启程马上去看病，找最好的医院，小屋出钱。
她在那头明显地犹豫，说她需要安排安排，不然就这么走了，小屋怎么办……
不用我骂她，居小四替我骂了她：
傻吗你！你要是真聋了小屋怎么办！

樱桃没去北上广，去的是湖南中医药大学第二附属医院。
检查结果是神经性耳聋，且已耽搁了最佳治疗时间，医生说发病的诱因很多，但与她多年来的操劳生活脱不了关系，属积劳成疾，按照目前的病况，不敢确保能恢复听力。

不能确保那就换个能确保的！我让她换医院，上海不行就北京，她和我解释了半天，说真不是为了省钱，人家这个医院的费用本来就是那么便宜，医生对她也很好很耐心。
又说小屋之前的书店义工小吴在长沙，小吴给联系的，有自己人在，也就感觉不像是在外地。

她在电话那头叹气，说可能要住院一两个月，小屋的太多事儿都没交接清晰，门锁坏了还没换，酒水储备也不够了还没来得及进，老兵爸爸没了人管肯定又开始喝酒……
她说，闲下来的感觉真奇怪，心里面别别扭扭的……
我在电话这头算了算，她从15岁起上班，劳碌奔波了这么多年，这次住院，算是第一次完整的休息。

她住院的第一个月和我急过一次，情绪激动地问为什么她这个月只上了4天班却领到了全额月薪。我告诉她病假带薪是小屋惯例，她依旧不服气，说已经拿了医药费了还要拿薪水她心里有愧，觉得对不起那些正在上班的小屋兄弟。

我只告诉她一句话：如果病的是小四、阿哲、白玛、楚狐……他们其中任何一个人，你愿不愿意让他们病假带薪？

她说愿意，过了一会儿，她说她现在能做的是赶紧好起来，争取少拖累大家一点。

樱桃出院时没和我打招呼，那是两个月之后的事情，她回到了丽江才告诉我她已经恢复了百分之二十的听力。我让她滚回医院去，她说是医生允许的，给她开了很多药，又说她太想回来了，再多一天也等不起。

起初不让她上班，后来拗不过她，歌手们自己调整了排班，不允许她上夜班，只让她黄昏前后那两个小时来待一待。月底时工资表发过来，我发现她这个管账的人把自己的月薪减去了3000元，匀在了其他人的薪水里面。

她说：哥，按照这个月的考勤，我就是应该这么多钱。

我请她闭嘴，请她让那个叫考勤的东西赶紧滚蛋。

她就喊：哥，你这么没规矩地瞎搞乱来，小屋还怎么好好地开？！

多新鲜啊！居然还教育起来我该怎么开店？也不算算我比你多吃多少米多吃多少盐。

不好意思，我老，请尊老，我说了算。

此后的好几个月里，每月工资表发来的那天，都要和她纠缠半天，烦坏了我了，干脆所有人集体加薪，这样等于保持了她原来的薪水不变。
于是我更烦了，她依旧找碴儿，跑来质问我：这么个发钱法，那房租怎么办？
离交房租不是还有好几个月吗！
你别BB了你饶了我行吗我的小姑奶奶……

然后她就饶了我了。
腊月里的一天，小屋里的人告诉我，樱桃病情复发了。
这次很严重，不仅听不见，且头疼欲裂。

（十一）

2018年的春节，樱桃在哈尔滨，就诊于黑龙江省医院。
她说这次病得好像有点厉害，所以忽然特别想回老家那边去看病，不知为什么，就是想回去看看那边的雪。
那边正在下雪呢，好大的雪，她童年时的那种雪。

一定很冷吧，若干年来为了逃避那刻骨的冰凉而一路向南，如今能否抵御得了那些寒冷呢？
视频电话中，空空荡荡的病房里只有她一个人，她笑意盈盈地在病床上坐着。

她说：你们吃年夜饭的时候，也给我留双筷子好不好，给我空个座。
哥，她说，我想你们了……

我们也想你呀樱桃，你不在，我们都觉得空落落的。
我给你留了压岁钱老兵给你留了好吃的小四他们把你房间打扫干净了穿着你买的粉红围裙……
樱桃樱桃，大过年的可不兴哭，快憋回去吧。

除夕那天的年夜饭时，我给樱桃打了视频电话，没接。
她只回了一条带笑脸符号的微信：
哥哥新年快乐，大家新年快乐。

我回复信息问她检查结果出来了吗？
良久之后她才回复，依旧带着笑脸符号，说放心啦，结果挺好的，没事儿了没事儿了，她很快就会回家。

由远及近有爆竹声响起，最后一锅饺子即将出锅，有人相拥，有人比肩而歌，那些像她一样的孩子哭着笑着，新旧交替前的最后一刻。
每年除夕夜的这一刻，都会想起一些与除夕有关的人，离去的，失散的，杳无音信的，已然走远的，倒计时的每一秒浮现一张面孔，杂草敏，妮可，卉姑娘，小厨子……那数字却是不够用的。
我完全没有想到，樱桃也将成为其中的一个。

我并不知道，樱桃那时刚刚做好了决定，准备告别小屋了。

（十二）

正月十五后樱桃回到云南。
我逗她，故意站上门槛掏出烟，她没抢没夺，定定地看了我一眼，道：
哥，别抽了……

这不是我认识的那个元气满满的樱桃，发生什么了？
我问她住院观察后的结果到底是什么，她说没事儿，真的没事儿，虽然暂时还是听不见，但调养调养就好了，不然医生能让她回来吗？
我盯着她看，她坦坦荡荡地回看着我，说：咋了？
她的表情正常得极其不正常，我不明白她是咋了。

此后一两个月的时间里，很多人发现了她的异样。
据老兵说，她变得特别害怕一个人待着，黄昏后大家把她撵回去，她总是偷偷地摸回来，要么去老兵火塘陪老兵坐着，要么在小屋旁边独自待着。
老兵有点伤心，说樱桃忽然就跟他不是那么亲了，开始不怎么喊他爸爸。
他问我是不是他喝酒的事儿被樱桃知道了？
我的心不停地往下沉，想了一下后告诉他说，是的。

传来的消息里，听说她忽然开始喜欢听歌，悄悄躲在一个角落听歌手们唱。
她只有一只耳朵能听见，头是侧着的，一首接一首地跟着哼，默记似的，好像要把每个人的每首歌都学会了背熟了，那认真的模样，真不知是想干什么。

听说她给大家一包又一包地买喉宝买慢严舒柠,动不动就做饭给大家吃,还帮忙洗衣服……立了许多新规矩,逮着空就挨个说,让大家任何情况下别和人起冲突,别和任何醉鬼打架,别给了别人黑小屋的把柄,别这个别那个……
因听力衰退的缘故,她常说着说着就变成了自说自话,听不见对方的回应,唠叨而絮叨,几乎是有点烦人了。

小五也是她那时候招募进小屋丽江分舵的。
她和我说了理由,说小五是西北人,是小屋的常客,有点穷,酒水消费不起,每天蹲在小屋门前就着白水吃白饼,吃完了进小屋坐着听歌,常常从开门坐到打烊,经常帮忙搬搬酒水干干活——没想到的是,他临回西北前偷偷扫了二维码,付了好几百块钱。
樱桃追着退钱给他,他说自己每天都白占了一个座位,而且歌手的演唱是在劳动,他不能白听歌……

樱桃说:哥,挺踏实的一个兄弟,留下他吧,我能做的他都能做,他肯定做得会比我好。
我说行,答应了她。

随即出现了一会儿沉默,她不挂电话我也不挂,都不再说话,就那么等着。
我知道她想说什么,我等着,从回来那天起就发现不对了,她掩饰得再好，又岂是个心里能藏得住事儿的孩子。

……………

看来，找到了新的接替人，也就完成了离开前最后要完成的事情了，是吧。

疏远老兵，是为了让他回头少一点难过是吧。

把大家的歌都记住，是为了将来能更好地去回忆是吧。

和大家唠叨了那么多叮嘱了那么多，是不是终究还是放心不下？

既然这么舍不得，既然还有这么多牵挂，为什么非走不可呢？真的不要我们了？

小屋来去自由，真要走，我不拦着。

可是你要去哪儿？继续一路向南吗？会过得好吗？

樱桃，既然还有犹豫，就先不要轻易做决定，好吗？

她终于开了口，说她不犹豫了，想好了。

她说：哥，其实我已经很知足了。

她说：哥，让我走吧，我现在不走的话……将来你也会不要我的。

樱桃，先不忙挂电话。

病情其实并未好转是吧？

医生是不是告诉你不能上班了让你停了工作赶紧休假？

需要休息多久？三个月、半年、一年？不论休假多久都行！你忘了吗，小屋也是你的啊。

樱桃樱桃，这次没治好耳朵没关系咱们可以接着再治啊！
一个医院不行就换一个，再贵的人工耳蜗也不怕，我不是还有稿费吗，我们不是还有小屋吗！9个分舵80多号人马怎么就托不住你一个呢？咱们是一家人啊！
总而言之不许走！敢走我就打死你，听见了吗！

我喊她：喂，你说话！再不说话我骂街了啊！
她哇的一声哭了出来：哥，你懂什么啊，我已经是个累赘了，我不能拖累大家。

她哭得上气不接下气，边哭边说：
我脑袋里面长了个瘤子，医生不给切，说切了还会长新的，让我先回来等着……

她哭着喊：我都已经这样了以后也够呛好了，别再操心我了就让我走吧！
她说不要管她去哪儿，她去哪儿都行。

她哭得那么伤心，仿佛所有的委屈都倾洒在那一刻，从小到大的。
都说命运促狭，可她才过了几天好日子呢，何苦如此折腾一个她那样的孩子？
……那个独自坐在田埂边用吐沫清理蚂蟥的孩子，那个独自站在黄豆地里踢老鼠的孩子，那个独自待在苞米地里拔草的没有锄头高的孩子，那个独自蹲在冬夜里紧握着小手电的孩子，那个被窝里抱着小猪独自流泪的孩子。

那个初中辍学被逼相亲被迫离家出走被调戏被踢打被欺辱被欠薪被瞧不起的孩子。

那个丢完一颗榴梿后独自一路向南的孩子……

那天我答应了她的请求。

好吧,樱桃,那就走吧。

(十三)

细算算,樱桃离开大冰的小屋丽江分舵,已有大半年了。

现在是2019年春,人间四月天。

此刻我坐在云南大理的家中写下这篇文字,阳光停在指尖上,风吹花落,八重樱开满窗外。

好漂亮的樱花。

都是别人家的。

反正别人家现在落英缤纷樱花摇曳,我们家满墙的土豆苗还有小青菜,乡土而硬核。

……樱桃种的。

为了种小青菜和土豆子,樱桃把我的香槟玫瑰和红罗莎莉蔷薇全给拔了。

我今天早上进行了艰巨的说服工作,才打消了她要继续种芹菜和韭菜的念头。

她刚才还在和我叨叨来着:

哥你咋还急眼了呢？种啥不是种啊，花又不能吃还不如种点菜呢，再说土豆子也能开花哦，老好看了可带劲了……

是的，樱桃现在住我家，已有半年多了。
半年前我就把她从丽江小屋里给挟持绑架回来了。

半年前她说要离开小屋，要走，那就走嘛，搞得谁多想留着她似的……

小样儿！你走一个试试！！现在知道厉害了吧！！！
反正出了虎穴有狼窝，反正既然已经走到我家来了——不好意思，不住够个十年八年的话是别（别，发四声）想离开了。

樱桃，这不仅仅是我的意思，也是大家的。
反正我们是赖上你了。
受小屋一干成员的委托，由我负责对你的看押监管。
看押期间的衣食医药及你未来嫁人的嫁妆，均由我负责。
但你每月的零花钱我是不出的，每月5000元起，由丽江分舵负责。
出于人道主义，放风时间也是有的，每年一次，由小屋各分舵不同人员陪同，只许往南去，必须出国，热乎乎的一点都不冻人的各种东南亚岛国……

请接受你的命运吧妹妹。
你早已踏上了这条不归路。
从你进入小屋的那天起，从我们成为家人起的那一刻。

妹妹。
外面的世界忽风忽雨阴晴不定,一天比一天冷,一天比一天薄凉和凛冽。
既然已无法也无力去改变那个世界。
那我们就抱团取暖创造出一个自己的世界。

妹妹,外面再冷,小屋暖和。

▶ ▷ 小屋大理分舵 · 流浪歌手老谢《阿香火锅店》

▶ ▷ 小屋江南分舵·叶子《城市的梦》

▶ ▷ 小屋西安分舵·李格《这儿》

⊙追风赶月莫停留,平芜尽处是春山。

⊙ 有过一场梦。

梦里所有认识的人都在，所有的，站满了一整个操场，一张张微笑的脸。

…………

所有的理想都达成了，所有的遗憾都解决了。

所有错误都被谅解了，所有的爱全都实现了。

所有的。

于是所有的光芒向我涌来。

⊙年轻时代的喜欢，要么轻易认为是爱，要么轻易不肯承认是爱。
该记的记不住，该忘的忘不了。
该走的没走出去，该留的没留下来。

⊙ 从没想过让全世界都喜欢我。
  我所做的一切，只为了让我喜欢我。

⊙当读者就好,别当粉丝,
喜欢书就好,没必要喜欢叔。
我拿起话筒是主持人,拿起手鼓是鼓手,拿起笔是作者,拿起酒瓶就只是个酒吧老板。
别老说我和你想象的不一样,我又不是按你的想象去活的。
你干脆把我当个浑蛋好吗,这样大家相处起来也就都轻松了,而且简单。

⊙知白守黑，恪诚守真。
清流白渡，一苇涉川。
八风不动，尚义任侠。
惜缘随缘，小隐江南。
仁者默摈，立不易方。
芜野尘梦，风马少年。
穷则独善，达则兼善。
抱团取暖，随遇而安。

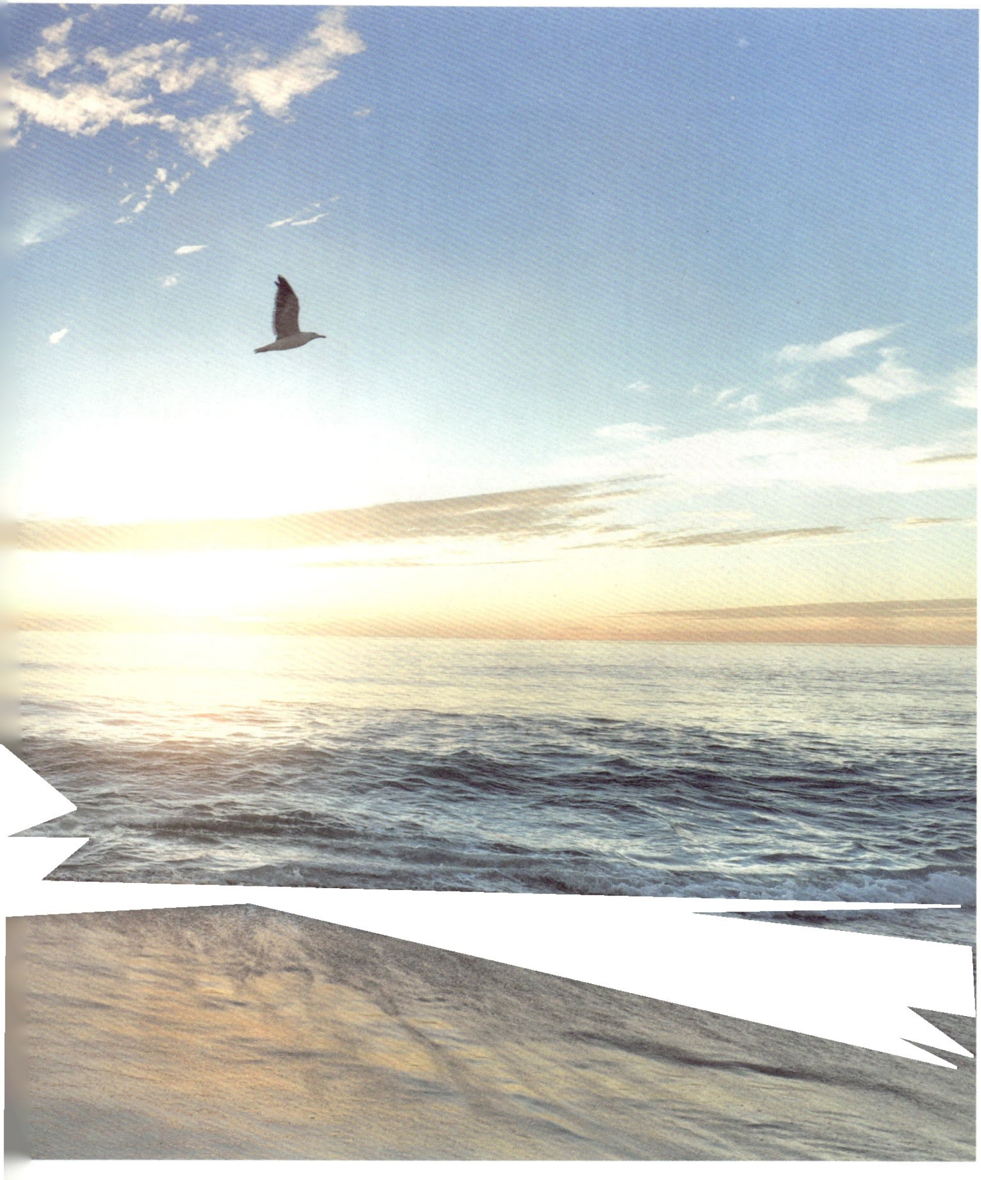

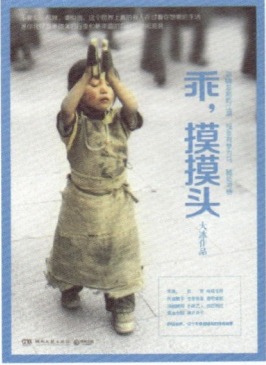

⊙ 于无常处知有情,
  于有情处知众生。
  我书中所有的故事,这 14 个字便可概述。

说书人

（一）

我自32岁时开笔，如今39。

幸蒙诸君不弃，肯读我，赠我温饱体面，伴我笔耕砚田，陪我一起疯了这么多年。

这么多年来亲生读者皆知，我不过是个走江湖的说书人罢了，野生作家而已。

只想讲故事，只会讲故事，只是讲故事。

文学或文艺，精英或红毯，皆与我无关，我志不在此。

我的本分是写故事。

我所理解的写故事——说人话、析人性、述人间。

于无常处知有情，

于有情处知众生。

我书中所有的故事，这14个字便可概述。

二十年来我游走在江湖和市井，浪迹在天涯和乡野，切换着不同的身份，平行在不同的世界。

浮生恰似冰底水，日夜东流人不知，人们只道我爱写无常中的有情，可真正读懂那些无常和有情的人，会明白我是多么筋疲力尽的一个悲观主义者。

见得越多越悲观，一天比一天悲观。

因为悲观，所以求诸野。

因为身处戾霾，因为行走暗夜，所以愈发希冀烛火、萤光、流星和闪电。

于是我不停地写，用普通人听得懂的行文和方式去讲故事，不写道理只写故事，燃起篝火小小的一堆，不停不停地往里续柴。

我的篝火我的柴，我用我的方式掘阅这个时代。

掘阅那些普普通通的人在普普通通的一生中发出那些普普通通的微光。

掘阅并记录那些曾经路过我生命的，五光十色的小孩。

走过的路越多，越喜欢宅着。

见过的人越多，越喜欢孩子。

《小孩》是我的第6本书，若你读懂了，你会明白，里面的每一个人都是小孩。

赤诚的，干净的，散发着微微光芒的小孩。

若你读过我所有的6本书，你会发现，我笔下的每一个人，都是小孩。

疯小孩老小孩、穷小孩苦小孩、好小孩坏小孩、倔小孩傻小孩……
路过你身旁的,普普通通的一群小孩。

小屋歌手豆汁有首歌,就叫《小孩》,我多喜欢哦。

嘿,小孩,你从哪儿来?
为何你鞋上沾着黄土,泪光却似海洋。
嘿,小孩,你从哪儿来?
为何你头上顶着雨露,肌肤却雪白如霜。
…………
你说要去有水的地方,那就等等我吧。
嘿,小孩,路途上咱们也好有个商量。
…………
嘿,小孩,路途上咱们也好有个商量。
…………

第一次听时,听到"那就等等我吧"那一句,眼泪差点掉下来。
那就等等我吧。
等等我吧,小孩。

你呢,正在读书的你,是否也是个小孩?
疯小孩老小孩、穷小孩苦小孩、好小孩坏小孩、倔小孩傻小孩……
告诉我,告诉我吧,坐在这堆小小篝火旁的你,坐在我面前的你,是个怎样的小孩?

（二）

去年，2018年秋天，发过一条微博：

回首来时路，得到的已太多，应知进退取舍。
想暂别一个时期，去读读书喝喝酒写写文章。
莫问归期，毋挂念，我有我路向，我知我方向。
…………

发完微博后不久，我谢绝了所有的签售和宣传，停止了一切公开活动，销声匿迹，开始了自开笔以来最漫长的闭关创作。

原因很简单，那时接二连三地有人劝进。
劝卖网课，劝拍电影，劝上综艺，劝接微博广告接公众号广告接代言……
他们说：这么多年了，别光写书，你知不知道你是你这个销量的畅销书作家里，目前唯一一个啥都不干只写书的了。
我说我不是作家，只是个讲故事的人，顺便开开小酒吧……
他们说：流量懂不懂？变现懂不懂？你都几十岁的人了别那么孩子气，有些事，要趁着还算火的时候抓紧做，再不做的话，就晚了，你会输得很惨。

太好了，那就输呗，那他妈就晚呗。
我就这样我还不只这样，干脆就再输一点再晚一点再慢一点。

心念既定，脚步自停，于是主动掉队，自己玩。
于是干脆原地蹲了下来。

我自2018年初秋时闭关。
出关时已是2019年夏天。
大半年的时间，不眠不休地打字，写完了一整个秋天，一整个冬天，一整个春天。
一个又一个凌晨和午夜。

累极了的时候，不知不觉地睡去在电脑边。
有过一场梦。
梦里所有认识的人都在，所有的，站满了一整个操场，一张张微笑的脸。
…………
所有的理想都达成了，所有的遗憾都解决了。
所有错误都被谅解了，所有的爱全都实现了。
所有的。

于是所有的光芒向我涌来。
世间所有的苦全都消失了，所有的悲悯也全都消失了。
所有的常识都恢复成了它本来就该是的那个样子，无垢无净，自自然然。
于是干净得像个小孩。
于是痛哭得像个小孩。

心里喊不要醒不要醒啊，然后就醒了。

醒来的时候键盘是湿的,窗外依旧是浓得化不开的暗夜。
只有电脑屏幕是亮着的。
…………

大半年的时间,电脑屏幕一直亮着。
首先出问题的是手,腱鞘炎复发,其次是心肺功能,紧接着是脱发和耳鸣的出现。视力的下降是不知不觉间的,有一天我从屏幕上抬起眼,发现已无法看清一米之外。

眼睛看不清,心下反倒清凉和明白。
感谢那个孩子气的决定,让我离群索居孤独难言,让我在孤独中煎熬、思索和沉淀。
让我拥有了这永生难忘的9个月。

我知我没有机会再来一次了,最好的心力和体力,都献祭给了这9个月。

卖文为生的第7年,幸未猝死的9个月。
我重写、续写了《乖,摸摸头》《阿弥陀佛么么哒》《好吗好的》……
我写完了几十万字的新书稿。
其中的三分之一,是为这本《小孩》。

《小孩》是我的第6个女儿。
不要嫌她字数多,她本应该更厚一点。
可是如果她再厚的话,我没办法说服出版社让她的定价不超过40块钱。

《我不》35万字424页，39块钱。
《你坏》40万字480页，39块6毛钱。
《小孩》42万字488页，39块6毛钱。

纸价飞涨，我尽力了。
你们读了我这么多年，我能为你们做的事有限，能帮你们省几块钱就省几块钱吧。
不要让那些爱读书的穷孩子因为借书蹭书，而遭受白眼。
不要让那些爱读书的穷孩子因买不起书，而买低劣盗版。
不要让那些爱读书的穷孩子为了省钱买书，而不吃早饭。
不要不吃早饭。

你读了我的书就是我的人。
我曾经历过的，永不要在你身上重演。
都好好的。

（三）

按照惯例，随书送你一张专属的音乐专辑。
每篇文章后都会配上几首歌，都是小屋歌者们的原创，可免费扫二维码收听。
希望这些背景音乐，能让你更好地进入到故事中，不仅仅只是旁观。
算作某种意义上的立体阅读吧。

叨叨几句书之外的事儿吧。

1. 书是书，人是人。
当读者就好，别当粉丝，喜欢书就好，没必要喜欢叔。
我拿起话筒是主持人，拿起手鼓是鼓手，拿起笔是作者，拿起酒瓶就只是个酒吧老板。
别老说我和你想象的不一样，我又不是按你的想象去活的。
你干脆把我当个浑蛋好吗，这样大家相处起来也就都轻松了。

2. 自打我开笔以来，始终倡导的是出世与入世的平衡，从不鼓励偏执的生活。
请容我再再再再次重复一遍我书中的价值观（满地打滚后狂敲黑板）——
平行世界，多元生活，既可以朝九晚五，又能够浪迹天涯。

3. 大冰的小屋百城百校音乐会，迄今累积近1500场，纯公益，没有一场卖过门票收过费。
这个变态的活动会一直搞下去，直到我稿费花完的那一天。
我本人并不出席百城百校免费音乐会，只负责组织和发起，并掏稿费当经费、当好后勤。
我早已不再唱歌，只当民谣推手。
这活动的主角是小屋的几十个歌手，不应该是我，也不会是我，谢谢。

4. 没有君子不养艺人，感恩诸君的支持，令小屋目前得以供养着几十位族人歌者。

小屋目前的各分舵地址如下：

西安顺城南巷、拉萨八廓街转经道、大理人民路中段、大理洱海门旁城中城、丽江五一街、成都魁星楼、厦门曾厝垵、西塘塘东街、济南宽厚里。

在我的能力和所谓的影响力消退之前，我会多造几个根据地，给这些歌手兄弟一个安置和交代。

其中大理洱海门旁的那家@大冰的小屋-树洞城堡店很值得一去。

那里的二楼是个24小时不打烊的免费小书房。

欢迎来免费读书，不用花钱。

5. 未来未知的某一天，我希望你们忘记大冰这个名字。

忘记他主持过的那些变态节目，忘记他写过的那些破书，忘记他的一百万次握手，忘记他搞过的1500多场百城百校免费音乐会，忘记他的疯癫倔强桀骜怪癖爱讲粗口讨厌拍照狗脾气驴性格熊毛病……

但我奢望你们能记住小屋，记住与小屋相关的这场漫长接力赛。

我奢望一代又一代的小屋歌手们脚步不会停歇。

我奢望小屋会在这一棒又一棒的接力赛里重生不死。

我奢望虽然那时它已不再叫"大冰"的小屋，但人们会说无所谓，说没关系。

我还奢望，将来那些唱歌的穷孩子记住一件事。

无论未来的年月里阶级有多固化，机遇有多匮乏，上行通道有多堰塞逼狭。

我奢望你记住,在你身处的这个世界里,曾有过一条特殊的通道:一条可以背靠背去对抗命运的通道,一条一穷二白的普通孩子可以从中获得温饱、体面、尊严和希望的上行通道。

我奢望未来未知的岁月里不论这个世界奔跑得有多么快,依旧有些人肯选择停下,点燃篝火,抱团取暖,共御暗夜。

(四)

因为身体的原因,截稿后,我未能按照多年的惯例,挨个儿去看看书中的朋友。

樱桃住在我家,不用专门看,前段时间送她去了岘港,计划过段时间逼她去马尔代夫。
大松不用专门看,他没事就跑来大理找我玩,每次都带来不同的小玩具,我家有他专属房间。
大松替我去看了瓶罐,在春茶采摘的季节。
瓶罐刚于2019年年初结婚,妻子是个北京来的女孩。

老潘和婷婷专程来看了我,带来梁叔的问候,带着电影《江米儿》的剪辑初版。

采也来看了我,从清迈赶来,带着我刚三个多月的干儿子,她居然给我干儿子起名叫小核桃,我大不以为然。我让她帮我留心一下宁曼路附近的店面,或许,大冰的小屋可以开在清迈。

我送了阿宏一个摩托车头盔,他骑摩托的帅照放在本书的插图页,一并放了的还有圣谚的结婚照,真帅。约好了的,婚礼那天,我去台湾。
约好了的,夏天时我会去一次北京,和黄健翔大哥见上一面,再次当面致歉,和感谢。

我没再见过苹果,那天没有见,应该以后也不会再见。
天津天津,我年轻时错过的城,请永远帮我保留着那一点惦念。

过去9个月,那么多篇写完了但没放进这本《小孩》里的故事,我不确定是否还会出版。
道之不行已知之矣,或许过两年再说。
或许就这样吧,不出版就不会被删减。
我能确定的是,已经续写重写增写后的《乖,摸摸头》,会和你重逢于世间。
关于杂草敏成为单亲妈妈的后来⋯⋯
关于毛毛和木头相依为命的后来⋯⋯
关于椰子姑娘和稻子先生千金散尽的后来⋯⋯太多的后来。
5岁了的《乖,摸摸头》,敬请期待。

太多故事的后来值得期待。
比如大神铁成的订婚,比如大梦和雪师父的绘画糕点店,比如流浪歌手老谢的喉癌痊愈,比如终于去爬了珠穆朗玛峰的小芸豆所历经的生死和艰险……

有时候想想,这半生见证的故事攒下的故事,或许这一生也无法写完。
那些正在进行时的故事,大都不停地生长,生长出情理之中却又意料之外的后来。
让这个说书人,永不匮乏于素材。

让这个说书人,顺流逆流,蜉蝣掘阅。

(五)

有段话每本书的后记我都会重复,今朝也不例外:

孩子,别人的故事,永不应翻刻成你的故事。
同理,我笔下的故事桥段,与你脚下的人生也无关。

自己尝试,自己选择吧,先尝试,再选择,认准方向后,作死地撑住,边撑边掌握平衡。
不要怕,大胆迈出第一步就好,没必要按着别人的脚印走,也没必要跑给别人看。
会摔吗?会的,而且不止摔一次。
会走错吗?当然会,一定会,而且不止走错一次。

那为什么还要走呢?

因为生命应该用来体验和发现,到死之前,我们都是需要发育的孩子。

因为尝试和选择这四个字,这是年轻的你理所应当的权利。

因为疼痛总比苍白好,总比遗憾好,总比无病呻吟的平淡是真要好得多得多。

因为对年轻人而言,没有比认认真真地去"犯错"更酷更有意义的事情了。

别怕痛和错,不去经历这一切,你如何能获得那份内心丰盈而强大的力量?

喂,若你还算年轻,若身旁这个世界不是你想要的,你敢不敢沸腾一下血液,可不可以绑紧鞋带重新上路,敢不敢勇敢一点面对自己,去寻觅那些能让自己内心强大的力量?

这个问题留给你自己吧。

愿你知行合一,愿你能心安。

愿你永远有心力,去当个小孩。

最后,谢谢你读我的书,并有耐心读它。

告诉我你是在哪里读的这本书吧,失眠的午夜还是慵懒的午后,火车上还是地铁上,斜倚的床头、洒满阳光的书桌前、异乡的街头,还是熙攘的机场延误大厅里?

希望读这本书的人都是孤独的孩子,如同往昔的那个我一般。

如当下的这个我一般。

希望这本书于你而言是一次寻找自我的孤独旅程，亦是一场发现同类的奇妙过程。
如同往昔的那个我一般，如当下的这个我一般。

临行临别，请听我这个说书人一言：
有一天你会明白，人生底色是悲凉。
有一天你会明白，悲凉之上，有自修自证的温暖。
所以，如果可以，去试着当个小孩。

（六）

与君同船渡，书聚如共舟。
船有再来日，人或不重逢。

谢谢你曾读我，谢谢你曾度我。
多谢。

万重山水走过，苦乐悲欢尝遍。
滚滚红尘翻呀翻两翻，天南地北，随遇而安。

我有我路向，我知我方向。
莫问归期。
就此别过。

保重,
再见。

说书人大冰
2019年6月
大理　点苍山

▶ ▷ 小屋西安分舵·豆汁《小孩》

图书在版编目（CIP）数据

小孩 / 大冰著. — 长沙：湖南文艺出版社，2019.7
ISBN 978-7-5404-9238-0

Ⅰ.①小… Ⅱ.①大… Ⅲ.①短篇小说—小说集—中国—当代 Ⅳ.①I247.7

中国版本图书馆 CIP 数据核字（2019）第 089181 号

©中南博集天卷文化传媒有限公司。本书版权受法律保护。未经权利人许可，任何人不得以任何方式使用本书包括正文、插图、封面、版式等任何部分内容，违者将受到法律制裁。

上架建议：小说

XIAOHAI
小孩

作　　者：大　冰
出版人：曾赛丰
责任编辑：薛　健　刘诗哲
监　　制：毛闽峰　李　娜
策划编辑：李　娜　李　颖　沈可成
文案编辑：王　静
营销编辑：杜　莎　吴　思　李荣荣
版式设计：潘雪琴
封面设计：仙　境
图片摄影：潘朝奉　梁　博　王泽明　初雯雯　李天津　等
特别鸣谢：吴惠子
封面人物：柠檬Nora（4岁）
封面摄影：@沐沐打晕的狼 Oliver
出版发行：湖南文艺出版社
　　　　　（长沙市雨花区东二环一段 508 号　邮编：410014）
网　　址：www.hnwy.net
印　　刷：三河市百盛印装有限公司
经　　销：新华书店
开　　本：880mm×1270mm　1/32
字　　数：420 千字
印　　张：15.25
版　　次：2019 年 7 月第 1 版
印　　次：2019 年 7 月第 1 次印刷
书　　号：ISBN 978-7-5404-9238-0
定　　价：39.60 元

若有质量问题，请致电质量监督电话：010-59096394
团购电话：010-59320018